Minagawa Hiroko
COLLECTION

皆川博子コレクション
2
夏至祭の果て

日下三蔵 編

出版芸術社

皆川博子コレクション

Minagawa Hiroko COLLECTION

2

夏至祭の果て

目次

PART 1

夏至祭《げしさい》の果て　5

PART 2

渡し舟　282
風の猫　298
泥小袖　315
土場浄瑠璃《どばじょうるり》の　332
黒猫　348
清元　螢沢《ほたるざわ》　371

PART 3

棒 378
冰蝶《ひょうちょう》 387
花道 409
後記 皆川博子 420
編者解説 日下三蔵 424

装画　木原未沙紀
装幀　柳川貴代

夏至祭《げしさい》の果て

PART 1

第一章

一六一四年（慶長十九年）十月十四日――

振りおろした鍬《くわ》が、土塊《つちくれ》をはね上げる。黙々と、男たちは鍬をふるっていた。

晩秋の陽の落ちるのは早い。薄闇が、丘の斜面につくられたトードス・オス・サントス教会の墓地を包もうとしていた。墓石のかたわらに、ところどころ立てられた庭燎《にわび》に、イルマンの一人が火をともしてまわり、炎が男たちの顔を紅く照らした。

鍬が土をはねのけるにつれて、土中の柩《ひつぎ》があらわれてくる。まだ、それほど朽ちてないものもあれば、板は土の一部と化し、飴色《あめいろ》の骨が鍬の先に掘りあてられるものもあった。

原型を保っている柩は、そのまま丁重に土の上にかつぎ上げられ、土中に散乱した骨は、敬虔《けいけん》な手が、一つ一つ拾い上げ、素焼きの壺におさめた。

前日の雨のおかげで、土はいくらかやわらかくなり、作業を楽にしていたが、男たちの高くからげた僧衣《ソターナ》の裾に泥は錘《おもり》のようにこびりつき、脚は脛から太腿まで泥の脚絆を巻きつけたようになっていた。

立ち働いているのは、十人近い神父《パードレ》と修士《イルマン》で、イルマンは、ほとんどが日本人であった。

二年前、キリシタン禁教令を発布した徳川家康は、この年、ふたたび、全宣教師の国外追放と、全教会の閉鎖、日本人によるキリスト教祭儀の禁止を厳重に申し渡した。宣教師はここ長崎のトードス・オス・サントスに集められ、船の仕度がととのい次第、マカオ及びマニラに流されることになっている。

宣教師らが領地を出たあとは、すべての天主堂を破壊し、領内のキリシタンは一人残らず棄教させよという命令が伝えられ、すでに、改宗を肯《がえん》じない信徒の拷問や処刑が、各地ではじまっていた。

長崎で集められた宣教師たちは、異教徒の手で潰《けが》される前に、みずからの手で遺骨や聖器を安全な場所に移し、運びきれないものは焼却することにしたのである。

彼は、洗礼名をミゲルといった。イエズス会のセミナリヨの学生である。父母から与えられた名は、内藤市之助《ないとういちのすけ》。その名で呼ばれなくなってから、久しい。

腐臭が、かすかな吐き気をもよおさせる。墓所は、無惨なありさまであった。偸盗《ちゅうとう》が埋葬品を求めて荒らしまわった跡のように、大地のそここに黒い穴があき、くずれた柩の板に腐肉がまといついていた。青白くつややかに肥えた地虫が、からだを丸めてころがった。

地に突き立てた鍬の柄に腕をもたせかけて一息ついている市之助に、「何ばしちょっと。早うせんか」隣りで鍬をふるっている男が声をかけた。友永《ともなが》パウロという、これも、セミナリヨの学生であった。背が低く小肥りで、押しつぶされたような平たい顔をしている。全力を尽して墓掘りに没頭したあげく、顔は汗まみれ泥まみれで、すっかり息を切らしていた。

「これは、ロマノの墓たいね」墓石を取りのけたあとの穴を友永はのぞいた。

市之助はうなずき、鍬の柄を持ち直すと、ざくっと土に切りこんだ。鍬の刃先が、柩の板にくいいった。彼は、その瞬間、悪寒に似た震えを感じた。友人の肉に刃がくいこんだような錯覚をおぼえたのである。柩の中に腐肉を横たえている辻ロマノは、有馬のセミナリヨに入学した時以来の親しい友人であった。

彼は、ロマノの遺骨は自分の手で収骨するつもりであった。しかし、鍬が柩にあたったとたんに、その場を逃げ去りたくなった。

鍬を放り出したくなるのをこらえて、彼は、慎重に土を取りのぞいた。

「手を貸してくれ」市之助は、友永に言った。「柩を持ち上ぐる」

友永は、黒い穴をのぞきこんで、「むりたい」と首を振った。

「板がぼっそり腐《おも》れとるけん、持ち上ぐれば、くずれてしまう。骨だけ拾い出すほかはなか」

無造作に、友永は鍬を打ちこんだ。腐った板は、もろもろとくずれた。市之助は、かがみこんで、顔をそむけながら手をさしのべた。指先に固いものが触れた。骨の小片であった。

握りこんで、彼は歩き出した。急な石段の右手には、低い土塀がつづき、その内側に、初等神学校《セミナリヨ》や教会《イグレジア》、僧院《カーサ》などの建物が並んでいる。セミナリヨは、もとは有馬にあったのだが、二年前禁教令が発せられた直後、ここに移ってきた。木戸を押しあけて、セミナリヨの前庭に市之助は入った。

海を見下ろす正面の塀ぎわに、四角い石の枠でかこった釣塀《つりべい》井戸がある。その傍に花のときを過ぎた萩《はぎ》が生い茂っていた。彼は、綱をたぐって、水を汲みこんだ桶をひき上げ、骨片にかけた。泥水が流れ落ちたが、骨は、土がしみこんだような色をしていた。

セミナリヨにつづく教会堂の建物は、外観は仏寺とほぼ同じ様式であった。礼拝堂にあてられた本堂で、ここでも、二十人あまりのパードレやイルマン、学生たちが、いそがしく立ち働いていた。彼らは、祭壇を飾る布や聖体旗《クストード》をとりはずし、聖器をかたづけていた。

木製の、等身大のキリスト像と聖母像は、黒い布をかけられ、祭壇から下ろされた。

銅製の、大小いくつかの十字架、銀の聖遺物筐《ばこ》、香筐、真鍮の薔薇の飾りのついた燭台、聖書からとった場面を刺繍した聖旗、キリストの受難や聖人を描いた聖画、長持におさめられた、聖体行列のさい用いられる数々の衣裳——深紅の緞子《ダマスコ》の外衣、襟垂《エストーラ》と短白衣などが、次々とはこび出される。

ここの仕事は、墓所を掘り起こし遺骨を収集する作業のように陰惨ではなかった。みな、気持が昂《たか》ぶっているので、「そっちを持ち上げてくれ」「落とすな」「それは焼いてしまおう」などと声高にどなりあうポルトガル語と日本語が入りまじって、陽気なほどの騒々しさであった。

葡萄《ぶどう》の葉と蔓《つる》の精緻な彫刻をほどこした樫の祭壇が、数人がかりで外に持ち出され、セミナリヨの前庭にはこばれてきた。かっぷくのいい修道士が、大鉞《まさかり》をふるって祭壇を叩き割った。ほかの者も斧《おの》を持って手を貸し、祭壇を木の小片に割りこわしていった。

前庭の一箇所に集められた、木片の山と化した祭壇に、庭燎の火がうつされた。

最初くすぶっていた火は、やがて、空を焦がすほどに燃え上がりはじめた。

燃えさかり火の粉を散らす炎にひき寄せられたように、墓地で働いていた者や、庫裏《くり》の料理人、下働きの従僕まで集まってきた。

炎の傍に肘かけのついた木の椅子を置き、セミナリヨの院長マテウス・デ・コーロス神父が、ぐったりと躰を沈めこんでいた。彼の麻痺した両腕は、力なく、肘かけの上に投げ出されている。昨年、ひどい熱病をわずらったあげく、躰が不自由になったのである。

誰もが、追放令をいきどおり、打ちくだかれ火に投じられる聖器に哀惜の泪《なみだ》をこらえ、ほとんど一つの感情の昂まりの中にいるとき、内藤市之助は、その中に溶けこめずにいた。彼も、気持が昂ぶってはいたが、それは、他の者とは全く違った理由によるものであった。

彼は、低い土塀の外に目をむけた。

トードス・オス・サントス教会は、長崎の町と入江を見下ろす小高い丘の上にある。丘の両裾を二筋の川が流れ、合流して巾広い川となり、湾に流れこむ。合したあたりは、川というよりは海の一部である。二つの岬に抱きこまれた湾の奥につくられた、さらに奥深い入江ともいえる。満潮時には海水が丘の裾をひたし、潮がひけば砂地がひろがる。大船は、そこまでは入ってこない。もやっているのは小さい釣舟ばかりである。

せまい入江の先に、小さい岬がのび、そのあたりが、キリシタンの町、南蛮貿易の門戸として知られる『長崎』であった。イエズス会の施設が集中している。サン・パウロ教会、御上天のサンタ・マリア教会、日本司教館、印刷所、画学舎、それらはひっくるめて、岬の教会と呼ばれている。

岬の先端が船着場で、数多い艀《はしけ》がもやい、少し沖には大小の帆船が帆を下ろして碇泊している。帆柱は、夜空を突き刺す枯枝のようにみえる。船尾の灯が波にきらめく。

その中で、三艘《そう》のガレウタ船が、ひときわ目につく。追放者たちは、このガレウタ船でマカオ及びマニラに運ばれることになっている。二艘は、長崎在住のポルトガル商人マヌエル・ゴンザレスの持ち船で、マカオにむかい、一艘はドミンゴ・フランシスコを船長とし、マニラにむかう。市之助が追放者として乗りこむのは、マカオ行きの船であった。

海面は、一枚の巨大な鋼板のようだった。湾を抱きこむ岬の切れめのむこうに、外洋がひろがっている。そこから、彼のまだ知らぬ遠い異国に、海はつづいているのだった。

トードス・オス・サントスの庭に燃える火に応えるように、岬の教会の小さい火がゆらいでいた。同じように、聖具を燃しているのだろう。数日のうちには、建物もすべて破壊しつくされるはずである。

「何もかも、無うなってしまうの」いつのまにか、友永パウロが隣りに来ていた。友永の口調は、詠嘆じみてはいなかった。彼は、陣触れの法螺《ほら》や鉦鼓《しょうこ》に昂奮した軍馬のように、汗ばみ、小鼻をいからせ、小きざみに躰をふるわせてさえいた。

「おまえは、日本に残るとじゃな」ガレウタ船に目をむけたまま、市之助は言った。

「そうたい」気負った声を友永は出した。

「中浦《なかうら》パードレさまといっしょじゃ。怖《おと》ろしゅうはなか」友永は振りむいた。炎をかこんだ群れのむこうに、四十代半ばの日本人神父が佇《たたず》んでいた。やや面長の、ひきしまった厳しい顔立ちである。有馬にセミナリヨがあったころから、教師の補佐として市之助たち学生に接してきた中浦神父は、禁令に背いてひそかに日本に残留し、布教をつづけることになっている。友永パウロをはじめ数人の学生が、彼と行動を共にする予定であった。

「奉行所のあらためがあるけんの、いったんは船に乗るが、すぐ、下船する」

感情が激したように、友永は、市之助の手を両手で握りしめた。

「おまえも、また、戻ってくっとじゃな。待っちょるけんの。おいは、中浦さまと共に、大村領にひそむけんの。信徒の講から講へとたどれば、おいたちの隠れがは、わかるはずじゃ」

「大村に？」

「そうたい。そのように命じられとる」

待っちょるけんの、と友永はくり返した。市之助は、その手を握りかえすかわりに、ロマノの骨片を包んだ方の手に、ひそかに力を入れた。手のひらに、骨の角《かど》がくいこんだ。

彼が追放船に乗ってマカオに渡った上で棄教しようと決心していることは、気負いたっている友永パウロに告げることはできなかった。

＊

ミゲル内藤市之助が有馬のセミナリヨに入学したのは、八年前、彼が十四歳のときであった。徳川家康が江戸に開府してから三年の後である。

彼の父は、キリシタン大名有馬晴信に仕える武将であった。有馬領の家臣、領民は、領主晴信の厳命により、ほとんどキリシタンに帰依《きえ》していた。市之助の父も、その例に洩れなかった。市之助は、生まれ落ちるとすぐ洗礼をほどこされた。市之助には兄が二人、姉が三人いたが、ことごとく洗礼を受けていた。

幼時——まだ父母のもとにあったころの彼の記憶の一齣《ひとこま》に、血にまみれた一個の骸《むくろ》がある。それは、セミナリヨという言葉と密接に絡みあっていた。

白衣をおびただしい血に染めて畳に倒れ伏しているのは、彼の長兄、金吾《きんご》であった。

記憶の細部はさだかではない。市之助はそのとき、九歳だった。庭にいるとき、離室《はなれ》から異様な呻きが聞こえ、足がすくんだ。人間ののどから出た声とは思えなかった。

野獣の咆哮に似た声は、二度三度つづき、とだえた。

父が、母が、召し使っている男や女が、座敷の前の縁をあわただしく走って行く。

市之助は縁にかけのぼり、おそるおそる、そのあとに続いた。

父が襖を引き開けた。幼い市之助の目から室内の光景をかくすことまで心を配る余裕のある者は、誰一人いなかった。

血だまりの中に、突っ伏した顔があった。のたうちまわったあとを示すように、血は畳一面に流紋を描き、何かどろどろした塊りと吐物が混っていた。

　さらに市之助を怯《おび》えさせたのは、うつ伏せに倒れた首の後ろに生えた、一本の刃であった。

　ぎっとり紅い切先を宙にむけて、それは屹立《きつりつ》していたのである。

　父が走り寄って抱き起こした。父の腕の中であおのいた顔は、真紅の皮を一枚貼りつけたように染まり、ひきゆがんだ唇が、最期の苦悶をまざまざと残していた。顎の下の柔い肉に、刀身を少し見せて、刀の柄が突き立っていた。刃は、そののどを深々と貫いていたのである。

　腹部は、いっそうおびただしい血であった。横に裂けた傷口から、何かぶきみな生き物のように臓腑が溢れ出し、玉虫のように色を変えて光りながら、ぬめぬめと動いた。

　それが兄だと、どうして思えただろう。

　しかし、すぐに、羅刹《らせつ》のような紅い怖ろしい死面《しにづら》に、高雅な兄の顔が重なった。

　違う！　と叫び、周囲にうろうろと目を走らせて、兄の姿を求めた。

　兄がそこに立って眺め下ろしていれば、この、怖ろしげな骸は、赤の他人のものだと証《あか》しされる。

　兄が、その前日、突然セミナリヨから帰宅して、この一室に閉じこもったのを、市之助は知っていた。

　セミナリヨは、いったん入学すると、帰宅も家人の面会も、よほどの理由がないかぎり許されないのである。外泊は絶対認められなかった。

　兄なのか。兄なのか、これが。

　父は、どっぷりと血に濡れきった骸を、ふいに、突き放した。父の小袖の胸も、紅く濡れ、市之助は一瞬、父が殺害の刃をふるったような錯覚を持ちさえした。

母が、骸のわきに膝をついた。息子ののどを貫いた刀の柄を両手で握り、引き抜こうとした。しかし、収縮した肉は、固く刀身を喰わえこんでいた。母は身悶え、息子の躰の上に身を投げ出し、号泣した。

介錯するものもなく兄が割腹し、腹を裂いただけでは死に切れず、のたうちまわったあげく、刃をのどにあて、全身の重みをかけて突っ伏し命を絶ったということが、そのときの市之助には思いつかなかった。

兄が自害するなどとは、思いもよらなかったのである。

殺された。彼は、一途に、そう思った。

賊がしのび込み、兄を斬り、刺した。

「恥の上に恥を重ねおって」父が、歯ぎしりするような声で罵《ののし》った。

それを耳にしたとき、市之助は躰が震えた。賊に抗しきれず惨殺された兄を、父が、いくじのないやつ、と罵倒した、と思ったのである。市之助の胸をつき上げたのは、父に罵られる兄への憐憫《れんびん》であり、無情な父に対する憤りであった。

母と並んで血だまりに膝をつくと、市之助は、紅く濡れた骸の手を握り、挑みかかるような目を父にむけた。

どのような理由であれ、自分は兄の味方だ、と、父に態度で誇示したつもりだった。

兄の手は、まだぬくもりを残していたが、血はすでに凝固しかかり、握った手にねばりついた。そのねばりは、市之助の手を、死人《しびと》の手に糊のように貼りつけた。

このまま、手が離れなくなる。そんな怯えが、幼い市之助を襲った。

市之助は、小さい悲鳴をあげ、手をふり放しかけたが、逆に、躰ごと、兄の上におおいかぶさった。母と、躰が触れあった。母も市之助も、そうして父も、金吾の血に全身を汚していた。

兄が、セミナリヨを放逐されたこと、そうして、自裁を禁じる教えに背き、割腹したこと、それらを、誰から告げられたのか、市之助はおぼえていない。

もう一つ、市之助の心に強く刻まれているのは、兄の死から一月あまりたったころのことである。

ささやかなことだが、彼の心に深い陰を与えた。

彼は、一枝の萩を手に持っていた。兄の墓前に置こうとしたのである。

兄のために葬いがなされたおぼえがなかった。兄を悼《いた》むことはおおっぴらにはできぬと、子供心にわきまえていた。かまぼこ型の墓石にクルスを刻んだ塚は、主命でキリシタンに改宗した彼の祖父の代に造られたものだった。

金吾の骸はそこにはないと、誰か女が、彼に告げた。奇妙なことに、それが母だったか、召し使っている下働きの者か、それとも親戚の誰彼だったのか、記憶にない。女であったことは、確かだった。

彼がおぼえているのは、それを聞かされたときの、心の底まで冷えるような怖ろしく淋しい思いであった。

天主さまの厳しい戒めに背いて自分の命を断ち捨てた者は、キリシタンの墓に入ることは許されぬ。それどころか、そんな不届き者の霊魂《アニマ》は、未来永劫許されることなく、地獄で業火に灼《や》かれつづけるのだ、と彼は教えられた。

耳もとで唸りをあげ吹き過ぎる風の音を彼は聴いた。いや、それは、噴き上げる炎の音だった。

この地の下に——と、彼は、足の裏が灼きつくような思いで、視線を落とした。

地獄の火が燃えさかっている。兄が灼かれている。永劫、許されることなく。

彼は、そのとき、激しく哭《な》いた。永遠という時の長さ、怖ろしさが、凄まじい力で彼を圧倒した。

永劫、許さないという、そんな怖ろしい力が、人間の上に君臨しているのか。

彼の両親は、それほど熱心な信徒ではなかったようだ。というのは、それまで、市之助は、家で教会堂《イグレジア》に連れて行かれたことはなかったし、家で礼拝を行うこともまれだったからだ。

せいぜい、悪さをしたとき、天主さまはお見とおしだ、あるいは、パードレさまに叱られますぞ、というような言葉でおどされるぐらいなものであった。

永劫人間を許さぬという怖ろしい力の存在を身にしみて知ったのは、このときであった。

彼の耳は、再び、兄の最期の咆哮を聴いた。

長兄の金吾を、彼は、それほどよく知っているわけではなかった。

九歳年長の兄は、市之助が物心ついたときには、すでにセミナリヨに入っていた。

入学できるのは、身分の高い武将の子弟で、心身ともにすぐれた者に限られていた。十三、四歳に達すると、重臣たちの合議の上、特に選ばれた者が晴信公に推挽《すいばん》され、公の命によって入学するのである。有馬のセミナリヨは、晴信の寄進によって設立されたものであった。

セミナリヨの学生になるということは、衆に抜きん出た資質と折り紙をつけられることであり、熱心な信徒である晴信公の目にとまるわけだから、本人にとっても家人にとっても、まことに晴れがましいかぎりであった。

セミナリヨは有明海に面し、二つの小高い丘にはさまれた潟地に建てられていた。

丘の一方には晴信の居城日之江城の天守がそびえ、それとむきあう丘の頂きには、城代家老の館があった。

土塀と深い植え込みで周囲の目を遮断したセミ

ナリヨの内部をうかがうことは、一般の者には禁じられていた。

いったん入学すると、帰宅も家人の面会も、よほどの理由がないかぎり許されないし、外泊はいかなる場合も許されなかった。

他領からわざわざ入学してくる者もいたが、有馬の家中の子弟が多かった。

金吾がセミナリヨに在学しているとき、市之助は、母に伴なわれて道のはたに佇むことがあった。

いつも日曜《ドミンゴ》の午后だった。セミナリヨの学生たちが、列を組んで散策に出てくるのである。
十三、四から二十前後の学生たちは、揃いの青い小袖を着、私語をかわすことなく、整然と歩んでくるのだった。
選びぬかれた者の集団の中に兄の姿を見出すことは、市之助にはこの上なく誇らしく嬉しかった。
二、三十人いる学生たちの中でも、兄は、きわだって聡明そうであり、美しくさえ思えた。
声をかけようとして、母に低い声で、だが強く、たしなめられたことがあったので、それ以来、通りすぎる一隊を、ただ黙って見送ることにした。憧憬が、市之助の心を熱くした。母はさりげない視線を送り、兄は、目もとにちょっと笑いを見せるときもあり、押し黙った表情をくずさないときもあった。

自分もいつかはあの集団に加わろうと思い、それは途方もない高望みであるような気もした。

セミナリヨの前の遠浅の海は、学生たちの水泳場にあてられていた。そこも、一般の者は立入り禁止であった。夏、下帯一つの学生たちが、吼《ほ》えるような声をいっせいにあげ、波を蹴立てて浅瀬から深みに走りこんでゆくのを目撃したときは、市之助は、ほとんど息苦しくなるほどの昂ぶりをおぼえたのだった。

だが、兄の凄愴な死に逢った後、同じ光景が、違った色あいで彼の心に映るようになった。

あの青い小袖の青年たちと、黒衣のパードレたちが、兄を拒否し、追放し、死にまで追いつめた。そう、幼い彼には感じられた。

兄は、汚辱にまみれた。忌わしい疫病病みのような存在に変貌し、のたうちまわって、みじめな死にざまを曝《さら》した。日輪が、光輝を失ない、醜い黒い岩塊となって墜ちた。

遂としたのは、彼らだ。そう思うと、兄がセミナリヨを放逐された理由はさだかにわからぬながら、市之助は、無表情に歩いて行く一団に、何か荒びた怖ろしい力を感じ、彼らの上に君臨する黒衣のパードレたちに、いっそう、怖れと、憎しみに近いものさえおぼえた。

夏、咆哮と共に海に走り入る男たちは、勇壮とか豪快な印象のかわりに、狂暴な発作の一過する瞬間を思わせた。


金吾の死後、市之助の一家は、しばらく蟄居《ちっきょ》を命じられていた。父は一時役職を剝奪され、碌高《ろくだか》も減らされたらしい。暮らしが以前よりきりつめたものになった。下働きの男や女の数が減り、食膳に上るものの質も落ちた。

蟄居をとかれた後、父は、ミサのたびに市之助を伴なって列席するようになった。

セミナリヨに隣接して、イエズス会の教会堂《イグレジア》が建っている。セミナリヨの建物同様、晴信が寄進したもので、晴信は、常に参列を欠かさない。正室が同席することもあり、家中の上士も多数連なっていた。

市之助は、父と離れてはるか末席の方に坐らされ、そこには、同じ年頃の少年たちが屯《たむろ》していた。その多くが、セミナリヨ入学の志を抱いているようだった。入学の可否は、一種の能力の判定になる。

その少年たちから、市之助は、「おまえの兄者は……」と嘲けられた。

「せっかくセミナリヨに入るを許されたんを、行跡が悪しゅうて放逐されよったとな」

「狂い死にしよったちゅうは、ほんのこつか」

「その前から、色に狂うて」

市之助は、なぐり倒したくなるのを、必死の思いでこらえた。兄への嘲罵《ちょうば》は、そのまま、彼に対するさげすみであった。

どのようなことがあっても、騒ぎを起こしてはならぬと、父から固くいましめられていた。晴信公のおわす席で同輩と争いを起こそうものなら、セミナリヨ入学が不可になるどころか、再び重い咎《とが》めを受けることになる。

父は、市之助の次兄には期待していなかった。難解なラテン語を修得するには、次男は不向きであった。父の期待は、末子の市之助にかけられた。重臣方のお目にかない、必ずセミナリヨに入れるよう、今から心してはげめと厳命した。内藤の家の名誉の回復は、一に、おまえにかかっている、とも言った。

市之助は、目の前に一筋の道を見た。それは妖しくたゆたいながらのびて、薄暗い木立にかこまれたセミナリヨの建物に吸いこまれていた。血にまみれた兄の骸が、市之助の足をはばむように、その道に横たわっていた。

「おまえの兄者の骸は、先祖の墓所にも葬ることができず、どこぞに打ち棄てられたちゅうの」

「自害はキリシタンの御法度《ごはっと》たい。そいを、セミナリヨを放逐されたからちゅうて、あてつけがましゅう……」

歯噛みしながら、父は、不可能なことを命じている、と、市之助は思った。父がミサに出席することでさえ、周囲から冷ややかな目で見られている。

あの兄の血につながるおれが、どれほど学問にはげみ、行いを正したところで、入学を許されるわけがないではないか。

しかし、兄をうとましく思う気持が、少しも起きてこなかった。あまりに凄惨な兄の死のさまが、一種の感動となって、彼の心に灼きついたためかもしれない。

自裁を禁じる戒律に逆らって、首筋を貫いた刃、ひきちぎられた臓腑は、おしかぶさってくる何か強大な力にむかって、叩きつけた憤怒とも見えた。

セミナリヨに入学してみせる、と彼が烈しく心に思ったのは、その場所に惹かれたためでも、父の意に添うためでもなかった。周囲のさげすみを、見返してやる。彼の意地が、そう命じた。

ミサでは、祈祷やグレゴリオ聖歌の斉唱の後、日本人の神父が祭壇の前に立ち、教義書〝こんてむつすむん地〟の一節を会衆に読みきかせた。

「……それ人の生死はでうすの御手にあり。かつて自力の進退にあらず。一命をはじめとして持たるほどのものは、我がものにあらず……」

「でうすよりあずかり奉るがゆえに」と、会衆が和した。

「時来て召したもうなり……」

市之助の脳裏に、再び、自ら刃でおのが肉を裂き、臓腑をひきちぎり息絶えていた兄の姿が浮かんだ。教義書の言葉に対する反発が、兄への、意識下の共感となるのか、父親からさえ屍に笞《むち》うたれる兄への思いが、生死は神の手に委ねられてあるべきだとする教義書への激しい反感となるのか、わからなかったが、市之助は、こんてむつすむん地の説く言葉に憤《いきどお》ろしさをおぼえた。

それなら、人間は、天主の傀儡《かいらい》なのか。いいようにあやつられる木偶《でく》人形か。何のために人間に生命を与えた。好き勝手にもてあそぶためにか。

彼は、その憤りを腹の底に押さえこんだ。

金吾がセミナリヨを放逐された理由を、市之助は、強いて突き止めようという気持になれなかった。ひょっとして、兄の真に醜い姿が暴露されるようなことになったら、と、彼の意識下の思いは危懼《きぐ》していたのかもしれない。彼の心の中で、兄は正当化され、美化されつつあった。

兄をいくじのない脱落者と認めるかわりに、反逆者の栄光を、彼はひそかに兄に付していた。

ほとんど言葉をかわしたこともない、兄といっても、その真の姿は未知にひとしい存在だった。それだけにかえって、市之助は、自分の心のままに兄の像を形づくることができた。

惨死した兄に彼は光輝を与え、その幻影を固持しつづけようとした。

ミサにおけるパードレたちの、彼には高圧的と感じられる説教に、彼は一々、心の中で反発した。

キリシタンでない者は地獄に墜ち、永劫救霊の道はないというが、自分たちの祖先はこういう教えのあることさえ知らなかったのだ。それなのに地獄に墜とされるというのは、全く理にあわない話だ。天主が万事かないたもうのなら、どうして、世の中はこのように悲惨なことが多いのだ。天地の御作者といいのは、よほど不器用なのか。

しかし、顔色には出さなかった。彼がセミナリヨに入学することは、嘲罵を浴びせる者たちを見返すのに、何より有効な手段だった。

セミナリヨの修業年限はきまっていない。定まっているのは、完全に習得すべき課業の量で、それに必要な時日には個人差があった。およそ七、八年というのが平均的なところだった。

八年という歳月の長さを、市之助は実感することができなかった。

セミナリヨを終了しさえすれば、領内の誰からも後ろ指をさされることはないのだ。

セミナリヨに入学することは、兄を死に追いつめたものの姿を知ることでもある。

あの閉ざされた建物の中で、どのようなことが行なわれているのだ。

――だが、おれは、あそこに入れる見込みはないだろう。一生、汚辱にまみれた兄の飛沫を浴びながら生きつづけて行くのだろう。

おれは、兄の行為を是認し、弁護したい。だが、それには、〝敵〟の正体を知らなくてはならないではないか。

敵、と、彼は思わず激しい言葉を心に浮かべたが、単純に、憎しみの色一色が、セミナリヨに対しむけられているわけではなかった。

未知のものへの好奇心があった。

そうして、次第に彼が年齢を重ねるにつれ、兄への思いとは別に、もう少し冷静に、あのときの事情を知りたいという気持にもなった。

しかし、幼いときに、血に濡れた骸によって彼の心に刻まれたパードレたちへの不信感や嫌悪は、根強く残りつづけた。


ミサに列席するパードレたちの中で、二人の日本人のパードレが、少年たちの関心の的になっていた。

「背の高い、痩せた鋭い顔つきの方が、中浦ジュリアン神父さま。おだやかな、思慮深そうな方が、伊東マンショ神父さま、あの、ローマまで旅され、教皇《パアパ》さまに会われた方たちだ」

「お二人とも、セミナリヨで教えておられる。セミナリヨに入れば、あのお方たちからエウロバの話をうかがうことができる」

市之助たちには遠い昔と感じられる天正十年、四人の少年が師父や従者につきそわれ、ローマに旅立った。そのころ日本布教にもっとも活躍していた東インド巡察使のヴァリニアノというパードレが立案したもので、九州のキリシタン大名有馬晴信、大村純忠、大友宗麟の名代という資格で、四人の使節はローマ教皇に謁見《えっけん》したのである。

そうしてヨーロッパの各国を旅し、八年の歳月をかけ、二十を越えた青年となって帰国した。セミナリヨで教師の補佐をしている伊東、中浦両神父は、その使節の後身であった。

ローマに渡った使節は、伊東、中浦のほかに、原マルチノ、千々石《ちぢわ》ミゲルという二人がいて、原マルチノはこのころ長崎で布教にあたっていた。

千々石ミゲルは、帰国後、棄教して、大村喜前に仕えていた。

「瘡痕《せんきゆう》づらの、怖《おと》ろしかお人じゃと」

話が千々石ミゲルのことに及ぶと、少年たちは、市之助の前で意地悪く目まぜし、「ユダのごたる裏切り者《もん》と」金吾のことを思い出させようとする口調だった。

大村領は、先代純忠は熱烈なキリシタンだったが、その没後あとを継いだ喜前は、領内に禁教令を出し、キリシタンの迫害をはじめた。それというのも、筆頭家老の大村彦右衛門と、この千々石ミゲル――棄教して清左衛門と名のっている――のさしがねだといわれていた。

「千々石ちゅう男は、喜前公に従いわざわざ江戸までのぼって、将軍家に、バテレンな日本の国ば奪うつもりじゃと、悪口《あたごち》吹きこんだと」

「そういえば、おまえの洗礼名もミゲルな」

にやっと笑って市之助に言う者がいる。

市之助は、なぐりつけたくなる思いをこらえながら、千々石ミゲルという人物に、何か心惹かれた。

なぜ、棄教したのか。ヨーロッパまで、四人、同じ旅をして、同じ経験をして、なぜ、千々石ミゲル一人が棄教したのか。

兄も、棄教者にひとしい行為をやった。兄への思いを、彼は、千々石ミゲルという背教者に重ねあわせた。

市之助が、思いがけずセミナリヨ入学の推選を受けたのは、十四歳になったときだった。

父はかげから重臣たちに必死に頼みこんでいたが、それはあまりいい結果をもたらしはしなかった。

市之助が入学を許可されたのは、伊東マンショ神父の口添えによるものが大きい。

この神父は、不思議なおだやかさを持っていた。ほかのパードレたちのように押しつけがましい戦闘的なところを見せなかった。

入学に適した年齢が近づくにつれ、市之助は焦慮《しょうりょ》した。彼の一家は、あいかわらず、恥辱の者とさげすまれていた。碌高が減ったために暮らしは苦しく、長姉の嫁ぎ先きから援助を受けることがあった。そうして、次姉とその下の姉は、金吾の件のために嫁にゆくことができないでいた。

いくさでも起きて戦功をたてぬかぎり、彼の一族が浮かびあがることはできそうもなかった。彼がセミナリヨ入学の栄を獲得するということをのぞいては。そうして、近隣とのいくさに明け暮れていた九州一帯は、このところ、ほぼおだやかにおさまっていた。

市之助は、兄がセミナリヨで学んだ書物を手に入れたいと思った。ただ手をつかねているより、一人で勉学をすすめることにより、少しでも、他に先んずることができるのではないかと思ったのだ。

兄の遺品の中に、書物は無かった。

ミサのあと、市之助は、思いきって伊東神父に声をかけてみた。

書物は兄の私物だろうから、自分に下げ渡してはもらえないだろうかと頼んだのである。

伊東神父は、おだやかな目をむけた。

「ジョアンの弟か」

ジョアンというのは、金吾の洗礼名であった。

神父の目は、おだやかだが、微笑してはいなかった。

「書物をどうする」

「読んでみたいのです」

書物はすべてセミナリヨのもので、在学期間中貸与えているのだから、渡すことはできないのだと、伊東神父は言った。

それ以上、何もたずねようとはしなかった。市之助も、兄のことをたずねたりはしなかった。

それが、突然、セミナリヨに推選されたと父から知らされたのである。正月だった。城中から退出してきた父が、昂奮を押さえかねた声で告げた。

市之助は、耳を疑った。

「伊藤マンショ神父さまの、たってのお口添えじゃったちゅうが、おまえ、どげんしてパードレさまのお目にかかのうた」

いくら思い返しても、兄の書物を下げ渡してくれと市之助がいい、神父がそれはできないと答えた、それだけの接触しかなかった。

たったそれだけのことで、市之助に熱心な勉学の志があると神父が確信したわけでもあるまい。はるか以前から、あの神父は、自分を見ていたのではないだろうかと、市之助は思った。

背教者ジョアンの肉親の弟として。

彼が周囲の者から排斥されながらミサへの出席を怠らず、セミナリヨ入学を志しているさまを、見つづけてきたのか。

だが、彼の入学志向が、決して純粋な奉教の精神のあらわれではないことをも、あのパードレは見ぬいているのだろうか。

いや、知っていたら、口添えしたりはすまい。自分は、あのおだやかで考え深そうなパードレをあざむきおおせたのだろうか。

熱心な求道者。それが、他人の目に映るおれなのだろうか。

「汝《なんじ》らは神に選ばれた。神の手が汝らを掴んだ。もう、逃れることはできない」

ポルトガル語で語るセミナリヨの院長の言葉を、中浦ジュリアン神父が日本の言葉に直し、新たに入学した学生たちに説いていた。

セミナリヨの礼拝堂は、荘厳な調度で飾られ、仄暗い中に灯火が聖像を浮かび上がらせていた。

「汝らは、イエズスの戦士だ。おお、光栄のイエズス会。高貴なる信徒の集まり、城砦をつらねし燦然《さんぜん》たる戦列。……これに信仰なきものはおののき、兇悪なるものの黒き座たる下界の獄もこれにおびえる。……神の御軍によって、恩寵《おんちょう》をもって敵に捷《か》ち……」

口調は激越だが、何という空疎な言葉だ、と、市之助は、何か腹立たしいような気持だった。

兄をあれだけの目にあわせた敵だ。

それは、強烈な、偉大なものであらねばならなかった。卑小な敵に反逆して死んだのでは、兄がみじめではないか。

敵が強大であればあるほど、反逆者の栄光もまた光輝を増すのだ。

彼の隣りで、丸っこい赭《あか》ら顔の少年が、頬を上気させ、心を奪われたように軽く口を開けて、神父に見入っていた。神父たちの熱と気迫にひきずりこまれ、ただもう、恍惚としているようだった。

反対側の隣りには、いくらか痩せぎすの、蒼ずんだ滑らかな頬の少年がいた。この少年もまた、全身に注意力をみなぎらせ、彼らの胸に抉りこむように言葉を叩きつける神父をみつめていた。

その表情は、まるで、語り手に挑みかかろうとしているようだった。薄い、剃刀で切りこんだような唇は、皮肉っぽい印象を与えるが、切れ長の目は、それと逆に、激情的な気性をのぞかせていた。

この少年は、丸顔の少年のように、神父たちの気迫に呑みこまれ、ひきずりまわされてはいなかった。叩きつけ、捲《ま》きこもうとしてくる嵐のような語気の奔流に、同じ激しさで立ちむかっている、といった感じを市之助は持った。

——ここが、セミナリヨなのだ。おれは、奇妙なことに、入学を許されてしまった。

望んでいたことではあったが、叶えられてみると、喜ばしさより、重苦しい悲哀めいたものが胸をみたした。

八年間、おれは、ここの囚人となるのだ。だが、父は面目をほどこしたことだろう。母も……

ここにいる間、おれは、模範的な学生でとおそう。学業を終えてここを出れば、おれを嘲る奴はいなくなる。おれは、敵を踏み台にして、のしあがってやる。

彼は、両隣りの少年と、いっしょの寝所をあてがわれた。天井の高い大広間二室が、学生たちの寝所にあてられていた。

三人は名を名のりあった。

丸顔の少年は、友永パウロと名のり、同じ有馬領内の者だと言った。しかし、城下には住んでいないので、市之助がいつも出ていたミサには来たことがなかった。顔を合わせるのは、はじめてだった。

おまえが、ジョアンの弟か。あの女狂い……。

市之助が凄まじい表情を見せたので、友永は口をつぐみ、愚直そうな目をしばたたいた。

もう一人、神父たちの言葉を烈しい気迫で受け止めていた方は、辻《つじ》ロマノと名のった。

「大村から来た」

「大村から?」

市之助も友永も驚いて声を上げた。大村領は、有馬とは違い、厳重な禁教令が布かれているはずであった。

「よう、大村の殿が許されたの」

「許さるるわけがなかろうが」辻ロマノは言った。もっと詳しく訊きたいと思ったが、ロマノの薄い唇は、それ以上の質問を拒否していた。

夜具を並べて敷こうとすると、同室の先輩に注意された。めいめいの夜具の間に半畳分の間隔を開け、そこに机を置け、と、その男は言った。

「なぜですか」

「ここのきまりだ。就寝時、私語をかわせぬように、こうするのだ。許可のないときは私語は厳禁だ。大声をあげることは常に許されぬ。声をあげて騒いだりする者は、笞で打たれる覚悟がいる。起床は、七つ半（五時）。夏は半刻くり上がる。朝が早いぞ。さっさと寝ろ」

兄も、このようにして、机にはさまれ、高い天井を仰ぎながら睡《ねむ》る夜をくり返していたのだ……と、市之助は昂ぶってくる気持を鎮めながら思った。火の気のない広い部屋は、冷え冷えとしていた。しかし、市之助は、寒さを意識しなかった。机をへだてて両隣りの二人の少年も、寝つけないのか、不規則な荒い呼吸が闇の中にきこえた。


厳しい日課がはじまった。


起床後、祈禱《きとう》とミサ、室内の清掃、それから九時の朝食の時間までラテン語の学習がつづく。食後、十一時まで休憩。二時まで日本語の読み書きの学習、二時から三時までは歌と楽器の練習、ふたたび四時半までラテン語。八時に良心の糺明《きゅうめい》を行い、聖マリアの連禱《れんとう》、ただちに就寝。この日課がくり返される。

院長のもとに、監事、副監事、聴罪司祭、舎監、さらにラテン語、日本文学、宗教学、人文学、音楽等の各教師がいた。日本語研修中の修士も加えて職員は十六人。すべてが授業にあたるのではなく近隣の地域の司牧を行う〝説教師〟も数人いて、教師のうち六人は日本人であった。

息がつまる思いがした。常に物静かなひそめた声で喋り、走りまわったりとびはねたりせぬように心がけるのは、十四、五歳の少年にとって、大変な難行だった。

市之助は、始終、自分が特別な目でみつめられているような気がした。

あの、ジョアンの弟だ。

兄の轍《てつ》を踏むのではないか。

ここでは、誰も、ジョアンの名を口にする者はいなかった。だが、市之助には、ジョアンの弟だ、と指さす声が聞こえるような気がした。

まるで、おれが躓《つまず》くことを、誰もが予測しているようだ。

伊東神父は、どのような考えで、おれを推挙したのだろう。おれの一家を屈辱の泥土からひきずり上げるためか。

恩を感じ、おれが熱烈な天主の僕となることを期待したのか。

おれの、どこを見込んだのだろう。

どういうつもりにせよ、自分を認めてくれる人間がいるということは、悪い気はしない。しかし、理由がはっきりしないだけに、心が重くもあった。


神父たちと、私的に語りあう時を持つことはできなかった。ことに、伊東神父は多忙とみえ、学習の時のほかに顔をあわせることはほとんどなかった。

外から眺めていたときは、何か神秘的な場所のような感じがした、秘密めかしたセミナリヨの内部も、自分がその中の住人となってみると、きわめて厳格なことだけが特徴の、ごく平凡な日常生活であった。

彼は、時折、ふと気がつくと兄の痕跡を探している自分を見た。

兄と同期に入った者たちはすでにセミナリヨを終了し、当時下級生だった者が一人二人、最年長者となって残っていた。いつか、もう少しここの暮しになじんだら、兄のことをたずねてみようと、市之助は思った。

たずねるまでもない。おれが、自分の身をもって、兄の足跡をたどっているのだ。

市之助と同時に入学した者は、彼のほかに四人ほどいたが、寝所がいっしょなのは、辻ロマノと友永パウロの二人であった。自然、三人は言葉をかわす機会が多くなった。

市之助は、辻ロマノに興味を持った。領主により禁教令の出ている大村からわざわざやってきたというのだから、どれほど熱心な信徒かと思えるのに、ロマノは、そうは見えなかった。

熱心な学生ではあった。さだめられたことを、忠実に行っていた。市之助がロマノに惹かれたのは、その忠実さだった。それは、度がすぎるほどだったが、決して従順な気持のあらわれではなく、むしろ、あてつけがましいほどのものを含んでいる点だった。

あてつけているわけではなかった。ロマノは、たしかにまじめに神父たちの指示に従っていた。しかし、完璧に学業をやりとげ、完璧に掟どおり行動し、そのあとに、〝これでいいのですか。このようにやったから、だからどうだというのですか〟まるで、顎をつき出して問いかけているように見えた。

友永パウロも、ロマノ同様忠実な学生だったが、これはもう、愚直なまでに、ひたすら、神父たちの言葉を受けいれていた。

のみこみが悪く、ことに、ラテン語の学習になると音をあげていたが、それでも、市之助やロマノに執拗にくいさがり、習得しようとするので、市之助はその熱心さが時にうっとうしいほどだった。こんなにのみこみの悪いやつが、よくも推挽《すいばん》を受けられたものだ。父親がよほど運動したか、藩内で有力者なのだろう。市之助はそう思った。

日がたつにつれ、四六時中、躰の中から衝動的に湧き起こる力を押さえこみ、鋳型に嵌《は》めこまれたようにふるまっていなければならないことが、やりきれなくなった。

兄も――と、市之助は思った。この苛立たしさを胸のうちに飼い鎮めながら、日を送ったのか。

夏はよかった。水泳を許されるからである。学生たちは奔る力を水に叩きつけ、太陽を浴びた。難解なラテン語もポルトガル語も、そのときは忘れた。遠浅の海は、物足りないくらい静かだった。数十人の学生たちが、波を蹴散らし、しぶきをあげ、掻き乱しても、それは広々とおだやかな平面の、ほんの一面を引っ掻きまわすのにすぎなかった。

その手応えのなさが、市之助を苛立たせた。あらゆるものをしんと吸いとってしまう海と空の静かさは、セミナリヨの中に似ていた。

躰の中で、血が騒いでいた。砂地に上がり、濡れた躰を横たえていると、耳の奥で脈打ち流れる血の規則正しい音を聞いた。

潟地は広くはなかった。その上、セミナリヨの学生たちの水泳場は、柵で仕切られてあった。柵を見ると、市之助は、自分の手足が縄で縛り上げられているような気がした。檻に閉じこめられた獣でも、咆哮する自由はある。おれたちはそれすら許されない。

隣に、ロマノが躰を並べた。ロマノの色の白い肌は、火ぶくれのように赤く日灼けしていた。

「おまえ、大村者《もん》では、セミナリヨを出たからちゅうて、せんなかろうが。郷里《くに》に帰るこつもならんじゃろうが」

私語を禁ずるきまりをふと忘れ、市之助はささやいた。

「海は広かけんの」ロマノは、市之助の言葉とは関係ないことをつぶやいた。「こげな海と空を見とると、天地の御作者が万物を創らしたちゅうこつが、胸におつるごたる気が」言いさして、ロマノは口をつぐんだ。監督の上級生が歩み寄ってきたからである。

「掟ば破りよったの」その男は言った。「パードレさまにあとで申し上ぐるけんの」

笞で打たれるのか、と、市之助はうんざりした。これまで、笞打ちの罰はどうにか逃れてきたが、とうとう、おれの番か。

こらえきれぬ痛みではなさそうだが、笞を躰にあてられるということが、どうにも罪人じみていて、屈辱感をおぼえないわけにはいかない。

——八年は長かの。

市之助は、海に走りこみ、沖めざして泳ぎ去りたくなった。どれほどせいせいすることか。

だが、彼は、きまりに背いて放逐されるわけにはいかなかった。兄と同じことになったのでは、何のためにセミナリヨに入学したのかわからない。

反逆した者の末路は、あの姿なのだ。

市之助が、ロマノの奇妙な行動に気づいたのは、その年の冬だった。


夕食のあとで、学生たちは、自発的に信心書の回読を行った。強制されたことではなかったが、パードレたちを喜ばせたので慣習的につづけられ、日課のようになっていた。

その夜の回読は、友永パウロからはじまった。友永は丸い顔に恍惚とした表情を浮かべ、〃こんてむつすむん地〃の一節を声をはり上げて朗読した。

それ人の生死はでうすの御手にあり。かつて自力の進退にあらず。

セミナリヨに入学する以前にも、ミサで、神父が読みきかせた文章であった。

あのとき、市之助は、それでは人間は天主の傀儡《かいらい》かと、心の中で激しく反発した。

今も、その気持がひるがえり、教義書の言葉を是認するようになったわけではない。しかし、毎日同じような言葉を聞かされていると、慣れてしまい、一々耳にも心にもとまらなくなる。神父の説教も、教義書の言葉も、心の上っつらを、ギヤマンの玉の上に落ちた水滴にように、すべり落ちてゆく。

熱してくると、友永の声は、ますます調子はずれに大きくなり、きんきんひびいた。彼は、奇妙な抑揚をつけて、

でうすよりあずかり奉るがゆえに、時来て召したもうなり。よく霊魂《アニマ》のまなこを開き……

ロマノがそのあとをつづけた。ロマノの声はよく透り、市之助は、彼の朗読を聴くのが好きだった。それは、いくぶん、彼の官能を波立たせさえした。

よききりしたんの死するは、死するというべきことにあらず、ただ命の初めなり。其故は死するを以て此牢となる色体より出て、光栄《グロウリア》の快楽《けらく》にいたり奉ればなり。

それでは、まるで、人間は死後のために生きているようなものではないか。

教義書の言葉には反発しながら、市之助は、快い音楽を聴くように、ロマノの朗読に聴き惚れた。こんてむつすむん地は、美しい韻律と力強い言葉でつづられているので、聴いているうちに心の一部が麻痺し酔い痴れていくような気分になる。麻痺するのは、理性の部分かもしれなかった。残る感性が、その言葉に自在にあやつられようとし、それはそれで、不愉快ではないのだった。だが、市之助は、その陶酔に落ちこむまいと逆らった。

夜更けて、彼は、ロマノが寝所を抜け出すのを目撃した。

窓から月明かりがさしこむので、深夜だったが、室内は暗黒ではなかった。

白い寝衣が、月の光に青みに帯びていた。

手水《ちょうず》に立ったにしては様子が違っていた。何か思いさだめたものがあるように、ロマノは、寝衣の衿をきちっとあわせ、深く息をつくと、勁《つよ》い足

どりで出て行った。

そのままなかなか戻ってこないので、市之助は気をもんだ。パードレやイルマンの誰かれに見咎められたら、罰を受ける。

罰が度重なれば、セミナリヨの学生にふさわしくないということで放逐される。

放逐されても、ロマノには、帰るところがないはずだった。もっとも、パードレたちもロマノが大村から来たことは承知している。パードレたちが彼にむける目は、他の者に対するのといくらか違っているような気もする。

暮らしを共にするようになって一年近いというのに、ロマノは、自分自身について、ほとんど誰にも語らなかった。彼は、極端に無口だった。口を開くときは、相手を無視し、一人言のような喋り方をした。

一刻近くたってから、ロマノは、やっと戻ってきた。その肩に、市之助は薄黒いしみを見た。蒼みを帯びた月の光のもとでは、はっきりしなかったが、血のにじみ出た痕のように思えた。

やはり、パードレに見つかり、罰を受けたのか。しかし、パードレがたは、罰を与えるときでも、皮膚が破れ血が出るほどの烈しい笞刑は与えないはずであった。

有馬ではキリシタンの生活は平穏だったが、神父たちは雲行きの悪化を予感していた。幕府はいつ態度を硬化させるかわからないし、近隣の大村、薩摩、毛利などの国々では、キリシタンを忌避する領主によって、迫害が厳しさを増しつつあった。学生たちに一刻も早く堅固な信仰心と克己、救霊の精神を植えつけなくてはならないと、神父たちの教育は、いっそう性急に苛烈になった。

脱落する学生が出た。

セミナリヨの中は、女人禁制であった。

女に対する禁忌は、厳しかった。色欲は唾棄すべき悪徳と教えられた。

だが、セミナリヨに出入りする女が一人だけいた。四十を過ぎた、トビウオの干物のような顔をした女で、足が悪いとみえ、腰が大きくゆらぐような歩き方をした。

女は、汚れものの洗濯に来るのだった。

庫裏までしか入室は許されていなかったが、裏の井戸の端にかがみこんで洗い物をしたり、洗い上がったものを干したりしている女の姿は、学生たちの目にふれた。

女に声をかける者はいなかった。まるで、そこに誰もいないもののように、無視して通り過ぎなくてはならなかった。

学生たちの汚れた肌着を傍に積んで、一枚一枚ひろげては、水をはった盥《たらい》に投げこんでいる女の後ろ姿が、妙に若やいで市之助の目に映ったのは、梅雨明けのむし暑い日だった。

女の、たくし上げ、襷《たすき》でからげた袖からのびた腕は、褐色に陽灼けして、みずみずしいはりがあり、裾短な衣が、しゃがんでいるので、臀《しり》の形をくっきりみせていた。がっしりした腰をおおった衣の縫目が今にもほつれそうにひっぱられていた。

市之助は、目を疑い、妖しい力に目がくらんで、女が若若しく変貌したような幻を見たのかと、一瞬、ばかげたことを思い、それから、いつも来るのとは違う女なのだと気づいた。女は、ときどき、手にした肌着をそっと鼻孔にあてたりした。

市之助は耳朶《じだ》がかっと熱くなり、鼓動が早くなった。若い女を身近かに見るのは、まったく珍しいことだった。

自分の肌着もあの中にあるのだと思うと、気恥かしくなった。

女は、また、一枚の肌着をひろげ、仔細に汚れを調べるように眺めまわしたが、ふいに、ぎくっとした様子を見せた。

うろたえたように、あたりを見まわした。市之助と視線があった。

はじめて、女の顔を見た。美しいとはいえなかった。平板な顔、瞼《まぶた》の腫れぼったい小さい目、ごく、平凡な女だったが、上唇がちょっととがり、下唇がぽっとり厚ぼったいのが愛らしく、肉感をそそった。

「これ……」と、女は、怯えたような、とほうにくれたような顔で、手にした肌着を市之助に見せた。

市之助は、唇をひき結び、きつい表情をくずさないでいた。

——この女と、口をきいたりしたら、セミナリヨを放逐される。

女がひろげてみせた肌着は、肩から背にかけて、紅いしみが細く蜘蛛手にひろがっていた。

——ああ、それは、ロマノの肌着だ。

気にせんでもいいのだ。パードレがたも御承知なのだから。

口の中だけで言い、あとじさり、彼は、足早に立ち去ろうとした。

「どげんしょうぞね。誰ぞ、怪我でもしたんかいね」

女は、血のついた肌着を、とみこうみした。早く、ここを立ち去らなくては、と市之助は思った。

足音がして、下働きの男が建物のかげから姿をみせ、井戸ばたに近づいてきた。

「あんた、どげんしたらよかろうね」女は、下働きの男に声をかけた。「こげに血で汚れとるの。何ぞあったんじゃろかね」

「洗うておけばよか」男は、気にとめず言った。「おいたちが、いらん口はさむこつはなかよ」

「そうじゃろか」

女は、その肌着をかたわらの石の上にひろげ、手桶の長い竹棹をたぐり上げて、井戸水を汲み上げ、勢よくかけた。それから、血痕のにじみひろがった肌着を、ぐいぐいと揉み洗いはじめた。

ロマノの肌着を、あの女が洗っている。

市之助は、目の前のものが揺れ動くような感覚をおぼえた。女は、肌着を両手でわしづかみにし、石の上にねじりつけ、揉み、水をつけて、またこねるように揉み押した。そのたびに、薄紅い水が流れた。水は、じき、透明になった。それでも、女は、くりかえし、水をかけては、力ずくで、しみを洗い落とそうというように、ロマノの肌着を石の上に押しつけ、こねた。

横幅の広い頑丈な臀が、くりっくりっと動いた。

吐息が洩れそうになるのを抑さえ、市之助は、その場をそっと去った。そこを離れても、女の形よい丸みを持った臀は、どこまでも彼を追った。

「おまえの襦袢《ジバン》を、女が洗っとった」

夕食のあとの、わずかな自由時間に、市之助はロマノにささやいた。

あたりまえだ、いつものことではないか、と言う顔で、ロマノは市之助をちらっと見た。

「今日、若か女が来よった」

ロマノはかすかに表情を動かしたが、話にのってこようとはしなかった。

「女?」と、友永が顔を寄せた。「ミゲル、おまえ、女の話などしてよいのか。放逐されるぞ」

市之助は、鼻の先で笑った。友永が、女の話をききたくてたまらないのに、くそまじめだから必死にこらえているのがよくわかる。友永は、自慰の味をおぼえ、真剣に悩んでいた。手水場から、妙にさばさばした、それでいて呵責《かしやく》の念にたえないような顔つきで出てくるので、誰の目にもそれとわかってしまうのである。

市之助は、別に罪の意識に悩まされることもなく、その行為になじんでいた。彼は、パードレたちの説く禁忌に背くことの方に興をおぼえ、表だって反抗したくなる自分を、一生懸命押さえていた。

友永と悶着を起こすのを好ましくないので、市之助は口をつぐんだが、ロマノの肌衣を揉み洗い、こねまわしていた女の姿が瞼から消えたわけではなかった。

女の手がつかみ、こね、抱きしめているのが、ロマノの素肌そのもののように思え、更に、自分の躰が女の手の中にあるような心持ちになった。

ロマノの寝衣は、血で汚れていることが多かった。深夜、彼が寝所をぬけ出すのは、礼拝堂でひそかに鞭打ち《ディシプリーヌ》の行をおこなうためだということは、知られはじめていた。鞭で自らの肩や背を打ち叩く鞭打ちは、懺悔の行の一つであった。しかし、礼拝堂で血を流すほどに激しい行をおこなうことは、パードレたちによって禁じられていた。ロマノは、その禁をおかしてした。パードレたちは、ロマノのひそかな行為を黙認しているようにみえた。

女に溺れこんだのは、上級生の一人であった。市之助が見た若い女は、ただ一度やってきただけで、その次からはまた、以前の、ひからびたトビウオのような中年女が来るようになった。中年女が躰の具合が悪かったので、一度だけ、知りあいの者が代わりにやってきたのだった。しかし、ただ一度の若い女の出現に、精神の平衡を乱された者は何人かいたようだ。その上級生は、ひからびた中年女に抱きつこうとしたのである。ふだん、おそろしくまじめな男だった。厳しくさだめられた戒律の一つ一つに、あくまで忠実であろうとしてはりつめた心のどこかの弦がふいに切れてしまったように、その男は正常な精神を失なった。セミナリヨを出された。

違う、と、市之助は心の中で激しく否定した。

兄は、あの男とは違う。肉の欲に負け、押し流されてしまったのではない。兄は、自らの意志で、反逆したのだ。

パードレたちの説くところを従順に信じ、罪を悔いていたのなら、自決などするわけがないではないか。もっとも忌むべきこととして禁じられている自害を、兄はやってのけたのだ。死をもって、パードレたちに、自分は信じない、と顕示したのだ。

そう、市之助は思いたかった。

自分は、ひどくいいかげんに日を送っていると、何か索漠《さくばく》とした思いがした。

周囲を見ると、友永は、パードレたちの教えに心酔し、ひたすら、その教えのままであろうとし、それが自分の本性の欲望とくいちがえば、あくまで自分を押し殺し——かなわぬまでも、押し殺そうとつとめ、辻ロマノは、必死な気迫で、教えの本質をつかみとろうとして模索しているようにみえた。

おれは、ただ、他人の蔑《さげす》みや侮りをはね返してやろうと……。

つまりは、父の面目のために……。

兄のように、徹底的に反抗しようともせず。

反抗してどうなるか、先が見えてしまっているためだ……。

晩禱《ばんとう》の時間に市之助が奇妙な光景に出会《でくわ》したのは、おそい春が逝こうとしているころだった。梅雨にむかうためであろう、礼拝堂の中は、湿気を帯びた、霧のような空気がただよっていた。

グレゴリオ聖歌を斉唱しているときであった。神学生の一人が、ふいに、祭壇に走り寄った。神父の足もとにひれ伏し、うわずった声で、私には感得できるのです。私は今、偉大な恩寵を感じています。この悦びを何と言いあらわしていいのかわかりません。祝福を賜れ、と声をあげて泣き、笑い、床に倒れ伏した。パイプオルガンが荘重な調べをひびかせていた。ミサは、学生の叫びによっても中断されることなくつづけられていた。パードレは学生の肩を抱きかかえ、聖霊の恵みがくだったことを感謝した。

列をわけて、何人かの学生がつづいて走り出た。私にも感じられます。何もかもが輝いて見えます。世の中がこれほど恩寵にみちみちていることにこれまで気づかなかったとは、何と愚かしいことか。

彼らは抱きあい、泣き、口々に悦びを告げた。市之助の隣に立った友永が、息を荒らげ躰をふるわせはじめた。おう、おう、と友永は吼えるように泣き出した。彼らは一団となり、揉みしだくようにもつれあい、転げまろび、肩を抱きあって泣き、その上にパイプオルガンのひびきが流れた。

市之助はあっけにとられ、この熱狂と恍惚の渦に巻きこまれた人々を眺めた。


いつもと変らぬミサであった。なぜ、突如としてこのような異常な昂奮状態が湧き起こったのか市之助にはわからなかった。

彼のほかにも、この異様な渦に同化できない者が何人かいた。

彼らは、激しい祭りの熱狂からはじき出された、言葉の通じぬ異邦の者のように、少しばかりぐあいの悪い顔つきで立っていた。

神父たちは、この騒ぎを鎮めるかわりに、グレゴリオ聖歌を朗誦する声を高めた。

その重々しくうねる声音は、彼らをいっそう忘我の中に導きこんでゆくようだった。

嫌悪感をもって、市之助はかれらの狂態を傍観していたが、自分の心の中に、何か羨望めいたものがひそんでいるのに気づき驚いた。

渦から離れて佇む中に、ロマノがいた。ロマノは、彼らを凝視していた。何度か、その渦の中にとび込もうというように足を踏み出そうとし、しかも、彼は、少しも酔ってはいなかった。

やがて、彼らは静かになった。精根つきはてたように床に倒れ、しばらく動かなかった。

どげんしたと。寝所に戻ってから、市之助はたずねた。友永は、まだ、半ばうつろな目をしていた。あまりに大きな悦びが、彼の表情を痴呆めいたものにしているのかもしれなかった。

友永は、憐むように市之助を見た。

「おまえは感得できんかったのか。哀れな奴の。あのとき、セミナリヨには聖霊がくだりたもうた。あの悦ばしさは口では言えん。魂の奥底からつかみ上げられ、ゆさぶられるようじゃった。天主は光たい。礼拝堂の中にみちた白い輝きをおまえは見んかったのか」

市之助は、一人、取り残されたような気がした。しかし、あの昂奮状態が、うすきみ悪くもあった。

——彼らを襲った喜悦というのは、何なのだ。おれには何も感じられぬ。おれには、うす気味悪いばかげたこととしか思えぬ。だが、あの恍惚の中に、何かあるのだろうか。何か、高貴な魂の昂揚といったものが。真の感動が。日常の次元を越えた飛躍が。感得できぬのは、おれが貧しい卑小な人間だからだろうか。

ロマノが、やはり、しらじらした目で狂乱する群れを見ていたことを思い、彼に親しみを感じた。

——ロマノも、何も見なかったのだ、おれと同じに。

ロマノは、その夜も寝所をぬけ出した。戻ってきたとき、寝衣の肩から背に、幾筋も紅く血がにじみ出していた。

貧者や癩者《らいしや》の見舞いも、生徒たちに課せられた義務の一つであった。教会の財政は楽ではなかった。コレジョ、セミナリヨ等の学生、従僕、同宿、その他、教会で生活費を賄わなくてはならない人数は多く、さらに、施設の維持費、経営費、信者への施与、大名との交際費など、伝道に要する費用は莫大なものがある。ローマ法王からの補助金と、対マカオの生糸貿易の利潤によって賄われるのだが、難船などのため、送金はしばしば、とだえがちであった。その中から、〃大きな愛を以て食卓で節したものを、毎日貧者に施し、同じ愛を以て彼らに教理を教え、善い刺激を与えて彼らを霊的に助ける〃ことが奉仕活動の一つになっていた。

生徒たちは、他の同宿たちと共に、セミナリヨの外に出て行く。城下をはずれ、有馬川の河原に行くと、耕す田畑も職も持たぬ人々が、救い米を待っている。女や老人が多かった。襤褸《ぼろ》をまとい、やせた手足も顔も垢にまみれ、腰は低いが目はぎらぎらと、粥の入った鍋をみつめている。彼らを前に、まず一くさり説教する。それから、薄粥を一椀ずつ配る。そこで、市之助は、彼らに憎悪の目をむける者に出会ったのだった。

ほかの者たちはおとなしかった。内心では、説教に時間をとられるより早く粥にありつきたいと思っても、態度には出さず、辛棒強く待っている。

その男は、年寄りだった。節くれだった痩せた躰は、枯れた松の枝のようだった。どんより濁った目で市之助たちをにらみ、説教の間も、舌打ちし、何かつぶやき、椀を受けとるときも頭もさげず、がつがつとすすりこんだあとは、叩きつけたそうな身ぶりで椀をおくのだった。

上顎の歯は抜け落ち、下の歯が半分残っているだけなので、老人のつぶやきは、聞きとりにくかった。くろずんだ歯ぐきをむき出し、一言ごとに、顎をゆがめ、こねまわすように下顎を動かして、老人はつぶやいていた。これほど憎々しげな目で見すえられたことはなかった。

市之助は、かがみこんで、老人のつぶやきに耳をかたむけようとした。そこには、彼の知らない、何かがあるのを、彼は感じとっていた。

セミナリヨは、澄明《ちょうめい》な壁で、外の世界からさえぎられていた。その壁は、一見澄み渡っているようにみえながら、実は鏡のようなもので、見えるのは、学林内の自分たちの姿ばかりであった。あまりにも整然と清潔で、静謐《せいひつ》なセミナリヨの中は、それは一つの虚偽の世界だと、彼は感じはじめていた。

じいやん、何の話ね。

老人の手がのびて、かがみこんだ市之助の胸もとをつかんだ。貧弱な躰のくせに、力は強かった。市之助は、思わずその手を振り払おうとしたが、思い直して、なすにまかせた。

おまいたちがために、おりゃあ、こんざまたい。横道《おうど》もんが。何もかんもひっかんがして火ばつけよって。おどんな乞食《くわんじん》におとしよって、何が施米な。

老人の息が耳にかかり、口臭が鼻をついた。他の者たちがいそいで寄ってきて、老人の手をもぎ離し、この爺は狂《たぶ》れとるけん、許してくださりまあせ、と頭を地にすりつけた。老人は、かすれた声でわめきたてた。

おるが家な、川棚の名主の家柄たい。老人は、唾を吐き捨てた。

「何《なん》すっとな。こん次から粥はやらんと」同宿は怒り、老人をつき倒した。転げた老人の裾が割れ、肉の落ちた腿が露わになった。

「おどら法華か。法華とあれば、肥後へでん去《い》んでさらせ」

同宿が突き放すように言うと、老人は、歯をむき出した。「おまいたちな、以前は法華じゃったろがい。ころっと変わりよって。むごらしゅう寺ば焼きよって。うちの殿さんな、御先祖がたの位牌まで打ちこわしなったとたい。いまに仏罰のあたるけんな。見ちょれよ」

有馬晴信がキリシタンに帰依したのち、領国内の神社仏閣をことごとく破棄させ、寺を焼き、キリシタンに改宗することを承知しない仏教徒を所払いにしたことは、市之助も聞き知っていた。だが、それはもう、三十年も昔、市之助が生まれるよりはるかに以前のことであったので、昔そんなこともあったのか、という程度の思いしかこれまでは、持っていなかった。忘れていることが多かった。

「バテレンな、鬼ぞ。田畑とり上げられてからに、おるが嬶《かかあ》は飢えて死によったばい」

「おまいが、ありがたか御教えに従わんけん、そげな目に会うとじゃ」同宿は、憎々しげに言い捨てた。

「どこも同じな」帰途、ロマノが一人言のように目を伏せて言った。耳にとめたのは、市之助だけだった。

「おいが国でもな、先君が仏寺ば焼きなされた。もとより、おいが生まるるより、はるか昔のこつばい。多羅山の宝円寺、白龍山の長安寺、郡村の伊勢大神宮、幸天大明神、大村の八幡宮、彦山大権現、まだまだある。みな、灰となったそうな。キリシタンな厭じゃ言うもんな所払いたい。それが、パードレがたの望みじゃった。ヴァリニアノ・パードレさまな、えらかお方と聞かされちょる。ばってん、神社や寺を破壊されたしと純忠公に強う言われたんは、あんお方だそうな。ヴァリニアノ・パードレは、大村には異教徒は一人もおらん、七万の領民がみなキリシタンじゃちゅうて、誇らしげにローマの総長に報告されたちゅうが、田畑とり上げられたら、百姓な餓ゆるほかはなかじゃろうもん。泣く泣く改宗したんもおろうたい」

日頃無口なロマノが熱を帯びて一気に語るのに、市之助は驚いた。まるで、異教徒の肩を持っているようにきこえた。ばってん、おまえは……

と聞き返す前に、

「当代さまになられたら、こんどは、キリシタンが御禁制じゃ」ロマノはつづけた。「教会は焼かれ、キリシタンは入牢たい」

「それでは、おまえの父親も……」市之助は胸をつかれた。ロマノの持つ翳りの正体がわかったような気がした。

ロマノはうなずいた。

「天主のさるるこつな、ときどき、わからんようになってくる」

「天主もしくじりばさゆっとじゃろう。そん尻ぬぐいば、おれたちがさすらゆっとじゃ」市之助は、言ったが、「そげん冗談《ぞうたん》ではすまされん」ふだんは無口で、あまり感情をあらわにしないロマノが、むき出しの神経にさわられでもしたように、顔色を変えた。

「冗談《ぞうたん》ではなか。ほんのこつ、おれはそう思うとる」市之助は言い返した。

「おまえは、キリシタンではなかな。洗礼ば受けとっても、形だけな。信仰ば持っとらんとな。それなら、なぜ、セミナリヨに入学した」

市之助は黙った。表面、従順に、パードレたちの言葉にしたがっている。しかし、心の中では敵意めいた感情さえ持っているのを、誰にもさとられまいとしてきた。自分の気持をいつわり、仮面をかぶっていることに、嫌悪感があった。同時に、自虐的な満足感のようなものも、ないわけではなかった。

ふと、ロマノに、心のはしをのぞかせたくなった。

おれは、こういう人間なのだ、と、かぶりつづけてきた仮面を、一瞬、ずらせてみせる。その誘惑は強かった。

「天主が居りゆるもんな、居らせんもんな」市之助は、セミナリヨの学生にあるまじき言葉を口にした。「どうでん、よかじゃろもん」

「おまえは、そげなこつを……」

「おまえはどうね。天主は真実居らすとか」

「居らせんとなら、おいが父は、何がために牢に入んなっとっとね」

「父御が信じとらすとなら……」

「おいは」と、ロマノは、いどみかかるような激しい口調でさえぎった。「信じる者には居らす、信じん者には居らせん、そげなあいまいなこつでは合点がゆかん。真実居らすか居らせんか、二つに一つじゃ」

「信仰が国政にかかわってきよるもんの」

そう言ってから市之助は、自分が見当ちがいなことを言ったのに気づいた。

その日の顚末は、すぐ院長に報告され、院長は、学生たちの施米を中止した。

「これが、パードレがたのなされ方な」ロマノが、市之助に言った。その声音に、憤懣《ふんまん》がにじみ出ていた。「みにくかもんは見せん。悪かこつは聞かせん」

ロマノもまた、殻をかぶって、自分の心を他の目からかくしつづけてきたのかと、市之助は思った。

パードレは、天主の意志の代行者であった。それに対する批判は、学生たちにとって、口にするは愚か、心に思ってもならぬことであった。

「おれたちな、ただ一つのことよりほかは知らされておらん」ロマノはつづけた。市之助が友永のような何の疑心も持たぬ奉教者ではないことに気づき、いくらか心を許したようであった。「エウロパにはな、まだ、ほかの学問がいろいろあるそうじゃ。そん中には、イエズス会のパードレがたの説かるると正反対のもんもあっとじゃ。ばってん、パードレがたは、それらをおいたちの目からかくしておらるる。パードレがたの目にかのうたものしか、おいたちは知るこつのできんとじゃ」

「何でおまえは、そげなこつ知っとっとね」

「千々石さまが言わしたんを、人づてに聞いた」

「千々石さまちゅうたら、たいそう悪口《あたごち》の言われとるお人じゃろうが。おまえの父御の仇ではなかか。そん人が、大村のキリシタンば入牢させ、迫害を加えとるちゅうではなかか」

「おいは、ほんのこつが知りたかよ」ロマノは言った。

「おいたちが与えられとるんな、真か、偽か。千々石さまな、エウロパまで行きなって、御自分の目で見て来らした」

「中浦パードレさまも、伊東パードレさまも、エウロパば見とらした。そいでん、あんお方たちは、強か信仰ば持っとらす」

四人の訪欧使節も、かつて、有馬のセミナリヨで学んだのだった。そのころは、織田信長の治世で、キリシタンは手厚く保護されていた。それから八年間、四人は同じ旅をし、ほぼ同じ経験をしたはずだ。帰国したとき、日本の情勢は激変していた。天下の統治者は豊臣秀吉になっていた。その上、禁教令が発布されていたのである。もっとも、秀吉は、宣教師の布教は禁じても、南蛮貿易は奨励していたし、その禁令もじきゆるやかになり、布教は黙認されるようになった。宣教師は、ほぼ安穏に宣教をつづけ、有馬のように手厚い保護を受けるところもあった。そんな中で、どうして千々石清左衛門だけが棄教したのだろう。

いつも、市之助の心の隅にある疑問だった。

そうして、また、兄は――と思った。

棄教とは、天主はおわさぬ、と宣言することだろう。

市之助は、これまで自分が常に意識においていたのは、パードレたちによって伝えられる言葉であり、パードレたちの行いであって、天主――人間を超えたえたいの知れぬ巨大なもの――それについて、つきつめた目をむけたことはなかった……と思った。

天主はおわさぬ、と、自分は、兄のように身をもって言いきれるのか。彼は、礼拝堂で、突如学生たちをまきこんだ、あの異様な雰囲気を思い浮かべた。

あの中で、彼らは、何を感得していたのだろう。自分には、何も感じられなかった。

あの学生たちの中には、周囲の者におくれをとるまいと、ことさら、狂乱の中に溺れこむふりをした者もいた。

だが、最初、自分には聖寵がくだるのが感じられる、と、ほとばしる声を抑えかねるように叫んだ男は、たしかに、何かを感じていた。深い喜悦。魂の底からゆり動かされるような。

彼は混乱し、頭を振って、考えを打ち切ろうとした。

人間は、絶対的な存在である天主の被造物だということも、生まれながらに罪を負った存在であり、イエズスがその罪をすべて背負い、磔刑《たっけい》となったと説く神父の言葉も、彼の理解からは遠かった。

しかし、彼が理解できようとできまいと、ロマノの言うとおり、天主はおらすかおらせんか、二つに一つだ、たしかにそうだ、と、彼は思った。

おらすのであれば、兄の死は永劫許されぬ大罪であり、おらせんとあれば――兄は、空虚な幻影に反逆して死んだことになるのか……。

有馬ではなく、自分が他の土地に生まれていれば、あるいは、もっと昔、キリシタンの教えがこの国に入ってくる以前に生まれていれば、天主がおわそうと、おわすまいと、そんなことには関わりなく、生き、そうして死んだはずだ。

どうでん、よか、と、彼はもう一度、つぶやいた。だが、どうでんよかではすまされぬものが、心の底にあった。その夜、深更、ロマノがまた寝所を出ていった時、市之助も、起き上がり、あとをつけた。

彼は、息をのんだ。仄暗い祭壇の前に端座したロマノの鞭打ちの凄まじさに、茫然としたのである。

市之助がしのび寄った気配にも、ロマノは気づかなかった。鞭が荒れ狂う蛇のように背で肩で鳴った。腕が、鞭といっしょに、ロマノとは別の無気味な生き物のようにめまぐるしく動いていた。彼は鞭打つ手を休めずに、肌脱ぎになった。背は赤紫に腫れ上がり、鞭が鳴るたびに紅い筋が走った。獣めいた呻きがくいしばった歯の間から洩れた。ロマノの背には、度重なる鞭打ちでできた傷がかさぶたになっていたが、それが破れ、新たな傷といっしょに、血を噴き出した。

灯火の明りを下から浴びた聖像が、祭壇の壁に安置されていた。聖像の眼はロマノからそれて斜め下の方をむいていた。

呻きとも吐息ともつかぬ声をあげて、ロマノは、がくっと前に突っ伏した。その声に、市之助はおぞましいものを感じた。正体がつかめぬままに、その直感は消えた。足音をしのばせ、市之助は去った。

——見るのではなかった……。足が震えた。何かわからぬながら、暗い罪のにおいを、市之助は感じとっていた。

表面平穏に、セミナリヨの日は過ぎていった。その中でくり返される単調な生活は、ラテン語の読み書きが進歩するという以外にはほとんど変化がなく、朝から夜までの同じ道程を、行きつ戻りつしているようだった。

外の世界がどのように動いているのか、情報はほとんど入ってこなかった。そうして、彼らに与えられるわずかな情報は、すべてパードレを濾過《ろか》したものばかりであった。

オランダ船が来日し、幕府から通商の許可を得た。対日本の貿易を独占していたポルトガルとイスパニアにとって、大きな脅威である。ポルトガル、イスパニアと、新興勢力であるオランダ、イギリスの、国力を賭けた抗争が、日本にまで持ちこまれた。

のちに幕府が禁教令を出すきっかけの遠因となる事件が、起こった。

それは、遠いマカオで、まず、起きた。一六〇八年（慶長十三年）市之助がセミナリヨに入って三年めのことである。

有馬晴信の朱印船の水夫たちが、マカオで乱暴狼藉を働き、総督の軍隊に武力で鎮圧されたのである。

事は、それだけではおさまらなかった。

翌年、五月末、定期貿易船マードレ・デ・デウス号の司令官として来日したマカオ総督アンドレ・ペッソアは、日本人のマカオ渡航禁止を家康に申し出た。船は長崎に入港しており、ペッソアは、そこから書簡を駿府の家康のもとに送ったのである。

ペッソアの要請は、八月二十四日になって受理された。

晴信は激怒し、ペッソアを召喚して、難詰しようとした。ペッソアは身の危険を感じて、召喚に応ぜず、出帆しようとした。晴信は、ペッソアの船に焼き討ちをかけた。マードレ・デ・デウス号は自沈した。

この知らせは、さすがにセミナリヨの学生たちの耳にも届き、彼らを湧き返らせた。しかし、神父たちは困惑し、この件について語ることをさけた。

「天主も困っとらすじゃろうの。どちらもキリシタンじゃけんの」

市之助は、ロマノにささやいた。ロマノはきりっと歯を嚙み鳴らすような音をたてただけで、何も言わなかった。

まもなく、有馬公が幕府から恩賞を賜ることになるそうだ、という噂が伝わってきた。外との接触は断たれていても、壁の微細な隙間からにじみ入る水のように、噂はつたわり、神父たちもその話を否定しなかった。

この事件のために、生糸の値が急激に暴騰したが、日本にとって利点も生じた。日本貿易停止による打撃にあわてたマカオ側が、貿易再開のために、糸割符制にしたがうことを承知したのである。その功からいっても、晴信が恩賞を受けるのは故あることと思われた。

有馬の家中の者が多い学生たちは明るい陽射しがさしこんだように生き生きとし、神父たちも、彼らの保護者である有馬公が幕府の好意を得るのは、心強かった。

大御所家康をはじめ、幕閣のキリシタンに対する思惑《おもわく》は決して安心できないものであることを、神父たちは知っていたからである。

恩賞の沙汰は、老中本田正純の斡旋で、晴信の旧領肥前三郡が与えられると、そこまで話が具体的になっていながら、いっこう実現の気配がなかった。

そうして、マカオの事件から四年を経た一六一二年、突如、晴信は幕府に召喚され、甲斐に流刑を申し渡されたのである。

恩賞の件は、本田正純の与力岡本大八が、晴信に伝えたものであった。晴信は、大八にたびたび多額の金品を贈り、事の進捗をうながした。だが、これは大八のいわば詐欺であり、本田正純はあずかり知らぬことであった。なかなか恩賞が実現しないので、業をにやした晴信が、正純に直接催促し、そのために、大八の詐欺と贈収賄が明るみに出た。入牢させられた大八は、晴信が長崎奉行長谷川左兵衛を毒殺しようとした事実があると訴え、晴信はこれに対し、十分な申し開きができなかったというのである。

この一件には、何か、うさんくさい幕府の企みが感じられた。晴信は罠にかけられたようにも思われた。

おそらく、前々からキリシタン禁教のきっかけを狙っていた幕府に、岡本大八も有馬晴信も利用されたのではないかと思われるふしがある。

晴信は甲斐に流刑後、死を命じられた。

晴信も岡本大八も、共にキリシタンであった。また、この事件の取調べ中、家康の側近にキリシタンが多数いることが公になった。彼らは、改宗を拒否した。

これらのことをきっかけに、幕府は、厳重なキリシタン禁教令を公布したのである。

有馬晴信の遺領島原四万石は、息子の直純に与えられた。直純は家康の側近として寵愛され、曽孫女《ひまご》を妻に与えられている。また、父晴信が取調べを受けたとき、父には叛意《はんい》があったと、わざわざ父親を罪におとす証言をしている。

直純は、領内のキリシタンを一掃することを幕府より厳命された。

有馬公が失脚し、死を賜わる。キリシタンが御禁制になる。

セミナリヨの学生たちにとって、これ以上苛烈な衝撃はなかった。

神父たちは、薄々、幕府の動きを察し、心の準備をしていたこともあろう。

しかし、学生たちにとっては、突然襲いかかった狂乱の嵐であった。

信長の治世に手厚く保護され興隆をきわめたキリシタンは、一時期、秀吉によって禁止されたが、その禁令はじきにゆるみ、有名無実のものとなった。

布教活動は、着実にすすめられていた。

日本の東部にまではまだ勢力が十分及んでいなかったが、京より西は、五つの教区に区分され、伝道は組織だった計画のもとに行なわれていた。

京より東においても、駿府、江戸など幕府の直轄地にさえ、教会堂《イグレジア》は建てられ、大奥の女たちの間にも布教は進められていたのである。

大村や肥後、薩摩などのように、領主の意志で、布教を絶対許さず、信徒を迫害しているところもあるが、学生たちは、それらの地もやがては天主の威光に従うものと信じていたし、ましてこの有馬においてキリシタンが禁止になるなど、夢にも思っていなかった。

キリシタンであることが、当然とされる日常だった。市之助やロマノのように、パードレに批判を持つ者の方が珍しかったのである。

イエズスの兵士として天主に忠誠を尽すのは、有馬の学生たちにとって、自明の理であった。感受性の柔い年頃を、パードレたちによって教えを叩きこまれてきたのである。市之助にしたところで、兄のあの凄惨な死がなかったら、これほど、パードレの言葉を一つ一つ揚げ足をとるように吟味したりはしなかったかもしれない。

ロマノは、キリシタンを禁圧する大村に生まれ、熱烈な奉教者である父の言葉と、キリシタンを誹謗する声と、相反する二つの声を耳にして育ち、迷いぬいてきたのであろう。

「こげな暴虐ば、天主が許さるる道理がなか」

「禁令はやがて解けよう。以前にもそうであった」

「何としても、教えば護りぬこうぞ。このセミナリヨは、キリシタンが砦たい」

激した口調で、学生たちは言いあう。

市之助は、彼ら以上に呆然としていた。

他の学生たちは、一時の動揺から立ち直ると、かえって強固になったようであった。迫害を予想し、それに立ちむかい戦いぬくと叫び、殉教のときを恵まれたと気負い立った。

市之助は、自分の拠って立つ大地を失なった思いがした。彼がせい一杯心の中で反逆してきたものが、不意に、力を失なった。

セミナリヨの権力は、失墜してしまった。最高の権威と思っていたものが、彼の目の前で崩壊し果てようとしている。

この六年間は、何のためにあったのだ……。兄は……兄は、何のために死んだのだ。兄を縛り、兄が命を賭して抗った禁忌が、こんなにあっけなくくずれ去ってしまう。

自分はどうなるのだ。

直純は、キリシタンをすべて改宗させようとしている。セミナリヨの学生であるということは、何の価値も持たなくなってしまった。

選ばれた者としての光輝は、剝ぎとられた。友永たちのように、天主への忠誠に一片の疑心も持たぬ者にとっては、この逆境も一つの啓示であり、受難は輝かしい悦びとなるだろう。

おれは……。のめのめと、敗北の身で、新領主に仕えることになるのか。

いやだ、と、彼の心は叫んでいた。

ふいに、自分が、ひどく卑しくみじめなものに思えてきた。

おれは、セミナリヨを、将来の出世のために利用しようとしていたのだ。そのために、足をすくわれ、このうろたえようだ。

ざまはない、と、彼は自嘲した。

たいして動揺しないのは、辻ロマノであった。彼にとっては、キリシタンが公認されようとされまいと、問題ではなかったのだ。

彼はすでに、迫害を経験していた。外部の事情がどのように変わろうと、彼にはかかわりないことだった。彼にとって重要なのは、〝教え〟が、真に唯一絶対のものなのか、ということ以外にないようだった。

直純は、領内のキリシタンに改宗を命じたが、まだ、セミナリヨの処置までは手がまわりかねていた。あまり性急に改革を行なっては、血なまぐさい騒動が起こりかねない。

学生たちは、謹慎処分を受けたように、セミナリヨの中に逼塞《ひっそく》させられていたが、もともと、外部との接触はパードレたちから禁じられてきたのだから、その意味では、日常にそう大きな変化が生じたわけではなかった。

だが、学生たちは、自分たちだけでひっそりと、塀の中に閉じこもってはいられなくなった。

彼らは、積極的に、外部の一般の信徒と連携を保とうとし、神父たちも、今はそれを奨励した。


その日、市之助と辻ロマノ、友永パウロは、院長に命じられ、講《こう》組織を作っている信徒たちの集まりに出席するため外出した。夏が過ぎようとしていた。海からわたってくる風はいくらか涼気を帯びているが、地にひそんだ熱気が足もとから立ちのぼり、躰にからまった。

人目につかぬよう、セミナリヨの制服である青い小袖のかわりに、ふつうの小袖を、三人は着ていた。

有馬川の河口に近い河原を通りかかったとき、一箇所に人々が群れていた。

「キリシタンの処刑な」

そう気づいたとき、市之助は、胃の腑を冷たい手でつかみ上げられたような気がした。ロマノの唇からも血の色がひいた。

直純が、命に服さず棄教しない領民が多いのに業を煮やし、みせしめのため、家臣の中の強硬なキリシタンを捉えて斬首の刑に処することにし、その処刑日が今日であることは、三人とも知っていた。

まだ、キリシタンと見れば、ひっくくって極刑にするといった手荒い手段はとられていなかった。何しろ、領民の大半が洗礼を受けているのだから、早急にキリシタンを根絶やしにしようとすれば、領民はかたはしから拷問にかけなくてはならない。

見懲《みこ》らしによって、恐怖心をおこさせ、自発的に改宗を申し出させる、その手はじめの処刑であった。

竹矢来の中に、荒縄でくくられて、十人ほどの男と、その妻や母らしい女が数人、そうして、二人の幼児が混っていた。

「むごらしかこつでござりますな」隣りに立った男が話しかけた。見知らぬ顔だが、相手かまわず口にせずにはいられないといったようすだった。

「上のお子は六つ、こまんかお子は三ついうことでござりますよ」

六歳になる方は、女の子だった。恐怖ため痴呆のような表情になり、泣声も出ない。下半身は小便にまみれ、顎がはずれそうに大きく口を開けたまま、躰をこわばらせ、ただ、ひくっ、ひくっと、のどを痙攣《けいれん》させていた。

三歳の幼児は、これはもう、力のかぎり泣き叫んでいた。その泣き声に、溢れ出る生命力を市之助は感じた。生の意味も死の意味も知らぬ幼児が、本能で、人間の最大の恐怖を感じとっていた。幼児を包んでいる闇の深さが、市之助を打った。

「よかとじゃな」役人の一人が、端然と坐った男の前に立って言った。「せめて、子供らの命だけでも助けとうはなかか。子供らば改宗させい。さすれば、このこまんか者らは解き放ちつかわす」

男は目を閉じて答えなかった。頬がひきつれて震えたが、それだけで、表情は変わらなかった。

幼児の泣き叫ぶ声は、ますます激しくなり、この小さい躰からこれほどの声が出るものかと思わせるほどであった。それはもう、甲高い子供の声ではなかった。野太い、野獣の咆哮に似ていた。その合間に、女の子が、何ともいえずやるせない、掠れた声を上げげた。言葉にはなっていない。哀しい吐息であった。周囲にこれだけ人間がいて、哀れじゃ哀れじゃと言いながら、救いの手をのべてくれる者は誰一人いないのだった。

「子供らば改宗させい」

役人は、言葉を重ねた。殉教を名誉と思いさだめているキリシタン武士に、この期に及んで彼ら自身の改宗は説いてもむだとわかっているが、子供だけでも改宗させれば、それは、キリシタンの汚点となり、ひいては役人の手柄となるのだった。

幼女が、また、長い哀しい吐息をついた。

「私を……私を先に」

女の叫び声が上がった。縛られた人々の間から、いざり寄り、役人の前に躰を投げ出した。

「お慈悲でございます。私を先に」

子供たちの母親らしかった。

「私を先に……」

「見苦しか！」

父親が吼えるように叱りつけた。

そのとき、

「お見事！」

感きわまったように、友永が、群衆の中から叫んだのである。

「殉教《まるちり》ばとげられい。天主が見そなわしておわす」

役人が柵ぎわに歩み寄ってきた。鋭い目を群衆にむけた。

その間に、刑吏たちが、女を足で蹴るようにして、囚人の列に突き戻した。

「お慈悲でございます」

「吼たゆるな」父親の声は、女の叫びに負けず大きかった。

——ああ、惨《むご》い！

市之助の胸のうちで、子供衆ら、改宗させられい！　その言葉がふくれ上がった。

思わず、叫びそうになったとき、刑吏の振り上げた刃が一閃した。刃は、三歳の幼児の首筋に斬りこみ、血が高く噴き上がった。幼い躰はあっけなく倒れ、噴き上がった血がその上に注ぎかかった。

市之助は、声を失なった。

幼女が、縛られたまま、芋虫のように地を転がって逃げようとする。その背を、刑吏の刃が刺し貫いた。地に刺しとめられたまま、臀と足がぴくぴく動いた。足が地を掻くように、くーっと伸び、ねじれた。おびただしい血が、ゆっくりと、乾いた土に吸われていった。血だまりの中に、子供の首からはずれたクルスが濡れていた。

刑吏は、刀をとりかえ、一人、また一人と、斬殺をくり返していった。小者が、脂と血に濡れた刀を桶の水で洗い、ぬぐって、刑吏に渡した。桶の水は、じきに、真紅にかわった。

役人は、ときたま、改宗せよ、そうすれば許すと言葉をはさんだが、その言葉は、うつろにひびいた。

もし、受刑者たちを陥落させ改宗させたいのであれば、最初に子供たちを斬殺したことは、逆効果だった。幼児の殉教を目にして、命ながらえようとする者はなかった。彼らは蒼ざめ、押し黙り、あるいは、祈禱の文言をうわずった声で無我夢中で唱え、首を刎《は》ねられていった。一太刀で頸骨を切断するほど腕の立つ刑吏はいなかったので、受刑者は、首から肩に刃を斬りこまれ、倒れたところを、押し切るように二の太刀が襲い、苦痛のあまり躰がはねとび、そこを小者たちが押さえつけた。

きわめて手ぎわ悪く、刑は進行した。土に溢れた血は、矢来の外まで流れ出した。

十幾つの骸が地に並び終わったとき、役人の顔色も、蒼ざめていた。

残酷な見世物は終わった。骸は運び去られ、役人たちも去った。矢来で囲われた空地に残る血だまりが、いっそう凄惨であった。

声もなく佇んでいた人々が散りはじめた。衆人の前でのキリシタンの処刑は、有馬では、これがはじめてであった。

ほとんど空白になっていた市之助の胸に、憤怒が湧き上がってきた。それは徐々にふくれ上がり、全身をみたした。

「ああ、何ちゅう惨か……」友永が思わず言いさして、自分の言葉にかぶせるように、「壮絶なこつたいの」言いなおした。友永は、ふいに地に膝まずき、赤黒く濡れた土に手をついた。「おいも、殉教ばとぐっと。必ず、とげてみすっと」

その言葉を耳にしたとき、市之助の憤怒は、檻を嚙み破った野獣のように猛り出た。力まかせに、彼は友永をなぐりつけた。

なぐってしまってから、あっ、と思った。

「何ばしよっと」

呼吸を荒らげ、彼は、返事をするかわりに、もう一度、友永になぐりかかった。

今度は、友永は用心していたので、躰をかわしてよけた。

「狂《たぶ》れよったんか」

「おまえは、狂れんのか。狂れんのか」

あの血を見て。あの、無抵抗に刺し貫かれた子供たちを見て。

実際、市之助は、自分の怒りが何に向けられているのかわからなかった。彼はただ、荒れ狂う激情を押さえかね、手近にいる友永にそのありったけをもってぶちあたろうとしているようだった。

ロマノは、とめなかった。彼は自分の思いの中に入りこんでいた。

市之助は、走り出した。躰の中から噴き上げてくる激しい感情が、彼を駆り立てた。

セミナリヨの前で、彼は足をとめた。中に踏み入るのをためらうものがあった。

「臆したとな」

友永の嘲るような声が耳をうった。

「ミゲル、おまえ、怖しゅうなったとな」

セミナリヨの正面にかかげられたイエズス会の紋章を、市之助はみつめた。

友永は、かっかっと足音をたてる勢いで、門を入って行った。

激情は胸の中でなお荒れ狂っている。

「ロマノ……」

市之助の呼びかけた声は、ロマノの耳には入らなかったようだ。ロマノは、まだ正気づかぬような蹌踉《そうろう》とした足で、市之助の脇をすりぬけた。

友永が、激した口調で処刑のさまを皆に語るのを、市之助は、彼が目にしたものとはまるで別の光景の描写のように聞いていた。

「みごとじゃった。誰も彼も、従容と殉教ばとげられた……」

市之助が視たのは、二つの荒れ狂う巨大な力の激突であり、その力に踏みにじられた幼い骸であった。

友永のように、一つの立場を正義と認め、それに対立し押しつぶそうとする力を邪悪なものと、きっぱり思いさだめることができるなら、事は明快だった。

あの子供たちは、選ぶことはできなかった……。

その夜も、ロマノが寝所を抜け出すのを、市之助は見た。礼拝堂に行くのだなと彼は察し、あとを追った。

燭台に点された蠟燭の弱い光が聖像を照らすその前で、ロマノは床にだらしない姿勢で坐りこんでいた。ディシプリーヌの鞭が膝の前におかれてあったが、彼はそれを手にとろうとはせず、何かつぶやいていた。その言葉が市之助の耳に入った。

なにはともあれ、わが上にはからいたもうほどのことは、みな善きことよりほかはあるべからず。

教義書〝こんてむつすむん地〟の一節であった。

闇にいよとおぼしめすとも、御身尊《たっと》まれたまえ。また光にあれとおぼしめすとも、また尊まれたまえ。われを喜ばせたまわんとおぼしめすとも、尊まれたまえ。

われを苦しめんとおぼしめすとも……

すべてを善きこととして受け入れよという天主の教えと、惨たらしく流された幼児の血の間に、引き裂かれようとしているロマノを、市之助は見た。

市之助は、ようやく冷静に、自分を駆り立てた憤りの正体をみつめようとしていた。

荒れ狂い逆巻く二つの力の、どちらに対しても、市之助は、怒りの拳《こぶし》をむけたのであった。だが、その怒りの何と無力なことか。

ロマノは、一方の力を、絶対的な善と受け入れようとあがいている。それを否定し去ることは、彼の父の苦難を全く無意味なものと認めることであった。

市之助は、兄の死を思った。天主の掟に背いて自ら命を絶った兄は、天主はおわさぬと、命を捨てて宣言したのだ。死は何の代償も持たぬ〝無〟にすぎないと。

それが真実なら、あの幼童の死、そしてまた数多い、天主はおわすと叫んで処刑された者の死は、どうなるのだ……。

気配に、ロマノが振り返った。ロマノは立ち上がり、市之助の方に近づいていた。血走った目が異様に据わっていた。

御身尊まれたまえ、御身尊まれたまえ、と唱える声が高くなった。

市之助は、ロマノの腕をつかんだ。彼が狂躁《きょうそう》の一歩手前で踏みこたえているのが、市之助にはわかった。

彼は、ロマノにかける言葉がなかった。彼自身が、混乱し、生きる基盤を見失なっていた。おれは、友永のようにいっさいを無批判に受け入れることはできぬ。そうかといって、あの、キリシタン虐殺の非情な力を許すこともできぬ。そうしてまた、頭では理解しきれぬ恩寵《ガラサ》への深淵を、ロマノのように、ディシプリーヌによって理性を麻痺させ、とび越えようとすることも拒否する。

おれは、ただ……。

「おのが命は、おのがものとして生きようたい」

彼は、自分の心に刻みつけるように言った。だが、その言葉は何か虚しく聞こえた。

それでも……そうとしか、おれには言えぬ。

有馬の城下の街道で、キリシタンの凄まじい行列がおこなわれたのは、みせしめの処刑の日から、ほどないときであった。

拷問で責め殺してでも棄教させるという領主の厳しい通達に対して、自分たちは拷問の苦痛など、少しも怖れはしないという、キリシタン信徒の激越な意志表示であった。

百人あまりの信徒が、思いつくかぎりの方法で、肉体を痛めつけながら、道を練り歩いた。先頭の者が、大きな杉板をつけた棒を高くかかげ持った。それには、

我らは弱く罪人ゆえ、己が罪を贖《あがな》い、侮辱申した主への信仰のために、一致して死ねるよう、我らの主なる神にご恩寵ば乞い申す。主のために生命棄つるこつば、御恩寵により誓いまつる。

と記されてあった。その後を、ゴルゴダの丘をのぼるイエズスにならって、重い十字架をになう者、両腕を、肩に水平にかついだ太い木の棒に結わえつけた者、大きな石を背にくくりつけた者、そうして、手を縛り上げてない者たちは、細く裂

いた竹を束ねた笞で、裸の背をたがいに打ち叩きながら行進した。ささくれた割り竹は肉を切り裂き、裸身は血の編目でおおわれた。

院長は、この行列に参加することを学生たちに禁じた。しかし、イルマンの中にさえ、熱狂して行列に馳せ加わり、躰を笞打ちながら、ミゼレレを唱和する者があった。

血みどろの行列は統制を欠き、猥雑《わいざつ》ですらあった。女たちの中には、神がかりになった巫女のように、予言や呪いめいた言葉を吐き散らし、痙攣して卒倒する者もでた。

参加は禁じられたものの、神父たちも学生も、沿道に群がる見物の間に混って、行列を見守っていた。行列の人々は、周囲の群衆に参加を呼びかけ、神父の姿を見ると、祝福をせがんだ。

人々の間に混って、近づいてくる行列を眺めながら、市之助は、ロマノが傍にいないのに気づいた。

ミゼレレの声が高くなり、血なまぐさい行列は、市之助の前をよぎって行く。

その中に、彼は、ロマノを見出した。

ロマノは、蒼白な顔をしていた。両腕を胸の前で交叉して縛り、しかも、両の腿に、短刀を深々とぶっちがいに突き刺して歩いていたのである。彼の歩むあとに、紅いしたたりが残った。狂おしげな目をした信徒たちは、かがみこんでその血に指をひたし、紅く濡れた指をなめた。血のしみこんだ土くれを押しいただいて口に入れるものもあった。

血は流れつづけ、ロマノは、ときどきよろめいて膝をついた。両側の男たちが彼をささえ、ひきずるようにして歩かせた。

騎馬の一隊が、行列の行手をふさいだ。役人たちだった。行列は蹴散らされた。馬上から躰をのり出して、役人は笞をふるい、鞘におさめたままの刀をふりまわした。木の十字架にあたって鞘は打ち割れ、十字架を背負った男の頭に、抜身が斬りこんだ。悲鳴をあげて、行列は逃げまどった。

「逃ぐるな、皆の衆、こんまま、行列ば続くっとじゃ」杉板で馬上の武士の刃をふせぎながら、行列の先頭に立っていた男が叫んだ。

市之助は、他の学生をうながし、混乱した群衆の中にとびこんで、ロマノをかつぎ出した。

セミナリヨにはこびこみ、医学の心得のあるパードレが、さっそく手当てした。ほかにも、怪我人が、あとからあとから、かつぎこまれてきた。セミナリヨには外来者は入れないなどとは言っていられない事態だった。

頭を刃で割られた者のほかにも、馬のひづめにかけられた者、転んだ上を踏みつけられて骨折した者、行列中に、すでにディシプリーヌで傷だらけになっていた者、一時の昂奮がさめると、急に傷の痛みが意識にのぼり、悲鳴や呻き声が建物の中にみちた。

神父たちは、ロマノの処分に窮していたようだ。禁をおかして行列に参加したばかりか、ゆきすぎた贖罪行為をしていた。しかし、彼の行動は、信者たちを煽《あお》りたて力づけるのに役立っていた。ロマノを譴責《けんせき》すれば、せっかく高揚した信徒たちの気持を萎えさせる結果になりそうだった。

意見は二つにわかれた。讃えるものと貶《けな》す者と。

もっとも、ロマノ自身は多量の出血のためほとんど意識を失っていたから、叱責や処罰を与えようにも、与えるすべはなかった。

友永パウロが、枕頭で、「偉かやつな」と泪ぐんでいた。友永は、小まめに怪我人たちの間をまわって神父の手当を助け、また戻ってきてロマノの傍に腰を落として坐りこんだりした。

市之助は、ロマノの枕頭につききりで坐っていた。

翌日、ロマノは粥がすすれるほどに恢復《かいふく》した。

謎めいた暗い微笑を見せ、ロマノは市之助を見上げた。「おいは、地獄に墜っとっとよ」

「何ね？　何が地獄ね」

問い返そうとし、市之助は悟った。肉体が衰弱したときにしのびよる恍惚の味を、ディシプリーヌの荒行を重ねるうちに、彼は識《し》ってしまったのだ。あのとき漠然と感じたおぞましさは、これだった……。

「地獄はよかよ。おまえは哀れな奴の。地獄も知らん。ハライソも知らん」

ロマノは手をのばし、坐った市之助の腿の上においた。

「おいはの、神を見ようとして、魔に会うてしもうた。昨日も、おいは、そいつといっしょに歩んどった。よか心地じゃろうと、そいつは言いよる。苦しゅうて苦しゅうて、よか心地じゃろうと。ああ、よか心地たい。おいはもう、何もいらん。いや、おいは……」ふいに、ロマノは躰を起ころうとした。「おいは、何で……どこで踏み迷うたんじゃ。天主にたずね、問いかけとるつもりが、おれの相手ばしとったんは、いつのまにやら魔にかわっとった。天主はおらんと、そいつは言いよった。おまえらを司るは、おれじゃとな」

「黙っちょれ」

苦行の中に神を見ようと必死につとめるうちに、与えられたのは甘美な性の沼と錯乱であったのか。

「おまえは何も知らんとの」ロマノはまた、薄く笑った。「たとえ地獄でもの、何も知らんよりはましたい」

数日たって、収容された怪我人はそれぞれの家に帰り、ロマノも傷口がふさがりはじめたころ、ロマノは、ふいに痙攣性の発作を起こした。躰を海老のようにそらせ、四股をつっぱり、歯をくいしばって呻いた。咬筋が硬直し、口を開くことができず、呼吸が不規則になった。意識ははっきりしていて、苦痛を訴えようとするのだが、くいしばった口は、意のままに動かず、唾液が泡になって唇のはしからこぼれた。

悪魔が憑いたのだと騒ぎだすものもいた。しかし、パードレたちは医学の知識が深かったので、傷口から菌が入り破傷風におかされたのだと判断した。診断はついても、破傷風に治療の手段はなかった。苦しむにまかせ、祈禱にすがるほかはないのだった。

その苦しみようは、見るにたえなかった。パードレも学生たちも、ひたすらに、この苦しみをとりのぞきたまえと祈っていた。

市之助は、祈りたくなる自分を押さえつけた。おのが生命は、おのが心のままに生きると闇にむかって宣言した彼にとって、祈ることは、自分への裏切りであった。祈れば、その後、いかなる生の矛盾も、御名尊まれたまえと、善として受け入れなくてはならない。

夜を徹して、パードレたちは交替で祈っているようだった。

生きてくれ、と、市之助は願った。

終油の儀式が行なわれていた。パードレが死を伝えた。市之助は席をたった。

門を出ると、星の残る暗い空の東の方が、いくらか色が薄れかけていた。

濡れた砂地がのび、汐がみちはじめていた。

妖しい沼に陥ちこんだために、罰を与えたもうたのか、と、市之助は、挑むように心の中で言った。それなら、沼を作られたのも、あなただ。

空は、刷毛目のような薄い雲がかかり、地平を破る太陽の光芒が、黒い森と空をつないでいた。

死者の霊が天に昇るという考えは、残された者に、何という大きな慰めになることだろうと、市之助は思い、巨大な光芒の耀《かがよ》いから、しばらく目を離すことができなかった。

それから、こののち、おれはロマノの死を心の中に抱きこんで生きるのだと思った。天を拒絶したからには、彼は、何もかも、彼の心一つに取りこんで生きて行かなくてはならなかった。

ロマノの遺骸は、セミナリヨの裏の墓地に埋葬された。その数日後、市之助は父の来訪を受けた。

平生なら、家人の面会は許されない規則であった。しかし、禁令が出て以来、セミナリヨもいつ取り壊しになるかわからず、神父たちは帰国を迫られ、学生たちにも早く改宗しろと圧力がかかるなど、混乱した情勢であったので、面会はたやすく許された。

ゆっくりと顔を見合わすのは、七年ぶりであった。近々とむかいあった父は、以前より贅肉がたっぷりついて貫禄をましていた。父が血色がよく、屈託ない顔をしているのが市之助には意外だった。晴信の失脚後、父はひきつづいて直純に仕えている。直純の家臣に対する棄教命令は強硬なものであった。現に、斬首刑にあった者まで出ている。父も棄教か受刑かの岐路に立っているはずであった。

「このたび、殿は、日向の延岡に移らるることになった」父は、庭の方に目をやりながら告げた。植え込みのハゼの葉が、少し紅みをおびはじめていた。

玄関わきの三畳ほどの小部屋で、二人はむかいあっていた。

「それも、一万三千石御加増の上での。島原四万石から、延岡五万三千石たい。めでたかこつの」

「まことですか」

噂は、うすうす、耳にしないではなかった。棄教を命じても、先代晴信以来の家臣領民はなかなか直純の命に服さない。直純としても、思いきった手段はとりにくいところがある。それで幕府は、直純を移封させ島原を没収し、幕府の力で残ったキリシタンに徹底的な弾圧を加える方針を決めたというのである。

「まことじゃ」と父はくたびれた顎を胸に埋めるようにうなずいた。「島原は、鍋島、松浦、大村の各藩が、分担して警備にあたるそうな」

「それで、父上はどげんさるっとですか」

「殿に従うて延岡に行く。それで、おまえもな、このさい、延岡にまいれ。殿が召し使うてくださると、ありがたか思し召しじゃ」

「キリシタンの私をですか」

「もちろん、棄教しての上じゃ」

周囲の嘲りの目を見返そうと、セミナリヨに入学するべくひたすらつとめた自分が、虚しく思い出された。

セミナリヨ入学は、父がかけた鉄鎖でもあった。

今、時節が変わったからと、軽々しく変節しろというのか、父は。

学友や師を弾圧し、迫害する側に立てというのか。

セミナリヨ入学を志したとき、自分自身の中にあった功利的なものを、はるかに拡大された姿で、父の中に見た。

市之助は、自分を嫌悪する気持で、父を嫌悪した。

「内藤が家はの、代々法華であった。そるを、晴信公の思し召しにより改宗させられた」父は膝をのり出した。「御先祖の位牌ば焼かんならんかったとき、わしが父上は苦しんどらしたぞ。御先祖の御霊も救えん教えが、何でありがたかちゅうてな、ばってん、殿に逆らえば、一族が路頭に迷おうが。飢えて死のうが。ひとたび殿の御言葉に従うたからには、かげひなた無う忠実にはげもうと、わしはつとめた。内藤の家が末長く栄ゆるこつこそ、わしが望みぞ。そるが御先祖に対する道ぞ。いま直純公に御代となり、もとの法華に戻るこつができて、わしも安堵しちょる」

施米を受けていた乞食《くわんじん》の群れが、市之助の脳裏に浮かんだ。祖父が改宗を肯じなければ、おれもあの群れの一人になっていたかもしれぬというのか……。

「晴信公のおらすときなれば、おまえがセミナリヨに入るは、まこと、よかこつであった。内藤の家の栄誉ともなった。ばってん……」

「それでは」市之助は、昂りを押さえかね、たたみこむような口調になった。「兄上は……兄上は、どうなるのです。キリシタンの教えにそむき、セミナリヨを放逐され、恥辱のうちに自ら命を絶たれた兄上の死を、どげんさるっとです」

市之助の詰問に、父は、意外なことを言った。

ジョアン金吾のキリシタンに対する反逆が、今や、家中では賞讃されているというのであった。骨のある男だった。キリシタン宗門の邪宗であることを見ぬき、命を賭けて抗議した、そのように評価されているという。

市之助自身、兄の死を、天主への反逆と解釈した。だが、今、他の者たちから似たようなことを言われると、猛然と腹が立ってくるのだ。

そのとき、そのときの都合で、いいように評価を変える。

いったい、何が、父上、あなたをはじめ、世間の真実なのだ。

「おまえも、もう子供ではなかろうが。神信心もよかばってん、そるがために暮らしがたちゆかんごとなっては、本末転倒というものじゃろうが」

改宗を拒み、処刑された男たち。あの処刑の場を目撃したとき、市之助は、自分の信仰を貫きとおすために、選択の自由を持たぬ幼児たちまで犠牲にした彼らに憤りをおぼえたのだが、今は、かえって、彼らに心惹かれた。

そのために、いっそう、市之助の立場は混乱した。

父のように、他の改宗者たちのように、今、時勢に従って利のために改宗することは、

「できぬ。峻拒する」

一方で、天主の絶対的な支配を認めぬと言いながら、市之助は、背教して父と同じ位置に身をおくことも拒絶した。

「私をば義絶なされませ」市之助は言い、鋭い哀しみが心を貫くのを感じた、「さすれば、身内にキリシタンがおるとの咎めをこうむるこつもなかとでしょう」

母が嘆くこつじゃろうの、と父が言ったとき、市之助は、「お帰りください」と、声を荒らげていた。

父が帰っていった後、市之助は、怒りよりも、淋しさ、あと味の悪さにやりきれない思いをした。

「何の話だったのだ」友永がたずねた。

「おれに棄教をすすめに来た」

「それで、おまえは何と言うた」

市之助は答えなかった。おれは棄教はせんと言えば嘘になる。信じていないもののために、どこまで殉じきれるだろう。しかし、今、棄教すれば、どのように理由づけようと、結果としては、父の所業と同じことになるではないか。主君の意に沿うために入信し、風向きが変わればあっさり転向する。あの父と同じ血が自分の中に流れている。

父だけではないのだ。家臣の大半が、父と同様に、新しい主君の意のままに転宗した……。

父が告げた有馬公の延岡移封は、まもなく事実となった。それを待たず、セミナリヨでは、難をさけて長崎のトードス・オス・サントスに移転する計画がすすめられていた。

いったん墓地に埋葬されたロマノの柩は、他の遺骨とともに掘り出された。白い布でくるんではあったけれど、布の外からでも腐敗はわかった。新しい柩におさめ、縄をかけ、移転の日、市之助は友永パウロといっしょに柩をかついだ。

一行は、口之津まで徒歩で行き、それから船に分乗して長崎に渡った。

長崎でも平安はなかった。一時、岬の先端の数町がイエズス会領になっていたこともある長崎から、トードス・オス・サントスの一帯は、住民のほとんどがキリシタンである。しかし、このあたりはすでに幕府の直轄領となっていたから、棄教を迫る奉行所の声は厳しかった。

その中で、市之助はセミナリヨにとどまりつづけた。キリシタンが迫害される今となって、どうして、離れることができる。それでは、父と同じではないか。父の行為を賤しいと憤りながら、父と同じ行動をとることができるものか。

その年の十一月、伊東マンショ神父が病死し、奉行所の役人が警戒の目を光らせる中で、盛大なミサが行なわれた。

役人が急激な鎮圧を加えるには、信徒の数が多すぎた。

各地で、拷問や処刑は凄惨さを増しつつあった。

京や大坂では、キリシタンを俵詰めにして路上に積み重ねたり、女の股間を鉤《かぎ》で押し開いて衆目にさらすなどの暴行が、役人の手で行なわれている。はるばる北の果て、津軽の荒蕪地《こうぶち》に流刑になった人々もいる。京で四十七人、大坂で二十四人、女や子供もまじえて、敦賀から船で津軽の不毛の荒野に放逐されたという。

有馬では、二百人ほどが役所に呼び出され、素裸にして殴打されたあげく、半数以上が棄教した。頑強に棄教しない七十人に対しては、首に綱をつけ、市中をひきまわし、更に、そのうち三十四人は、両足を板の間にはさみ、絞めつけたあげく、上から踏みつけ足の骨をくだくという目にあわされた。最後まで棄教を肯じなかった十七人は、斬首された。

口之津では、半殺しになるほど殴打された上、胴中に大きな石を結びつけて逆吊りにされ、目、鼻、口から血を流して死んだ。

手足の指を折り、鼻を殺《そ》ぎ、額に灼熱した鉄片で烙印を押すなどの刑も与えられた。

それらの話は、長崎までも伝わってくる。

この情勢は、いっそう、市之助の足をセミナリヨにとどめた。いま脱会することは、この暴虐な処刑者にくみすることを意味した。

こうなった以上、戦うほかはないのではないか。市之助は思った。彼はいつか、キリシタンがその義を貫きとおすことを望んでいた。

神父たちは、信徒が武力闘争を行なうことを禁じている。しかし、宣教師たちは、この地に布教の足がかりを得たのち、その勢力をひろめるために、キリシタンに帰依する大名には武器弾薬を与え、軍事援助を与えたというではないか。有馬晴信公の入信も、大村純忠公の受洗も、軍需物資とひきかえであった。当時、戦乱あいつぎ、大村、有馬の軍は、龍造寺隆信の軍勢と激戦をまじえていた。南蛮の強力な火器の有無が、勝敗を決定する。宣教師は、領民を一人入信させるごとに鉄砲を一丁あたえると約束したという話まで伝わっている。それは作られた話としても、布教に協力する大名にだけ軍事援助を与えたのは事実だった。彼らは武器で魂を買った。勢にのって、神社仏閣を焼き討ちにかける暴力行為まで許した――というより、それを領主に積極的に望んだパードレたちが、この弾圧の前には、神の愛を表にかざし、なりをひそめている。戦ってもかなわないから、静かにしている。

――それを、神の愛という言葉でかざっている。それがおれには腹立たしい。

宣教師に早く国外に去れという命令は厳しくなり、神父らはそれを受諾していた。しかし、帆船は、いつでも自由な航海ができるわけではない。秋、季節風が西にむかって吹くときを待たなくてはならなかった。彼らは、信徒を置き去りにするのだ、と、市之助は思った。マカオやマニラに戻れば、パードレたちの身は安泰であった。だが、日本に残される信徒たちは、教えを棄てないかぎり、殉教への道をたどるほかはないのだ。

ただ、ひっそりと息を殺し、嵐が通り過ぎるのを待っているようなキリシタンに、市之助は、腹立たしさをおぼえた。

信徒の二、三の者に、有馬ではこのようなことがあった、と、贖罪行列のことを語った。それが役人に蹴散らされ、怪我人が多数出たことも。

その一言が、口火となった。信徒たちの中にも、煮えたぎるものがあったのだ。だが、彼らは、その燃える火をどのように形にしていいかわからないでいたのだった。

たちまち、行列の相談がまとまった。パードレたちには告げてなかった。阻止されるにきまっていたからだ。


信徒たちのみによる行列が、くり出した。首に枷《かせ》をはめ、頭に灰をかぶり、重い十字架を背負い、半裸の背をたがいに力いっぱい打叩きあいながら、街筋をねり歩いた。

市之助も、その行列に加わった。両腕を縛り、隣の男に鞭打たせながら歩いた。男は思いきり力をこめて叩き、皮膚が破れた。友永は参加しなかった。有馬の行列に加わったロマノが悲惨な狂い死にをしたことから、パードレの命に従わぬ贖罪行列は、天主の意に背くと思ったからである。あげな行列は許されんのじゃ、と友永は顔色を変えて市之助をいさめたのだった。ロマノの死にざまば思い出してみい。

鞭打たれながら、市之助は歩いた。

——おまえは、何を見たのだ。おれも見たい。たとえ、地獄でもいい。魔でもいい。おまえと同じものをおれも見たい。おれには、この苦行は、ただ、ばからしいとしか感じられん。この痛みの中から、何が生まれてくるのだ。おれは、いい気になっておれを打ち叩いているこの隣りの男を、なぐり返してやりたくなるだけだ。おれは聖なるものには全く見離されているのか。それは、あるのか。ただ、おれに感得できないだけなのか。魔でもいいのだ。魔は聖の裏面だ。おれに見せてくれ、ロマノ。ロマノ。

行列は、たちまち、人々を熱狂させた。毎日のように、人々は集まってきた。血まみれになってねり歩いた。五月の十四日には、信徒たちの行列は七つにも増え、役人も手を出しかねた。鎮圧するには大騒動をひき起こす覚悟が必要だった。

神父たちは、信徒のかってな行動を喜ばなかった。神に関することは、すべて教会の主宰のもとにおこなわれるべきであった。教会の権威を徹底させるべく、神父たちは、この信徒たちの素朴な憤りから発生した血の行列を、荘厳で華麗な、統率のとれた儀式に変形させていった。

五月二十日、古川町のサン・アウグスティノ教会から、血と十字架の行列が出発した。

高くかかげた十字架のあとを、血の贖罪者の群れがつづいた。そのあとから、トランペット奏者の一隊、紫色の美々しい絹服をまとい、燭をかかげた少年たち、受難旗、金の燭台、銀の聖遺物匣をかかえたパードレたちがつづき、行列を権威あるものにした。

二十九日、木曜日、聖体の祝日の日に、イエズス会が主宰して、もっとも華麗な行列が行なわれた。長崎には、イエズス会のほか、フランシスコ会、ドミニコ会、アウグスティノ会が入ってきている。日本布教の先鞭をつけたのはイエズス会であり、どこよりも勢力をふるっているのも、この会であった。各修道会の間における勢力争いは激しかった。ことに、イエズス会は、自分たちが苦労して開拓した日本の国に他の会が入りこんでくるのを喜ばなかった。

行列は、イエズス会の権威を示すためにも、いやが上にも華麗になった。五十人の少年たちが手に蠟燭を持って先頭に立ち、その後を、学生や同宿がやはり蠟燭を手に、短白衣を着て進み、幼な子イエズスの像をのせた金色の台が人々にかつがれて続いた。その前後を白衣の合唱隊がかこみ、さらに、五十数人のイエズス会のパードレたち、それから、大きな聖旗が進んだ。聖旗は、紫の地に、金、銀、紅などで、息子イサクを神の生贄に捧げようと新月刀《プルファンヘ》をふりかざしたアブラハムを縫いとったものであった。そのあとから、深紅の服を着た信徒が八本の高燭台をささげ持ち、金の聖体顕示台《クストディア》にのせられたイエズス像が進んだ。クストディアは、刺繍をほどこしたビロードの天蓋《てんがい》でおおわれていた。

　町中の信徒たちが加わって、行列はふくれ上がった。

　人々は、いくらかくつろいでいた。最初の悲愴なデモンストレーションは、イエズスの権威をたたえるものにかわり、人々は、浄化されたような満足感を味わいつつ、華麗な行進をつづけた。

　この儀式には、セミナリヨの学生も全員参加した。市之助も、友永パウロと並び、燭《しょく》をかかげて進んだ。整然とした儀式であった。魔を喚び起こす何ものもなかった。市之助はただ黙々と、義務を果たすように足をはこんだ。

　——何《なん》も見えんとよ、ロマノ。

　一時的に激しく燃えさかった激情は、鎮まれば、逆に奈落の深みに落ちこんでゆく。行列は、いつか下火になり、消滅した。

　六月。季節風にのって、貿易船が長崎の港に入るときである。朱印船も帰ってくる。異国のにおいがする。

　長崎の町は活気づく。数艘の曳舟にひかれて、巨大な南蛮船が入港する。船から下ろされた積荷を運ぶ小舟が、船着場との間をあわただしく漕ぎ行き漕ぎ戻る。荷担ぎの人足が右往左往する。トードス・オス・サントスの高台からも、その喧騒のさまは見てとれた。それは、何か心ときめかす光景であった。

岬の突端の司教館を所用で訪れた市之助は、碇泊した貿易船を間近に見た。

何と巨大な、そうして、外洋の爪痕を舷側にきざみつけた船か。

碇綱にも脇腹にも、牡蠣殻が喰いつき、青い海藻がからんでいた。船板の継ぎ目から瀝青《れきせい》が垂れ、海図のような模様を描き、船首の木像は刻み目がすりへり、唇が奇妙な笑いを見せていた。

この船は、また、外洋に出て行く。秋になれば――。

そのとき、貿易船は、追放者を運ぶ船ともなるはずであった。セミナリヨにとどまるかぎり、市之助もまた、キリシタンとしてマカオに追われることになる。

汐のにおいを含んだ風が肌に快かった。

マカオ。そこは、イエズス会の東洋布教の中心ではあるけれど、それ以上に、彼の知らぬ何か新しいものがあるように思えた。

未知のものは、幻影を駆りたてた。

追放者として、マカオに渡ろう。

ふいに、はっきりと、道がひらけたような気がした。日本にいる間は、キリシタンとして、仲間と共に迫害の笞も受けよう。だが、マカオに渡ったら、そこで、おれは正式に教会を離れ、自分自身になる。そうだ。おれはきっぱりと鎖を断ち切るのは、彼の地においてだ。誰がそれを卑怯だ、裏切りだと、咎めることができるだろう。

兄者、ロマノ、おれは、おまえがたを忘れるかもしれない。あの、えたいの知れぬものを探るのをやめて……

＊

「ミゲル、何ば考えちょる」

友永パウロの声が、市之助の回想を破った。

背後の炎は、やや下火になっていた。人々は散って、それぞれの仕事に戻り、炎の傍に佇んでいるのは、椅子に腰を下ろしたコーロス院長と、その横に立って、院長の萎えた手を両手で包むように握っている中浦ジュリアン神父の二人だけだった。

やや小柄な日本人の神父が、せかせかした足どりで近づいて来た。中浦神父と同年輩である。かつての訪欧使節の一人、原マルチノであった。原神父も、追放船でマカオに渡ることになっている。

院長に目礼すると、

「マカオに持参するんは、これでよかろうの」長崎の言葉で、中浦ジュリアンに話しかけ、手にした書物を示した。

『ぎやどぺかどる』『こんてむつす・むん地』『どちりなきりしたん』『ばうちずもの授けやう』『ひですの教え』

長崎や天草で、イエズス会士の手で印刷出版された、国字本の教義書であった。

「アンドレは、故国《くに》の言葉ば、おぼえておろうかの。マカオに渡って、十四年になるけんの」

原神父は、ラテン語もポルトガル語も、きわめて堪能である。それなのに、近ごろは、ポルトガル語より長崎の言葉で語る方が多い。今度長崎を離れれば、一生帰ることはないという思いが、無意識のうちに、くにの言葉を口にさせているのかもしれなかった。

「おいがアンドレばマカオに連れて行ったんは、あれが八歳のときじゃった」ジュリアンは答えた。「ばってん、おいは、ひきつづき、四年、マカオにおって、あれといっしょじゃったけん、十二歳までは、あれも長崎の言葉を使うとった。忘れはすまい」

「よか若衆《わかし》になったとじゃろうの」

「アンドレを御存じですか」と、中浦ジュリアンは院長に問いかけた。

「あなたがローマから帰ってから、一六〇〇年に勉学のため再びマカオに渡ったとき、幼い男の子を伴ったという話はきいているが」

「来年、ポルトガル船が来日するとき、アンドレを日本に来させるよう、マカオにおられる司教にお話ください。アンドレは、マカオのコレジヨで勉学中です。きっと、私の布教のよい助けになるでしょう」

中浦神父は、ポルトガル語でコーロス院長に語っていたが、市之助も友永も、日常の会話には不自由ないほど、ポルトガル語には習熟していた。

「アンドレて、誰かない」友永がささやいた。

「知らんの」

「日本に来っとじゃな」友永は、一人でも同士がふえるのを心強く思っているようだった。

「来年の春、ゴンザレスの船のまた長崎に来るとき、乗ってくっとじゃろうな。おまえもいっしょたいな」

市之助は、心の中で、首を振った。

海に目をやると、ゴンザレスの船の尾灯がかすかにゆらいでいた。

夜は深く、海は闇にのみつくされていた。

風が汐のにおいをはこんだ。異国のにおいだった。ロマノの骨を包んだ手に、市之助は、もう一度力をこめた。

第二章

風が雲を吹き払い、水平線上に、五島列島がくっきりと見える。

長崎から陸路二里の福田港は、おびただしい人や牛馬の群れで、ごったがえしていた。

マカオにむかうマヌエル・ゴンザレスの船が、福田から出航することになったのである。

船主で船長《カピタン》も兼ねるゴンザレスは、風が冷たいのに、額に汗を浮かべ、声を嗄らし、積荷の指図にいそがしい。イスパニア人のゴンザレスは、幕府から朱印状を交付された長崎在住の貿易商人である。

前檣《ぜんしょう》と主檣《しゅしょう》に各二枚の横帆、後檣《こうしょう》にラテン・セールを備え、斜檣《しゃしょう》にスプリット・セールを張った二百五十トンのガレウタ船は、水深の浅い港に横づけはできず、沖合に碇泊している。積荷を満載した小舟が、あわただしく、桟橋とガレウタ船の間を往復する。

銀座の刻印づきの銀をおさめた、ずっしり重い木箱が、数にして百四、五十、さらに、銅、鉄などのほか、蒔絵螺鈿《らでん》などの工芸品、刀剣、屏風、小袖、マカオで売りさばく品々が、厳重に梱包して桟橋に積み上げてある。小舟が戻りつくたびに、褌《ふんどし》一つになった男たちの手で、梱《こり》は船に運び移されるのだが、荷の山はなかなか減らない。

塩漬けの肉、小麦粉、米、船旅の間乗組みの胃をみたすための食糧も、ばかにならない分量である。

積荷は、ゴンザレスの商売物だけではない。航海士《ピロト》や水夫などの乗組みも、現地で売りさばいて儲けるための、自分の商品を持ちこんでいるし、さらに、客商と呼ばれる、自分で船を持たず、渡航賃を払って他人の持船に便乗し、海外に渡り商売する者たちが、各自の商品を山積みにし、わしの荷を乱暴に扱うなと、人足にどなり散らしている。客商は、百人あまりもいた。それが、めいめいにわめきたてるのだから、その騒々しさといったらない。荷物を運んできてそのまま柵につながれている牛や馬が、昂奮して、鼻息を荒らげる。

陽灼けした躰をむき出しにした人足や水夫たちが走りまわり、カルサンに胴衣、マントの裾をひるがえすポルトガル商人がゆきかい、客商たちがどなりかわす。その喧騒から少しはなれて、女たちが佇んでいる。マカオや、途中で立ち寄る高砂（台湾）で売りとばされる女たちである。貧しい農家から買い集められてきたのだから、小袖はみすぼらしく、束ねて髪はそそけ、なかに、いかにも遊女らしく髪を唐輪に結い上げたのもいるけれど、髷《まげ》の根を巻いた毛先がぼうぼうと乱れて、風に吹き散らされている。

さらに、人目をしのぶように、そこここの物かげに屯する人々がいた。いずれも、貧しげな農夫たちであった。子供を抱いた女も混っている。彼らは素足だった。表情はこわばり、殺気を押し鎮めたような、異様に緊張した雰囲気が、その集団にはあった。

「天気のぐあいはどうだろう」

ゴンザレスは、ポルトガル人の航海士《ピロト》に問いかけた。

「かなりな強風になりそうだ」航海士は、沖あいを眺めて答えた。「今朝は、日の出前に、東の方にむら雲が出ていた」

それから、手をさしのべて、人々の群れを横になでるように動かした。「乗組みと客商だけで、定員ぎりぎりだ。この上、パードレだの追放者たちを乗せるのでは、船足がかなり遅くなるな」

「まったく迷惑な話だが、止むを得ん。奉行《マジストラ》の命令だ——というより、内府様の命令か。彼らからは、船賃もとれんしな。奉行に、彼らの渡航費は誰が払うのかと訊いたら、えらい見幕で怒られた」

「結局、何人乗ることになった？」

「マカオにむかうのは、イエズス会のパードレが三十三人、イルマンが二十九人、それに同宿やコレジョの学生など日本人が五十三人……しめて百十五人か。それが二艘に分乗するから、私の船に乗るのは、ざっと五十人というところだな」

航海士《ピロト》は肩をすくめた。

「彼らは、自分たちの食糧はちゃんと用意しているのだろうな」

「大丈夫だろう。二十日ぶんくらいの食糧と飲み水、煮炊きの燃料、まとめて準備するよう、言ってある」

「順調にいって、マカオまで、十六、七日。嵐などでのびても、二十日ぶんあれば……」

その上、すぐ、五人減る、とゴンザレスは、ひろげた左手の指を、一つ一つ数えるように右手で触れた。

「やはり、その五人は途中で下船させるのか」

「そうせんと、あとでイエズス会の連中がうるさい」

「いい度胸だ。だが、奉行《マジストラ》に密告される怖れはないのか。国禁をおかして追放人の密入国に加担したことが露見したら、どうなると思う？　私は、この土人の国の掟で裁かれるのはまっぴらだ。どんな野蕃なことをされるかわからん」

「危険なのは、日本人の商人どもだけだ。我がイスパニア、ポルトガルの商人が、私をこの国の官憲の手に渡すような馬鹿げたまねをするわけはないし、水夫たちは、みな長崎の者で、ほとんどがキリスト教徒だ。そうでないものも、同情的な気持をもっている」

「いや、水夫どもは、あてにならんぞ。恩賞めあてに密告する者がないとはかぎらん」

「まかせておけ。まだ、水夫どもはこの計画を知らん。私がうまくやるから大丈夫だ」

ゴンザレスは、事もなげに、厚い唇に大胆な笑いを浮かべた。

「それに、イエズス会に恩を売っておくと、私の商売がやりやすくなる。たとえば、奴隷の売買だ。マカオ、ルソン、マニラ、アフリカ、どこででも、宣教師自身、奴隷売買は当然と認めているくせに、この国でだけはやめろと、うるさく言う。私は、神父たちに、恩という枷を一つはめてやるわけだ」

寒そうに躰を寄せあっている女たちを、ゴンザレスは指さした。まだ男に媚を売ることを知らぬ素朴な娘ばかりであった。

女の一人は、土の上にぺったり坐りこんで、素足の裏に土を塗りつけていた。十三、四にみえる稚ない娘だった。

「何しよっとない」やや年上の娘が、指先に息を吹きかけながらたずねている。

「船に酔わんまじない」娘は、せっせと土を塗りつけながら、「足の裏に土のついとる間は、どげん船が揺れても酔わんとよ。おっ母《か》んな、教えてくれなった」

「そいぎら、うちもやってみゆかない」

年上の娘も腰を落とした。

乾いた土は、塗りつけても、すぐ剝げ落ちる。二人の娘は、手のひらにすくった土に唾を混ぜ、指でこねて塗っていた。

「マカオで糶《せり》にかけても」と、ゴンザレスは女たちを眺めながら、「こんどは、神父たちから横槍が入ることはないだろう。これだけ危険をおかして、彼らに手を貸してやるのだからな」

「女は、シナ人がいい」と、航海士は目を細めた。青い虹彩が灰色にかげった。「あの、細い小さい足がいい。私の口の中にすっぽり入ってしまうような愛らしい足だ。しじゅう布で結えているから、垢まみれで妙なにおいがするが、そのにおいが、また、何ともいえずいい。日本の女はつまらん。淡白すぎる。シナの女は、男を喜ばせる方法をよく心得ている」

「金をふんだくる方法も、よく心得ている」ゴンザレスは笑った。

ひとしきり、女の話に打ち興じてから、「日本でも商売も」と、航海士は話題を変えた。「これからは、やりにくくなりそうだな」

ゴンザレスは、肉の厚い眉間に皺を寄せ、うなずいた。

「パードレたちは、やりすぎた。はじめのうちは、彼らのおかげでこっちの商売も便宜を得たが、こうなると、神さまが我々の足をひっぱる」

航海士は、あわてたように十字を切った。

「神の悪口を言うなど……海が荒れるぞ」

ゴンザレスは苦笑して、航海士にならい、十字を切って、懺悔するような神妙な表情を作ってみせたが、すぐに、

「内府は、あのイギリス人をばかに気にいっているからな。これからますます、イギリスとオランダが、我れ我れの商売仇になる」

「あのイギリス人？　アダムズとかいう男か」

十四年前に、豊後臼杵湾の北岸佐志生《さしう》に漂着したオランダ船リーフデ号の航海長、イギリス人ウイリアム・アダムズは、家康の寵を受け、相州三浦郡の逸見《へみ》に二百五十石の領地をもらい、日本人の女と結婚している。家康のために八十トンと百二十トンの帆船を建造し、夙《つと》に、おぼえがめでたい。

「あいつはプロテスタントだが、布教とは全く関係がない。だから、内府も気を許しているのだろう」

「パードレたちが、オランダ人やイギリス人は怖ろしい掠奪者だ、彼らに自由を許すなら、他国の商人は当地に来航しなくなる、とおどしをかけ、

アダムズらを死刑にしてほしいと内府に要請したが、逆効果だったようだな」

そのとき、ざわめきが起こった。農夫たちの間から起きたのであった。彼らは、埠頭と反対の方角にむかって、走り出した。

「どうしたのだ、あいつらは」

航海士は、話の腰を折られ、走って行く農夫たちの方に目をむけたが、「やって来たようだ」とうなずいた。

稲佐山の山裾の道を、追放者の一行が進んできた。役人たちが、その前後左右をかためていた。

百姓の男や女たちは、口々に何か叫びながら、膝まずき、神父たちにむかって手をさしのべた。その手には、役人たちの目もはばからず、十字架が握られていた。腕に抱いた嬰児を神父の方にさし出し、最後の祝福を乞うものもいた。

「どけ、どけ」笞が鳴り、役人は彼らを追い散らそうとした。

神父の裾にすがりついた男は、役人に蹴倒され、嬰児は母親の手からもぎ離され、放り出された。

それでも、彼らは追放者にとりすがった。

行列は、足をとどめた。

市之助にも、抱きついてくる者がいた。

「おいたちば、捨てて行かんでくださりませ」

「お見捨てにならんでくださりませ」

バテレンさま、バテレンさま、と彼らはかきくどいた。

その一途な呼びかけに、市之助は、感動に似た気持を味わった。

——これほど、求められているのか……。

だが、パードレたちが、目に涙さえ浮かべて彼らと別れを惜しんでいるのを見ると、市之助の気持は、しらじらと冷えた。

——結局は、置き去りにし、捨てて行くのではないか、パードレたちは……。マカオに渡りさえすれば、パードレたちは安泰だ。だが、残された信徒たちは……。

咎めを受けるであろうことも怖れず、見送りに来ないではいられなかったのは、百姓たちばかりであった。武士らしいものの姿はなかった。

――なぜなのか。なぜ、百姓たちは、これほどまでに……。

ふと兆した思いに促われている暇はなかった。

役人たちは、手荒く信徒の群れを追い払い、手向かう者は縛り上げた。学生たちが激昂するのを、神父たちがおさえた。ここで犠牲者を出すことは避けようと、神父たちはつとめていた。

そんな中で、積荷がすすめられ、客が伝馬《てんま》で運ばれ次々に乗船した。

女たちが乗りこむ番になり、小舟が桟橋を離れようとしたとき、若い娘が、「おっ母《か》ん！」と叫んで岸にとび移ろうとした。周囲の者が、あわてて取り抑えた。「怖《おと》ろしかよ。南蛮に渡るん、怖ろしか」娘は、船べりに躰を伏せて泣いた。

やがて、追放人の群れも、沖の帆船にはこばれた。

役人たちは、船の中まではついてこなかった。船が港を離れれば、それで護送の任務は終わるのだった。

すべての乗船が終わると、数艘の曳き船に曳かれて、船はすべるように動き出した。

船着場では、信徒たちが、泣き叫びながら手を振っていた。

「すぐに戻るけんの」

市之助の隣りに立った友永が、手を振りながら低い声で言った。

「待っちょれ。おいたちは、すぐ、おまえらがもとに行くけんの」

役人の手前、一応船に乗りこんだものの、友永たち数人の学生は、中浦神父とともに、すぐまた下船して国内に潜行する計画をたてている。

その仲間は、中浦神父を中心に、いつか、ひとところにかたまった。

彼らは、鋭く緊張した気配をみせていた。

市之助は、友永に羨望をおぼえた。命を賭けるだけの価値のあるものを持つということは、その目的が何であれ、輝かしかった。彼らは、血の通いあった一つの肉体のように、心を通わせあっていた。

しかし、友永らが命を賭けるものに、市之助自身は忠誠を誓えず、それどころか、そのものに背をむけようとしているのだった。

彼は、自由でありたいと望みながら、一方で、その自由な自分を何かに燃焼しつくしたいという、みたされぬ苛立ちを感じていた。

湾を出はずれると、曳船は曳き綱をはずし、漕ぎ戻って行った。外洋に出たので、海面に波のうねりが高い。船はゆっくり横揺れする。

解帆《かいはん》の邪魔になるから船室に入れと、水夫たちが、甲板に立ち陸地をみつめている者たちを追いたてた。

水夫たちは活動を開始した。

赤い下帯一つの水夫たちは、帆柱に沿って張られた縄梯子にとりつき、いっせいにのぼりはじめる。たくましい臀をみせて、帆桁《ほげた》に沿ったフット・ロープに足をふんばり、解帆にかかる。たたんだ帆を帆桁に結びつけてある綱を、手早くほどく。猿《ましら》のす早さで下りてくる。

帆から垂れた綱が、滑車をとおって、無数の蛇のように甲板にのたうっている。

展帆《てんぱん》！　カピタンの声が汐風にちぎれる。

水夫たちは、それぞれの綱に数人ずつとりつき、力のかぎり、たぐり寄せる。

一枚、また一枚、帆がひろがる。青い空に、くっきりと白く翼をひろげる。巨大な葩《はな》の開花であった。

このころまでに、船客たちは、ほとんど船室に追いやられていた。追放者の群ればかりが、甲板のそこここに、何気なくたむろしている。

さりげない表情だが、彼らは、たがいに間合をはかりあっている。

伊王、香焼の二島が左舷を流れ去る。高島の沖を過ぎ、野母崎《のもさき》が水尾のかなたにかすむ。

水夫たちのうち主だった者は、ゴンザレスから計画をうち明けられていた。密告の心配はないと、ゴンザレスが目星をつけた者たちである。

事情を知らぬ水夫が、甲板に立っている学生に、船室に入れと荒い声で言った。それをきっかけに、数人の学生が、船首に立ったゴンザレスのもとに走り寄った。取り囲むと、抜き身の小刀を突きつけた。

よそ目には、学生たちがカピタンを脅迫し、停船を命じたように見える。後日、咎めを受けても、不可抗力であったと言いのがれることができるよう、あらかじめ、ゴンザレスと追放者たちの間で、とりきめがなされてあった。

水夫たちは騒ぎたてるが、カピタンの胸もとに白刃が擬されているので手出しができない。

中浦神父や友永たち潜行者が、手早く僧服を小袖に着かえる。水夫に命じ、伝馬を海面におろさせ、乗りうつる。

市之助は、ゴンザレスを取り囲む群れの中にいた。友永が寄って来て、大きく肩を叩いた。すぐ踵を返し、友永は伝馬に乗りこんだ。

小さな伝馬は、本船を漕ぎ離れて行く。

市之助は、胸に熱く湧き立つものをおぼえた。彼らのあとを追い、伝馬にとび移りたいような衝動にかられた。

もっとも多感な少年期を共に過した絆は、思いのほか強靭であった。

彼は、自分が引き裂かれてゆくように感じた。自分でも思いがけない感情だった。

戦いの場に、共にありたい。彼の心の一部が、

そう切望していた。しかし、

——おれは、天主のためには命は捨てられぬ。

兄の死、ロマノの死、殉教者たち、背を刺し抜かれた幼童……。

あの、えたいの知れぬ巨きな力との関わりの中で、何と数多い死を目にしてきたことか。

日本を離れ、マカオの地で棄教する、それを思ったとき、これらの死者をも、また、振り捨てて去るような思いがした。

だが、数多い死は、血に濡れた鉤爪《かぎづめ》を彼の胸に打ちこみ、その絆の一端は、彼が離れ去ろうとしている日本の地に、しっかりとつなぎとめられていた。


海は移り気だった。出航してまもなく、二、三日ひどく荒れたあと、風は凪いだ。それにもかかわらず、波のうねりのために、船はゆるやかに大きく揺れ、それは激浪にもまれるより、かえって不愉快なくらいであった。

甲板に出ると、海と空のほかに、視界にうつるものは何一つなかった。海は巨大な円盤であり、空はおおいかぶさる透明な半球であった。船は進んでいるのだが、外界は何の変化も見せぬため、青い円盤の中心から、一寸も動かないように思われた。

陽光を照り返して、海面は濃藍の上に銀粉を撒き、とびはねた魚の腹がきらめいた。ときどき、大きな黒い影が、海面の下をよぎった。鱶《ふか》であった。あるかないかの微弱な風が、帆柱の頂上に垂れた真紅の旗をなぶる。船客は艫《ろ》で釣糸を垂らし、無聊《ぶりよう》をまぎらせた。賭博も盛だった。女たちは、酒盛の相手にひっぱり出され、マカオに着く前から客をとらされて、女の荷主の懐をうるおした。


高砂を過ぎ、長崎を出て十三日め、船は、ついに、嵐に見舞われた。

　はじめ、風は凪いでいた。西の方から鉛色の雲が湧き出した。甲板に出ていた客たちは、不審を感じた。風もないのに、航海士の命令で、水夫たちが帆を下ろしはじめたからである。極端な凪のあとには必ず荒天と暴風が続くことを、航海士は心得ていた。

　雲脚は速かった。たちまち空をおおい、船客たちは、船室に入るよう命じられた。

　帆を下ろし終わる間もなく、ぽつっと、雨が甲板に輪をにじませた。微風は突風にかわった。波が湧き立ち、空と海は混沌と一つになって闇色の渦流と化し、ねじれ、歪み、太い棍棒のような雨足が荒れ狂う海を叩きつけ、海の水は天にむかって噴き上げた。舷側の板が、きしんで裂けそうな悲鳴を上げた。

　船底は混乱をきわめていた。船荷を固定した綱が切れた。船が逆立つほどにかしぐと、積荷がなだれ落ち、床を滑った。梱《こり》と梱がぶつかりあった。その間を、重い梱に押しつぶされまいと人々は逃げまどう。船がかしぎ、足をすくわれて転げる脇を、梱が荒れまわる。転げながら、人々は嘔吐し、その汚物をよける余裕もなく、液汁にまみれた。ぶつかりあって、梱はすさまじい音をたて、くだけた。油が流れ出し、つづいて、小麦粉が、どっと溢れ出した。

　市之助も嘔吐した。厠《かわや》に立つどころか、桶をかかえこむ余裕もない。油が流れ、小麦粉や米、粟が散乱する床に、胃の内容物をすっかり吐き出し、胃液を吐き、緑色の胆汁まで吐いた。

　瀝青《れきせい》を塗り、細い隙間には麻屑を填めた舷側から海水が浸透した。風と波と、帆柱のきしむ音が、耳を聾《ろう》した。吐物の臭気が、さらに吐き気を誘う。呻き声、嘔吐の音に混って、憑かれたような声で懺悔をはじめる者がいる。一人がわめきはじめると、次々に伝染し、船底の人々が口々に、悪かこつばいたしました、ばんじかないたもうでうすをはじめ奉り、びるぜんのさんたまりあ、もろもろのさんとす、と唱えだす。自分がこういう悪いことをしたから、皆に災難がかかるのだと泣きわめきながら訴えるものもいた。

ふと、――おれの背信が天の怒りを買ったのか……。市之助は怯えをおぼえた。

――いいや、こういう弱気が、神というえたいの知れない力に人間を屈伏させるのだ。海に嵐はつきものだ。たとえ船がくだけ海中に放り出されても、祈るものか。

はらわたを絞り上げるような吐き気が襲い、全身を震えが走り、目がくらんだ。

どのように烈しい嵐も、際限なく続くことはない。

三日めに風が凪いだとき、船底の人々は、汚物と油、小麦粉、粟、雑多なものにまみれ、それを洗い落とす気力もなく、床に横たわっていた。

市之助も、ぐったり横になっていた。船底には胸の悪くなる臭気がみちていたが、嗅覚が麻痺してしまって、あまり気にならなかった。僧衣はわけのわからぬ色になり、付着した汚物がこわばり、元結が切れてさんばらに乱れた髪も、べたべたと油や小麦にまみれていた。

いくらか体力を恢復したところで、市之助は甲板に出てみた。嵐は無惨な爪痕を甲板に残していた。メイン・マストの上部の帆桁は打ち折られ、手すりもくだけ散っていた。船具を巻きこんで舷側から垂れ下がった帆を、数人がかりで引き上げる一方では、水夫たちが、残りの木材をつなぎあわせて、新しい帆桁を作っているところだった。

彼は海面に目をやり、驚きの声を上げた。

海の色が、まるで違っていた。濃い藍色だった海は、碧玉を溶かしたような色に変わっていた。鮮やかで透明な翡翠《ひすい》のみどりであった。海鳥が白い翼をひるがえして乱舞し、海面にその影をうつした。

「水路をそれほどはずれておらん。あと二日もすれば、天川（マカオ）に着くと」

水夫の一人が、市之助に言った。

砲声が海に轟いた。到着を知らせるために、ゴンザレスの船が空砲をうったのである。城砦からも祝砲が返った。突堤に翼を休めていた数十羽の海鳥が、轟音に、いっせいに舞い立った。

マカオは、中国大陸の南を流れる大河、珠江が南シナ海に注ぎ入る河口の西南端に突き出した小さな半島である。つけ根は細くくびれて、ほとんど小島に近い。面積はわずか五・四平方粁にすぎないが、十六世紀中ごろからポルトガルの東洋貿易の根拠地となり、イエズス会の東洋布教の中心地でもあった。

溢れしたたる濃い緑に包まれたなだらかな起伏が、ところどころ切り裂かれた傷口をのぞかせ、そこに白い歯のように、僧院の塔が陽光をきらめきかえす。

浜には、人々が集まっていた。やがて上陸してくる水夫たち目当ての物売りが、大きな平たい笊《ざる》に、どぎつい原色の布地、蠅が胡麻粒のように群らがった菓子、熟れたのや半熟の果物、野菜、魚などを並べ、これも売り物の鶏や豚が、細い縄で肢の一本を結えられ、よたよた歩きまわっている。地面に落ちた魚は、行きかう人々の足の下に踏みにじられ、はらわたが蒼く光っている。

帽子の羽根飾りをなびかせた商人たち。総督への献貢品を護送するため待機している兵士の一隊。そうして、黒い僧衣の一団は、〝栄光の追放者〟を迎えるイエズス会士たちであった。

アンドレは、その中にいた。南国の強い陽に灼き上げられた肌は快い褐色の艶を帯び、明るい黒々とした眸が、熱心に沖に碇泊した船をみつめている。

港はおびただしい大小の船で埋められていた。沖には、長い船嘴《せんし》をのばしたガレオン船、それも、インドやポルトガル本国から航海してきた七、八百トンの巨船から二、三百トンのものまでさまざまだし、岸近くには、網代帆《あじろほ》をはったジャンクやサンパンがびっしりと並び、水の色も見えないほどだった。

アンドレがみつめているのは、日本から到着したばかりの朱印船である。まだ、積荷の運び下ろしも乗組みの下船もはじまっていない。

――中浦神父さまも原神父さまも、あの中におられる。待ち遠しいことだ。ああ、小舟が漕ぎ出した。たくさんの小舟が、まるで一点に吸い寄せられるように、あの船めがけて漕ぎ寄ってゆく。甲板に大勢の人の姿が見える。どれが中浦神父さまだろうか。原神父さまだろうか。何とまだるっこしいのだろう。

彼は、幼ないときに彼を日本からマカオに伴ない、それから四年間僧院にいっしょにとどまっていた両神父の顔を思い浮かべた。

遠い日の記憶は、もどかしいほど断片的で混沌としている。

彼自身が目にしたことと、後に語り告げられたことが混りあって、まるで自分が終始その場にいたような錯覚をおぼえる。

彼の父は、キリシタン大名小西摂津守行長に仕え、肥後の宇土城防備にあたっていたという。ドン・アウグスチノの洗礼名を持つ行長公の領内には、イエズス会の駐在所《メソン》が七箇所もあり、信徒の数も数万を越えていた。宇土城が加藤主計頭清正の大軍の攻撃を受けたのは、一六〇〇年、関ヶ原の戦と時を同じくした。行長公は大坂にあって、石田治部少輔《じぶしょうゆう》三成に与《くみ》し、内府の軍を迎え討った。宇土の籠城軍《ろうじょうぐん》は、優勢な敵の攻撃を必死にささえたが、その最中《さなか》、大坂における石田方の敗戦、そうして行長公が捕えられたとの悲報がもたらされたのであった。籠城軍は降服せざるを得なかった。

籠城兵の中には、司祭二人、修士三人が混っていた。

加藤主計という名に、アンドレは、悪鬼のような怖ろしさをおぼえる。この男は、法華の信者で、キリシタンに激しい憎悪を持っていた。小西領を掌握するや、新領主は、宣教師たちを獄舎に監禁し、領内の信徒に改宗を強制した。肯じない者には死罪を申し渡したのである。

宣教師はまもなく獄舎から出されたが、領内にとどまることは許されず、放逐された。

アンドレの父は、攻防戦のさなか、矢傷を受けて死んだ。父も母も、忠実な信徒であった。夫が逝き、転宗せぬかぎり火刑と知って、母は幼いアンドレを、追放されて長崎に逃れるという神父の一人に託した。共に殉教させるにしのびなかったのであろう。

長崎の司教館で、アンドレは、折からマカオに渡ろうとしている中浦、原の両神父にまみえたのであった。

母を焼く焔《ほのお》を、彼はその目で見たわけではない。長崎に逃れたのち、火刑の報を仄聞《そくぶん》したのである。しかし、記憶の中で焔の色は鮮明だった。幾度か彼は火刑の夢を見た。そのありさまは、八歳の彼の想像力が描き出し得る、もっとも惨らしく怖ろしいものとなって夢にあらわれた。炎は天からなだれ落ち、地から噴き上げ、泣き叫ぶ彼を母もろとも包みこんだ。

自分の叫びに目ざめ、目ざめてもなお彼はおびえ、声を殺して泣いていた。その肩を強い手で抱きこんでくれるのが、中浦神父であり原神父であった。

「怖いことはない。おまえの母ぎみは天に召されたのだ」

神父らはこもごもに彼をなだめ、ハライソがどのようにすばらしいところか、どのような人間がそこに行けるか、説き聞かせた。

「マカオの学院で、十分に学ぶがよい。そうして、よかキリシタンとなって、日本に戻ってくるがよい。イエズスの戦士として、恩寵をもって敵に捷《か》ち、残忍きわまりない敵の手から、おまえの母の国を救い、神の栄光のために捧げるべく」

神父たちはくり返し、幼い彼の耳にそう語ったのであった。

数多い小舟がいそがしく岸と船の間を往復し、積荷や乗り組みを運び下ろす。

やがて、僧衣の人々を乗せた舟が岸壁に着いた。アンドレは走り寄った。

市之助は、岸に下り立った。大地を踏みしめても、まだ躰が波にゆれ動いているような気がした。喧《かしま》しい声を上げて物売りたちが取り囲み、手にした品を突きつける。

甲高い早口の売り声が一言も聞きわけられず、ああ、異国に来たのだ、と市之助は胸にしみ入るように感じた。

ここが、マカオなのだ。異様なまでに明るい街だ。肉が饐《す》え腐ったようなにおいがする。妙に甘ったるく脂っこいにおいだ。明るくて不潔な街だ。

ポルトガル人の神父たちが、出迎えのイエズス会士と肩を抱きあっている。

追放されたといっても、ここは、神父や修士、学生、同宿、すべてのイエズス会の信徒を暖かく迎え入れてくれるところであった。

ここでは、彼らの暮らしは保証され、安穏で、尊敬さえ受けることができる。

市之助は、反射的に、日本のキリシタンたちを思った。火刑。磔刑。逆吊りの拷問。津軽のような極地や伊豆七島の涯に流された人々は、日本の中とはいっても、マカオへの追放者とは比較にならない困窮を味わっていることだろう。幸い処刑をまぬがれた者たちは、いつ捕吏の手に捉えられるかと、息をつめ、恐怖におののきながら、日を過しているのだろう。

長崎の埠頭で、見捨てて行かないでくれと、とりすがり泣き叫んだ人々を思い浮かべると、市之助は、航海の無事を天主の加護と感謝し、再会の感激に浸っている神父たちに、憎しみに似たものを感じた。彼らが種子を播き、芽生えさせ、そうして残してきたキリシタンたちは、言い残された言葉のとおりに、苦しみに耐え、死を覚悟して、宣教師たちが与えたものを護り抜こうとしている。

彼は、安穏な場所に来てしまった自分にも、うしろめたさをおぼえた。彼の心には、新しい人生がはじまるという期待と、彼がふり捨ててきたものに対する心苦しさがいりまじっていた。ことに、友永たち、日本に残った友人のことを思うと、心のすみに、いつまでも取りのぞけない重石が残っているようだった。もっとも困難なときに、彼らを見棄てたという思いがあった。

原マルチノが、小柄な躰をイエズス会士たちに抱擁され、ポルトガル語でなつかしげに語りあっている。

出迎えのイエズス会士の一団の中に、市之助は、彼と同年輩の、日本人の顔を見出した。背はそれほど高くない。明るい気持のいい笑顔だった。このように翳《かげ》のない透明な笑顔を、久しく見たことがなかったと、市之助は思った。

神父たちは、長年の禁欲生活や、日本という異郷での困難な生活、克己の努力などの結果か、誰もが、多かれ少なかれ、峻厳で、陰鬱にさえみえる独特の苛酷な表情を持っていた。マカオではじめて見る神父たちにも、それがあった。その青年の屈託のない笑顔は、享楽的にさえ感じられるほどであった。

　原神父が、その青年の方にむき、少したためらってから、「アンドレ?」と、自信のなさそうな声でたずねた。青年が笑顔のままうなずくと、原神父の口もとにも、笑いがひろがった。

　中浦神父とコーロス院長の会話の断片が市之助の記憶にあった。十四年前、中浦、原、両神父に伴なわれてマカオにわたり、僧院にあずけられたという……。来春、日本にむかう船を利用して、日本に潜行させるという計画も耳にはさんだ。

　それが、この若い男なのかと、市之助は興味をそそられて、アンドレに目をむけた。

「原マルチノたい。おぼえてはおらんだろうの」

原神父は青年の肩に手をかけた。

「原パードレさま」アンドレの目が輝いた。

「よう、おぼえとります」アンドレの言葉は、なめらかではなかった。奇妙な訛りがあった。原神父はアンドレを抱きよせた。

「立派になったのう。別れたときは、こげなもんじゃったな」

原神父は、手で四、五歳の幼児の背丈を示した。

「ばってん、稚な顔が残っとる」

「中浦パードレさまは?」アンドレは、少しのび上って見まわすようにし、ポルトガル語になった。「さっきから探しているのですが、おいでになりません」

「中浦は、日本に残った」

「日本に!」

　物売りたちが市之助のまわりに寄ってきて、わめきたてている。渋紙のような色に陽灼けし、皺の深い男や女がえたいの知れない食物を彼の方にさし出し、買えという意味の言葉だろう、早口にまくしたてる。何も持たず、からの手をつき出して銭をねだる物乞いもいる。彼らはみな、けわしい眼をしていた。口もとは愛想笑いを浮べるが、白眼の多い眼は、ぎらぎら油断なく光り、気迫さえこもっているのだった。

「何ばすっとねえ」女の嬌声が、日本語ではっきり聞こえた。髪を唐輪に結い、片手を小袖の懐にいれた女が、ポルトガル人の水夫に抱きすくめられ、けたたましい声で笑いながら、躰をよじっている。その小袖は、色が褪せ、もとは模様も染めぬいてあったのだろうが、洗いざらしで白茶けた色になっていた。胸もとがはだけ、静脈がうっすら透けて蒼ずんだ乳房が片方、あらわになっていた。以前からこの土地に売られてきて居ついている遊び女らしい。見まわせば、同じように水夫や商人とたわむれあっている女は大勢いた。

市之助の目は、海にむいた。その海は、日本からマカオにつながり、そうして、さらに遠い異国の国々につながっている。

それは、過去から未来に流れる〝時〟に似ていた。

もうじき、おれは、自分を解き放つのだと彼は思い、同時に、血だまりの中に倒れ伏した遠い日の兄、刑吏の刃で背を貫かれた幼い娘、腿に短刀を突き刺して、闇の中に光を見ようと歩きつづけたロマノ、やがては捕えられ火刑となるかもしれぬ友永、傲然と布教を続けるであろう中浦神父、棄教より殉教を選び虐殺されるであろう多くの人々が、目の前の空間をよぎり過ぎた。

パードレやイルマン、同宿たちは、数多いイエズス会の施設にそれぞれ分散し、学生たちは、コレジヨの学寮に収容されることになった。

学寮は、城砦の西側、サン・パウロ教会に隣接した高台にあり、榕樹の大木が鬱蒼と生い茂る樹林越しに、内海と、そのむこうの大陸が見渡せた。

四面回廊が中庭を取り囲み、円柱でささえられた回廊に面して、勉学の部屋や寝室が並んでいる。
二、三人ずつ一室を与えられ、市之助も、もう一人の学生と共に、一室を割りあてられた。

「石造りの部屋ちゅうもんは」同室の学生は、落ちつかなく、あたりを見まわした。「牢内に閉じこめられたごたる気分になるもんじゃの」

だが、その部屋は、市之助には居心地よく感じられた。じきに、ここを出て行かなくてはならないと思うから、かえって好ましく感じられるのかもしれなかった。

木製の寝台と机、椅子などを置いただけの簡素な部屋であった。ベッドは清潔な白い麻布でおおわれ、枕も、純白のおおいをかけてあった。

「こげな石の床《ゆか》で」と、同室の男は、なおも文句を言っている。「よう躰がやすまるの」

それから、声を上げて、回廊に面した窓からのぞける中庭を指さした。

「見い。奇態な鳥がおる」

あざやかな金緑色の羽毛を持った鳥が、長い尾を地に曳いて歩いていた。鳥は立ち止まり、何かを威嚇するように尾羽根をひろげた。瑠璃色の輝きを持つ巨大な扇と見まがうばかりで、白い斑状紋が規則正しく並んでいるのもみごとだった。

「孔雀ではなかか」

「ほう、これがのう。南蛮人が大御所に献上したちゅう話はきいたが、これが孔雀のう」

美しかのう、と、学生は満足したように言った。

その日、マカオにぶじ到着したことを天主に感謝する弥撒《みさ》が、サン・パウロ教会の礼拝堂で行なわれた。

礼拝堂の内部も、彼らが日本で知っているそれとは、まるで異っていた。

金箔を塗った、幾尋《いくひろ》とも知れぬ高い格天井《ごうてんじょう》は、一ますごとに極彩色の絵が描かれ、壁は大理石の嵌石《はめいし》細工でおおわれ、壁龕《へきがん》には多数の聖者の立像が、それぞれ置かれてあった。

パイプオルガンの音がひびきはじめると、市之助は、我れにもなくその音色の中にひきこまれそうになった。

　おれは、弥撒《みさ》の間、冷静な傍観者でいなくてはならぬ、と彼は思った。どうして、おれたちが無事にマカオについたからといって、天主に感謝しなくてはならぬのだ。一方で、天主のおかげでなぶり殺しにされた幼児もいるというのに。

　弥撒のあと、市之助は、原神父を呼びとめ、お話ししたいことがある、と言った。

　神父は、市之助を小さい部屋に導き、木の椅子をすすめ、自分も腰を下ろした。二人の間には、木製の簡素ない卓子があった。

　原神父は、柔和な微笑で、市之助が口を開くのを待っている。

「私は、棄教いたします」

　市之助の言葉が聞きとれなかったのか、「何？」と、神父は上体を少し前に寄せた。

「棄教いたします」

　困惑したように、神父は軽く頭を振り、聞き返した。耳にした言葉の意味を、理解しかねているようだった。

「以前から、そのつもりでおりました。しかし、私は、故国で皆が迫害を受けているとき、それを裏切り、暴虐な権力者の側にくみする形になるのはいやだったのです」

「ちょっと待て」原神父は、手をあげて、さえぎった。

「何といった？　お前は、棄教すると言ったように聞こえたが」

「そうです。そう申しました」

　そのような冗談を言うために、私を呼びとめたのか、と、神父は不愉快さを苦笑でまぎらせる表情になった。

「冗談ではありません。私は、真剣に考えたのです」

　神父の表情がゆっくり変化した。仮面がはげ落ちるように、おだやかな微笑が、けわしい厳しいものになった。

「おまえは何か、おかしな考えにとり憑かれているようだ。長い船旅で疲れただろう。私も疲れている。今夜はゆっくり憩《やす》みなさい。もし、奇妙な考えが頭を離れぬなら、祈るがいい。おまえは、いま、悪魔の誘惑《テンタサン》に会っているのだろう。そういうときは、祈ることだ。神が力を貸してくださる」

「私は、ここに宿を借りるつもりはないのです。

私は、教会に背こうとしているのですから。棄教するということを申し上げて、今夜のうちに、ここを出るつもりでおります」

そう言いながら、市之助は、目の前にいる陰鬱な小男が、あの、おだやかな原マルチノと同一の人物なのだろうかと目を疑った。それほど、表情が激変していた。

「話すがいい。おまえの頭に、誰が、そのような邪《よこ》しまな考えを吹きこんだのだ」

「誰に言われたのでもありません。私は、セミナリヨに入学して間もないことから、パードレがたの説かれる言葉に納得できないものを持っていました」

「たずねればよかったのだ。パードレがたは、おまえにようわかるように説いてくださったであろうに」

「私は、たずねました。パードレがたが私たちの国に来られるまでは、誰一人、天主については知らなかった。それなのに、キリシタンでないものは地獄に墜ち、神でさえ、永久にその人たちの霊を救い得ないと言われる。これは、不合理ではありませんか。不公平ではありませんか。すると、パードレがたは言われるのです。祖先と共に永劫の苦しみのところに堕ちぬよう、ひたすら、自分の救霊につとめよと」

そのとおりだ、と、原神父はうなずいた。

「おまえも、自分の救霊に心をつくさねばならぬ。神の恩寵は、安易なものではない。他力で救霊が成るというような、なま易しいものではないのだ。自分を空しくし、すべてを神の手にゆだねるということは、言葉で言うのは易しいが、まことに困難なことだ。それを敢えて行なうひたすらな努力の果てに、恩寵は与えられるものだ」原神父の言葉は、一人の功徳が万人に通じる、子孫の祈りが祖先の救いにまで及ぶという仏教の教えを非難していた。

市之助は、口をつぐんだ。言いたいことは数多くあった。しかし、キリシタンの教えが唯一絶対の善であり、他は邪教であり異端であり、ことごとく討ちほろぼされなければならぬという、イエズス会の確固たる信念から見れば、市之助の言葉を神父がどのように打破しようとするか、問わぬ先から、もう、彼にもわかっていた。

仏寺を焼き、キリシタンに改宗せぬ者を追放し、貧困のうちに野垂れ死にさせるのも、殉教者がその幼児にまで同じ道を進ませるのも、イエズス会士から見れば当然のことで、それに疑念を持つのは、即ち、信仰の不足であった。その不寛容の徹底的なことを、八年かけて、市之助は身にしみて感じていた。

「私が思っているのは」市之助は言った。「納得できないものを納得しているふりはすまいということです。自分の一生は、自分で支配するということです。どんな力にも、自分をゆだねることはすまいと決心したのです」

「若《わか》かのう」と言った原神父の口調に、かすかな嘲りを市之助は感じた。

「おまえは、人間がどれほど弱い卑小なものか、わかっておらん。人間が自分の力でできるのは、ごくわずかだ。それも、誤謬《ごびゅう》にみちておる」

「天主のなされるこつも、誤りにみちとります」

癇癪《かんしゃく》のような激しいきらめきが、原神父の目に走った。

「おまえは、どれほど傲慢なことを口にしているか、わかっているのか」

　待っておれ、と言い捨てて、原神父は部屋を出て行った。ほどなく戻ってくると、市之助を別の部屋に導いた。

　そこには、数人の上長が、罪人を待つように市之助を待っていた。


　激しい糾弾、言葉による拷問が続いた。ラテン語で、弾劾はなされた。彼も、ラテン語で答えることを要求された。八年間学んできたとはいえ、考えを、この複雑な言語で自在に口にすることはむずかしかった。表現する語彙が乏しいと、思考の内容まで制限されてくる。

　日本を訪れたことのない神父たちの中には、市之助を賎しい無教養な土民とみなしている者もいた。彼が言葉につまると、日本では、このような愚かな者を、どうしてセミナリヨに入学させたのだろうと、皮肉な口調で原神父に問いかけたりした。

　この場所で、天主を批判することが、どれほど無意味で無力なものか、彼は感じとった。大海の中にいて、ここは陸地だと叫んでいるような愚かしさとしか神父たちにはうつらないのだから、彼はただ、かたくなに口をつぐみ、やがて相手が根負けして彼を解放するのを待つほかはなかった。

　ここでは、力の関係は日本と全く逆であった。日本では、疑われ、怪しまれ、あやふやな根しか持たぬものが、ここでは全き真実なのだった。

　そのゆるぎない強大な力に対して、自分はいま一人で逆らっているのだと思うと、彼は、ひそかな満足をおぼえた。奇妙なことに、彼は、故国で幕命に抵抗し命を賭している友永たちと、立場は全く逆であるにもかかわらず、このとき、心が通いあっているような気がしたのだ。

　その気持を見抜いたように、神父の一人が、「おまえは、要するに、反抗することが好きなのだ」

と言った。「ことの理非もわきまえぬくせに、むやみに反抗することで満足を味わっているのだ。戒律というのは窮屈なものだ。それに耐えきれぬ自堕落《じだらく》さを、戒律を攻撃することでごまかしている」

むきになって反芻《はんすう》することに疲れ、市之助は、黙っていた。追放を利用して、マカオに来ようとしたのだなという詰問にも、そうだと答えた。それは、自分でも認めていることだった。

神父たちの怒りは、油を注がれた火となった。弾劾は続き、彼は休息を許されなかった。相手は、入れかわり、立ちかわった。同じ訊問と譴責《けんせき》が果しなく、くり返された。夜がふけた。

そのあと、彼は、石の壁にかこまれた小室に入れられた。重い鉄扉が閉ざされ、外から鍵がかけられた。

翻意するまで、監禁するつもりなのだろうか。船旅からひきつづいての、長時間にわたる糾弾である。肉の疲労が心を萎えさせた。彼は、石の床に腰を下ろし、壁にもたれた。

畳二枚ぶんほどの、鼻のつかえそうな小さい室だった。頑丈な樫の扉には、上部にのぞき窓、下端に蝶番で蓋をとめつけた食器などの差入れ口がある。天井に近い高いところに明りとりの窓が一つ、その窓には鉄格子がはまっていた。床の隅に小さい穴があり、細い溝が外に通じている。かたわらに水をはった桶がおいてあり、厠のかわりに使う穴と知れた。

――懲戒のための部屋か。それとも……。

狂人になった者を監禁する場所ではないかという気がした。

窓からわずかに星明かりがさした。石の床は冷え冷えとしてきた。室内に寝台はなく、粗く織った厚い布が一枚おいてあるだけだった。市之助は布を腰に巻きつけてうずくまった。みじめなかっこうだが、心の中までみじめではなかった。いつか、彼は睡った。

夢は見なかった。いや、何かいやな夢を見たのかもしれない。高窓からさしこむ陽がまともに顔を射てめざめたとき、不快感だけが頭の芯によどんでいた。

市之助は立ち上がり、部屋の隅の穴にむかって放尿した。そのあと、桶の水で流した。こんなことでも、何もしないでいるよりは気がまぎれた。

――水は大切に使わんといかんな。なくなったとき、すぐ補給してくれるかどうかわからん。流す水がなうちなったら、かなわんからな。

穴は小さく浅かった。深さ五寸とないほどであった。

男根を眺め、ふと、船着場に群れていた女たちを思い出した。

何ばすっとねえ。女の嬌声が耳によみがえり、妙にぞくっとした。

足音がし、扉があいた。彼は邪しまな所業をのぞき見されたような思いで顔を赤らめた。幼少時から叩きこまれた女に対する禁忌が意識に根をはっていた。

パンと水を持って入って来たのは、船着場で見かけた、アンドレ、と原神父に呼ばれた若いイエズス会士であった。

「おい、いつまでおれをここに閉じこめておくのだ」

アンドレは、わからん、というように、ちょっと肩をすくめた。その異人じみた仕草が、市之助をむかっとさせた。

「返事をしたらどうだ」

私にはわからない、いつおまえがここを出られるのか。ポルトガル語でアンドレは答えた。

――この男は、来春の船で日本に渡るのだな。おれが振り捨ててきたところへ、あの男は行こうとしているのだな。

市之助は、何か心惹かれるものをおぼえた。年齢が似かよっているということもあった。

――この男は、おれよりも長い年月、僧院の壁の中に閉じこもって暮らしてきたわけだ。おれのような疑問を、ロマノのような悩みを、この男は感じたことはなかったのだろうか。この陰鬱な檻の中に閉じこめられて……。あいつは、知らないのだ。信仰の矛盾を、目の前につきつけられたことがないのだ。今に、おまえも……。

丸二日、市之助はそこに閉じこめられていた。その間、食物と水をはこんでくる顔ぶれは毎回変わった。三日目に、ポルトガル人のイルマンが彼を連れ出し、上長たちの前に連れて行った。彼の決意が変わらないとわかると、僧院を放逐された。

石の建物を出て裏庭らしいところを通りすぎるとき、再びアンドレを見かけた。

アンドレは、よく肥った南蛮人のイルマンと共に畑の手入れをしていた。陽がふりそそぐ下で、陽灼けした頬にたのしげな微笑を浮かべ、肥ったイルマンに話しかけている。

市之助を門の方に伴なったイルマンが、二人に声をかけた。肥ったイルマンは息をきらしながら顔を上げ、吐息をついてみせた。アンドレは爪の内まで土の入りこんだ手で汗をぬぐい、白い歯をのぞかせた。

「その男は、どうなったのだ」肥ったイルマンは問いかけ、「放逐だ。破門だ」と、市之助を連行したイルマンは答えた。

市之助が通りすぎると、肥ったイルマンは、「あの罰あたりめ」と吐き捨てるように言い、拳を握った。「追放船を利用して、ただでマカオに渡ってきた。呆れた男だ。ろくなことにはなるまい」

遠ざかって行く市之助の背を、アンドレは、何か不気味なものを見る思いで見送った。棄教する者がいるということは、アンドレには、理解の外だった。

背後で、僧院の鉄の扉が閉まった。

自由なのだ、と市之助は深く息をし、歩き出した。自由なのだ。おれを縛るものは、もう、何もない。

だが、歩き出すと、彼の心には重苦しい翳があった。どれほど軽やかになるかと思ったのに、彼をとらえているのは、えたいの知れぬ憂愁に似た感情であった。

先きゆきに対する不安とも異なるものだった。食べてゆくための働き口なら、いくらでもみつかりそうだ。

目標を見失なった。そんな、索然とした気持だった。

笑おうが、わめこうが、天に唾を吐きかけようが、咎めるものは誰もいない。手応えのない靄《もや》の中だ。行手には何も見えない。誰も彼も必要としていないし、彼も自分が何を欲しているのかもわからなかった。

働き口をみつける前に、とりあえず、この街の様子を見てみようと彼は思った。

僧院の前の坂道を下りてゆくと、砦の下に出る。甃《いしだたみ》の細い坂道が続く。両側は兵士たちの宿舎らしかった。石を積み上げた張出し窓のある二階建ての家がぎっしり並び、そのあたりは、人通りが少なかった。

やがて、露地に入りこむと、町の様子が一変した。土着の人々の居住地域であった。色の文目《あやめ》もわからぬような薄汚れた布をまとった男や女がそこここに屯し、屋根も壁も竹や名も知らぬ植物の葉で葺いた粗末な小屋が、数戸ずつかたまっている。人々の視線が市之助に集まる。好意的なのか敵意を持っているのか、その表情からはうかがい知れなかった。

細い道は入り組み、蘇鉄の群落や竹の茂み、椰《なぎ》の木、檳榔《びんろう》、榕樹の林などでさえぎられ、歩きまわっているうちに、方角がわからなくなった。いくら歩いても、もとの場所に戻って来てしまうのか、同じ顔、同じ小屋に行きあたった。別人なのかもしれないが、どの顔も同じように見え、また、どの小屋も同じもののように思えた。

小さい半島なのだ、迷うはずはない。丘の上の砦か教会が方角の目印にならないかと目を上げるが、高く生い茂った榕樹が視野をさえぎり、その榕樹は、太い枝から無数の気根を垂らし、

——こげん奇態な樹があるのか。

市之助は、さすがに薄気味悪くなった。

まるで、夢魔に魅入られたような気分であった。たたずんでいる人々の顔だちは、日本人とそうかけはなれているわけではなかった。しかし、どことなく違う。唐人らしいのだが、長崎でみかける唐人とは、みすぼらしい服装のせいか、陽灼けが芯までしみついた褐色の肌のせいか、同じ種族とは思えないほどだった。

市之助は、ポルトガル語で話しかけてみたが、ポルトガル語も通じないことがわかった。手まねも通じず、市之助はあきらめて、また歩き出した。

歩きまわっているうちに、騒々しい人声が聞こえ、その方角に進むと、海辺に出た。船で着いたのと同じ場所だった。今日も朱印船の入港があったのか、荷をかついだ人足の往来、水夫とたわむれあう女たち、港は賑わっていた。強い陽がかっと照りつける下で、耳の痛くなるようなわめき声、物売りの声、汐のにおいと、笊にならべられた魚のなまぐさいにおい。

人々の中に、彼は、行きの船中で顔見知りになった。マヌエル・ゴンザレスの船の水夫たちをみかけた。五、六人かたまって、土地の男といっしょに、建物のかげにあぐらをかき、カルタに興じていた。

市之助を見ると、彼らは、とまどったような表情をみせた。

「誰ぞ、おいを水夫に雇うてくるるような商人ば知らんかの」

唐突だと思ったが、市之助は話しかけた。それから、自分が教会を離れたのだということを説明しようとしたが、彼らはすでに、それを知っていた。

「ああたさまな雇おうちゅう商人はおらんとですよ」カルタ賭博の仲間には入らず見物していた男が言った。ゴンザレスの船の『知工《ちく》』で、松という名で呼ばれているのを、市之助も知っていた。『知工』は、積荷の請渡しの監督、金銭の出納保管から、カピタンやピロトと相談の上、賃金を決定し支払う権限まで持っている。肩巾のひろいたくましい躰つきで、顎が、がっしりはっているのが、いかにも強情そうだった。

しかし、市之助にむけた目は粗野ではなく、奥深い洞察力と、市之助への好意をみせていた。

「イエズス会に背きなった者ば雇うたら、ここでは商いにさしつかえますけんな」

ああたさまが教会ば放逐されなったんは、もう、せまいマカオの街中に知れちょります。

おれが教会を出たのは、つい、今しがただ。半刻とはたっていない。

昨日のうちに、知れちょりましたけん。

――ではもう、昨日のうちに、おれを放逐する方針は決まっていたのか。

市之助が貿易商に会いたいのなら、仲介してやってもよいと、松は言った。

松は、何人かの貿易商のもとに市之助を案内した。どこでも、松の言葉どおり、そっけない拒絶にあった。

キリスト教国にあっては、教会の権力は絶大なのだということを、市之助は思い知らされた。

「なに、また、明日、心あたりをあたってみましょう」松は言い、今日はもうあきらめて、飲もうと誘った。

セミナリヨで厳格な統制のもとに過してきた市之助は、酒の味は葡萄酒しか知らなかった。厳しい戒律がしみこんでいたから、酒と女には、ぬぐいきれない抵抗感があったが、それを振りきるように、「よか」と誘いにのった。

水夫たちの集まる酒亭に、松は市之助を連れこんだ。

ポルトガル人の水夫の一団が、大声で歌っていた。

強烈な蒸留酒をのどに流しこんだとき、市之助は、むせかえった。

「あんたが気にいったけん」と、松は言った。「わしは、バテレンは好かん。あんたがバテレンの巣窟まで来て棄教したんが気にいった」

「おまえは、長崎者ではなかと?」

ゴンザレスの船の水夫は、南蛮人や黒人もいるが、日本人はほとんどが長崎者で、キリシタンか、あるいはその同情者だった。

「おいは、生まれは肥後の益城たい。長崎に出て十年の余になるがの」

水を飲むように、松は、のどを灼く酒を流しこんだ。

翌日、松は市之助を水夫に雇うという商人をみつけ出してくれた。鄭為官《ていいかん》という唐人のカピタンであった。鄭一族は、高砂を根拠地として中国の貿易船を一手に支配している。イエズス会の干渉を問題にしていなかった。

日本を輸入国とした生糸貿易は、利益が大きい。はじめは自由貿易制度だったが、慶長九年以来、幕府が統制にのり出した。しかし、鄭一族は、白糸の値段が春に決定され、一年間は据えおかれることを利用し、春に少量の生糸を輸入して高値の価格をきめ、秋、安い白糸を大量に仕入れて春に決められた高値で売りさばくという手段で対抗し、莫大な利益をあげているということだった。

しかし、船が出るのは半年以上先である。それまでの食い扶持つなぎは、土方仕事ならいくらでもあった。竹や蘇鉄の茂みを切りひらいて道をつけ、割り石を敷き、マカオは、ポルトガルの勢威のもとに町づくりをひろげている真最中であった。

市之助がはじめてむしろを垂らした小屋の前に立ったのは、その数日後のことであった。水夫相手の女たちがたむろする一画である。ポルトガル風な石造りの妓楼が並ぶ所もあったが、露台に鳥籠を吊し、着飾った女たちの嬌笑がきこえるそこは高価なので、日本の水夫たちが通うのは、網代壁に竹の柱、床は土間に茣蓙《ござ》を敷いただけの粗末な小屋が、たがいによりかかるように建っているところだった。松に誘われたとき、酒と同様、一刻も早く彼を縛っていた禁忌を断ち切り、生身の人間らしくなりたい、そんな焦りから、すぐに承知した。

「行こう。連れていってくれ」意気ごんで言う彼に、松は、「あわてんでもよか。女は逃げはせん」と、笑ったものだった。

「どこでん、空いちょるところに声をかけてみい」そう言って、松はさっさと小屋の一つに入っていった。

立ち並んだ掘立小屋は、いずれも乞食《くわんじん》の住み家のように不潔でみすぼらしく、市之助は足を踏み入れかねた。

しかし、パードレたちによって悪ときめつけられた行為であったからこそ、彼は、どうでもここで女を抱かなくてはと、気負っていた。

どれと決めようもなく、彼は手近かな小屋の垂れ蓆を上げようとした。そのとき、中からけものの唸りに似た声が聞こえたので、びくっと手をとめた。

声がとぎれ、とたんに男の躰がころがり出た。

「痛、痛」と男は腰をさすりながらわめき、這いずってむしろのかげに頭をつっこんだ。

「まだ、終えとらんじゃろうが」

「銭」と掠れた女の声が応えた。

「忙《せ》からしかな。よかろうが、いまちいとばかり」

な、と男はずるずると入りこもうとして、突きとばされたらしく、また転げ出た。

「ばすくたれ」男は起き直ってわめいた。「誰が、おまえごたるアフヨ病《や》みに銭など払うかよ」

男は、気が小さいのかいくじがないのか、罵りながら立ち去りかけたが、あっけにとられている市之助を見ると、「止めい、止めい」と手を振った。「この女はあかん。阿片《アフヨ》でぼろぼろじゃ。気ばかり強うて、手のつけられん性悪《つうくれ》じゃ」

男が去ったあと、市之助は、小屋に足を入れた。

心に残っている女に対する禁忌をどうでも打ちくだいてしまおう、セミナリヨでの教育の結果を払い落とそうと、まるで意地ずくで、ずかずかと入りこんだのである。

女は、仰向けで寝そべっていた。市之助を見ると、肉の落ちた腕をのばし、手のひらをひろげた。市之助は、松に教えられてあったとおりにその日稼いだ銭のあらかたをのせた。女は枕もとにおいた砂時計をひっくり返し、小袖の裾をひらいた。大の字に投げ出した両脚の腿も、肉をこそげとったように痩せていた。

市之助は目をそむけた。その蒼くかさかさした躰は、彼をひるませた。

砂時計は、船乗りが使うものらしく、古びた頑丈な木の枠が、まん中のくびれたガラスの器をささえていた。

細い糸をひいて、砂は流れ落ちていた。時の流れが、目に見える形となってしずかに降りつもっていた。

「早うせんと、終えてしまうよ」女は掠れた声で嘲るように言い、その言葉に衝き動かされたように、彼は女にのしかかった。

市之助が女の躰から離れたとき、砂はまだ流れつづけていた。女はちらっと砂時計に目をやり、

「まだ、よかよ」と投げやりに言った。

　市之助は、はじめて女の顔かたちを眺める余裕ができた。ふっくらと肉をつければ愛らしい顔だちになるのかもしれないが、女は痩せすぎていた。厚く化粧した肌は鉛色で、頬がこけ、瞼がくぼみ、そのせいか、目と口がきわだってはっきりしていた。

「あんた、船の衆ではなかね、しなやっか手えしとる」

　馴れない労働に、市之助の手のひらには水ぶくれができていた。女は市之助の手をとって、つぶれかけた水泡に唇をつけた。その思いがけないやさしいしぐさが、市之助のこわばった気持をほぐした。

「長崎から来たんか」女の傍に横になり市之助がたずねると、「故郷《くに》の話はせんとこ」女の声が、すっと、そっけなくなった。

　蓆がひきあげられ、十四、五とみえる若い娘が転がるように駆けこんできたのは、そのときだった。

　市之助は驚いて起き直ったが、女は、だらしなく寝そべったまま、「何ね」と声をかけた。

　血の気のない娘の顔に、市之助は見おぼえがあった。船でいっしょだった娘である。小舟が岸を離れかけたとき、「おっ母《か》ん！」と水にとびこもうとしたのが、この娘だった。

「怖《おと》ろしか……怖ろしか」娘はひきつった声をあげ、女にしがみついた。「うちはいやや。怖ろしか」

「どげんした」市之助が声をかけると、娘はぎょっとしたように身をすくませ、また、とび出して行こうとした。

　荒い足音が近づき、蓆がひきちぎられた。数人の男が入りこんできた。唐人もいれば、日本人もいた。男たちは娘の腕をつかみ、ひきずり出そう

とする。

「いやや、いやや」娘は泣き叫び、女は、無関心な目で、それを眺めている。見かねて、市之助は割って入った。しかし、喧嘩に場馴れした男たち数人を相手ではどうすることもできず、彼は蹴倒され、足蹴にかけられた。腹を蹴り上げられ、半ば気が遠くなってうずくまった日の前で、娘は連れ去られた。

「あんた、蓆をなおしてってな」

ようやく起き直った市之助に、女は言った。

「あの娘はどうした」

「どうもせん。男衆《し》に、店に連れ戻されよった」

おふく、と、馴染みの客らしい水夫が、蓆のちぎれた入口からのぞいた。

「まだ客とっとるんか。何じゃ、ちゃっちゃやくさに荒らされとるじゃなかか」

「新入りの娘が逃げこんで来よって、とばっちりで、こんざまたい」

「往生ぎわの悪か女子《おなご》な」

水夫は、小屋に入りこみ、市之助に、終えたんなら、早う去《い》ね、と顎をしゃくった。

「客をとらさるるんが怖ろしゅうて、あの娘は逃げ出しよったんか」

市之助の問いに、女は薄笑いを浮かべた。

「バウチシモが怖ろしゅうて、逃げてきよったとよ」

バウチシモは、洗礼の意である。女にからかわれたのかと思った。女の前で、ぶざまに叩きのめされるところを見せた直後である。屈辱感にいたたまれぬところを、虚勢をはっていた。

「去ね、去ね」と、あとから来た男がせきたてた。

バウチシモという言葉が、まるで違った意味で使われていることを知ったのは、その翌日だった。松にたずねてみたのである。

数多い客をこなすためには、と松は教えた。そのたびに燃えていたのでは、女は躰がもたない。

それで、この土地に売られてきた女たちは、抱え主の手によって、陰核を切りとられる。それをバウチシモと呼びならわしているという。

「バテレンが知ったなら、さぞ腹をたてようの」と、松は笑った。切りとられるとき、苦痛をまぎらすために、阿片《アフヨ》を与えられる。それがきっかけで、阿片を離せなくなる女が多い。「ひさぎ女《め》のあらかたは、アフヨ病みたい」

市之助は、身震いする思いで、女の躰に包みこまれたときの感覚を思い出した。それと同時に、怖ろしか、と泣き叫んでいた娘の声がよみがえった。

「そげん、むごらしか……」

股間に血の沼をたたえた娘の裸身が脳裏に浮かんだ。哀れみとも怒りとも言い切れぬ、激しい思いが胸を衝いた。

「どげんしたら、あの娘を……」

「どげんすることもできんとばい」松は、無感動にいった。松は、もう、馴れていた。

市之助は、簡単に馴れることはできなかった。

——ここの女たちは、みな、股間に血の沼をたたえているのか。その、哀しみと屈辱と男への憎しみがどろどろと煮えたぎる沼に、おれたちは欲望を鎮めにゆく。

僧院から鐘の音が流れるとき、彼は怒りをかきたてられる気がした。鐘の音は浄らかに、女たちのはるか上方を流れ去る。

その後も、市之助は、日雇いで稼いだ銭を手に、女たちの小屋に通わずにはいられなかった。悦びを切りとられた女たちは、無感動に彼を迎え入れ、せきたて、追い出した。中には嬌声をあげるものもいて、彼は、それが演技なのか、本当に彼が女を悦ばせているのか、わからなかった。女たちは、アフヨを買うために、無性に銭をほしがった。まるで感情の起伏が摩滅したような女が多いのも、アフヨのせいであった。沼に、彼は欲望を流し鎮め、翌日になると、また、血の騒ぎが彼を娼窟に追いやった。

そこで娘を見かけることはなかった。まだ新鮮な商いものである娘は、もっと高価な妓楼におかれていた。

彼が再び娘を見たのは、一月ほどたってからだった。マカオは水が少ない。町なかに何箇所か設けられた水汲場に、桶を下げて水運びの男女が集まってくる。檳榔樹《びんろうじゅ》が枝をひろげた水汲場で、市之助は、それらしい娘を見た。夜は色をひさぎ、昼は婢女《はしため》働きをさせられているらしかった。土地の風習にいくらかなじんだのか、ほおずきを嚙むように檳榔樹の実を嚙みながら、桶に水を汲みこんでいた。実の汁で唇が赤黒く濡れていた。

娘の方では市之助を見おぼえていなかった。女の小屋に逃げこんだときは無我夢中で、そこに男がいたことも、その男が娘を助けようとして袋叩きにあったことも、目に入らなかったのだろう。

市之助は傍に寄って、水のなみなみと汲みこまれた桶をはこぶのに手を貸した。こんなことをしてやっても、何にもならない、自分の気休めだと思いながら。娘は暗い目を上げたが、すぐ視線をそらせた。

長崎から来たのだなというと、頬をこわばらせ、目のふちに泪をにじませた。もう、この娘は、何の悦びもなく数多い男に躰の奥に踏みこまれているのだと思うと、市之助は、いたましさに娘を正視できなかった。

途中までくると、娘は、もういいと言った。妓楼で働いていることを知られたくないのだろうと思い、市之助は別れた。

やわらかい肉に刺さった棘のように、娘の俤《おもかげ》は心に残った。

夜明けの時刻が早くなり、昼、太陽は更に高くのぼり、熱気は激しさを増した。白い石壁、白い道が太陽の光線を乱反射し、町から翳を奪った。四月。空はどこまでも青く、樹々の葉は厚ぼったく重なりあって、粘りつくような緑色を呈していた。

新しく切りひらいた坂道に割り石を敷きつめる労働者の群れの中に、市之助はいた。大槌をふるって割り石を大地に叩きこむ市之助の半裸の背を、陽光が灼いた。陽灼けして火ぶくれになった皮膚が剝け、その上を更に灼かれ丹念に焦がされて、鞣革《なめしがわ》のような色と強靭さをみせていた。

丘の上にむかってのびた道は、これも建築中のイエズス会の修道院に通じている。働いているのは、土着の中国人やルソン、コーチから集めてこられた男たちだった。奴隷の一団もいる。

マカオに来て半年。

あと一月もすれば、船の出入りが賑やかになる。鄭の船の出航も近い。

船に乗りこむ日が近づきながら、市之助は、自分の心が思ったよりはずんでいないのに、意外な気がしていた。鄭の船は、マカオと高砂、長崎の間を往復するだけで、エウロパにはむかわない。

当初、海のむこうに果てしないひろがりを持っていた夢想が萎えたためか、鄭の船に水夫として乗りこみ、膃荷でいくらかの金を稼ぎ……その未来図が、いよいよ出帆も近い今となって、少しも彼を酔わせなかった。

自分が切り捨ててきたものが、何だったのか、と、あらためて彼は自分に問い直していた。日本を離れ、異国に来て、かえって、彼の目は、故国にむけられていた。

日本は、大きく揺れ動いている。彼が日本を離れたとき、幕府は、大坂城に籠る太閤の遺児秀頼の軍に、攻撃をかけている最中だった。友永らは、その、日本の一つの時代に足を踏みすえて、生きようとしている。自分は、故国の歴史の大河からはみ出し、点として孤立している。

だが、友永らは、命を賭け得るものを持っている。自分には、それが無い。

マカオに来たことを、悔んではいなかった。考えた末、自分に納得のゆく筋の通し方はこれ以外にないと、思いさだめた上での行動であった。しかし、これから先、鄭の水夫として働く、それで、おれは、満足できるのか……。

五月、風が変わると、船荷の積みこみがはじまり、急に人の動きがあわただしくなった。市之助も、鄭の船荷の積み込みに従事した。

石積みの上から漆喰を塗りかためた倉庫の並ぶ一帯は活気づいていた。出航を目前にしているのは、鄭為官の船ばかりではない。季節風の変わりめを待機していたポルトガルのガレオン船、やや小型のガレウタ船、朱印船、大小数多い帆船が、いっせいに準備にとりかかる。このときのために買いあさり倉庫に眠らせておいた品々を詰めた梱が、人夫たちの手で運び出される。

船荷は、生糸が一番多い。そのほか、緞子《どんす》、縮緬《ちりめん》、紗綾、綸子《りんず》、朱珍《しゅちん》、鮫皮《さめがわ》、水銀、トタン、薬種、白砂糖、しゃぐまに使う髪の毛の袋詰めもあった。

市之助は、他の男と二人がかりで、生糸の梱を中央にさげた長い棹のはしをかつぎ、足腰に力を入れ、一歩一歩踏んばって埠頭への道を歩む。

鷗《かもめ》の群れ舞う埠頭は、怒号と喧騒が汐風に吹き散らされ、半裸の男たちが汗をしたたらせていそがしく動きまわっていた。積荷の指図をするマヌエル・ゴンザレスの姿も見えた。

少し離れたところに、黒衣のイエズス会士が海に目をむけて立っていた。後ろ姿しか見えないが、髪が首すじをおおうほどに長くのび、風に乱れているのが奇異な感じだった。イエズス会士は髪を短く切り中央部を丸く剃っているのがふつうである。

鄭為官の符号を記した梱の山の脇に、市之助は、運んできた荷物を乱暴においた。その気配でイエズス会士がふりむいた。アンドレであった。やわらかい微笑が消え、別人のように厳しい表情をしていた。彼の全身から、何かきらきらした精気のようなものを、市之助は感じた。

以前見かけたとき、明るい微笑が市之助の印象に残ったように、いま、そのはりつめた表情が彼の心をとらえた。疑いとか迷いとか、あいまいな翳を持たない、さわやかな明るさが、厳しくひきしまった表情にも残っていて、白磁の澄んだ硬さを思わせた。

ああ、いよいよ、行くのだな。市之助は直感した。――日本に……。

市之助は、胸に熱いものを感じた。それと同時に、自分が逃亡者であるような思いに促われた。

その夜も日当に与えられた鐚銭《びたせん》を手に女のもとを訪れながら、市之助は、自分が薄汚れ、くだらないところに墜ちこんでいるような気がした。アンドレの印象が、何か事を成そうと思いつめている者の、いかにも清々しい澄んだ輝きを持っているように思えたのである。

――おれは、こんなことをしていてどうなるのだ……。

どうしようもない苛立ちをおぼえた。

それでも彼は女の躰に溺れかけたが、隣りの小屋から聞こえる声に、ふと、気をとられた。声はたがいに、筒抜けだった。はじめのうちは、媾合の様子が隣りの小屋にも知れることがいやでたまらなかったが、このごろでは馴れてしまっていた。彼が気をとられたのは、隣りの小屋からきこえてくる話の内容だった。

〈南蛮の船に、飛び乗りしよってない、ひきずり下ろされたんじゃ〉日本人の水夫の声であった。飛び乗りとは密航のことである。みつかればひどい仕置きをくらうのが常であることは市之助も知っていた。

〈色売っとる長崎者《もん》の娘での、故郷《くに》に帰りとうて、少し気がふれとったちゅうこったい〉

〈あほらし〉相手の女の、気のない返事も、はっきり聞こえてくる。〈飛び乗りしたばって、みつけらるるにきまっとるもん。逃ぐるこつはできんのよ〉

〈船が出る前にひきずり下ろされたんで、まだよかったんじゃや。海に乗り出してからみつかってみい。放りこまれて鱶の餌食ばい〉

あんた、何しとるの、早うせんかい、と、市之助の相手の女がとがめた。

「飛び乗りの女がみつかったちゅうとる」

市之助の相手の女も話し声は耳に入っていた。

「あほやね」と、その女も言った。「どうでん、逃ぐるこつはできんのにね」

〈踏んだり蹴ったり、惨らしか仕置に逢うたちゅうこつたい〉男の声がつづいた。

〈あんた、そるを黙って見とったん。誰も助けてやらんかったん〉

〈おいは、そこにおったわけではなか。ほかの者から聞いたんじゃや。その場におったんは南蛮の水夫ばかりで、長崎者はわずかばかりじゃったけん、手え出せんかったと。娘はどこぞへひっかつがれて去《い》んだそうじゃや〉

〈情無しの臆病者《ひえじご》ばかり揃うとる。去《い》ね、去ね〉女はののしった。

〈何が臆病者《ひえじご》じゃ。おいは、そこにおらんかったんじゃや〉

〈そいなら、あんた、うちが長崎に帰りたかちゅうて頼んだら、かくまって船に乗せてくれるか〉

〈おまえごたる醜女《おろいかなご》に、おいが首ば賭けらるっかよ。飛び乗りに手え貸したんが知れれば、おるが方まで半殺しの目に会うわい〉

〈そいけん、男はみな情無しじゃちゅうんじゃや。去ね。去んでさらせ〉

〈何ばぬかしよる〉男が女の躰に再び挑みかかる

気配がし、荒い息づかいが伝わってきた。

「むごらしかのぅ」市之助が吐息をつくと、「むごらしかちゅうて溜息ついとっても、何もならんよ。その女子《おなご》ば背負《かろ》うてやるだけの意気がなかとなら、黙っとりんしゃい」相手の女は、ぴしゃっと叩きつけるように言った。

――もしかして、あの娘ではないだろうか。

直感だった。この土地に長い女たちは、飛び乗りが無謀なことも、水夫たちが飛び乗りを決して許さず、みつかればひどい私刑を受けなくてはならないことも、よく心得て、あきらめている。

彼は、娘を鄭の船にかくし乗せて長崎に連れ帰ることを想像した。しかし、彼は、娘の居場所も、名前すら知らないのだった。
二、三日後、仕事のあと、市之助は酒亭に立ち寄った。日本人の水夫がよく行く店で、そのときも、たむろしているのは、松をはじめ、顔見知りのゴンザレスの船の乗り組みたちがほとんどだった。
「降って来よったんか」空樽に腰を下ろしニパをあおっていた松が、髪や肩を少し濡らした市之助に声をかけた。

「ああ、雨になりよった」酒亭に来る途中で降りはじめた。耳をすますと、板葺きの屋根を叩く雨足の音がきこえた。

「どうね、鄭の船は、いつ出っとね」

「二、三日うちじゃろ。ゴンザレスの船は、いつ出よる」

「風さえよければ、明日にも出ようの。もう、積荷は終わっちょる」

「イエズス会が、また、バテレンば日本に送りこむちゅうこつじゃ。おいたちの船に乗せての」ほかの水夫が言った。

「ほんのこつか」

「おいたちには、しかとは告げられておらんがの。まことのこつらしか」

――アンドレのことではないだろうか。そうか、ゴンザレスの船で……。

「よけいなこつばしくさる」松が吐き捨てた。

「何がよけいなこつね」水夫は酒くさい息を吐き、くってかかった。この男もキリシタンか、あるいはその同情者なのだろう。「尊かこつたい。殉教覚悟で日本のキリシタンがために」

「うぬが播きよった種子じゃけんの」

「何ばぬかす」

「もし、カピタンがバテレンば乗せよったら、松、おまえは長崎で訴人する気か」

「訴人などせん」松は、そっけなく言った。

「訴人すりゃあ、また人死にが出ようが。バテレンに宿貸したちゅうて拷問。バテレンに飯食わせたちゅうて拷問じゃろがい。いっそ、船ん中で、はた迷惑なバテレンば海に叩きこんでくりょうかいの」

「そげんこつしたら、おまえ、ゴンザレスに殺さるっと」

「わかっちょる。冗談《ぞうたん》たい」

「松のお父とお母んな、キリシタンで処刑されたんじゃ」

水夫の一人が、市之助にささやいた。

「バテレンが殉教せい、殉教せい、殉教せな地獄に墜つるちゅうてな。キリシタンな、死ぬるがために生きとるようなもんじゃろがい。あほらしか」

若い娘がおぼつかない足つきで店に入りこんできたのは、そのときだった。

髪がそそけ、蒼ざめ、目のまわりに濃い隈ができ、まるで形相が変わっていたが、あの娘だ、と、市之助は気がついた。

娘は、足を内側によじるような奇妙な歩きかたで、焦点のさだまらない視線を宙にただよわせ、近づいてきた。

市之助を、娘は、こんどはおぼえていたらしい。ふらふらと近寄ると、くずれるように床に膝をつき、市之助の足を抱きこんだ。

「うちば買うてくれんない」娘はかきくどいた。

「ぬしゃ水夫でっしょう。長崎に帰っとでしょう。うちば脇荷に買うてくれんない。長崎に運んで、売りとばしたらよかよ。そうすりゃあ、ぬしももうかるでっしょう」

「こん娘あ、狂《たぶ》れとるんとちがうか」水夫がうすきみ悪そうな顔をした。

「おいたちが船に、長崎から乗せられてきよった女子《おなご》じゃろうが」

「買うちゃる、買うちゃる、何ぼでも買うちゃる」と、他の水夫がからかった。「そいけん、こっちい来て酌でんせい」手をのばして抱きよせようとするのを、「よせ、よせ、狂れとるんをせびらかすな」ほかの者がとがめた。

市之助は躰をかがめ、小声で、「南蛮の船に飛乗りして仕置きに逢うたちゅうんは、おまえか」と訊いた。娘は、躰を固くした。蒼ざめた顔が、いっそう蒼白くなった。

「違う、違う、うちはそげんこつせん。そげんこつせんとよぉ。うちは、何もせなんだよ」

必死な目の色が、かえって、言葉を裏切っていた。「うちは、何もせなんだよ。そいけん、買うてくれまっせよぉ。脇荷にして、船の底でん、うっちょいておくれまっせよ」娘はすがりついた。

水夫たちは、自分で買いこんだ荷を船に積んで持ち帰り売りさばくことが許されている。この脇荷が、けっこうなもうけになるのだった。日本から、女たちが脇荷として買われマカオにはこばれて売りとばされる。その逆に、日本への脇荷として買われればと、稚い頭で必死に考え、水夫たちの集まる酒亭にやってきたものであろう。

「おまえは店の抱え妓《こ》じゃろがい。きままに出歩いとっていいんか」水夫がとがめるように、「おまえじゃろうが。飛び乗りばしよったちゅうんは」

娘は激しく首を振った。「違う、違う。うちではなか。うちは何もせん。飛び乗りなどせん」叫びながら、ますます力をこめて、市之助にしがみついた。以前水桶をはこぶのに手を貸してくれたことが、半ば狂いかけた頭にはっきりと残っているようだった。

「店の抱え妓を買いとるほどの銭を、市が持っとろうかい」

「うちゃ、店を追ん出されたんよ、もう、つかいもんにならんちゅうて」娘は口をすべらせかけ、あっ、と言葉をのんだ。

「何で追ん出された。何で、つかいもんにならん」しつっこく言う水夫を、「もう、よかろうが」市之助は、とめた。

「ほんのこつ、おまえ、店を出されたんか」市之助が訊くと、娘は泣きだした。

「松、この娘、何とか船に乗せられんかの」

「できん」と松はきっぱりと首を振った。「一人、ただ乗りさせれば、次から、しめしがつかんようになる。売られてきた女子は、みな、帰りとうて帰りとうておるけんの」

躰をよじって泣いている娘を、市之助は、どう扱っていいかわからなかった。

——鄭の船にかくし乗せるか。

長崎まで露見せずに連れて行くことはむずかしそうだった。いったんみつかったら、陸地と違い、逃げ場がない。水夫たちの協力がなければむりだった。鄭の船には、力を貸してくれそうな者はいない。水夫はほとんどが唐人だった。

「去ね、去ね、そこで泣かれとっては、酒がまずくなる」水夫の一人が、娘をつきとばした。

「何すっとな」市之助は、思わず、その男をなぐりつけた。

——背負《かろ》うてやるだけの意気がなかとなら、

黙っとりんしゃい。

叩きつけるように言った娼婦の言葉が耳にきこえた

いきなりなぐられた男は、かっとなって、ニパの徳利をふりあげ、投げつけた。

このくらいのことなら、あとに遺恨の残る喧嘩ではなかった。一騒ぎしたあとは、また酒でも飲みかわして、何ごともなかったように日が過ぎてゆくのが、いつものことだ。気心の知れた同士であったのだ。しかし、たまたま、新しく客が入ってきたことが、騒ぎを深刻なものにしてしまった。

ポルトガル人の水夫の一団であった。彼らもすでに酒がまわっている。大声で歌いわめきながら入ってきた。にわかに強くなった雨をしのぐために、とびこんできたのだろう。彼らは、全身、肌までしみとおるほどに濡れていた。髪からも鬚《ひげ》の先からも、雫がしたたった。

水夫の投げつけた徳利が、無関係なポルトガル水夫にぶち当たった。

どなり声と共に、縮れ毛の水夫は、両腕をあげ、拳に握った両手を男の頭頂に叩きつけた。

そのとたんに、日本人の水夫たちが団結した。日ごろから、日本人とポルトガル人の水夫同士は険悪な仲であった。いっせいに、何ばしよる！と、くってかかり、ポルトガル側がどなり返す。たがいに言葉は通じない。ポルトガル人の方が、体格がいいから、日本の水夫を舐めてかかっている。血の気の多い気の早いのが、雑言の言いあいだけではあき足らず、手を出す。両方とも、酒が入っている。乱闘に発展するのに、長い時間はかからなかった。

南蛮ば、ぶっ殺しちゃれい。

怒号と喧騒が、狭い店内をみたした。

組みあった男たちが床をのたうちまわり、椅子がわりの樽が武器になった。グラスが砕けて床に散った。

　その中で、娘のおびえた悲鳴が鋭くひびいた。娘を残酷なリンチにかけた水夫たちは、もう、マカオに出航していたから、店に入ってきたのは、関係ない別の一団であったけれど、半ば狂った娘の目に、南蛮人はみな同じようにみえた。

　長い悲鳴をあげて立ちすくんだ娘を、ふいに、ポルトガル人水夫の一人が横抱きにさらった。娘の躰が宙に浮いた。大またに店を出て行く。六尺を越える大男だった。乱闘の中で、気がついたのは市之助だけだった。市之助は、何を考える余裕もなく、あとを追った。

　太い雨足が肩を打ち、顔を叩いた。男は立ち止まると、腰帯に下げた短剣を引き抜いた。刃が濡れて光った。

　男は、からかい半分に短剣をきらめかせ、市之助の接近をさまたげながら、娘を抱え直すと、抱きこんだ手を、裾の割れ目につっこんだ。それから、ふいにぎょっとした顔になり娘を突き放し、うつ伏せに倒れた腰を蹴った。娘の躰が、ぐらっとあおのく。その腹に、男は足をかけようとした。

　市之助は、男にとびかかった。同時に短剣をかざした男のきき腕を押さえこもうとした。男は、足払いをかけた。道は濡れていた。腰がくだけて滑りかかるのを、辛うじて持ちこたえ、市之助は、男の手から短剣をもぎとろうとする。自由な男の左手が、市之助の咽喉輪にかかる。片腕で、短剣を持った手をかいこみ、もう一方の手で咽喉をしめつけてくる男の腕をつかみ、市之助は、ふりもぎろうとする。二人の顔を、容赦なく雨が叩く。

　かさにかかってのしかかってくる男の重みをささえかねて、市之助の躰が弓なりになり、足が滑った。ふいに倒れたため、男も体勢がくずれた。もつれあって地にころがる。市之助の上に、男の躰が倒れかかる。市之助は、短剣をもぎとると、反射的に、突き出した。手応えがあった。二度、三度、突き刺して、ねじる。野獣じみた吼え声が上がり、とだえた。男の躰が、ぐたっと市之助の上にかぶさった。

市之助は、重い躰を押しのけ起き直った。くの字に折れ曲って横倒しになった男は、手足の先を痙攣させ、動かなくなった。脇腹に突き刺さった短剣をひき抜くと、烈しい勢いで血が噴き出し、雨に打たれてひろがった。

市之助は、右手に握った短剣をみつめた。血に濡れた刃は脂ぎった光を放ち、市之助の視線を吸いこんだ。市之助は短剣の柄を握り直し、力をこめて、男の首筋に打ちこんだ。収縮した肉が刃にからみついた。そのとき彼をとらえたのは、ほとんど歓喜に似た荒ら荒らしい陶酔だった。刃が肉に食いこむ感覚は、一瞬、彼の血を湧きたたせ、酔わせた。

これまでに知らぬ歓びであった。雄が自らに内在する力を確認したのである。性の悦楽の極地に似て、それを凌駕する激しい戦慄が全身を走り、叫びを上げて刃をひきぬくと、もう一度ふりかざした。

目の前に、地に、巨大な肉塊が倒れ伏していた。それは彼が生まれてはじめて為留めた獲物であった。

市之助の目は、あおのいて倒れている娘の上にとまった。裾が割れ、下半身がむき出しになっていた。市之助は、娘が受けた私刑の惨たらしさを、まざまざと見た。息をのみ、しばらく茫然と立ちつくしていたが、かがみこんで、裾をなおしてやろうとした。娘は薄く目を開き、自分の姿に気づいた。絶望が、濃い翳のように表情をおおった。娘は、あきらめたようにゆっくり裾の乱れをなおし、起きなおった。首筋から血を噴き出して倒れている水夫を見、市之助の右手の短剣に視線をうつした。

うろたえながらも、冷静な思考が市之助の心に戻ってきた。

――つかまれば、ポルトガル総督の権限のもとに裁判にかけられ、おそらく、死刑だ……。す早く、善後策をこうじた。

――明日出帆するというゴンザレスの船に飛び乗りするほかはない。一刻も早く、マカオを、ここを、離れるのだ。つかまってたまるか。

「どこへ行くと」娘は、のろい口調で訊いた。

「船着場だ」

市之助は、娘の手をとって助け起こした。だが、娘の手が触れたとたん、

――厄介なことにまきこまれた。

そういう気持が、灼けただれた私刑の痕を見た衝撃といっしょになって、かすかな嫌悪を生じさせた。娘は敏感にそれを感じとったようだ。振り払われては大変だというように、市之助の手を痛いほど握りしめた。


うっとうしさと不憫さが、市之助の心に混ざりあっていた。娘の手をつかんで、泥水をはねかえし、市之助は走った。娘は、まだ傷が癒えていなかった。苦痛に声をあげながら、遅れまいと必死に走ってついてきた。

娘は、埠頭の岸壁に坐りこんだ。烈しい雨のむこうに、碇泊した帆船の尾灯がいくつもにじんでいた。

「螢のごたるな」娘はつぶやいた。「ぬしゃどげんすっと」

「ゴンザレスの船に飛び乗りする」

娘の表情が、変わった。目をすえて、首を振った。私刑の恐怖は、娘の心に灼きついていた。娘は、首を振りつづけた。

「逃ぐるこつはできんのよ。どげんしても。どげんしても……」

娘は、ふいに、短く笑った。市之助の手から短剣をもぎとった。

「もっと早うに……もっと早うに、こうしちょれば……色身が無うなれば、魂《アニマ》だけなら軽うなって……くにに帰っちょったろうにね」

あ！　と、娘の意図を悟って市之助がとめる暇もなく、娘は力まかせに短剣を首筋に突き刺し、引き裂いた。堰の切れたように血が噴き上げ、雨をいっしょになって降りかかった。

「狂《たぶ》れたのか」

娘の躰は人形にように前に倒れこんだ。海に落ちる前に、辛うじてささえとめた。短剣だけが、紅くきらめいて、暗い水面にのみこまれていった。

「連れ帰ったるばい……」娘の躰を抱きしめた腕に力をこめ、市之助は呟いた。

桟橋にもやってある船に、市之助は娘の躰をひきずりこみ、綱をといて漕ぎ出した。

マヌエル・ゴンザレスの帆船の尾灯を目当てに漕ぎ進んだ。小舟の底に、赤黒い水が溜まった。

舵側から垂れた縄梯子の下まで漕ぎ寄ると、舟底の栓を抜いた。血に濡れた小舟は、ほどなく沈むだろう。それから、袋かつぎに娘の躰をかつぎ、縄梯子をよじのぼった。痩せた小さい躰は軽かった。

行きにも乗ってかってのわかった舟である。甲板にのぼりつき、一息ついて肩にかついだ躰をかかえ直すと、ハッチを下りた。背を娘の血がつたうのがわかった。

船底には梱の山が積まれてあった。そのかげに市之助はあぐらをかいて坐り、娘の躰を膝に抱きこんだ。血は床板に吸われてゆく。

船底は暗かった。娘の顔は闇の中に溶けこんでいた。

背負《かろ》うてやるだけの意気がなかとなら、黙っとりんしゃい。

再び、女の厳しい声が耳朶によみがえった。おれのためらいが……と、市之助は、重い心で思った。哀れだと思っても、自分のすべての力で受けとめてやるのでなければ、冷ややかに無視するのと同じことだ。なまじ、やさしそうな態度をみせて、そのあと突き放すのでは、なお惨い。

おれの中にその惨さがあった。娘は気づいたに違いない。だから、おれに頼りきって船に乗りこむことができなかったのだ。

気が昂ぶっているためか、彼は、自分を責めてずにはいられなかった。

哀れだと思えば、ひたむきに背負《かろ》うてやる、そういういさぎよい男こそ望ましく、自分はそれができる人間だと思っていた。しかし、実際には、煮えきらず、及び腰で、中途半端な態度しかとれなかったのだ。

死んだ兄も、ロマノも……と、彼は、ふいに思い出していた。――そうして、友永も、日本に渡って行こうという若いパードレ・アンドレも……。

それぞれ、自分の立場を貫こうとして命を失ない、あるいは、命を賭けようとしている。

おれは、何事も徹しきれず、今また、日本に戻って行こうとしている。

何のために、一度振り捨てた故国に……。

ただ、ポルトガルの官憲の手から逃れるためか。

常に、おれは、逃亡者でしかないのか。

いや、おれは……。

ふいに、彼は、梯子からこの船底の床にかけてしたたり残っている血の痕に思いが及んだ。

水夫の死骸が発見されれば、あのときの状況から、犯人が彼と見当をつけられるのはたやすい。この船にも、総督府の手の者が捜索にあらわれるかもしれぬ。

そう思いつくと、彼は、いそいで娘の躰を床に下ろし、梯子をのぼって行った。

甲板の血は雨で洗い流されていたが、梯子には血だまりが残っていた。

彼け雨でぐっしょり濡れた片袖をひきちぎって、血だまりをぬぐった。袖はじきに血を含んでべとつき、ぬぐっても汚れをぬりひろげるだけとなった。市之助は、もう一方の袖をちぎった。

袖だけでは足りず、着物をぬぎ、下帯一つになった。血だまりをすっかり拭きとってから、娘の躰を抱いて梱のかげにひそんだ。

小舟の底にたまる淦《あか》のように、血が、あぐらをかいた腿の間にたまった。

闇の中で、長い時が過ぎた。

ふいに、顔の上で、荒々しい足音が、いくつも、いりまじってきこえた。

日本語、ポルトガル語の声高な話し声。

来た、と、市之助は緊張した。

彼は、刃物を持っていない。攻撃の手段はない。ただ息をひそめ、地虫のようにうずくまっているほかはなかった。

龕灯《がんどう》のあかりがさしこみ、足音が梯子を下りてきた。市之助は息を殺し、足音が近づき遠ざかり、また近づき、歩きまわるのを聞いていた。

やがて、足音は去ったが、また、突然下りてくるのではないかと、市之助は、しばらく緊張をとくことができなかった。

いつ果てるともない闇の中で、市之助は、娘の肌が少しずつ冷えてゆくのを感じていた。

——どうすることもできないのだ。人間には生命を与えることはできないのだ。

深い絶望感が、静かに心にくいいってゆくようだった。それと共に、水夫の首に刃を貫き通したときの感触が、執拗に思い起こされた、それは、いっそう彼を暗い思いに駆りたてた。おれの中には、野獣がいるのだ。

頭上が再び騒々しくなり、市之助は浅いまどろみから醒めた。

床がゆっくりとかしぎ、ゆらいでいた。冷たく固い躰が膝にあった。

振り捨てた地に――長崎に――おれは、また立ち戻ろうとしている。

そうだ、おれは……と、彼は思った。このことがなくても、早晩、帰らずにはいられなかったのかもしれない……。

彼は、彼をつなぐ強靭な絆を見る思いがした。忘れ去り、断ち切ろうと思っても……。


市之助は、捕えられた。空腹にさいなまれ、炊事場にしのびこもうとして、見咎められたのである。気心の知れた日本人の水夫であれば、うまく取り計らって、密航を許してくれたかもしれないが、あいにく、彼を見つけたのは、黒人の水夫だった。言葉もろくに通じないまま、彼は上甲板にひき出された。

闇になずんだ瞳孔を、強い光がなぐりつけた。一瞬、盲のようになった。

船はすでに、陸の影も見えぬ海のただ中にあった。

風をはらんだ帆が、烈しい音を立てていた。海の色は、マカオ近辺の澄んだ碧色から、どす黒い藍にかわり、大きくうねった波が、舷側にぶちあたってしぶきを上げた。

市之助は水夫たちに取り巻かれていた。日本人の水夫の顔も多い。彼らは市之助をかばいたい様子をみせたが、このように密航が公になってしまっては、どうすることもできなかった。知らせを受けたゴンザレスが船室から出てきた。うっとうしそうに太い眉をしかめ、海に放りこめと命じかけたが、日本人の水夫たちの気配を見てとって刑を一等減じた。水夫たちを挑発して、暴動でも起こされては面倒だと思ったのだろう。

「帆柱にくくりつけろ」と彼は命じた。「三日間、水以外は与えるな。それでもちこたえたら、長崎まで水夫として使ってやる」

市之助は帆柱に帆綱で縛りつけられ、つづいて、古い帆布にくるまれた娘の骸が運び上げられた。そのころには、騒ぎをききつけた船客が集まってきて、退屈しのぎに見物していた。船旅の無聊をなぐさめるにはかっこうの見世物と、彼らは指さし、ののしり嘲った。市之助は彼らを強い目で見返した。

灰色に汚れた包みは数人の水夫の手であっけなく水中に投じられた。市之助は泪を見せまいと歯をくいしばったが、目の前が濡れたギヤマンを透すように、滲みぼやけた。濡れて霞んだ視野に、嗤《わら》ったりののしったりする船客たちの黒い影が動いていた。

その中に、市之助は、見おぼえのある顔を見たように思った。アンドレが、人々の背後を通り過ぎていったように思えたのである。見まちがえたのだろう。顔立ちはアンドレに似ていたが、髪を結い、小袖を着ていた。日本の商人のような風態だった。

――いや、水夫たちが、イエズス会のバテレンがこの船で長崎に潜行するといっていた。おれがあの時思ったように、やはりアンドレはこの船で……。

視界をにじませる涙を払おうと、市之助はまばたきした。アンドレらしい姿は消えていた。

強烈な陽光が焔のように肌を焙《あぶ》り、じりじりと肉の奥まで灼きつくした。

陽が落ちると、酷熱の苦しみは減少した。暇つぶしに彼を見物し、ののしったり嗤ったりしていた客たちも、船室に去って行った。

頭の上でごうごうと帆が鳴り、舷側に打ちつける波の音が、どうっと響いた。

巨大な黒い空が、すっぽりと、これも黒い巨大な海をおおい、その中心に、彼は、ただ一人身動きもならず帆柱を背に立っていた。

それは、彼を、深い空洞に墜ちこむような無力感に浸すのに十分だった。

運命だの宿命だの、外部からの力に流されることを拒否し、自分の手で運命をねじ倒し、足で踏みつけて生きようと決心しながら、結局のところ、何一つ自分の力で成就したことはなく、大きな力に翻弄され、運ばれてゆく。彼は闇に溺れかけ、そこから這い上がろうと、もがいた。

誰もが皆、拠って立つ大地を持っている。あるいは、とび立つ矢でもいい、と彼は思った。目指す的を持ち、まっしぐらに飛ぶ矢でもいい。

彼は、根をはった大樹でもなく、突き進むべき的も持たなかった。セミナリヨにいたときは、強制されることの一つ一つに対する懐疑と反発が、彼をささえていた。いかにして鎖を断ち切るかということが、最大の目標だった。その目標を達して以来、彼は、自分の居場所を見失なってしまった。烈しい愛も、身を灼きつくすほどの憎悪も、出世への欲望も、何一つ持たず、そうかといって、ささやかな平穏も、自堕落な耽溺《たんでき》も、彼を魅さなかった。

——それは……何者でもない。

彼は思わざるを得なかった。

キリシタンとして育てられながら、彼は、キリシタンであることを拒否した。しかし、キリシタンを憎み弾圧する者でもなかった。彼は、武士の家に生まれたが、いまの彼は、武士ではない。そうかといって、松やほかの水夫たちのように、海に生きる暮らしに、がっしり根をはってもいなかった。女を愛し抜くこともできなかった。

なにもかもが中途半端なまま、いたずらに、時が流れる。娘の傷口から溢れ、床板に、無意味に吸われていった血潮のように、命が時に食いつぶされてゆく。

時は、おれの傍を流れ過ぎてゆく。人間も、おれと血肉をまじえるほどにかかわりあうことなく、通り過ぎてゆく。

彼は、愛したいと切望し、憎みたいと願い、その対象を持たなかった。

娘の死さえ、ひどく遠いことのように感じられてきた。

世界は、彼の外部に厳然と存在し、動き、燃え、彼はその中に組みこまれたいと願いながら、冷え冷えと孤立していた。

ふいに、縛りつけられた腕の痛みが意識にのぼった。孤独感は、浅いまどろみの中で彼を苛《さいな》んでいたのかもしれない。

やや離れたところで、灯がゆらめいていた。灯は揺れながら、近づいてきた。アンドレであった。

――ああ、やはり……。

アンドレは、パンと壺を持っていた。近寄って、アンドレは壺を床に置いた。船が左右に揺れるので、壺はかしぎ、倒れそうになった。アンドレは床に置いた壺を両脚ではさんでおさえ、パンをちぎって、市之助の口もとに近づけた。

市之助は、とっさに、いらん、と言おうとした、しかし、意地をはる前に、飢餓感が彼を圧倒した。唇と舌が腫れあがっていた。「先に水をくれ」自分でもぞっとするほど、掠れた情けない声だった。アンドレは、壺をとりあげ、市之助の唇にあてがい、かたむけた。それから、ちぎったパンを水にひたし、市之助の口に入れた。

胃がしめつけられるような感じがした。久しぶりに食物を入れたためだろう。あまりの空腹に、一時、飢えを自覚しなくなるほどだったのが、パンを口にして、はじめて、どれほど食い物に飢えていたかを痛感した。

食べつくしてから、助かった、と、市之助は言った。

アンドレは去り、夢も見ずに、市之助は睡った。それはまるで、夢の中で起きたことのようだったが、水のうまさ、パンの味は、現実感があった。

縛られたまま、市之助は朝を迎えた。濃く薄く、波の上を靄が流れていた。

甲板の上は騒々しくなった。水夫たちが持ち場につき、風向きが変わるたびに、ピロトの命令一下、帆綱にとりついて、帆の向きを風にあわせた。

市之助は、自分の躰を眺めた。腰から腿、膝にかけて、べっとりとこびりついた血糊が乾いて、鱗のように下半身をおおっていた。

仕事の合間に、松が寄ってきて、がんばり通せそうか、と訊いた。大丈夫だ、と市之助は応え、松は竹筒をあてがって、小水の始末をしてくれた。赤児のようだと、市之助は苦笑した。

その夜もアンドレはあらわれたが、不寝番のポルトガル人水夫に見咎められ、押し問答の末、追い帰された。前夜の不寝番は日本人だったので、見逃してくれたものらしかった。

二日間の日曝しの私刑をきりぬけ、市之助は縄をとかれた。

「船を下りたら、どげんする？」

松が訊いた。

訊かれるまでもなく、市之助は、そのことを考えていた。

どうしても断ち切れぬ絆なら……と、彼は思った。いっそ、その絆を我れからたぐり寄せ、見きわめてやろうではないか。

おれが幼いころから縛りつけられてきたものは、何だったのか。

背教者と呼ばれる、ミゲル千々石清左衛門という名前を彼が思い浮かべたのは、このときであった。

御あるじのたまわく。われをしたうものは闇をゆかず、ただ命の光をもつべしと。

アンドレは、机の上にこんでむつすむん地の邦訳書をひろげ、低い声で読みすすんでいた。いくらか訛りがあり、つっかえた。

海の面を照り返した陽が窓から射しこみ、汐のにおいを含んだ風が快く流れこんだ。

彼の好む静謐が、ここにはあった。

日本に着けば、その日から、熾烈な戦いがはじまる。その前に、このようなおだやかな日々が与えられたことを、彼は感謝していた。

僧院では、静かな時に恵まれていた。石の回廊を書物を読みながらゆっくりと歩く一刻が、彼にはこの上なく好ましかった。心が大きなものにむかってひらいてゆくような心地がした。僧院の外に出たことは、ほとんどなかった。いつかは、この日が来ることを知ってはいた。中浦神父も原神父も、くり返し、彼にそう告げたのだから。

弾圧に対する不安はなかった。肉体に加えられるどのような迫害にも耐えられるという気負いがあった。彼が不安なのは、故国の人々になじめるだろうか、溶けこんでいけるだろうかということであった。

僧院の中では、彼はのびやかに息づくことができた。周囲の人間には何の異和感もおぼえなかった。人々の言葉は、ほんの一言、二言、耳のはしに入る断片でも理解できた。僧院は一つの繭《まゆ》だった。強すぎもせず弱すぎもしない薄あかりがさしこんでいた。

しかし、一歩僧院の外に出ると、まるで異質な世界がひろがっていた。荒ら荒らしい言葉がゆきかい、人々は喧嘩腰で、彼には少しもわからないことで笑ったり怒ったりしていた。マカオにおいてさえ、そうだった。

心の闇をのがれ、まことの光を得たく思わば……

彼は、読みすすんだ。

いきなりドアが押し開けられ、若い水夫がずかずかと入ってきた。密航が露見して、私刑を受けた男であった。見かねてパンと水を運んでやった。この男が、マカオでポルトガル人の水夫を殺害した犯人らしいという噂も耳にした。船中で捉えられたときの、乾いた血が鱗のように下半身をおおい、目を血走らせた凄まじいさまは、彼に生理的ともいえる不快感をもたらしたのだった。

　血のにおいが、たまらなく不愉快だった。それは、彼がこれから足を踏み入れていかなくてはならぬなまぐさい粗暴な世界を象徴しているようだった。

　アンドレは、ずっと前にもこの男を見かけたことがあるような……という気がした。いや、思い違いだろう。

　男は、アンドレをみつめ、入ってきたときと同様、唐突に、出ていった。そのとき、アンドレは、記憶をおおっていた薄い膜が切り落とされたように、あの男に、パンと水を運んでやったのは、二度めだ、と思い出した。

　ミゲルという名だと、パードレがたからきいた。セミナリヨの学生で、マカオに来てから棄教を申し出、破門された男だ。ユダのようなと、パードレがたが怒りのこもった声で、あの男のことを口にしておられた。

　ユダという言葉から想起されるような、陰険な印象は受けなかった。荒々しさと、哀しさ。あの男の眸に私が見たのは、それだった。私は、無意識のうちに、あの男を避けようとしていたようだ……。

　アンドレは、窓ぎわに寄った。水平線のむこうに、雲が湧き出していた。塔のように高く盛り上がり、少しずつ形を変えながら、空と海を包みこもうとしていた。

　アンドレは、再び書物に目を落としたが、一度乱された穏やかな安らぎは、なかなか戻ってこなかった。

第三章

騒々しい物音に、千々石清左衛門は、重い睡りの底からひきずり出された。寝衣の背がしっとり湿っている。寝汗をかいたためであった。

まだ、明け六つ（六時）前というのに、城の改修工事の活動がもうはじまっていて、人足たちが巨石をはこぶかけ声、荷をひいた駄馬の乱れた足音、普請方の組頭が叱咤《しった》するどら声、それらが一つにまざりあい、えたいの知れぬ騒音となって、城から、ものの五丁とはなれていない本小路の彼の屋敷のあたりまで、ひびいてくるのだった。

濡れた寝衣が肌に気持悪く、いかんな、と彼は痘痕《あばた》でまばらになった薄い眉をしかめた。労咳《ろうがい》におかされているのではないかと、いつものおびえに捉えられたのだ。

気をはって、病《やまい》など寄せつけぬようにしていなくてはならない。一度倒れれば、肉をせせられ、骨をしゃぶられ、野垂れ死にするほかはあるまい。

生にそれほど強い執着があるわけではないが、みじめな死にざまは嫌悪している。

彼が労咳を気にするのは、伯父にあたる先の大村領主、大村純忠の死がその病によるものであり、あとを継いだ現領主喜前も、また、同じ病におかされているらしい気配が見られるからである。

純忠に、彼は一度も会ったことはないが、その死にざまは悲惨だったと聞いている。心身の衰弱から錯乱状態となり、人里離れた坂口の館に、幽閉同様に蟄居させられ、わずかな召使が仕えるほかは、訪れる者もなく、血塊を吐きつつ死んだというのである。

喜前も、近ごろ、眼が熱っぽくうるみ、顔色が悪いのに、頬骨の上あたりだけ、きわだって紅潮し、ひどく痩せてきた。喜前は、清左衛門に躰の不調を語ったりすることはないが、清左衛門は彼に病の兆しを見ていた。

しかし、喜前は、たとえ病に倒れても、彼のように肉をせせられ、骨をしゃぶられる怖れはないのだった。筆頭家老の大村彦右衛門をはじめ、彼に忠誠を誓う強力な家臣団がある。喜前は、家臣に信頼される領主であった。豪胆であると同時に細心で、政治のかけひきに長じている。家老大村彦右衛門の補佐も大いに力あってのことではあるが、豊臣から徳川に政権が移りゆく激動の世、しかも、九州北部では、龍造寺、有馬、大村、戦国大名が血みどろの抗争を続ける中で、秀吉に目をかけられ、家康の意にも沿い、大村二万七千石を維持してきた。

大名の長子といっても、喜前は、少年時代、二度も佐賀の龍造寺に人質にやられ、辛酸をなめている。

責められるとすれば、父純忠を坂口館に幽閉したことであろうが、それも、純忠の晩年の悩乱を知る家臣には、納得のいくことなのであった。

領民の多くも、喜前に悪意を持ってはいなかった。彼が領内に早々と禁教令を出し、キリシタンを排斥したにもかかわらず、である。キリシタン弾圧の反感と怨嗟《えんさ》は、彼、千々石清左衛門にそそがれる。それは、喜前、大村彦右衛門、そうして、彼、三者の間の暗黙の了解事項であった。

千々石清左衛門は、五十石の禄は受けているが、役職は持っていなかった。五十石は、キリシタンの怨嗟を一身に受ける憎まれ代ともいえた。

千々石さまがおらすとじゃけんの。

パードレさまがたが追ん出されたんは、あんお方が差し金たい。

怖ろしかの。あんお方は、どげんかくしとるこつも、見抜いてしまいなると。

そうしてまた、誰それがキリシタンだという密告は、係の役人をさしおいて、彼になされることが多かった。彼が街の中を漫然と歩きまわる、それだけで、一種の威嚇となってしまっていた。

容貌の醜さが輪をかけた。

エウロパに、四人行きなしてな、痘瘡にかからしたん、あんお方ばかりとない。

清左衛門には妻はいない。彼は、娶《めと》ったことはなかった。屋敷うちに召使っているのは下婢、下人の二人だけであった。

朝食の膳がととのうまでのひとときを、彼は、庭に下りた。

日中の暑さを予想させる強い陽が、土を白茶けさせ、植え込みの槇《まき》や拓植《つげ》の葉にあぶらっこい照りをあたえていた。

庭はさして広くないし、樹木の配置も、神経のゆきとどいたものではない。植込みのかげには、雑草がしぶとくはびこっていた。あまりに整然と手入れのゆきとどいた庭よりも、多少雑草ののびているくらいの方が息苦しくなくてよいと彼は言い、放置させているのだった。

玄米《くろこめ》と一汁一菜の簡素な食事ののち、産物役所からまわされてきた書類に目をとおしていると、大村彦右衛門の使者が訪れ、今日は出仕せず在宅しておるから、茶飲み話にでもおいでにならぬかという口上を告げた。

彦右衛門の屋敷は、同じ本小路の並びにあり、清左衛門の住居よりはかなり大きいが、それでも、藁葺きの質素なものであった。

本小路は重職の住居地域であり、ほかに、外浦から来た家臣団の居住する外浦小路、徒士の住む小姓小路、鉄砲組の百人衆小路、草場小路などが城下を形成している。

大村彦右衛門は、清左衛門とほぼ同年輩、四十代の半ばであった。肉づきがよく、重厚な貫禄があるが、髪が半ば以上白いので、清左衛門より五つ六つ年上に見える。

井戸で冷やした瓜《うり》が供された。

「よう冷えておりますな。歯にしみます」清左衛門は、一口噛んで、すっと唇をすぼめた。

「静かすぎる」と彦右衛門がつぶやいたので、清左衛門は、目を上げた。このあたりにも、作事場《さくじば》の喧騒はひびいている。清左衛門の住居より城に近いから、なおのこと、かしましいほどだ。

「キリシタンの動きのことです」

彦右衛門の目の光が、いっそう強くなった。幼少のころから、たえまない戦乱の中で過してきた男である。中年をすぎて贅肉がついたが、なお、鋼のような強靭さを四肢にみなぎらせている。それを、一見おだやかな外貌がつつみかくしていた。

「このところ、急になりをひそめてしまった。どげん思われますか」

清左衛門は、すぐには答えず、庭に視線をむけた。

「御禁令が出たあと、一時期、かえってバテレンどもの動きが目に立つようになった。領内に潜伏したバテレンが、池田、並松から、腹の太かは抗出津のあたりまでも、白昼堂々と、説教に出歩いとるちゅう報告が入ったりした。それが、ぱったり、とだえました」

「キリシタンは絶滅されたとでしょう。あるいは、他国に移ったか」さりげなく、彼はかわしたが、

「いや、そげんこつはなかでしょう」彦右衛門は頑強だった。「何ごとか企んでおる。そのために、かえって、静かなのではなかか。そげん気がします」

何か情報は入っていないか、と、彦右衛門は、さぐるような眼を清左衛門にむけた。何かつかみながら、かくしているのではないかと疑っている

ようであった。

一度裏切り行為をおかした者は、永劫、どちらの側からも絶対的な信頼を持たれることはないらしい、と、清左衛門は、苦い笑いをかすかに口辺に浮かべ、何もきいていない、と首を振った。

「キリシタンの動きが静かであれば、これに越したこつはなかとでしょうが。何でそげん案じておられます」

「静かすぎては、かえって、気になるもんですたい。かげで何ば企みよるかと」

「御家中には、もはや、キリシタンはおらんでしょう。まだ、かたくなに信仰を捨てぬ者がおるとすれば、それは百姓どもでしょう。彼らがひそかに天主を拝そうと、それほど危険なこつはありますまい」

「いや、百姓どもの間に根づいておるからこそ、案じられる。信心な、怖ろしかもんですたい。ばってん、何で百姓どもな、あげな南蛮の教えにとりつかれよるか」

一人のキリシタンの存在を許すこつは、と彦右衛門は語気を強めた。「十人の、百人の、キリシタンの存在を許すこつになりましょう。一人のバテレンの潜入を許すこつは、その背後の、イスパニア、ポルトガルの征服欲ちゅう、怖ろしか力を再びずるずるとひきずりこむこつになりましょう。バテレンの背後にある力の怖ろしさを実証されたんは、千々石殿、あなたであった」

——そう、それは、私であった……。

「我が藩内から」彦右衛門は続けた。「いっさいのキリシタンの痕跡を消滅させねばならぬ。領内にしぶとう根をはるキリシタンのおるちゅうこつは、幕府に藩政干渉、ひいては、藩取りつぶしの口実さえ与えるこつになる。今後、いっそう、キリシタンの摘発と処刑は強化します。よって、あなたへの怨嗟《えんさ》も甚しゅうなりましょう。身辺には、くれぐれも御留意ありたい」

「静かにしているものを、あばき出すのですか」

「やむを得んとでしょう」

今になって、キリシタンば弁護さるっとですか。二十年もたった今となって。彦右衛門は言い、——そうだ、二十年……と、清左衛門は重い心で思った。

「村の童どもが、このような唄をうとうておるそうな。耳にされたこつはなかとですか」

彦右衛門は、「沖に見ゆるはパアパの船よ」と、低い声でくちずさんだ。「丸にやの字の帆が見ゆる」

パアパは教皇《ポウプ》、丸にやの字は、まるや——聖母マリアであろう。

「エウロパの軍船が、キリシタンば救助せんがため、やってくる、そげな流言蜚語が、ひそかに流布しとる気配もあるようです。誰があげな噂を流しよるか。キリシタンどもば力づくるような……」厄介なこつですたい、と、彦右衛門は苛立たしそうに、「あまりごり押しにしめつけて、一揆でも起こされては、うもうなかこつになる、米がとれんでは困りますでな」

清左衛門が黙りつづけているので、勢い、彦右衛門は、ひとりで喋りつづける。

「坂口の御館跡の奥に、バテレンがひそんどるちゅう訴人がありましたろうが。探索にあたらせたが、おったんは、乞食と癩病者《かったいやみ》ばかりでありましたとない」

清左衛門は、黙って瓜の小片を口にはこんだ。瓜は、すでになまぬるくなっていた。

彦右衛門の屋敷を辞したあと、清左衛門の足は、城の普請場の方にむかった。用はなかったが、普請の進捗ぶりを見ようと思ったのである。

一つのものが造り上げられてゆく過程というものは、関係ないものが見ても、何か心はずむ光景である。ともすれば重く沈んでゆく心に、何がしかの活力がもたらされるような思いで、彼は、これまでも、足しげく普請場に出むいている。

――また、あの男の目に出会うだろうか。

彼は、ふと思った。

頭上から照りつける陽に、影は短く、地に灼きついていた。清左衛門が歩く足もとでも、こっけいなまでに矮小な影が、伸びたりちぢんだりしていた。

本小路を抜けると、海に突き出て玖島城の威容が目に入る。

三方を遠浅の海に囲まれた水際城である。郭《くるわ》をめぐる白練塀《しろねりべい》に職人たちが瓦を置き、二重馬場の登城道を、畚《もっこ》をかついだ人足や、材木を積んだ車をひく馬、おびただしい人馬が行きかっていた。

労役に服しているのは、鈴田村、江串村の鉄砲組を主力とした下級藩士が多いが、領内からかり出された百姓、また他国から入りこんだ流れ者も混っている。石工、大工、左官、木挽、雑然としているようで、それぞれの頭の統制のもとに、手ぎわよい、きびきびした作業をすすめている。その間を、警護の役人が鋭い目で往き来していた。

家中の士は、四組に配分され、その組頭は家老級の重臣がつとめている。藩の総力をあげての大普請であった。

張りきった弓なりの曲面が美しい扇勾配の石垣沿いに、渡橋から枡形門への石段をのぼりながら、清左衛門は何か物足りないものを感じた。

――今日は、あの男が……。

石段は、騎乗で上り下りするのに具合がいいように、傾斜がゆるく、踏み面《つら》が広い。徒歩だと、一歩半で一段を上るようになるので、〝ちんば段〟と呼ばれている。半月ほど前から、ここの石積みがはじまり、まだ完成されていない。人夫たちが、萱瀬石場から切り出した石材を積み並べていた。

最近、ここを上り下りするたびに、清左衛門は、彼に視線をむけている若い男がいるのに気づいたのである。

はじめは、気のせいかと思った。だが、男は、明らかに彼を意識していた。

石積みの人夫の一人であった。肉躰労働で鍛えぬいた、筋骨のひきしまった体軀だが、根っからの人足とは違った雰囲気を持っている。

武士か——とも思ったが、この作業場で働いているのは、家士の組ではなかった。石工の棟梁がかり集めた人夫たちである。

その男は、清左衛門と視線があっても、目をそらそうとはしなかった。

男は、ほとんど、話かけたいようなそぶりを見せた。

清左衛門には見おぼえのない顔であった。

清左衛門が通り過ぎるたびに、男は、その背に熱い目を向けた。振りむかないでも、清左衛門は、それを肌で感じていた。

男の中で、声が、ふくれ上がっているようだった。いつか、あの男は呼びかけてくるかもしれない。そう、清左衛門は思った。

彼が男の無言の呼びかけを無視したのは、その男が、また、キリシタンの訴人をするつもりではないかと思ったためもあるが、気易く他人を受け入れない彼の性質からもきていた。

昔は、そうではなかった。少年のころは、気位は高いが、人怖じしない、闊達な性格だったのである。たやすく他人に心を開かなくなったのは、棄教以後の、孤立した精神状態のうちにはぐくまれた性向であった。

「このずっと奥の方に」と、人夫の一人が、市之助に、右手の山への登り口をさした。重なりあった樹々が視界をはばんでいた。

「御先代さまが恨み死になされた館があっと」人夫は、ひそめた声で教えた。

坂口館の跡であった。

郡川のほとりである。市之助は、十五、六人の仲間と、出向いてきていた。

上流の石切場から切り出した巨石が、舟で運ばれてくる。それを、車に積みかえて、作事場まで曳いてゆくためであった。

狂死したという先入観があるせいか、坂口館の跡は、陰鬱な印象を与えた。

細い道に藪枯《やぶがらし》の蔓がはびこり、野づら積みの石はくずれかけていた。その上、このあたりに癩者の溜りがあるという噂もあって、いっそう、人を近づけがたくしていた。

純忠のときに、宣教師が、その居城三城館のふもとに、救癩院、救貧院などの保護施設をつくった。あとを継いだ喜前は、宣教師を領内から追放したさい、これらの施設をも徹底的に打ちこわした。彼の目には、これらの建物は、秩序をこわす不潔な存在とうつった。収容されていた病人は、ことごとくヤリシタンとみなされ、放逐された。

行きどころのない病人たちがこのあたりにひそかにたむろし、周囲から孤絶して暮らしているという噂は、かなり根拠のあるものだった。しかし、救癩院が破却されてからすでに二十年になるのだから、追放された当時の病人はもう何人もおらず、今、住みついているのは、よそから入りこんできた者たちかもしれなかった。

風は冷気を帯び、川の瀬音が耳に快かった。男たちは斜面を下り、清冽な水をすくって汗まみれの顔を洗い、足先を水に浸した。

「流れが速いけん、滑り落ちんように気をつけろ」

山翡翠《やませみ》が川面をよぎった。

「いまのうちに、しっかり休んどかんと、帰りがきつかよ」要領のいいのは、木陰に置いた大八車に長々と躰をのばし、目を閉じる。

「この奥にの、バテレンがひそんどるちゅう噂がある」

人夫が言うのを耳にして、市之助は、心にざわめき立つものをおぼえた。

——友永たちではないのか……。

それと同時に、——今日は、千々石殿はもう、作事場に来られただろうか……。

連鎖して、彼は思い浮かべた。

長崎でゴンザレスの船を下りたとき、大村で玖島城改築工事の人足を集めているという話をきいた。願ってもない機会だと、彼は思った。

城の改修工事につきながら、いっしょに働いている男たちに、あれが恐ろしか千々石さまたい、と、疱瘡の痕が醜い四十五、六の武士を教えられた。

怖ろしいという印象は受けなかった。市之助が見たのは、沈鬱ではあるが、毅然とした風格を持った人物であった。そのことは、市之助を喜ばせた。

「来たぞ」

人夫が声をあげた。速い流れを、石を積んだ舟が危なっかしく下ってきた。石の重みで、船の艫は川面すれすれまで沈みこんでいた。

大石に縄をかけ、ころを使って、大八車に積みかえる。車に結びつけた網を曳き、うしろから押し、進みはじめる。たちまち、汗が噴き出し、背を流れた。

えい、おう、と、掛け声が次第に近づいてくる。

ちんば段をのぼりかけていた清左衛門は振り返った。

巨石を積みこんだ大八車に十数人がとりついて、進んでくる。

——今日は、石運びに出ておったのか。

見なれた顔を、人夫たちの中に見出だし、清左衛門は、うなずいた。

ちんば段の下まで来ると、人夫たちは石を下ろし、縄でひきずり上げはじめた。車に積んだままでは、石段の上まではこべない。

ここまで運んでくるだけでかなり疲労しているとみえ、棟梁が叱咤し、役人が細竹の笞をらなしても、人夫たちの動きは目に見えてのろかった。石段に板を敷き、その上を、ひきずり上げようとするのだが、なかなかの難作業であった。

清左衛門は、脇に躰を寄せた。筋肉を怒張させ、全身に朱を刷いた人夫たちが、巨石に結んだ縄を肩にかけ、一歩、一歩、ふんばってひき上げながら通り過ぎる。清左衛門に目礼する余裕もないようであった。

石は、じりじりと、板の上をひき上げられてゆく。

ふいに、人夫たちの群れが乱れた。誰かが足を踏みはずしたらしい。

「危うございます！」

叫び声と同時に、清左衛門は、突き倒された。その横を、地ひびきをたてて、巨石がころがり落ちた。

口々に罵りながら、人夫たちがそのあとを追って駆け下りて行く。

「千々石さま、おけがは？」

清左衛門は起き直り、袴の裾の泥を払った。

市之助は、その傍に膝をつき、清左衛門を見上げた。

「お目にかかりたく存じておりました」

人夫たちは、転げ落ちた石を追って走り下り、その一瞬、二人のまわりは空白だった。

「私は、内藤市之助と申し、もと、有馬のセミナリヨにおりました」

「キリシタンか？」薄い眉がかげり、のどにひっかかったような掠れた声で、清左衛門は言った。

「棄教いたしました」

清左衛門の表情が、冷たくしずまった。

「それで？」

冷ややかな声だった。

市之助は、このようにあしらわれることを、内心危惧していた。

見も知らぬ、まして素性の知れぬ人足から、いきなり声をかけられ、あなた様の棄教の理由が知りたいなどと言われて、千々石清左衛門が、たやすく心を開いてくれるものかどうか。

幾度も姿をみかけながら呼びかけるのをためらっていた。

しかし、今、とっさに話しかけずにはいられなかった。「それで?」と突き放すように言われ、市之助は言葉につまった。

有馬のセミナリヨにいた、棄教した、それは、千々石清左衛門と同じ歩みであった。

清左衛門は、そのまま行き過ぎようとした。関わりあうのはわずらわしい、という思いと、この若者に対する興味が、同時に心をしめた。そのため、彼の足はたゆたった。

「千々石さま!」

思いつめたような声音が、清左衛門の足をひきとめた。

「有馬のセミナリヨにおったのが棄教したと申したな」

「はい」

力いっぱいぶつかるように、「千々石さまが棄教なされたわけを、お聞かせいただきたいのです」市之助は一気に言った。無礼な! と一喝されるかもしれないが、市之助は、それ以外に語りかける言葉を持たなかった。

「おまえは、何ゆえに棄教した。禁令に服したのか。それとも、わしに近づいて、キリシタン探索の方針に探りを入れよう所存か」

「いいえ、違います。私は、千々石さまにお目にかかりとうて、そのために、大村にまいりました。決して、うろんな者ではございません」そう言いながら、市之助は、自分はうろんな人間には違いない……と内心苦く笑った。

いっとき散った人足たちが、また仕事にとりかかりはじめていた。千々石清左衛門は、ちょっと思案してから、「後刻、屋敷にまいれ」と言い捨てて去った。

座敷に、清左衛門は市之助をあげた。人足に対する扱いではなかった。しかし、あいかわらず親しみはみせず、薄い眉の下の眸《め》が、厳しく市之助をみすえていた。庭の薄闇に螢が飛びかかっていた。淡い小さい光が、つ、と流れ、消え、また光った。

もと、有馬晴信公に仕えていた者の息子で、セミナリヨに入学し、と、市之助はあらためて素性を語ったが、彼の言葉を証《あか》しするものは何一つなく、千々石清左衛門は、厳しい表情をくずさなかった。

壁にむかって語りかけているようなもどかしさをおぼえながら、市之助は棄教を決意しマカオに渡ったいきさつを語った。

「人の生死はでうすの御手にあり、かつて自力の進退にあらずといい、何にてもあれ我が上にはからいたもうほどのことは皆よきことなりとする教えが、私には腹立たしいのです。それでは、人間は神の傀儡にすぎない、そうではございませんか。私は、おのれの手で、おのれを……」気負って言いかけるのを、清左衛門は手をあげてさえぎり、いくらか皮肉な針を含んだ口調で、「それだけ立派な覚悟がさだまっておるなら、それでよいではないか。黙ってそのように生きればよかろう。他人の前で広言せずにおれんのは、不安だからだ。口で言うほどに性根が坐っておらぬからだ。そうであろう」

腹の底を見すかすように言われ、市之助は言葉を失なった。

「そうなのです」市之助は、自分でも思いがけないほどすなおに、うなずいた。

「私は、不安なのです。何も信じられないということが。子供のころから、これこそが揺れ動かぬ真実だと叩きこまれ、自分ではそれに疑問を持ったり反抗したりしてきました。ところが、その力が、ふいに無力なものになってしまった。私は今、すっかり混乱してしまっています」

私は、不安なのです、と市之助はくり返した。この卑小な自分以外に何ものもないということが。人間が、欲情につき動かされて道をあやまったり、みじめな貧困のうちに人を呪い、怨み死にしたり、地面にしがみつき、這いずりまわり、殺しあい、虚しく生まれ虚しく死ぬだけのものだと認めるのが、不安なのです。その不安が、闇が、光の幻を描き出した。神とは、闇が作り上げた虚妄ではないのか……と思うとき、あのおびただしい殉教者、そうして、戒律に背き血にまみれた兄の骸、信じきれぬものを信じようとして奈落に堕ちた友、それらの姿が浮かび、虚妄の幻に、何というとほうもない力を、人間は与えてしまったことかと、いっそう怖ろしくなります。

しかし、一方で、私は何か見あやまっているのではないか、私が恩寵《ガラサ》を感得できぬゆえに……。

「酒はたしなむか」と、清左衛門は、市之助の熱っぽい言葉をさえぎった。

言葉による論議が何の役にもたたぬことを、彼は知りつくしていた。

「いささか」と、市之助は、ふいに話の腰を折られたので、とまどって答え、清左衛門は手を打って下婢に酒肴をととのえさせた。酒肴といっても、濁酒に大根のつぼ漬けといった質素なものであった。

「セミナリヨで、南蛮の書物を学んだであろう」

酔いが、市之助をくつろがせた。

「はい、学びました」

「南蛮の言葉は堪能か」

「はい、かなり」

「私は暇にまかせてポルトガルの言葉の手引き書

をしたためておる。手を貸してもらおうか」

　思いがけない言葉だった。

「私は、仕官の口をお願いにあがったのではございません」

「仕官せいと言うてはおらん」

　清左衛門の口調に、いくぶん打ちとけたものを市之助は感じた。

　快く酔って、市之助は人足小屋に帰った。歩く道に、螢がとび交っていた。淡く、強く、光っては消えた。流れ、群がり、散った。

　それ以後、一日の労働が終わると、市之助は、清左衛門の屋敷を訪れるようになった。

　清左衛門が独力で試みているのは、辞書の編纂のようなものであった。

「このような時世になっては、何の役にもたたんかもしれんがの」と言いながら、清左衛門は、その仕事に打ちこんでいた。

　市之助がセミナリヨに入学し、マカオに渡って棄教するまでの八年間は、清左衛門が使節として日本を発ちエウロパに渡り、帰国するまでの年月と、年齢の上でもほぼひとしく重なっていた。市之助の過去を聞くにつれ、清左衛門は、過ぎ来た日を思い出さずにはいられなかった。

　この若い男も――と、彼は市之助にかつての自分を見るような思いがした。同じような壁に突き当たり、器用に身をかわすことができなくて、からめとられてしまったのか。

　どれほど希望に心をはずませ、自分はエウロパに旅立ったことだっただろう。

　ヴァリニアノ・パードレは、私たちがエウロパの輝かしいもの、美しいもの、すぐれたもののみを見聞するように、心を配られた。

　だが、実にその輝かしさ、美しさ、壮麗さが、私の心にいっとなく翳を落としたのだった……と、清左衛門は、少しずつ、市之助に語りはじめた。どのような言葉のはしもにがすまいというように、市之助は、ひたむきな眼を清左衛門にむけて聞き入った。

現世の栄耀も捨てよと説く教え、また、日本に渡ってこられるパードレがたの、厳しい禁欲的な生活にくらべて、伽藍の華やかさ、教皇の宮殿の美々しさが、まず、私をつまずかせた。華麗なロウブに包まれた、年老いた小男を見たとき、なぜ、この男が天主の代弁者なのか、なぜ、この男の前に膝まずかねばならぬのか、と、内心腹がたった。

貴族の城館から城館へ、きらびやかな拠点から拠点へ、移動する道すがら、いくらパードレがかくしておこうとなされても、私の目には、貧しさにひしがれた人々の群れがうつるのをどうすることもできなかった。

ある村では、異端とみなされた女が焼かれていた。いま、日本でキリシタンが焼かれるように。イエズスの名のもとに、あの殺戮がなされていた。私は、人間の肉が灼けただれるにおいを、あのときはじめて嗅いだ。

他の三人、伊東マンショ、原マルチノ、中浦ジュリアンらが、美しいもの、気高いものに心をうたれ、いよいよ信仰をあつくしているとき、なぜ、私一人、醜いもの、惨いもの、賤しいものを見てしまうのか。私の心の醜さ、惨さ、賤しさの反映かと、私は苦しんだのだった。

私があの怖ろしい書状を見てしまったのは、訪欧の旅の帰途、インドのゴアで船の便を待っているときであった。ゴアには一年滞在した。その間、私はときどき、東洋の各地に散っているイエズス会士が上長に書き送った報告書の写しの整理を手伝った……。

熱気がむせかえる室内で、彼は、日本準管区長コエリュ師が日本から上長セデーニョにあてた手紙の写しを読んでいたのだった。

「……総長閣下に、兵隊、弾薬、大砲、及び兵隊のための必要な食糧、一、二年間食糧を買うための現金を充分に備えた三、四艘のフラガータ船を、日本のこの地に派遣していただきたい」彼は、愕然とし、文面を読みかえした。書状は、更に続いていた。「……大砲と、それを操作できる兵隊を十分に搭載した三、四艘のフラガータ船は、日本では珍しいので、当地のキリスト教徒の援助をえて、この海岸全体を支配し、服従しようとしない敵に脅威を与えることができるのは疑いない……」

文面は明らかに、武力を行使して異教徒を征服する意図を示していた。

コエリュは、同様の書状を何通か記し、武力援助を求めていた。

更に、ペトロ・デ・ラ・クルスというパードレは、日本は島々から成っているから、九州や四国を包囲すれば、日本人の生存を不可能にすることができると報じ、また、日本の東北沿岸を測量したフィリピン仮総督のロドリゴ・デ・ビベーロは、イスパニア国王にあて、〃日本征服は尋常の手段ではだめだから、宣教師を布教の目的で日本の僻地に分散させ、日本を占領するという目的のため努力させるべきである〃と建言していた。

彼の内部で、くずれてゆくものがあった。無垢な信頼感が、腐土《ふど》にまみれた。

エウロパの国々で目にした、巨大な造船所、数十門の大砲を備えた軍船、武器庫、それらが脳裏によみがえった。

彼は、同行の伊東、原、中浦らに、これらの写しを見せた。そうして、彼が驚いたことには、彼らは、少しも衝撃を受けた様子がないのだった。

伊東マンショは、パードレ方の中には、布教を急ぐあまり、過激なことを言う方もあるかもしれないが、それによって教えの正しさが損なわれるものではないと言い、中浦ジュリアンと原マルチノは、「教会は異端者を死の危険から救う必要はない」というトマス・アクイナスの言葉をひいて、異教徒を征服するのは当然だ、それこそ、教皇の龍騎兵と呼ばれるイエズス会士の当然の役目ではないかと言った。原マルチノは、更に、「エウロパの繁栄から見て、我が国はあまりに貧しい。日本がフェリペ王の保護を受け、あの輝かしい文明、文化の恩恵に浴せるようになれば、こんな喜ばしいことはない」とつけ加えた。

おまえは信仰が薄いと、中浦らは彼を責めた。

「イエズスは言われなかったか」彼は言いかえした。「剣をふるうものは、剣によってほろぶべしと」

「イエズスは、悔いあらためなかった町々を呪われた」原も、聖書の言葉を引いた。「汝に禍いあれ、コラジンよ、禍いあれ、ベッサイダよ……汝は天にまであげられると信ずるか。地獄に落されん、と。また、デウスは言われる。われを憎む者にむかいては、父の罪を子にむくいて、三、四代に及ぼし、われを愛しわがいましめを守る者には、恩恵をほどこして千代にいたるなり、と」原は、生き生きと目を輝かした。

「千々石は」と、原は、からかうような表情になって「一人だけ痘瘡にかかったので……」

――あのとき、私は、思わず原の頬を打った、と、清左衛門は言った。

彼が痘瘡にかかったのは、トレドに滞在しているときだった。

美しい町であった。丘がたたみ重なり、蒼白い荘厳な宮殿がそそり立っていた。金色に輝くカテードラルの円屋根。きらびやかな尖塔。大理石の円柱。精巧な仕掛噴水。盛大な市。そこには、狩で捕えた獣、鳥の肉、家禽、乳製品、菓子、穀物が並べたてられていた。

そこで、彼は病んだ。高熱を発し、意識のない日が続いた。昏迷から醒めたとき、顔から手足、胸、腹、背、すべて、黒褐色のかさぶたにおおわれているのを知った。まるで、干からびた異形の魚のようであった。痛痒《つうよう》におそわれ、彼は全身をかきむしった。かさぶたの剝げ落ちたあとは血をふき、あらたなかさぶたが固く皮膚をおおった。

彼は、従順に耐えていた。苦難はいつかは終わるのだと、無邪気に信じていた。かさぶたは、やがて、枯れ葉のように落ちはじめた。寝台の白布に、黒い小片が散った。自分は浄化されているのだと、彼は信じた。痘瘡がみにくい痕を残すことは知っていたが、自分にはそのようなことは起こらないと思った。彼ら四人は、恵まれ選ばれた、特殊な人間であった。聖なる任務を負っているのだから、いかなる危害も及ぶはずはなかった。そう、パードレたちは教えた。

だが、手の甲を見て、彼はぞっとした。頰をなでると、指先は凹凸にふれた。

室内には鏡はなかった。彼はひそかに、壁にかざってあった巾広い洋刀を抜いて、刀身に顔をうつした。海水に浸蝕された細かい穴だらけの岩を、彼は見た。

それでも、彼は、絶望すまいとした。神父たちが慰め力づける言葉を、すなおに受け入れようとつとめた。神はもっとも愛する者にもっとも大きな苦難を与えたもうという言葉ほど、力強いものはなかった。

それまで、整った気品のある美貌の持主だった少年にとって、人目に立つ旅をつづけるのは辛いことだった。彼は、打ちひしがれてそうになる自分を責め、気にかけていないようなふりをしつづけた。

原マチルノに、一人だけ痘瘡にかかったのでひがんでいるのだと言われ、彼は、それ以上、何も口にしなくなった。原の言葉が、いくぶんなりと真実をついているとしたら、彼は、絶望する以外になかった。

いよいよ日本に帰り着き、長崎の港に上陸したとき、彼は、コエリュ師の要請が効を奏し、大量の武器弾薬がマニラから送り届けられているのを知った。秀吉の禁教令に対抗するためであった。しかし、ヴァリニアノ神父は、日本の武力占拠は好ましくないとして、それらの武器を送り返させようとした。コエリュ神父とヴァリニアノ神父の激論は、千々石らの耳にも入った。

武力で平定し、教会を軍事的に保護し、武装下に布教を行なうことは、これまで、マニラ、ノヴァスパニア（メキシコ）、モルッカ、どこででもやってきた、当然の行為ではないか、この島国を制圧し、神の栄光のために捧げようとするのを、なぜあなたはとめるのかとコエリュ神父は責めたてていた。今、なまぬるいやり方をすれば、必ず、あとに禍根を残すことになりますぞ。この国は、まだ、中央集権制が完全にはととのっていない。地方の領国間での抗争が絶えない。つけいるのは、今だ。強固な中央政府が全国を掌握してからでは手遅れになる。

それに対してヴァリニアノ神父は、日本を完全に制圧するだけの武力の用意は、まだマニラにはない、また、暴力的な手段に出れば、せっかく獲得した日本人信徒の心が教会から離れてゆくだろうと説き、武器を廃棄処分にし、一部はマニラ、マカオに送り返させた。

あなたは、きっと、後悔なさる。あなたの行為は、主を裏切るものだ。コエリュ神父は、指を立て、おどすように言ったのだった。

長崎ではじめて会った大村喜前に、

「太閤殿下は、南蛮に日本侵寇の意図があり、バテレンはその意のもとに動いておると思し召され、禁教令を出されたが、このことをどう思うか」と問われたとき、彼は、即答できなかった。

ゴアでもマカオでも、イエズス会は栄え、街は美しくととのい、文化の水準の高い生活が営まれていた。しかし、その文化を享受しているのはポルトガル人でありイスパニア人であって、土地の人間ではなかった。

　パードレでさえ、武力によって日本を制圧し、イスパニア国王に献じようとしていることは、彼の目には明白な事実だった。

　だが……それが、天主の望みたもうことなのか……。

　〝我れを慕うものは闇をゆかず、ただ命の光を持つべしと……〟激しく力強く、美しい天主の言葉が胸にあった。

　パードレに日本侵略の意図ありと告げ、禁教令を肯定し、なお、キリシタンでありつづけることは、彼の心が許さなかった。

　この国が異国の属国となることを、天主がよろこばるるはずが……だが、現実に、数多い国々が、宣教の名のもとに蹂躙されていた。

　大村喜前と千々石清左衛門は、このときが初対面ではあるが、従兄弟にあたる。喜前の父大村純忠は、有馬清純の二男で、有馬から大村に養子にいったのであり、清左衛門の父は、純忠の弟であった。清左衛門と同年輩である。

　純忠は熱烈なキリシタンだが、喜前は、父に背いて棄教している。爽やかな、好感の持てる青年武将であった。

「キリシタンの布教は、国を傾ける怖れがある。それは真だろうか」

　真摯な表情で問いつめられたが、清左衛門の脳裏に、パードレの書簡の文言が、どのようにしても拭いきれず、鮮やかに灼きついていた。清左衛門は、懊悩《おうのう》の末、ついに、そのとおりだ、と肯定した。

　――自分は、教会を裏切った。神に背いた……。

　彼は、棄教した。喜前は、彼を自国に招いた。

　清左衛門は、喜前が、父純忠の行跡を次々に破壊し、領内を改革してゆくさまを、つぶさに目撃しなくてはならなかった。

純忠は、キリシタンに改宗したとき、大村家の先祖の位牌を焼き捨て、仏寺に火をかけ、領民に改宗を強制した。

父と逆の立場から、喜前は、父と同様の行為を行なった。即ち、教会を焼き、イエズス会の施設を破壊し、領民を改宗させ、肯じない者は、かたはしから処刑した。

純忠は、内心から噴き上げる発作的な狂熱に駆られたように、これらの行為をなしたが、喜前は、冷静に、事務的に、事を処理した。

清左衛門は、目の前で行なわれる冷酷な改革に耐えてゆかねばならなかった。

彼は、それを甘受した。他国に移り隠栖《いんせい》することで責めを逃がれようとはしなかった。

自分は、背教者なのだ。その立場に、足を踏みすえて生きねばならぬ。

いつか、彼は、弾圧の張本人とされている自分に気づいた。それが、喜前を冷酷な領主と領民に印象づけないための、筆頭家老大村彦右衛門の方策によることにも。

彼は、黙って、自分の立場を受け入れた。

その後一度、彼は、マニラを訪れている。ポルトガル、イスパニアの軍事計画の実態を更に綿密に調査することを、喜前を通じて家康から命じられたのである。帰国後、喜前に従って駿府におもむき、家康に報告した。調査の内容に誤りはないつもりであった。しかし、それが家康の厳しい禁教令発布のための資料に用いられ、ひきつづいての苛酷な弾圧、殉教者の群れ。拷問を受け、死罪となり、炎で焼かれ、槍で刺し殺されるのは、いくぶん狂信的でかたくななところはあるとはいえ、無害な、おとなしい仔羊たちであった。そうして、彼は、自分の苦悩を大きな力にゆだね心を安らかにすることはできないのであった。

「私は……」と、清左衛門の前に坐った青年は、重い声で言った。「布教とイスパニア、ポルトガルの他国侵寇の意図を結びつけて考えたことはありませんでした。私はただ、天とおのれとの関わりだけを考えていました……」

指摘されてみれば、マカオの街の繁栄は、ことごとくポルトガルのものであった。日本でも、一時イエズス会領にされた長崎が、その二の舞いを踏む怖れは多分にあったわけだ。一つの国の中に、他国の領土が腫瘍のように根をはりめぐらそうとしていたのだった。

「しかし……」と、市之助は、一語々々噛みしめるように、「だからと言って……」

市之助が混乱しながらまとめようとしている言葉が、清左衛門には察しがついた。

〝それは、言うなれば、人間の行為。天主が真実おわすか否かという問いかけの答えにはなっていないのではありませぬか〟

清左衛門は、酒をすすめた。なぜ棄教したのかという市之助の問いには、答えた。それ以上、何が、私に言えるというのだろう。私はただ、背教者という自分の立場に足踏み据えて生きるほかはないのだ。

人夫の風態をした市之助が、しげしげと清左衛門の屋敷に足をはこぶことは、人目についた。清左衛門は彦右衛門に呼ばれ、問いただされた。

「あれは、どげな男ですか」

「身もとははっきりしております。もと有馬のセミナリヨにおった者で、その後、思うところあって棄教し、人夫の群れに身を投じております。折ふし、私の仕事に手を貸してくれております」

清左衛門は簡単に市之助の素性を説明し、彦右衛門は、感心しないというように首を振った。主取りをせず、どこにも所属しない人間というのは、彦右衛門から見れば危険な存在であった。

「幕府の探索方が、内密に入国し、ひそかにキリシタンの詮議をすすめておるということも考えられる。こちらで見出すより先に幕府にキリシタンの存在をつかまれては、当方の落度になる」

「まさか、市之助が幕府の探索方だといわれるのではないでしょう」

「何とも言えません。ただの流れ者かもしれぬ。だが、そういう人間が一番困る。領国内の秩序安寧は、彼らには何の価値もない。同一の価値の基準を持たぬ人間は、何をやらかすか見当がつかぬ」

「根もない罪を捏造して、かの者を逮捕したり追放したりされることのないように」清左衛門は、先手をうって釘をさした。

市之助は、自分がそのような疑惑の目で見られていることには気づかなかった。昼は石をはこび土を盛り、夜のひとときを清左衛門のもとで過す日が続いていた。

領内の村々には、厳しいキリシタン詮議がくり返されていた。それは幕府に対する忠誠の身ぶりでもあった。

ふいに、役人が屋内に踏みこんで、納戸から物置の中まで探しまわったりした。

詮議が厳しくなる一方で、実態のつかめぬ噂が、かえってそこここでささやかれ、その声が次第に大きくなるようだった。どこそこの村で、バテレンさまが説教しとらした。どことかでは、七日、七日のセスタ（金曜日）の講に、バテレンさまがお出でなして、告解ばきかれるそうな。

バテレンさまが、銭集めとらす。そういう聞きなれぬ噂が加わった。

市之助も、時に、そんな声を耳にすることがあった。——友永たちだ。市之助は、確信が強まってくる。

——どこか、あの近辺に……坂口館の近辺に、彼らはひそんでいるにちがいない。役人が出向くと影も形もみえないというのは、よほど、キリシタンの間での連絡網がゆきとどいているのだ。役人の配下の中にも、キリシタンはいるのかもしれない。

噂は、領民を動揺させた。キリシタンは邪宗であると為政者は強調し、領民にキリシタンに対する嫌悪感を植えつけるべくつとめた。吉利支丹、切子旦などと書かれていた文字は、鬼利支丹とあらためられた。

布教の初期のころ、見なれぬ南蛮の風俗から生じた誤解は、その後、理解されるようになったのに、またむし返され、バテレンは妊み女の腹ば裂いて、赤児の血を啜《すす》うたというような話が、意識的に流された。

「おまえは、キリシタンに縄をかけられるか」

清左衛門が唐突にたずねたことがあった。

「キリシタンを訴人できるか。キリシタンと知って、その首に刃を突き立てることができるか」

「できませぬ」市之助は深く考えるまでもなく、即座に答えた。

「私の傍に仕えるということは、キリシタンを秩序を乱す悪とみなす側につくということだ。キリシタンを弾圧する側に身をおいて暮らしの平安を得ながら、一方、キリシタンに同情し、それによって自分を許すことはできぬ」

「私は、自分に正直でありたいのです。どちらの側に身を置くことも、自分の気持にそむくことになります」

「しかし、いやでも、どちらかに自分の立場をさだめねばならぬときなのだ。今は」

私はこれから、多くのキリシタンを摘発し、処刑せねばならぬ。そういう私の傍にいられるか。

厳しく言われた。市之助は即答できなかった。

なぜ、どちらかの立場を選ばなければならないのですか。選ぶことができたら、私は、どれほど、晴れ晴れと……。

彼は、どちらの側にもつけず、それでいて、どちらからも離れがたく、

――まるで、未練がましい野良犬のように……

周囲を徘徊している、と、自嘲した。

大村彦右衛門の屋敷に市之助が呼び出されたのは、それから間もないときだった。彼は庭先に坐らせられ、彦右衛門は、縁の上から世間話でもするように話しかけた。

「マカオから立ち戻ったそうじゃの」

池の端にのびた芒《すすき》の一群らは、銀色の穂を鋭くとがらせ、その葉先に、赤蜻蛉が薄い羽を休ませていた。夏が終わりに近づいていた。

「はい」

「いかがであった。彼の地で、バテレンどもに不穏な動きはなかったか」

「わかりませなんだ」

目を伏せ、市之助は、低く答えた。

「惜しいことをいたしたの。敵の本陣まで踏み入りながら」

〝敵〟と言われ、市之助は、反発するもの感じた。奇妙な心の動きだった。彼自身、〝敵〟という言葉を心の中で用いた時期があったのに、今、彼は、友永や、中浦神父、そして、日本に潜行したはずのアンドレたちを、敵という言葉では呼べなかった。彼らが守りぬき、そのために命を賭けようとしているのは、ポルトガル、イスパニアという異国ではない。

「バテレンどもは、なお、我が国にひそかにしのび入ろうとしているというが、そのような動きには気づかなんだか」

「それは……」と言って、市之助はためらった。

そのためらいを、彦右衛門は見逃がさなかった。この男は本心から棄教しているのかと疑うように、鋭く射抜く目を市之助にすえた。

「その方が気づいたことを、何なりと、語り聞かせてくれ」

「私はただ、天におのれのすべてをゆだねるか、おのれをもっておのれの」

彦右衛門は、押さえるように手を振った。

「私が聞いておるのは、バテレンが何人、どのような経路で、どこにひそみおるかということだ」

「存じませぬ」市之助は言いきり、どちらの側にもつかぬとする自分の足が、一歩片側に踏み出してしまった……と思った。疑わしげな彦右衛門の視線を感じた。

〝背負《かろ》うてやる意気がなかとなら……〟

ふいに、耳朶を叩く声があった。

惚れきってもいないくせに、あいまいなままに、及び腰で手をさしのべて、背負いきれずにあの娘を死なせてしまった……。

キリシタンに対して、自分はいままた、同じような及び腰で……。

殉ずる気持などないくせに、背をそむけきることもせず……。

しかし、自分に正直であろうとすれば、これ以外には……。

一つの立場に徹しきるためには、自分の中の何かをむりにねじ曲げ押し殺さなくてはならない。それが、おれにはできない。千々石さまは、それをやってのけられ、そのために、あの方の心はいまでも血を流している。その血が、おれを惹きつける……。

秋が闌《た》けていった。

城の工事は、九分通り完成に近づいていた。まっ青な高い空が、その日、黒みを帯び、朝から風が荒荒しかった。

嵐が来る、と、人夫の一人が言った。

市之助も、荒れ模様になりそうな気配を感じていた。日が落ちて、風はますます激しさをましていた。樫の梢がうなりをあげ、空から渦を巻いて垂れ下がる黒い雲と、地から巻き上がる風が一つになった。雨が降り混った。

「今宵は、ここに泊まるがよい」千々石清左衛門は市之助に言った。横なぐりに吹きつける風は、太い雨足といっしょになって、屋根を叩き、土壁をゆるがした。

行燈の灯をかきたてても、戸の隙間から吹きこむ風に、すぐに消えた。

「書き物は、むりなようでございますね」

市之助は、あきらめ、和綴じの紙の束を閉じた。Nの項まで、仕事は進んでいた。

灯火が消えると、部屋の中は闇になった。

風のうなり、雨の音に、ごうっと立ち騒ぐ遠い海鳴りが混った。

久々に、市之助は、胸の芯からじっくりと痛みが湧き上るような思いで、彼が心のうちに抱きこんだいくつかの死を思い出していた。何かに心の埋み火をかきたてられるようであった。市之助は、清左衛門と臥床《がしょう》を並べて横になった。

嵐の音に混って、夜半、彼は鋭く甲高い音をきいた。長く、短く、音は断続した。一箇所ではなかった。呼吸するように、いくつかの音が、遠く、近く、聞こえた。

「千々石様」市之助は身を起こした。清左衛門も目をさましていた。清左衛門は、寝つきが遅く、眠りも浅かった。

「呼子笛のように聞こえます」

「どこぞに盗っ人でも押しいって、捕吏に追われておるのかな。盗っ人は、めったにおらぬところだが」

「見てまいりましょうか」

役人にまかせておけ、と清左衛門は言い、闇の中で横になった気配であった。

一夜明けると、風はまだ夜半の烈しさを残していたが、雨はやみ、洗い流され磨きぬかれたような固い透明な空のもとに、荒涼とした秋のたたずまいがあった。

市之助は、すぐに、作事場に馳せつけた。

城を取りまく海は、蒼黒く逆巻いていた。

高いうねりが、軍船のように、三方から城砦めがけて押し寄せ、波頭が砕け、泡立った。

作事場の弱い盛土はくずれ落ち、石材を押し流し、練塀の黒瓦も風に吹きとばされて散乱していた。土居の熊笹はなぎ倒され、折れ飛んだ松の枝が、逆さに突っ立っていた。

修復の作業が、時を移さず、開始された。

二日後、城下を流れる内田川にかかった鶴亀橋のたもとに、罪人がさらされた。

嵐の夜、捕縛された男であった。高札には罪状は記されず、この男の身もとを存じよりの者は申し出るようにとしたためてあった。

通行人は足をとめ、野菜の振り売りに来た近在の百姓なども、物見高く見物の輪に加わった。

それが友永パウロだとは、市之助は、最初わからなかった。逮捕されるとき、よほど手向かったためか、その後拷問を受けたのか、蒼く腫れ上がった額から右の瞼に、まだ傷口のふさがらぬ裂傷が走り、唇が割れ、顔全体が奇妙に歪んでいた。石でも抱かされたのか、ひしゃげた二本の臑を丸太か何かのように前に投げ出したかっこうで、友永は、欄干に後手に縛りつけられていた。

友永は、気力を集め、まわりの人間の視線を、腫れ上がった瞼の下の目ではね返していた。

見物の中に混った市之助を、友永の方が、それと認めた。あ、と、腫れた唇から声が洩れた。

市之助も、動揺した。先夜捕えられたのは、友永だった……。駆け寄ろうとして、辛うじて自制した。

しかし、視線をそらすことはできなかった。

「あの者を存じておるのか」声をかけられた。藩の役人と見られる三十がらみの男であった。

市之助は、とっさに悟った。役人は友永の素性を知りたがっている。彼をさらし者にしたのは、そのためだ。彼をキリシタンと、役人どもに悟らせてはならぬ。

「いいえ、存じませぬ」

しらをきろうとしたが、まにあわなかった。群集の中にまぎれて様子をうかがっていた配下の男たちが、人々を突きとばしながら走り寄り、市之助の自由を奪った。

——こうなるのを、おれは予感していた……。

大村にとどまるかぎり、いつかはこうなることを、予感しながら、離れることができなかった。彼をくわえこむ腭《あぎと》の存在を知りながら、かえって、じりじりとその方にひかれて行きつつあったのだ。

避けるためには、大村を出さえすればよかった。彼を縛るものは何一つない。その点で彼は全く自由であった。

——しかし、おれは、直面しないわけにはいかなかった。

今まで、おれは、食べもしないで瓜の味を知ろうとするように、ただ傍観しながら、本質に迫りたいと望んでいた。

何の本質に？ 天？ いや、おれ自身のだ。

藩会所に、市之助は引きたてられた。

本小路の入口、城の隅櫓の近くに、評定所、元締役、下見役、山方役、納戸役、蔵奉行役所、勘定奉行役所、賄小屋役所、それらを六十二間半の長屋にまとめた会所があり、罪人の調べもここで行なわれる。

存じませぬ、の一点ばりで、市之助はとおした。ここも、嵐の爪跡が残っていた。塀がかしぎ、松の枝が中ほどから折れて垂れ下がり、市之助が坐らされた庭の土は、まだじっとり湿っていた。水溜りが雲をうつしていた。

存じませぬ。あのような男、これまで会うたこともありませぬ。

やがて、千々石清左衛門が呼ばれた。

清左衛門は、調べの座につき、市之助を見下ろした。眸の奥に、深い悲痛の色を見たように市之助は思い、胸が熱くなった。

「あの者は、キリシタンじゃな」静かだが、容赦なく胸に突き刺さる声だった。市之助は、一瞬、間をおき、「存じませぬ」と答えた。

「市之助、その方が棄教いたしたことは心得ておる。だが、キリシタンをかばいたていたせば、その方も、キリシタンとみなされる。ここでは、あいまいな態度は許されぬと、私は申したはずだ。おまえは、信じておらぬものに殉ずることはできぬと、棄教した。だが、それだけでは、事はすまぬ。キリシタンでない者は、キリシタンを排さねばならぬ。キリシタンのために、一臂《いっぴ》の力を貸すことも許されぬ。キリシタンをあばくお上のために、尽さねばならぬ。キリシタンは、法にそむく罪人だからだ」

「御法にも、あやまりはございましょう」

市之助は、躰をのり出すようにして言った。

清左衛門は、ゆっくり首を振った。

「御法にあやまりありと信ずるなら、おまえは、御法とさしちがえて死ぬよりほかはなか」

あの男の素性を明かせ、と、清左衛門は、一語一語、区切るように言った。

「一つだけ、お教えください。なぜ、あの男をキリシタンと思われるのですか」

それには清左衛門は答えなかった。どうしても市之助が罪人の素性を告げないとみると、役人に笞打ちを命じた。

清左衛門は、その場を立ち去らなかった。市之助の背を、下役人の杖が打ちのめすのを、端然と見すえていた。

痘痕のある醜い顔は、仮面のように動かなかったが、千々石さまは哭いておられる、と市之助は思った。千々石さまは、棄教者という沼にどっぷりと身を浸されたのだ。それが、あのかたの義なのだ。千々石さまは、キリシタンを憎んではおられない。しかし、棄教した以上、キリシタンに情けをかけたり便宜をはかったりすることで、御自分の免罪とするのを拒んでおられるのだ。

打ちすえられながら、市之助は、清左衛門と心が結ばれてゆくような喜びを、かすかに意識の底に感じていた。

これほど、他の人間と心が近くに寄り添っている手応えをおぼえたことはなかった。常に他人と彼をへだてている強靭な皮膜が、杖の一打ごとに破れ、肌と肌が触れあった。私にはあなたがわかります、千々石さま。あなたの痛みが私の痛みです。私の流す血は、あなたの心の傷に流れ入る。

背の皮が破れ、肉がはじけた。裂けた傷口に砂を撒き、その上から杖が打ち叩いた。

今は、孤独ではないのだ。市之助は思った。この苦痛、この肉の痛みが、彼を友永パウロらと結びつけ、千々石清左衛門と結んでいた。しかも、私は、どちらからも自由なのだ。

意識が薄れた。冷水を浴びせられ、気がつくと、千々石清左衛門は、まだ端坐していた。

——千々石さまがいてくださる。

千々石清左衛門が、彼の苦痛をしっかり受け止めていた。もし、清左衛門がいないところでこの拷問が行なわれたなら、耐えるのにおそらく数倍の気力が必要であったろう。

意識はとり戻したとみると、拷問が再開された。

彼は、声を上げた。歯をくいしばっていても、声は、のどの奥から噴き上げた。

そのとき、彼はふいに、ぞっとするような考えにとらわれた。

何もかもが、自分の錯覚ではないのか。

打たれることで、千々石さまと心が通じあうなど。

千々石さまは、ただ冷然と自分の義務を果たしておられるだけなのではないか。

さっき、おれをとらえた歓びは……。おれは、あのロマノと同じように、奇妙に倒錯した昏迷の中に溺れ入ってしまったのではないか。

どのような絆もありはしない。おれはただ、虚しく、笞打たれ……。

じきに、彼は再び気を失なった。

そのあと、彼は友永と同じ牢に入れられた。


牢の中は、異臭がこもっていた。入牢者は二人のほかにいなかった。

「帰って来よったな。やはり、帰って来よったな」友永は、市之助に抱きつき、涙声でくり返した。「帰って来ると思っとった。いつ大村に来た。何で、もっと早うにおれたちのところに来んかった」

抱きつかれて、傷の痛みに市之助は思わず呻いた。

「おお、おまえも責め問いば受けたんな」

見せてみい、と、友永は市之助の背をむき出しにし、「惨かのう」と、傷痕に眉をひそめた。

「おいも、こんざまじゃ」友永は、蒼黒く腫れた唇を曲げて笑い、背をみせた。「ばってん、何も口はわらんかったぞ。おまえ、いままで、どこにひそんどった」

「中浦パードレさまもいっしょか」

「そうたい。中浦さま、上野シモン、吉村トマス……おぼえておろう、おれといっしょに残ったセミナリヨの仲間たい。それから、マカオからこの春長崎に来よったアンドレ。坂口館の奥に洞窟があっての、そこにかくれとる」

「アンドレも、やはり大村に……」

「いま、吉村トマスと川棚の方にかね集めに行っとるがの。アンドレを知っとろうが。マカオでいっしょだったろうが」

「ああ、知っとる」

アンドレは、おれが棄教者であることに気づかなかったのだろうか。友永に何も告げていないところをみると……。

「かねを集めに言うたの。何のかねだ」

「津軽に流されたキリシタンのおるこつば知っとろうが」友永は顔を寄せた。

「知っとる。京、大坂でとらえられた、宇喜多さまの御家中の者じゃろ」

「そうたい。荒地ば与えられて開墾しとるちゅうんじゃがの。そるが、去年から今年にかけて、えらか大飢饉で、米がまるでとれん。この秋も、ほとんど稲がみのっとらんそうな。流人となったキリシタン衆が、えらか難儀しとってのう」

堺にひそんでいる信徒のもとに、救援を頼む書状がとどけられた。長崎にも連絡がきて、それで、九州《しも》でも、信徒の衆から銀子ば集めて、津軽にとどくるこつになったんじゃ。おれたちも手わけして、かねを集めた。三月になれば、藩で買いつけた越後米が、鰺ケ沢《あじがさわ》の港にとどくのだという。それを買うのに銀がいるとじゃ。早うにとどけんと、道が雪で閉ざされ、春まで通れんようになってしまう。いそがんとならん。こちらで集めた銀を堺にとどけての、堺、京、大坂あたりで集めた銀といっしょに、誰ぞ、津軽に運ぶこつになっとる。諫早の方にかねを集めに行った帰りじゃった。あの嵐けんの、人目につかんで案配よかと思ったが、見廻りの役人に見咎められてしもうた。せっかく集めたかねも、奪われよった」

友永は、思い出しただけで怒りがこみ上げたらしく、眼をぎらぎらさせた。

「おまえをキリシタンと、何で疑うたんかの。ただの盗っ人とは思わんかったんか」

「この節、怪しかもんは、みなキリシタンたい」

おれは、取調べが長びくだろうと思う、と、友永はいっそう顔を寄せた。

「ぶじに出られるかどうかもわからん。おまえは、どげんこつがあっても、キリシタンとは明かすな。もし、おまえの方が先に放免になったら、岩屋に行って、中浦パードレさまに伝えてくれ。おれが捕えられたこつを。かねを持っとらすとぃけんからの」

わかった、と市之助は言った。

「豊後にかねを集めに行った上野シモンが帰って言うとったがの、豊後では、キリシタンば俵に詰めて山中に野ざらしにし、野獣の餌食にしたちゅうこつじゃ。ようも、そげなむごらしかこつができたものよの」

むごらしかの、と市之助は相槌をうったが、同時に、千々石清左衛門から聞いた話を思い出していた。エウロパでは、キリシタンのパードレが、異端とみなしたものを、同じようなむごたらしい目に会わしてきたという。

日本では、キリシタンは少数者であるがゆえに弾圧され虐殺される犠牲者だが、エウロパでは、同じキリシタンが、弾圧者となり、虐殺者となっている。

この、あらゆる事象の持つ二面性が、おれから行動力を奪ってしまう。

友永のように、何のためらいもなく一つの立場を信じきれたら、何と輝かしい気持で生きられることだろう。彼の傷、彼の痛みは、すべて栄光の証しとなる。

自分の正義を信じ純粋に戦える人間の何と羨ましいことか。

おれは、まるで、半分死んでいるような。棄教して、一つの鎖を断ち切ったつもりなのに、縛られていたとき以上に、おれは息苦しく身動きができない。

翌日も、取調べは行なわれた。二人は別々にひき出された。

市之助を取調べたのは、千々石清左衛門ではなく、別の役人であった。市之助が何も知らぬと言いはると、牢内で、あの男から何か聞かなかったかと問われた。市之助は否定した。

市之助は牢に戻された。数刻のちに、友永が、下役人の手ではこびこまれてきて、牢内に投げ出された。

友永の手は、血まみれになっていた。友永は、苦痛をこらえかねるように呻き、叫び、躰を丸め、床をころげた。左手の爪がことごとく抜きとられているのを、市之助は見た。

拷問の話は、たびたび耳にしていた。石を抱かされた、宙吊りにされた、という話をきくたびに、むごらしか、と胸をつかれたが、目の前に見る凄惨なさまは、想像を越えていた。友永が呻き苦しむたびに、市之助は、ほとんど、自分の肉体に苦痛をおぼえ、みぞおちがねじ上げられるように感じた。友永に加えられた拷問にくらべれば、背を笞で打たれるなどは、はるかになまやさしいものであった。

うわっ、うわっ、と、友永は獣のような声を上げた。

明日も……と、友永は、唇のはしから泡をこぼしながら言った。明日も……こげな……ミゲル、おれは、怖ろしか……。こらえられん。明日も、こげな目に……。

唇は蒼黒く変色し、正気の目の色ではなかった。

ミゲル……おれは、こらえきれんとよ……爪を……怖ろしかよ……明日もまた、抜きよるとよ……。

市之助は、嘔吐した。

翌日、友永だけひき出された。友永は恐怖に頬をひきつらせ、抵抗し、役人に手とり足とりされて連れて行かれた。

いたたまれないような時を市之助は一人で過した。あの拷問を自分が受けたとしたら、耐えきれるだろうか。肉体の、あれほどの苦痛は、心のどんな欲求も圧殺してしまうのではないか。石を抱かせられ、宙吊りにされてもなお棄教しないキリシタンの信仰の強さというのは、うす気味悪いほどだ。あの、友永が受けたような、あるいはそれ以上の拷問にあっても屈しないというのは……。その異常な強さが、立場を変えれば異端者への残酷な措置となるのか。

夜になっても、友永は牢に帰されてこなかった。次の日の昼ごろ、市之助は釈放された。無罪放免ではなく、追放刑を受けたのであった。同牢の者はどうなったかと市之助が訊くと、役人は、果てた、と、短く言い捨てた。

市之助に追放刑を申しわたしたのは千々石清左衛門であった。市之助と視線をかわしたとき、清左衛門は、無縁の者を見るように表情を動かさなかった。

この方が、友永にあの凄惨な拷問を加えることを命じ、責め殺したのだ。千々石清左衛門が足を踏みしめた無惨な立場を、市之助は感じた。

キリシタンと排キリシタンの、刃をむき出した力のせめぎあいであった。その間隙に、ぬくぬくと無傷で身を置くことは、もはや、おれにはできない。

彼もまた、清左衛門に匹敵する立場に、足を踏みしめなくてはならなかった。

並松まで役人に護送され、市之助は、早々に領内を立ち去れと、命じられた。

彼は、背後に尾行者がいないか気を配りながら、友永に教えられた岩屋への道をとった。彼の伝言と死を中浦神父に伝えるつもりであった。

両側は、固い穂をつけた稲田であった。穏やかな風景だった。弾圧の血なまぐさいにおいは、稲田を渡る風からは感じられなかった。

農家の前庭では、子供たちがたわむれていた。

龍造寺、鍋島、後藤、渋江、松浦、近隣の強国のたえまない侵攻におののいた時代は終わろうとしていた。為政者の命令に服してさえいれば、その日その日は安泰なのだった。

平穏、安穏、秩序、それらは、柔和な仮面の下に、残虐きわまりないものを秘めている。その規制から少しでもはずれるものを、打ちのめし、叩き切り、押しつぶすことで、成り立っていた。

山道に入ると、人影はとだえた。尾長が鋭い声を残し、瑠璃色の翼が木の間を掠めた。

荒れはてた坂口館を過ぎ、道は藪に埋もれ、急に険しくなった。

わずかな踏み跡を頼りに、市之助は進んだ。坂口館からおよそ半里と、友永から聞かされていた。しかし、道はさだかではなかった。幾度も踏み迷い、日暮れ近くまで歩きまわったあげく、彼は、ようやく、それらしい岩屋の前に出た。

そのあたりは、踏み固めた道ができていた。洞窟の入口は、羊歯や蔦でおおわれてはいるが、人の出入りの形跡は歴然としていた。

市之助は、中をのぞきこんだ。内部は折れ曲っているらしく、すぐ行きどまりになって、人影はみえない。彼は、中に入りこんだ。

壁を手で伝いながら、岩の切れ目から、折れ曲った奥に足を進めようとした。

「誰だ」低い鋭い叱声がとんだ。

目が薄闇に馴れてくると、黒い人影が見わけられた。痩身の男は、中浦ジュリアンであった。

市之助は、友永の獄死と、自分も捕縛され、追放刑を受けた事情を告げた。中浦ジュリアンは、黙したままであった。

その冷ややかな態度から、市之助は、中浦ジュリアンが彼の棄教を知っていることをさとった。おそらく、アンドレが語ったのであろう。

「アンドレは川棚に行っておるときききましたが、まだ戻らないのですか。ここは、早うにひき払われたがよかろうかと存じます。友永は何も語らなかったことと思いますが、役人の探索が、いっそう厳しゅうなりそうな気配でございます」

市之助の言葉は、中浦に黙殺された。市之助は、中浦に容れられないことを知った。彼は、排キリシタンからは追放され、キリシタンからは敵とみなされていた。友永に頼まれた役目は果たした。彼は、頭を下げ、立って岩屋を出て行こうとした。

「待て」ジュリアンが口を開いた。

「教会から破門されたおまえの言を信ぜよと言うのか」

「お疑いとあれば、いたしかたありません。私は、これでお別れいたします。しかし、私が棄教いたしましたのは、幕命に屈したからではありません。私は決して、あなた方を裏切るようなことはいたしません」

「棄教は裏切りではないというのか」

目が馴れるに従い、中浦ジュリアンの表情が見てとれるようになった。いっそう肉が削げ、仮借ない厳しさが、薄いひきしまった口辺にただよっていた。

かつて、中浦ジュリアンの冷徹な目には、厳しさと同時に、一種の高貴な勁《つよ》さのようなものがあり、市之助は、この師父に、憧憬めいた感情を抱いていた。しかし、今、市之助をみすえた目は、暗く、重かった。市之助の心の底をあばき出そうとするような、猛々しい光があった。

「ここを出て、おまえが再び役人につかまったとき、我れ我れの居所を告げよと拷問にかけられたら、どうする」

「私は、決して……」市之助が言いかけるのを、中浦ジュリアンは手で制した。

「今は、おまえは私たちを裏切るようなまねはせぬと、決心しておるかもしれぬ。だが、よう心の中をみつめてみよ。棄教したおまえにとって、我れ我れの居所を秘密にすることが、拷問の凄まじい苦痛とひきあうほど、価値のあることか。あるいは、告げねば命を奪うと言われたとき、おまえの命とひきあうほど、大切なことか。おまえにとって、何の意味もないもののために、命を捨てることができるか」

冷ややかな刃を胸に突きつけるように言われて、市之助は言葉を失なった。決して告げぬと誓うのはやさしい。だが、友永のあの苦悶のさまを思うとき、内心ひるまないではいられなかった。

——耐えとおせるか。信じていないもののために。

二つの立場の間隙に、無傷で身をおくことはできないと、友永の伝言を伝えようと思ったとき、決意したはずだった。

千々石清左衛門のように、断固とした排キリシタンの立場に立つのでなければ、拷問も処刑も覚悟の上で、キリシタンの側に立つほかはない。

だが、ぎりぎりの場に立たされたとき、彼は、やはり、自分に忠実でありたかった。キリシタンの信仰には共感できない。そうかといって、弾圧者の側に立つことも拒否する……。

主の平安、と、ひそめた声が聞こえた。若い男が、闇に馴れないため、盲のように手さぐり足さぐりのかこうで、洞窟の奥に入ってきた。市之助はその顔が見てとれた。友永たちといっしょに残った学生の一人、上野シモンであった。かねを集めて戻ってきたところであろう。

中浦ジュリアンの手がのびて、市之助の腕を、がしっと握った。

「何をなされます」

「この男を縛れ」中浦ジュリアンは上野に命じた。

「トマスとアンドレが帰ってくるまで、ここを役人にひき渡すわけにはゆかぬ」中浦ジュリアンは言った。「アンドレたちと共に、我れ我れが引き払うまで、おまえをここにとどめておかねばならぬ」

ミゲル！ と、上野は驚きの声を上げた。彼は、市之助の棄教を知らないようだった。

自分は、どちらの側にも容られぬのだ。市之助は、再び感じた。

おれが、どちらの側に対しても、批判と許容の二面を持っているからだ。

敵にもなりきれず、命を賭けての全き味方にもなれず、市之助に今できるのは、現在裏切りの意志がない証しに、黙って縛られることしかなかった。

手足を縛された不愉快な状態ではあったけれど、疲労が、やがて、市之助を深い睡りにおとしこんだ。

睡りの中で、彼は、鼻孔を刺激するいがらっぽいにおいをかいだ。

彼は、火をたいていた。かき集めた落ち葉が燃え、五つか六つの稚ない彼が、手をかざしていた。それを見ているもう一人の彼がいた。それは姿を持たない意識だけの存在で、ああ、おれは焚火をしているのだなと思ったりしていた。白い煙を吸いこむたびに、鼻孔がつんとし、のどが痛んだ。吸いこんでいるのは稚い彼であり、のどが痛み、むせこみ眼に痛疼をおぼえるのは、意識だけの彼であった。

やがて、肌が、熱気を感じはじめた。逃げなくては、と思い、足が萎えて動かないのに気づいた。

そうだ、おれは縛られているのだ。そう思ったとき、すっと躰が軽くなった。

開いた目に、何もうつらなかった。一面、煙でおおわれていた。手足は動いた。彼を縛していた縄ははずされていた。

何かのはぜる音が聞こえた。すぐそばで、誰かが咳こんだ。

中浦さま！ 彼は、やみくもに手を動かした。

強い痛みに目を開けていられない。涙が瞼をふさいだ。躰が柔いものにぶつかった。人間の躰だった。上野か？　口を開くと煙がのどに流れこみ、声は出ず、咳こんだ。

少しでも煙の薄い方へと、彼は逃がれた。じきに、突き当たりの壁に手がぶつかった。

いぶり出されて、彼は、岩屋の外に這いずり出た。閉じた瞼の裏に、火の色がちろちろ燃えた。

おどりかかったものを、彼は、思いきり、はねのけた。手が、固い熱いものにふれた。手触りで、火のついた薪と知れた。彼は、それをつかみ、振りまわしながら走った。

つまずいて倒れた上から、何かがのしかかった。炎をあげる薪を、彼は、それに押しつけた。獣めいた悲鳴が上がった。彼は、はね起きて走った。

——おれは、役人どもの道しるべにさせられてしまったのだ……。彼は、さとった。尾行者はいないと、気を許していた。だが、たくみな影が、彼のあとに、ひそかにつきしたがっていたのにちがいない。千々石清左衛門の意志を、市之助は感じた。

目の見えない恐怖が、彼を野獣のように、兇暴に敏感にした。

彼は、樹の幹のつきあたり、草の蔓に足をとられながら、火の粉を散らす薪をふりかざし、ふりまわし、走った。

いきなり、躰が前にのめった。斜面だった。彼の躰は、もんどりうって斜面をころがり落ちていった。

薪は手から離れた。彼は、片手で顔と頭をかばい、もう一方の手を泳がせて、木の根か何かをつかもうとした。手に触れた草をつかんだが、草は根こそぎもげて、一瞬とまりかけた彼の躰は、いっそうはげしくはずんだ。

谷川に落ちるまで、きわめて短い間であったのに、ひどく長く感じた。

強い衝撃と共に、冷たい水が躰を包み、鼻孔をふさいだ。

全身の力をぬいて、水の浮力が彼を押し上げるのを待った。斜面を転落したときより、更に長い時を、彼は、感じた。頭を、水の圧力が押しつけた。彼は、脚で水を蹴った。耳鳴りがし、まるで千尋の底にもぐったように、水は彼を押さえつけていた。

やがて、水から頭を出した岩に抱きつき、荒い息をしている自分に気づいた。

郡川に注ぎいる小さい支流であった。

しばらく呼吸をととのえ、体力の恢復を待った。目の痛みは、とれていた。

岩にしがみついたまま、二、三度、水を蹴ってみて、脚の動きをためした。背の傷痕に水がしみた。こんな痛みを感じるようなら、もう、躰の感覚は正常だと思った。


渓流の両岸は黒々と樹が生い茂り、その中央に、夜空が、これも黒い河のように細長く流れていた。

彼は、ゆっくり岩を離れ、流れに沿いながら、斜めにつっ切り、岸にむかった。

草の上に躰を投げ出した。

闇が薄れかかっていた。

あの岩屋は焼かれてしまった……。知らぬことではあったが、囮《おとり》にされ、彼が捕吏を岩屋に導く結果になってしまった。

悔いが湧いた。

生命を賭しての戦いのなかに、なまはんかな気持で割りこんでゆくから、このざまだ。おれがしんそこ彼らの仲間であれば、もっと、葉ずれの音にも気を配るほどの細心さで、ここに来ただろう。尾行をゆるすような不覚はとらなかっただろう。中浦さまと上野トマスはどうしただろうか。卑怯なまねはしないといいながら、結果的には最大の裏切りをおかすことになってしまった。

　彼の目の前を何かがよぎった。腿に刃を突きたて、ロマノが歩き去った。血のしたたりが瞼の裏に残った。その血だまりの中に、白衣を浸して、兄が倒れ伏していた。

　鳥の鳴き声が騒がしくなった。朝が、鳥たちをめざめさせ、一日の活動に駆り立てていた。ヒワ、ツグミ、コジュケイ、いっせいに鳴きたて、さまざまな音色が不協和音となって梢にひびいていた。

　河の水音の単調な低音が、鳥の声をささえ、樹々が息づいた。

　彼は、躰に力をよみがえってくるのをおぼえた。

　朝とともに血が動きはじめ活力がみなぎる自然の律動に、彼もまた、組みこまれていると感じ、その感覚は、彼を力づけた。

　彼は、褥《しとね》となった草や、彼をとり巻く樹々、空、そういったものに、何か愛情めいたものを感じた。この、めざめてゆく自然の中に、彼は受け入れられていた。それは、静かだが、生き生きとした喜びだった。冷たい大気は彼の中に流れ行って、血となった。今までに味わったことのない感情だった。

　いったん、くわえこまれた死の顎《あぎと》から完全に逃れたことを、肉体が感じとり、歓喜に湧きたっているのかもしれないが、彼の意識は、それとは気づかなかった。彼はただ、躰の中にみちてくる感動に身をゆだね、大きく息を吸い、血の躍動を感じながら、立ち上がった。

　木の根草の根をたよりに、市之助は、急な斜面をよじのぼった。

　茂みが揺れた。茶褐色の塊りが、草むらからはねとび、消えた。野兎だった。

　人の気配に、彼は、躰を伏せた。

大村藩は、百人の鉄砲組を有している。

鈴田村に五十人、江串村に五十人、配置され、それぞれ、鈴田組、江の串組と呼ばれている。

そのうち、江の串組の三十人が、山狩りにつかされた。

山は、ざわめきたっていた。

市之助は、横穴をみつけ、身をひそめた。今度つかまったら、自分はキリシタンではないと言いひらきしても、とおらない。パードレやイルマンに、それと知って宿を貸しただけでも、処罰の対象になる。友永の身もとをかくしとおし、その伝言を中浦ジュリアンにつたえた彼の行為は、十分、死罪に価した。

千々石清左衛門は、彼の心情を理解している。理解しているから、必ず、隠れ処《かくが》におもむくものと、囮に利用した。

その千々石清左衛門に対し、市之助は、裏切られたというような怒りも憎しみも湧いてこなかった。

清左衛門は、このようにすべきであった。なまじ、市之助に情けをかけたりするのは、清左衛門の自分自身に対する裏切りであった。

おそらく、市之助は、自分の立場を見さだめることができず、確固とした足どりで己が道を進むことを理想としながら、常に外からの力に流されつづけているからだった。そのために、彼は、自分の立場を貫き通す人間に羨望と賞讃の念を抱き、その人が情によって揺らぐことを望まなかった。

彼を取り巻く世界の、何が真で何が虚偽なのか、何が善で何が不正なのか、市之助は、判断の基準を失っていた。

山狩りは、二日にわたって行なわれた。市之助は、野獣のように神経を鋭ぎすまし、穴にひそんだまま、動かなかった。飢餓と渇きが彼を苦しめた。穴を出て、少し斜面を下りれば、清冽な水が流れている。しかし、それには捕縛されることを覚悟しなくてはならなかった。横穴の土壁に躰を押しつけ、暗い中で、水音の幻聴を聞いた。

人の気配が絶えても、なおしばらく、ひそんでいたが、やがて、穴の外に這い出した。足の力が萎えていた。あけびの実が、三日めに、彼がはじめて口に入れた食べ物だった。谷川に下りて、水を口に含んだ。冷たさが胃の腑にしみるようだった。

それから、斜面をのぼり、あたりに全く人影がないのを見さだめてから、岩屋に行った。用心しながら、彼は中をのぞき、入りこんだ。

目が闇になれるのを待った。岩壁はじっとり湿り、ぬるぬるした苔におおわれていた。

内部は、彼らがいぶし出され、とび出したときのままになっていた。そこで、予期したように食物をみつけ出すことができた。生の玄米《くろこめ》、梅干、自然薯《じねんじょ》、煮炊きのための鍋、椀、燧石《ひうちいし》などもあったが、火をおこすことはひかえ、自然薯を生のままかじった。

山狩りが行われたところを見ると、中浦神父と上野シモンは、いぶり出されたときは、逃げおおせたのだろうか……。アンドレと吉村トマスはどうしたのだろう。まだ戻って来ないのか。それとも、帰る途中を網にひっかかって捕えられたか。

何も知らずに戻ってきて、仲間が誰もいないのを知ったら、進退に迷うだろう。中浦神父たちが帰ってくるものと思い、いつまでもここで待っていたら危険だ。

事情を告げ危険を知らせてやれるものは彼しかいなかった。

ここにとどまりアンドレたちに会うことは、いっそう深くキリシタンの側にかかわってゆくことになる。

それでも、いいのか。「いい」と、彼は自分に答えた。

アンドレたちの帰りを待つのはむだかもしれない。彼らもすでに、途中で捕縛され入牢させられているかもしれない。だが、このまま立ち去るわけにはいかない。

洞窟にひそんでいては、もし又、奉行所の手の者の探索が行われとき逃げ場がないと思い、彼は洞窟の入口が見とおせ、しかも人目につかないような場所を探した。

何日も、彼は待った。梢が鳴ったり茂みがざわめいたりするたびに、ぎくっとしたが、それは捕吏ではなく、風の音だったり、野狐だったりした。

彼は待ちつづけた。数日後、日の暮れがた、百姓とも乞食ともつかぬ風態の若い男が、足をひきずるようにして姿をみせた。それがアンドレとわかるまでに、少し時間がかかった。頰がそげ、眼がくぼみ、アンドレは、すっかり面変わりしていた。

「アンドレ」市之助が呼びかけると、アンドレは、ぎくっと足をとめた。

「ミゲル……」

市之助は、口早に事情を告げた。「……中浦さまは、捕えれられたか逃げられたか、わからん」

鋭い音をたてて吹きすぎる風に、草がいっせいになびき、ざわめいた。

アンドレは、冷やかな目で市之助を一瞥し、そのまま歩を進めようとした。中浦ジュリアンがむけた視線と似ていた。

市之助は足を早め、アンドレのあとを追った。

「おれの不覚だった。おれは決して……」弁解じみた口調になり、市之助は、途中で言葉をのみこんだ。

「一人なのか。吉村トマスは?」

「川棚で捕えられた」アンドレは短く言い捨て、市之助を振り切ろうとするように早足になった。

「どこへ行く」

「岩屋だ」

なぜ、ついてくるのだ、とアンドレは咎めた。

「おまえを待っとった」

市之助がそう言うのに、アンドレは答えなかった。無言で、いっそう足を早めた。

中浦ジュリアンたちが捕えられたという知らせは、アンドレが予想したことであった。途中、噂を耳にしたのである。そのときの衝撃は大きかった。市之助の言葉は、噂を裏付けしたにすぎない。アンドレは心の準備ができていた。

——岩屋に隠してある銀は、無事だっただろうか。

あの銀を、堺まで運ばねばならぬ。

アンドレは、そのことに心を集中しようとした。銀を運ばねばと思いつめることで、衝撃から立ち直ろうとしていた。

仲間が、敵の手に捕えられた。怒りは彼を次の行動に駆りたてた。

——銀を運ばねばならぬ。

不安と哀しみを、彼はその決意の下に押しつぶした。

踵を接してついてくる市之助の存在は、彼を苛立たせた。ほとんど本能的に、彼は、市之助に危険なものを感じとっていた。なぜか理由はわからなかった。棄教者だからか。棄教したくせに、つきまとってくる、そのためか。悪意は感じられなかった。岩屋を藩の役人に教える結果になってしまったのは故意ではないという市之助の言葉を疑いはしなかった。不注意からとはいえ、中浦師らを捕縛させることになった市之助の行動に怒りはあったが、それが友永の伝言をつたえるための善意からでたことだということも、そのまま受けとった。それでいて、なお、市之助が身近かにいるのは不愉快だった。

つきつめてゆけば、市之助が棄教者であるというそのことが、不愉快を与えるのかもしれない。彼が、美しい、尊い、真なものとしているものを、この男は、否定し、批判し、嘲笑している。

岩屋に着くと、「腹はへっとるんか」市之助は、かってを知ったもののように、食糧を貯蔵してあるところから自然薯をとってきて折りとり、アンドレに手渡した。「火をたくと、みつかる怖れがあるけんの」

銀が無事だったかどうか、早くたしかめなくてはと、アンドレは気もそぞろだったが、市之助の眼をはばかった。

夜がふけると、冷えこんできた。岩屋の中でやすむことに市之助は不安をおぼえた。いぶり出されたときの記憶がなまなましかった。ほかに移ろうと市之助は言ったが、アンドレは承知しなかった。

夜半、奇妙な物音に市之助はめざめた。濡れた手拭いで激しく何かを乱打するような音であった。隣りにアンドレの姿はなかった。

市之助は、岩屋の外に出た。

月明かりが、土に膝をついた後ろ姿を浮かび上がらせていた。その肩で鞭がうねり、ぴしっ、ぴしっ、と鋭い音をたてた。

「ロマノ！」

叫んで市之助は走り寄ったが、そのときには、自分の錯覚に気づいていた。

「やめろ」

力まかせに鞭をもぎとって、市之助は放り捨てた。

「何をする」

「やめろ」

市之助はくり返した。

「ディシプリーヌでごまかすな。肉の痛みの中にごまかして溶かしてしまうのはやめろ」

アンドレは鞭を拾い上げた。

「邪魔をするな」

いっそう激しく、アンドレは鞭で躰を打ちはじめた。

荒れ狂う鞭を、市之助は手をつかねてみつめるほかはなかった。衣が破れ、肩が紅く染まった。市之助は両脚を踏み開いて立ち、胃の腑に打ちこまれるような鞭の音に耐えた。

翌日、無事に隠し場所に残っていた銀の包みを堺にとどけるというアンドレに、市之助は同行を申し出た。

「なぜ?」アンドレは、いぶかしむように眉をひそめた。

「棄教した者が、なぜ?」

「たぶん、鎖のせいだ」市之助は答えた。「そいつは、まるで、おれの魂を縛りつけているようなのだ」

強靭な鎖は、彼の中に棲みついた多くの死者たちの血で作られていた。

町筋は、碁盤の目のように、整然と縦横に走っていた。

西は海に面し、三方を堀で護られた堺の町は、織田信長によってその直轄領をされて以来、かつての自由都市としての機能は失なっていたけれど、なお、経済的な繁栄はめざましかった。

廻船の出入りはにぎわい、荷をかついだ人足が雑踏し、富貴な証人の邸宅が並び、通りには板葺きの町家がひしめいていた。

町屋はほとんどが商家で、間口が狭く奥行きが細長く、共同の中庭を抱きこんだ造りが、市之助の目に、珍しかった。

店々の入口に垂らした、筵《むしろ》や布の長いのれんが揺れている。町並みの裏の空地では、染物師が染め上げた布を干したり、女たちが布を張ったりしていた。

天びんをかついだ物売りが通る。頭に荷をのせた女が通る。米俵を積んだ車をひく男、乞食、雑芸人の群れ。

そうして、ポルトガル商人の姿も、その中に混っていた。

辻に人だかりがしている。鉦と太鼓が陽気な拍子をとる。人の輪の真中で、三人ほどの女が、念仏踊りの最中であった。

胸もとをはだけ、舞うというより、きわどい姿態で見物の目を惹き、笑わせているのだった。享楽的な雰囲気が、町中に漂っていた。大坂夏の陣と呼ばれた徳川、豊臣、最後のいくさは終わった。その解放感が、もともと、経済力に裏打ちされて潤達な気風のあるこの町を、いっそう享楽的にしているのかもしれなかった。

板戸に吹きつける秋の冷たい風も、町の熱気に、その鋭さを失うほどだった。

貿易商今井弥兵衛の邸宅は、ひときわ目立つ豪壮なものだったので、すぐにわかった。大身の武家屋敷のように、鉄鋲を打ちつけた門扉がいかめしかった。


傭人らしい男に、大村から来た者だ、御主人に取り次いでくれ、とアンドレが言うと、いったん奥にひっこんだが、庭をまわって、小さい離れ屋に案内された。

一見何げないようで、金のかかった造りであったが、市之助もアンドレも、建築や茶道具のよしあしは、皆目わからなかった。

しばらく待たされてから、かっぷくのいい中年の男が、いささか、あたふたした足どりで入ってきた。

「大村からおいでになりました……」と言いかけて、態度が、わずかに変わった。二人が少し若過ぎると思ったようであった。

「手前が、当家の主ですが」

アンドレは、素性を告げ、九州一帯の信徒の義損金を届けに来たのだと言った。

これは、これは、と、今井弥兵衛は、大きな躰をゆすり上げるようにして笑った。額に手をあてたり、躰をそらせたり、大仰で、磊落《らいらく》な身ぶりは、親しみやすく、相手の警戒心をときほぐす効果があるが、市之助は、快活な笑い声のかげに、弥兵衛が冷徹な本心を韜晦《とうかい》しているような気がした。

弥兵衛の笑い声にはつりこまれず、アンドレは、きまじめな口調で、大村で中浦ジュリアンらが捕縛された事情を告げ、かねの包みを出した。

「これ以上かね集めの活動を続けるのは困難になりましたので、これまでに集まった分だけ持ってまいりました。あらためてください」

「それは、どうも、御難儀なことでございました」弥兵衛は、かねの包みを押しいただいた。

「もう少し、早ようにお越しいただけるとよろしかったのですが」弥兵衛は、太い息をついた。

「雪になると道が難儀やと申されましての、津軽からの御使者は、京、大坂、それにこの堺あたりで信徒衆から集めたかねを持って、一足先に発たれましたんや」

「もう、帰ってしまわれたのですか」

「へえ。何しろ、津軽のあたりは、冬が早うございますからな。雪が降りはじめたら、山越えができかねると、だいぶ、いそいでおられました」

山越えいうのは、番所破りのことでございます、と、弥兵衛は言った。弥兵衛の口調はていねいだったが、どこかに、年下の者を教えさとすような尊大さがみられた。

「御使者は、岡部《おかべ》さまという、もと宇喜多さまの御家中の一人でございました。もとより、流人がかってに配所を離れることはできません。岡田さまは、流人の窮状を切々と訴えた書状を持って、ひそかに、旅してこられたのです」

せっかくお届けいただいた銀子だが、と、弥兵衛は包みを両手に持ち、「長崎なり九州なりにお持ち帰りねがって、あちらの信徒衆のために使こうていただくほかはございませんな」

軽く扱われ、市之助は腹立たしさをおぼえた。

このかねを集めるために、命を落とした者もいるというのに。

「津軽の流人衆のために集めたかねです。津軽に届けねばならんとでしょう」

思わず、口をはさんだ。

「それは、あなたがお届けくださるとあれば、これに越したことはございませんな」

「私が？」

弥兵衛は、ゆったり、うなずいた。

「道筋を教えてください」アンドレが言った。

「行くのか？」

アンドレは、うなずいた。

「御苦労さまでございます。そうしてくだされば、津軽の衆も喜びましょう。かねだけではない。パードレさまのお出でを、あの衆は待ち望んでおります。パードレさまのお越しがのうては、ミサをあげていただくことも、告解を聞いていただくこともできませんよって」

弥兵衛は立って、地袋から硯箱と和紙をとり出した。少しばかり墨をすると、「一日に、八里から十里歩くとして、堺から津軽まで、およそ一月はかかると思わねばなりますまいな」もう決まったことのように言って、ひろげた和紙に、宿場宿場の図を認《したた》めはじめた。

「敦賀から船でまいれば楽なのですが、船は三月まで出ないのでございますよ。それで、海沿いに、こう、北にのぼっておいでなさいませ」

福井、金沢、高田、本庄、久保田……と、弥兵衛は、地名を記していった。

「津軽は、北のはて、海をへだてて蝦夷《えぞ》とむきあい、南は、南部、佐竹の二国と境を接しております。津軽は、南部と険悪な間柄にあるため、国境の口留番所の警備はことのほか厳しく、手形を持たぬ者は、山越えするほかはございませんそうな」

幕府が街道をととのえ関所の護りを厳重にして、入鉄砲出女を監視するようになるのは、参勤交替制が定着する寛永以後である。

各領国の国境には、領主の設けた口留番所がある。中世期、関税徴収の目的でおびただしく設けられた関は、信長、秀吉によって撤廃され、のちの中央集権的交通路がととのう過度期に、このときはあった。

口留番所は、領国内の産物がかってに領外に持ち出されるのを監視するのが本来の目的なので、他人の出入りに対する取締まりは、ゆるやかな所も多かった。

「途中、警備の厳しい番所も、いくつかないわけではございませんが、その傍には、たいがい間道がございましてな、近隣の村人が心得ておって、銭をやれば、ひそかに案内してくれます。しかし、津軽の番所は、それがききませんそうな。ことに、碇《いかり》ヶ関は、めったなことでは通れませぬ。南部から津軽に入ったとなれば、南部の素《す》っ破《ぱ》かと疑われます。久保田から大間越《おおまごし》の道をとたれた方がようございましょう。津軽のお殿さまが江戸に参府の折も、大間越の道をとられるそうでございます」

おいでになるのなら、お二人の旅仕度と路銀は、私どもの方で用意いたしましょう、と、弥兵衛は鷹楊に言った。

アンドレが、あ、というように、市之助の顔を見た。弥兵衛が〝二人分〟と言ったからである。弥兵衛には、市之助が棄教者であることを告げてなかった。

アンドレが言いかける前に、市之助は、アンドレにむかって、うなずいてみせた。

弥兵衛は、なお細々《こまごま》と、道中の注意や、流人村への道すじなどを教えた。

「このようにキリシタンが出入りして、あなたがたが奉行所の役人に目をつけられることはないのですか」市之助は、ひそめた声で聞いた。

「このあたりは、御禁制はゆるやかなのですよ」

弥兵衛は言った。「御禁制が出る以前、私が信徒であったことは、役人がたも、みな知っておられます。御禁制となったので、私は改宗の届け出をしました。それで、役人がたは納得しました。よほど目にあまることをしないかぎり、私がかげで何をしようと、大目に見てくれております。それだけのことはしてやっておりますから」

「賄《まいない》を贈っているという意味ですか」

弥兵衛は、微笑してうなずいた。「あなた方のような若いお方には、私のやり方はお気に召しませんでしょうな」

お発ちになるのは、一日も早い方が、雪に逢わなくてよろしいが、旅の仕度をととのえますまで、一日二日、ここにおいでなさいませ、と言って、弥兵衛はひき下がった。

まもなく、婢女が、食事の膳と、水を通したものらしいが、こざっぱりした衣服を揃えてはこんできた。

第四章

北陸路に沿った海は鉛色に暗く、重く、うねっていた。北に進むにつれ、寒気は厳しくなった。海から吹きつける風は、氷片を含んで肌を刺した。

黙々と並んで歩くアンドレに、市之助は、マカオで、あるいはゴンザレスの船で見かけた若い男とは、まるで別の人間を見る思いがした。

あの、翳のない、明るい表情は、どこに失せてしまったのか。

雨雲の垂れこめた空は、汚水に濡れた鼠《ねずみ》の大群がひしめきあっているようだった。その空の色をうつしたように、アンドレの表情は陰鬱だった。

市之助の同行を喜んではいなかった。口に出しては言わないが、市之助は、アンドレが彼を嫌悪している気持を、敏感に感じていた。それでいて同行を拒まなかったのは、長旅に、市之助の助力が必要なことを認めないわけにはいかなかったからだろう。

布教の手は、北陸一帯にはまだゆきわたっていないので、キリシタンに対する警戒はゆるやかだった。キリシタン訴人をうながす高札もみかけなかった。

この二、三日、肋《あばら》の浮き出た野良犬が、二人にまつわりついていた。毛がところどころ禿げ、かさかさした皮膚が露出していた。

野良犬にむけるアンドレの目は、やさしかった。乾飯《ほしいい》をわけてやったりしていた。

「食物をむだにするな」市之助は叱りつけた。アンドレは、何も言い返さなかった。

数日つきまとった犬は、そのうち、道をそれて見えなくなった。

市之助が、ひどく意外な思いがしたのは、それからほどなく、路傍にうずくまっていた乞食が、彼らの袖を引いて食を乞うたときのことである。

そのとき、アンドレは、思いがけず激しい嫌悪の色を見せた。その嫌悪を、何とかおしかくそうとしていた。

乞食は、癩におかされているらしく、眉が落ち、指先に巻いた布に血膿がにじんでいた。

突き出された手に、アンドレは鐚銭《びたせん》を放り出すようにのせ、小走りに行きかけた。市之助が薄ら笑っているのを見ると、悪事を見咎められたように赤くなった。

風邪をひきこんだのか、アンドレの足がのろくなったのは、高岡を過ぎ、市根にかかるあたりであった。死んだ魚のような生気のない頰が鳥肌立ち、歯の根を鳴らしていた。

荒れた堂にアンドレを休ませ、市之助は、近隣の農家から濁酒を手に入れてきた。

「酒は飲まない」

「飲め」と、市之助は強いた。「腹の底から暖まる。一晩で、風邪など追い払える。おれはおまえを置いて行くぞ」

寝こんだりしたら、おれはおまえを置いて行くぞ」

「本当に暖まるのか」アンドレは疑わしそうな顔をした。

僧院の奥で育ったこの男は、まったく、何も知ってはいない、と市之助はおかしくなった。酒のにおいを嗅いだこともないのかもしれない。

「暖まる。おれが請けあう」

白く濁った液体を木の椀に注いで突き出した。

アンドレはがぶっと飲みこみ、むせ返った。

「飲め、飲め」と市之助はけしかけた。「腹の中が、かっと熱くなっただろう」けしかけながら、自分でもあおった。

「のどが焼ける」

「マカオのニパにくらべたら、弱い酒だ」

マカオ……と、アンドレの眸が、熱にうるんだようになった。

この男の目に残っているマカオは……と、市之助は思った。おれの知ったマカオと、どれほど違っていることか。「美しいところだ」アンドレのつぶやきは、心にしみいってくるような声音だった。

「すべては調和がとれて、主のいつくしみが……」

「ばかを言え」

おまえのマカオは、石の壁の中だ。

故国《くに》に帰りたさに気が狂《ふ》れて、あの娘は命を断った。

「刀をのどに」と、市之助は、身ぶりで示した。

兄も、のどを……と、ふいに思いがとんだ。血の海を、彼は視た。死によってしか、言い得ないことがある。兄の二十余年の生は、その一語のためにあった、と彼は思った。

堂の板壁の外で、木枯しが吹き荒れていた。壁の破れ目から吹き込む風は、剃刀のような鋭さで肌を斬った。酔いでほてった肌の、そこだけが鮮やかに痛んだ。

「私は、この国が嫌いだ」高い声が、耳を打った。アンドレは、自分が喋っているのを意識していないようだった。

「この国の信徒たちが……」アンドレは、溺れかけている人間のように喘ぎ、手をふってもがいた。言うまいと自制しているようすだった。言葉の方がふくれあがって、口から吐き出された。

「嫌いだ。なぜ、彼らは、ああも狡猾で、みじめで……、まるで……まるで、現世の苦難と来世の安穏を秤に……」

市之助は、啞然として、酔いに躰と心を無防備にまかせきり、だらしなく膝をくずしたアンドレを眺めた。酔えば本音を吐くだろうとは思ったが、まさか、このようなことを言いだすとは予想もしなかった。腹立たしさが湧いてこないのが、自分で不思議だった。

心の亀裂を市之助の前にさらけ出したまま、アンドレは睡りに落ちこんだ。

翌日、アンドレは再び心を鎧《よろ》った。内心の感情を吐露したことを、おぼえているのかいないのか、アンドレは、市之助にとりつくろった微笑をみせた。決して、心を開ききった微笑ではなかった。陰鬱さは、心の奥深くたわめこまれたようにみえた。


岩舘の宿に着いたのは、堺を発っておよそ一月あまりの後であった。津軽領と佐竹領の境、大間越の口留番所は、ここから海沿いに二里ほどの行程である。

「この海が、長崎からマカオまで一つに続いとるとは、信じられんの」

あたりに人影はないので、市之助は、少し心をゆるめて言った。風が声をさらった。

蓑《みの》を着ていても、冷気は肌を刺した。足を踏みしめていないと、風に巻かれ、はるか下の海に吹き落とされそうだった。

すでに、このあたりは、何度か雪が降っては溶け、また降り積んできたらしい。まだ根雪にはなっていないものの、道は凍てつき、日かげには吹きだまりが残っていた。右手に連なる真瀬岳、白神岳、向日神岳等の連山の頂きは、白一色におおわれていた。

それでも、大雪にとざされる前に大間越までたどりつけたのは幸運だった。

道はうねうねと、羊腸の登り坂であった。右手の切りたった斜面は、針葉樹の林が天を突き、その根は残雪にかくされていた。

やがて、番所の柵と門がみえてくる。門扉は開けひろげてあったが、番士の姿はみえなかった。小屋の中で、火にでもあたっているのだろう。

「これを越えれば、もう、津軽だ」市之助は、アンドレを振り返った。アンドレは固い笑顔をみせた。

「たいしたことはなさそうだ」市之助は言った。

岩館で、関のあたりの様子はききこんでおいた。

番所を抜けて、急坂を七、八町行ったところに、番卒の勤番小屋と奉行所があり、その裏を、津梅川が海に注いでいる。

このほんの七、八町の距離を、街道を行くかわりに山の中腹を突っ切ればいいのだった。

杣道らしいものはどこにもみえない。樹林の中をわけて行くよりほかはない。のしかかるようにそそりたつ、針葉樹林におおわれた山肌を、市之助は見上げた。「行くぞ」とアンドレに声をかけ、急な斜面をのぼりはじめた。

のぼるにつれ、雪は深さをました。生い茂った樹々は視界をさえぎった。方角をあやまれば、山奥に踏み迷う怖れがあった。

背後で、アンドレが声をあげた。振りかえると、吹きだまりに腰の辺まで落ちこんでもがいていた。市之助は笑って腕をつかみ、ひきずりあげた。

雪の中から這い上がり、「降り出しそうだな」アンドレは言った。市之助は、アンドレの言葉につられて、目を上げた。

幾重にも重なりあった梢の間に、わずかに見える空はどんよりと重く、いっぱいにはらんだ雪をもちこたえかねて、いまにも振り落としそうな気配であった。

力をこめて歩く背は汗ばみ、その汗がすぐ、背の上で凍った。

――降りはじめる前に、街道に下りなくてはならない。

市之助は、いそげ、と声をかけ、足をはやめようとした。しかし、急な斜面をおおった雪の表面は凍てついて、ともすれば足が滑り、遅々として先に進まない。

空はついに、ひとひら、ふたひら、雪を降りこぼした。たちまち、視界が灰色にとざされ、雪は風にまじって、まっこうから吹きつけてきた。

吹きつける雪の中を、ほとんど斜面に躰を這わせるようにして、二人は、のろのろと進んでいた。少しでも気をゆるめたら、疲労に打ちのめされ、突っ伏して、亡失の中にのめりこんでしまいそうだった。

ごうっと枝を打ち鳴らす風の唸りの中に、市之助は、瀬音を聞きとろうと、耳をすませた。津梅川に出さえすれば、関は越えたことになる。

吹雪のおかげで、かえって、役人の目につかなくて、いいのだ。彼は、そう考えた。晴れ渡った日であれば、番所から遠くまで見渡せ、また、番卒が裏山のあたりにも警戒の目を光らせ、徘徊しているかもしれなかった。吹雪より、役人につかまる方が厄介だ。

雪が吹き付けてくる度に、寒気よりも、鋭い痛みを肌に感じた。

まっこうから叩きつけるような風と雪に鼻孔をふさがれ、しばしば二人は立ちすくんだ。

細縄で、二人は躰をつないでいた。アンドレもマカオの僧院で畑仕事はしていたが、荷かつぎや石運びで鍛えぬいた市之助の方が、体力ははるかにまさっていた。アンドレの歩みはおくれがちで、市之助は、アンドレがころび、倒れこみ、雪にうずくまるたびに、ひきもどされ、よろめいた。

手足の指先が、ねじれ上げられるように痛み、自由を失なった。

しかし、一歩ごとに、いま、確実に、一つの行動をしているという充実感があった。それは、二人に共通のものだった。虚しさも、ためらいも、無力感も、このときは消え失せていた。

足を踏みすべらせ、倒れこんだアンドレに、市之助が、邪慳に縄をひいた。

「起きろ。歩かないと、このまま置いてゆくぞ」

こげなこつでまいるとなら、責め問いに逢うたら、たちまち転ぶじゃろうの。市之助はからかうように言い、アンドレの振り分け荷を自分の肩にかつごうとした。アンドレは、その手を振り払った。丁銀と道中食糧のずっしりと入った荷の縄は、肩にくいこんだ。

アンドレは立ち上がり、足を踏みしめながら歩き出した。

あたり一面は、ただ、灰色の渦だった。ごく近いところだけ、杉や檜の幹が、ぼんやり薄黒く見えた。いくら歩いても渦から抜け出せず、一つところを足踏みしているようだった。

ふいに、足もとが下り坂になった。すべり落ちそうになり、辛うじて踏みとどまった。

かすかに、水の坂巻き流れる音を聞いたような気がした。市之助は耳をすまし、目をこらして下を見た。

吹雪は呼吸していた。凄まじい勢いで吹きつけ、いったん息をおさめ、また、前に倍する激しさで吹きすさぶ。その合間に、市之助は、岩を嚙み奔る流れを垣間見た。

縄をひいて合図し、道を左にとった。流れに沿って、橋のあるところまでくだらねばならない。

蓑に降り積もった雪の重みが、背を圧していた。市之助は、躰をふるって雪を払い落した。ぐっしょり水気を吸いこんだ蓑は、寒気を防ぐどころか、背に氷のような冷たさを与えるばかりだった。

川に沿った斜面は、ほとんど絶壁のように急になり、下流にむかってゆるい下り坂になっていた。瀬音と風の音が入りまじって耳をふさいだ。

足場がやや平になり、大間越の関からつづく街道にかけられた橋が姿をあらわした。藩主の往来にも用いられる橋なので、堅牢に作られている。川面《かわづら》は、灰色の渦の底にあった。

――橋を渡って少し行けば、休めるような民家もあるだろう。

役人どもが、ぬくぬくと火にあたっている間に、山越えをしてやったぞ。

手足に力をよみがえるようだった。アンドレが、強い力で背を叩かれでもしたように、くたっと膝をついた。市之助は、あと戻りして、頰をなぐりつけた。

――道に迷う怖れだけはなくなった。天気さえよければ、今日のうちに、一気に鰺ヶ沢まで歩きとおせるところだが。

厚く雪の積った橋の上は、いっそう風が凄まじかった。横なぐりに吹きつけ、前に進もうとする足をはばみ、川に叩き落そうとした。二人は躰を寄せあい、前かがみになって、押し戻し吹き流そうとする力に対抗した。

橋を渡りきると、道は下り坂になった。一里の四半分足らずの道を、通りぬけるのに何刻かかったことか。

やがて、いくらか平坦になった道のはたに、雪をかぶった塚のようなものがみえた。農家であった。

吹雪が舞いこむだろうに、土間の戸は開け放したままになっていた。案内を乞う声も出ず、のめりこむように、二人は土間に入った。

土間の右側は馬屋、左は草切場になっていた。二つ並んだ馬屋に、馬はみえず、積んだ藁に頭をつっこむようにして、子供が横になっていた。

土間につづく、炉を切った台所に、老人がうつ伏せに寝ていた。のばした足を炉の中につっこんでいた。炉の火は消え、老人の足は灰をかぶっていた。

疲労のため感情の動きが鈍くなっていたので、その老人が死んでいることに、すぐには気がつかなかった。

吹雪で難渋しちょります、休ませてくだされ、と、何度か声をかけたあとで、身動き一つしない老人の痩せ細った足の不気味な青銅色が何を意味するか、市之助はやっとさとったのである。

振り返ると、馬屋の中の二人の子供も、不細工な木彫りの人形のように、硬《こわ》ばっているのだった。

風がうなりをあげながら、柱をゆすり、粉雪が吹きこむなかで、家の中は、奇妙に静寂だった。死が、ここに居坐っていた。蟬のぬけがらのような、かさかさした躰が、たよりなくころがっていた。

アンドレは、何も気づかず、土間に坐りこみ、頭が膝につくほど、躰を丸めこんでいた。

――この家には、ほかに誰もいないのだろうか。

いれば、火種を絶やしたり、死んだ者を放置しておくことはないだろう。

　市之助は、台所にあがりこみ、硬直した老人の躰に手をかけ、ひきずった。

　死者に対する感慨よりも、自分たちが倒れない方策の方が先だった。

　――まず、火を起こし、腹ごしらえすることだ。ほかのことは、すべて、そのあとだ。

「手足をよくこすっておかんと、指が腐れて落ちるぞ」アンドレに言い、炉をのぞいた。立ち消えた粗朶《そだ》や柴が残っていた。市之助は、雪が重く凍りついた蓑をぬぎ、アンドレに、早くその濡れたやつをぬげと注意して、振りわけ荷をといた。燧石《ひうちいし》を出して、火を起こした。指先がこごえ、自由がきかないので、燃えつくまでに時間がかかった。

　炎の色が、荒廃した家の中で、わずかながら暖かみを加えた。

　アンドレは、蓑をぬごうとして苦労していた。結んだ紐が濡れて凍り、かじかんだ指では、石の表面をなでまわすようで、少しもほどけないのだった。

　市之助は、炊事器具のおいてある隅を見た。かまどのわきの、水がめや木臼、輪っぱ、こね鉢などの置かれたところに、錆びた庖丁があった。市之助は、庖丁をアンドレに渡した。ぶきような手つきで庖丁の柄を握り、アンドレが紐の結びめを切ろうとしている間に、市之助は、水がめにはった氷を土間にあった鎌で叩き割り、鍋に水を汲んだ。

　粗朶に火が燃えつき、きもちのいい音をたてて、はぜた。市之助は鍋を火にかけ、振りわけ荷をといて、米の包みを出した。米を鍋にいれた。炎にぬくめられ、こごえた指先に血が通いだすと、ずきずき痛んだ。

　そのころには、アンドレも蓑をぬぎ、火の傍に寄ってきて手をかざした。

「いきなりぬくめると、痛いぞ。先に、よくこすった方がよい」

床の隅に、躰を折って横たわっている老人に、アンドレは、ようやく目をとめた。声をかけようとするアンドレに、「死んどる」と、市之助は言った。我れ知らず、ささやくような声になった。

「死んどる?」

市之助は、馬屋を示した。二人の子供は、手足は棒きれのように痩せこけ、腹が落ちこんでいた。

鍋は、湯気をたてはじめた。蒸気が、黒く煤けた梁に這い上った。

米が煮えるまで待ち切れず、市之助は、これも土間のすみでみつけた木の椀を二つ持ってきて、少しとろみのついた白っぽい汁をすくい、一つをアンドレに手渡そうとした。粥のにおいがただよった。

「なんで……。はやり病か」信じがたいものを見たように、アンドレはつぶやいた。

「餓えちゅう、はやり病いたいの」

市之助は、何かを振りきるように、熱い粥汁をのどに流しこんだ。老人が動いたような気がした。

あれは、骸《むくろ》だ、ぬけがらだ。ぬぎ捨てた衣のようなものだ。そう思っても、飢餓のうちに死んだ男の恨みのこもった目が、彼の手もとの椀をくいいるようにみつめているという錯覚を消し去ることはむずかしかった。

「餓えて……」

「早う食え」市之助は、荒い声をたてた。それから、椀をもったまま土間に下り、雪まじりの風が吹きこまぬよう、戸をとざした。帰りしなに、馬屋にころがっている子供たちのひからびた唇を、椀の湯で湿した。ただの湯ではない。薄いけれど、米のゆで汁だった。

無意味なことだ、自分の気休めだ、と思ったが、そうせずにはいられなかった。情緒に溺れた行動を、彼の理性はひどく嫌っていたが、実際の行動は、理性の命ずるままにはいかなかった。

「餓えて……」アンドレは、同じ言葉をくり返した。

「キリシタンでなか百姓な、救いの銀を与えてくるるもんはおらんけんの」

市之助の口調は、つっかかるようになった。餓えているのは、キリシタン流人ばかりではない、そのことを、市之助にしたところで、今、目の前に餓死者を見て、はじめて実感したのに、まるで、自分は、それにとうから気がついていたとでもいうように、アンドレを責めていた。

アンドレは、土間に下り、よろよろと馬屋に近づき、子供たちを見下ろした。

肉の落ちた子供の顔は、ひからびた猿を思わせた。眼窩《がんか》が落ちくぼみ、目のまわりに幾重にも皺ができ、頰はこけ、上唇が内側にめくれこんで、蒼黒い歯ぐきが露出していた。

アンドレは、その醜い顔をみつめた。そらしたくなる目を、強引に子供に注ぎ、額に脂汗が滲んだ。握りはじめた拳がふるえ、唇から血の色がひき、蒼白になった。息づかいが乱れた。アンドレは、倒れかけ、踏みこたえた。

「天主は、人間一人一人のこつなど、なんも知っとりゃあせん。ばってん……」

市之助が、はりつめた空気を破って言いかけたとき、気力を使い果たしたように、アンドレは前のめりに倒れた。

二日後、二人は出発した。雪を降り落としつくしたあとの空は、冴え冴えと青かった。順調にいけば、日暮れまでに鰺ヶ沢に着くはずであった。そこから流人村までは、およそ三里と、今井弥兵衛からきいていた。少し無理すれば、今日中にたどりつけないこともない。しかし、鰺ヶ沢までは海沿いの一筋道だから迷う気づかいはないが、そこから先は、東に折れ、不案内な荒地に入りこんでゆくのである。用心して鰺ヶ沢で一泊した方がよさそうだと市之助は思い、――だが、はたして宿を貸してくれるようなところがあるだろうかと、心もとなくなった。飢饉のさなか、他国者を快く泊めてくれるようなところなどあるわけがない。そうかといって、野宿するには寒さが厳しすぎた。凍死してしまうかもしれない。

二人の振りわけ荷は、銀と、途中でととのえた道中食糧が十分に入っていた。

――米を出せば、彼らは狂喜して……と思った。だが、食糧を持っていることを知られたら、根こそぎ強奪されるのではないか。その危惧は、かなり確実なものに思えた。

キリシタンでない者も、餓えているのだ、と、市之助はあらためて思い、流人村以外の者から、米や銀を強請されたら、アンドレはどうするだろうと、少し意地悪い気持になった。教義書〝どちりなきりしたん〟は、慈悲の所作として、

色身に当る七つのこと

一つには、餓えたる者に食を与ゆること
二つには、渇したる者に物を飲ますること
三つには、膚《はだえ》を隠しぬる者に衣類を与ゆること
四つには、病人をいたわり見舞うこと
五つには、行脚の者に宿を貸すこと
六つには、捕われ人の身を請《う》くること
七つには、死骸を納むること是なり

スピリッツに当る七つのこと

一つには、人に好き意見を加ゆること
二つには、無智なる者に道を教ゆること
三つには、悲しみある者を宥《なだ》むること
四つには、祈檻すべき者を祈檻すること
五つには、恥辱を堪忍すること

六つには、隣人《ボロシモ》の不足を赦すこと
七つには、生死の人と、また我に仇なす者のために、デウスを頼み奉ること是なり。
以上の十四ヵ条の実行を信徒に義務づけている。

市之助にとっては、問題は簡単だった。彼はキリシタンではないのだから、どちりなきりしたんに縛られることはない。目的どおり、托された銀を村に運べはよかった。それをさまたげようとする者は、排除するまでだ。しかし、アンドレは、掟にがんじがらめにされていた。キリシタンもキリシタンでない者も共に餓えているとき、この銀を、アンドレはどうするのだ。キリシタンを優先し、キリシタンでない者が餓えて死ぬのを見捨てるのか、それとも、初期の宣教師たちが武器の支給とひきかえに受洗者を獲得したように、改宗を条件に銀を与えるか。

アンドレは、まだそこまで先きまわりした思いは及ばず、ただ黙々と歩いていた。三尺近く降り積んだ雪は、少し溶けかかり、かさが減っていたが、それでも、一足ごとに足が埋まりこみ、ひきぬくのに苦労した。吹雪の夜泊まった農家の土間にあった輪かんじきを、二人とも履いていた。履きなれないので、しばしば、自分で自分のかんじきを踏みつけて転倒した。転んだ躰はずぶずぶと雪にもぐり、しかも、大きなかんじきが邪魔になって、なかなか起き上がれないのだった。

黒い岩の畳み重なる荒磯をはるか下に見下ろす岩壁のふちの道を歩いているときだった。
陰鬱な波が容赦なく岩を嚙み、しぶきを高々とあげ、岩の上を洗いざらい拭《ぬぐ》い、沖に去っていく。十数人の人々が、岩場に群れていた。濡れた岩は、氷塊を素足で踏むように冷たいに違いなかった。

波に濡れそぼつのもかまわず、人々はそこにいた。波がひいた一瞬、あわただしく、彼らはかがみこみ、四つ這いになり、動きまわった。子供も混っていた。

「波に打ち上げられた海藻を拾っているのだな」

寒気に舌のつけ根がこわばり、震え声になった。

二十人近い人数に対して、海が与えてくれるものは、ごくわずかだった。波がひき去ったあとの岩のくぼみを、人人はあさっていた。運よく、他の者より早く手にできたものは、奪われるのを怖れて、口の中に押しこんだ。子供は身が軽く、見つけ出すのも素早かった。すばしこい視線を波の跡に走らせ、岩間にそれらしいものをみつけると、ぱっと躰を伏せて、全身で獲物を確保していた。

「まだ、米が残っている」アンドレが、小声で言った。

「だから、どうした」

アンドレは、岩場への下り口を探し、あと戻りしようとした。

「やめろ」とっさに、市之助は、アンドレの腕をつかんで引き戻した。

「なぜ、とめる」

「先をいそぐ。早く来い」

制止を振り切ろうとするアンドレを、市之助は、むりやりひきずった。

「こげな所で怪しまれて、訴人されたらどうする」

そのとき、悲鳴があがった。大人たちに突きとばされた子供が、足を滑らせ、海に落ちたのである。アンドレは、岩場への下り口の方に走り出そうとした。深い雪に踏みこみ、気があせるほどに足が進まない。

「おれたちが行っても。何の役にもたたん」

市之助は、アンドレをひっぱった。逆らうアンドレを、市之助は、力まかせになぐりつけた。

岩の上の人々は、無気力に佇んでいた。子供が落ちたことに、たいした衝撃も受けていないようだった。

「誰も救けに……」

「あたりまえだ。この荒れた海にとびこんだら、波にまかれて岩に叩きつけられるだけだ。その上、彼らは、餓えで体力が衰えている」

おまえは、泳げるのか、と、市之助は、嘲るようにアンドレに訊いた。アンドレは首を振った。

「おれは、泳げる」市之助は言った。「だから、わかる。この氷のような海にとびこんだら、躰がしびれて、泳ぐどころではない。それに、ここからすぐ岩場には下りられん。ずっとあと戻りしなくてはならん。手おくれだ」

行くぞ、と、市之助はうながした。

「おれが救けにとびこむと思っているのか」

市之助は嘲り、いつまで突っ立っとるんだ、そうやって立っとれば、少しは気が安まるのか。「行くぞ」と、強く言った。

「おまえは……平気なのか」

「何が」

「子供が……」

「救けられぬとわかっているものを、何とか救わねばと、うろたえろというのか」

おまえが落ちたのなら、おれは、とびこむがの、と市之助は言い捨て、アンドレは、耳をなぐられたような顔になった。

市之助が、速い足で歩き出すと、アンドレはついてきた。

「あの人々に、米を与えるのは、たやすい」市之助は言った。「与えてしまえば、よかことをしたと、心が安らかにもなろう。だが、餓えとる人は、あの一握りの人々ばかりではなか。これからも、行く先々で、みじめな餓えた群れに会おうの。そのときは、もう、こっちも米を持っとらんから気楽なもんじゃ。餓えた人々の間を、米をかくし持って通るは辛かよ。ばってん、おれたちは、この米を、罪と思うても恥と思うても、とにかく、背負って通り過ぎんならん」

「なぜ」

「米をやれば、あん衆にもおまえにも、いっときのしのぎにはなろうがの」

市之助は、あとは、口をつぐんで歩きつづけた。そんなに簡単に振り捨ててしまっていい米ではないのだ。流人村にたどりつくまでの食いしろであった。そうして、村に着いたそのときから、おれたちも、餓えと直面しなくてはならなくなるのだ。

そのことに、市之助は、ようやく思い至っていた。

銀は手に入っても、三月に越後から米を積んだ船が来るまでは、村には、米どころか稗も粟も、食物はほとんどないにちがいない。土地の者でさえ、餓死者がでるありさまでは、流人村も惨憺《さんたん》たるものだろう。

堺を出るときは、飢餓といっても、これほどとは思わなかった。春まで何とか、かつかつ食いつなぐだけの貯蔵食糧はあるのだろう。救援米がきたときに銀がなくて買えなくては、その先、次の収穫時まで持ちこたえることができないから、それで義損金を求めてきた、漠然と、そのていどに思っていた。

村に着いて銀を渡したら、すぐに引き返さなくてはならぬ。雪に降りこめられたら、流人たちといっしょに飢餓地獄で暮さねばならなくなる。

そう思う一方で、このときになって、小さなつぶてのように海に落ちこんでいった子供の姿が、脳裏にまざまざと浮かび上がった。

目撃した瞬間は、痛みも何も、ほとんど感じなかった。何か自分から遠く切り離れたものを眺めるように、冷ややかに傍観し、驚いて走り寄ろうとするアンドレに、自分でも思いがけないほどの怒りをおぼえた。アンドレが走り下りようとしたのは、ごく自然な気持だったのだろうけれど、結果としては、無責任な野次馬になるだけだ。かわいそうにと心で思い、口で言ったところで、少なくとも、海にとびこむだけの行動を伴わなければ無意味なことだ。

　アンドレが落ちたのなら、たしかに、おれは、可能か不可能かをかえりみることもなく、海にとびこんで救出につとめただろう。

　しかたないではないか。あの子供は、おれにとって、通りすがりに見た遠景の一部のようなものだった。

　そう思いながら、かつて、刑場で、幼い子供たちの処刑を目撃したときの烈しい怒りと哀しみを思い出し、おれは心が硬くなってしまったのだろうか、なぜ、こんなに無感動に通りすぎることができるのだろうか。先夜泊まった農家で、三人の餓死者に出会った。純粋な驚きや痛みはそのとき使い果たされてしまい、あとは、まるで硬い透明な壁に護られているように、餓えた人たちの間をただ眺めながらすりぬけて行くのか。

　彼は、自分の感情の動きが、きわめて一貫性を欠き、矛盾しているのにとどまった。

　一昨夜、馬屋の中にひからびた骸を横たえている二人の童に、無意味なことと知りながらも、粥汁を口に注いでやらずにはいられなかった。今、平然と、寒冷の海に墜ちた子供を眺め棄てて行く。

　アンドレの脳裏にも、磔《はりつけ》となって海に落ちこんだ子供の姿が鮮やかだった。それはまるで鋭い刃物のように、彼の瞼の裏を引き裂き、胸を裂いて落下するのだった。

　それと同時に、おまえが落ちたら、おれもとびこむと言った市之助の言葉が、強い驚きを伴なって、耳朶を打った。

　感動に似た熱さと共に、とまどいを、彼はおぼえた。そのような献身は、何かうすきみ悪かった。

この男も、私に何かの幻想を持っているのではないか、という気がした。多くの信徒たちがそうだったように。まるで私を理想的な神の使徒のように錯覚し……。

決して、不愉快だとは言いきれなかった。彼の心を甘美にくすぐるものがあった。しかし、市之助や信徒たちが描く虚像の、汚点のようなものが、真実の私なのに……。幻影で飾られることは息苦しかった。だが、彼は、その衣を市之助の目の前で剝ぎとりたくはなかった。

「奇妙なことだが……」アンドレはつぶやいた。「私は……あの人々を見て胸が痛んだのに……九州《しも》で会うた信徒たち……ほとんど百姓だったが……好きになれなかった。はっきり言うと、嫌いだった。なぜか、わからん。彼らは……」

「おまえは、いつぞやの夜も、そう言った。この国が嫌いだと」

「私がそれを口に？」

「ああ」

アンドレは、ふいに口をつぐみ、心の中をみすかされまいとするように、固い表情になった。

市之助たちは、先をいそいだ。

時たま、数戸ずつかたまった村が点在したが、休息をとらせてもらいに訪《おとな》うのはためらわれた。家の中に見出すのが餓死者や、その寸前の人々ばかりであったら、神経がおかしくなりそうだった。

瘦せこけ、肋骨の浮いた犬が、そこここをうろついていた。葉の落ちつくした木々の枝に、黒くうずくまるのは、鴉《からす》だった。犬も鴉も、兇暴な光を目にたてていた。彼らは、死人を待っていた。

これだけ大きな自然の暴虐が猛威をふるったあとで、慈悲の所作や十の戒 律《マダメントス》に、何ほどの力があるというのだ。市之助は、腹立たしく思った。その前天が、個々の人間に戒律を課すのなら、その前に、この理不尽な自然を律するべきだ。

「だが……」と、市之助は声に出して呟いた。「十の戒律《マダメントス》とか、慈悲の所作とか、キリストの御行跡のまねびとか、そんなものは……」

アンドレが何も言わないので、市之助は、一人言のように続けた。

「おれは、もしかしたら、人間の中には、この無慈悲な力にみあうだけの何かが内在しているのではないか……と、それは、ただ願望かもしれんが」

「あれが、岩木山だろうの」

山裾をなだらかにひいた、ひときわ目に立つ美しい姿の山をアンドレは指さした。

そろそろ昼食をとりたいと思ったが、路傍で火を起こしたり、湯を沸かしたて乾飯をほとぼしたりすると、食物のにおいをかぎつけられ、襲われる怖れがあった。

——襲われる……。だが、その襲ってくる兇徒も、餓えているという点では、流人たちと何ら変わりはしない。

自己放棄や自己犠牲を口にする人々の集団にのみ銀を運ぶという行為に、市之助は、何かわりきれぬものを感じた。

彼らが、単に、武力闘争に敗れ、あるいは犯罪をおかして放逐されたのであるなら、このようなわりきれない思いを抱くことはなかった。その仲間が集めた義捐金を、万難を排して目的地に届けることに矛盾したところはない。

餓えた者に食を与えると、彼らは言う。それは、自分たちがみち足りた後のことか。何という傲慢な言葉か。

陽が西にまわるまで歩きつづけ、無住の寺を見出した。草葺き屋根の、壁もくずれかけた荒れ寺であった。裏側の雪囲いの柵に、叩きつけたように雪が凍りついていた。

「鰺ヶ沢まで足をのばしても、宿を貸してくれるところがあるかどうかわからん。少し早いが今夜はここに泊まり、明日、一気に村まで行こう」

柵をこわし、焚火の材料にして、土間で火を起こした。

「食え」と、市之助は熱湯でふやかした乾飯を椀に入れて行った。「おまえが食わんで、ふさぎこんでおっても、そのぶんほかの者の腹がくちくなるわけではないからな」

「べつに、ふさいではおらん。津軽一帯に、教えをひろめることを考えとった」

「ばか。銀を届けたら、すぐ引き返すんじゃや。食うもののなか所に長居できるか」

「流人の衆が求めておるのは、救援の銀だけではない。告解を聴き、終油を授ける聖職者が必要なのだ」

「おまえのごたる頼りなか若もんが、告解ば聴いても、何もならんじゃろうが」

「聖職者が行なう洗礼、堅信、告解、聖体、婚姻、終油、敍品、七つの秘蹟は、信徒に神の恩寵を伝達する行為だ。聖職者が徳性に欠け、罪に陥っているときでさえ、罷免される以前なら、その秘蹟は有効なのだ。パードレの人格は、秘蹟の効力には無関係だ。たとえ、私が人を殺そうと、聖職者の資格を正式に剝奪されないかぎり、私の行う秘蹟は、神と信徒を結ぶことができるのだ」

アンドレは、彼にしては珍しく、一気に喋った。「おまえたちは、パードレ個人の人格に対する信、不信を、教えに対する肯定否定と、すぐに結びつける。パードレへの尊敬が教えの信頼となり、パードレがあやまりをおかせば、教えそのものにまで不信感を持ってしまう。それはまちがっている」

「それは、ずいぶんと、便利な考え方だな。すると、パードレは戒律をおかそうと何しようと、かってということか」市之助は嗤った。

「そうは言っておらん。パードレの破戒は、そのパードレと神との問題だ」

「おれは、この手で、南蛮の水夫を刺殺した」ふいに、市之助は言った。「だが、不思議に、悔いる気持は起こらん。あのときのことを思い出すと、むしろ、腹の奥から力が湧き出し、心が踊るほどだ」右手を振り上げて、力ませに刃を打ちこむ身ぶりを市之助はした。

明日で旅が終わる。その思いが、いくらか彼を昂らせていたのかもしれない。

「先に眠れ」と市之助はうながした。「火を絶やすと、凍えてしまう。一人は起きて火の番をしとらんとならん。途中で交替しよう」

疲労の果てに、市之助は、何か澄明なものを心に感じていた。持続するはずはないことも、彼は予感していた。明日になれば、また、重苦しさ、虚しさ、そういったものが心をしめ、どうしようもなく苛立つのかもしれない。ほんの一刻、理由のない安らぎが、暖かく心をみたした。疲労し、睡りにおちこむ前の、一瞬空になった心が何かと感応しあったように、市之助は、いつになくおだやかに「先に眠れ」とアンドレに言いながら、自分の方が眠りこんだ。

鰺ヶ沢の集落に、二人はさしかかった。

漁港であるとともに、藩の、米、木材の積出し港として、出船入船のにぎやかな港町だが、ここも、死に絶えたように、ひっそりとしていた。

雪をかぶった米蔵の扉は固くとざされていた。その中には、落ちこぼれた藁屑ぐらいしか残っていないのだろう。

烈風に吹きさらされる家々も、戸をおろし、まるで無人のようだった。

村に足を踏みいれるのを、市之助は、さけた。ここには、船奉行の奉行所もあるという。あやしまれ、訴人でもされては危険である。

村の手前で、右に道をそれた。

躰をちぢめて歩いてくる女に行きあった。背が低く、子供のように見えたが、顔を見ると、四十は越えていた。うさんくさそうな目で二人をちらっと眺め、そのまま行き過ぎた。すれちがってから、女の目を背に感じた。

二人は、歩きつづけた。やがて、追ってくる足音をきいた。一人、二人ではなかった。

二人のわきを、男が、すりぬけるようにして、前に出た。躰のむきをかえ、立ちふさがった。手に鎌を持っていた。

荷物を奪うつもりだ、と直感した。数人の男が、半円形に二人をとりかこみ、退路を断った。いずれも、無言だった。

相手の兇暴な意志に、市之助は、敏感に反応した。懐にしのばせた護身用の短刀の柄を握りしめた。アンドレは、戦闘力にはなるまい。一人で五人を相手にする覚悟でやらなくてはならぬ。

襲撃者に対峙したとたん、彼らの餓えへの思いやりは霧散《むさん》した。殺意に殺意が感応した。

彼は、身内から力が湧き上がるのを感じた。ほとんど、悦びに似ていた。マカオでポルトガル人水夫を刺したときより、はるかに冷静だった。

襲撃者の中に、長い棒を持った男がいた。あの方が、大勢を相手にする武器としては有利だ。とっさに、判断した。

人数が多いために、相手は、かえって、他を頼みにして、先頭きって襲いかかろうとする者がいない。市之助は、短刀をひきぬき、むこうの呼吸がととのわぬさきに、棒を持った男におどりかかった。

相手は、たじろいだ。その内懐にとびこむと同時に全身でぶちあたった。

喧嘩は、マカオで場なれしていた。奪いとった棒は、適確に、相手を叩きのめす武器となった。鬱屈したものを吐き出すように、彼は、容赦なく、武器をふるった。二人が、地に突伏して動けなくなった。ほかの者は、逃げた。

彼は一息つき、アンドレの様子を見た。争っている最中は、彼の方にまで気を配る余裕がなかった。アンドレは、衣服も髪も乱れ、肩で大きく息をしていた。頰に、刃物が掠ったような傷があった。薄く血がにじんでいた。

「走れ」市之助はどなって、先に立って駆け出した。逃げた男たちが仲間を集めて戻ってきたら勝ちめがない。

彼は、走った。耳もとで、風が鳴った。息がつづかなくなるまで走った。

幸い、追手は来なかった。大勢で獲物を奪いあっても、得る量はわずかだと、計算したからだろう。「これからは、おまえは、闘うな」

さんばら髪で、蒼ざめた顔で、肩で息をしているアンドレに、市之助は、ふと、いとおしいような気持になって言った。

「世の中に、一人ぐらいは、生まれたての赤児のように、手を汚さないやつがいるのも悪くない。危いときは、おれが護ってやる」

アンドレは、侮辱されたように頰を染めた。市之助が彼を護るために殺したり盗んだりすれば、それは、彼自身が殺し盗むのと同じことだった。

ほかのパードレ方なら、こんなとき、どうするのだ。

教会にさからうものは悪であり敵だと、彼は教えられてきた。イエズス会士は、主の戦士であった。

彼の心に、繭の中のように仄暗い静かさにみちた僧院の中庭が浮かんだ。あそこにいるかぎり、何も、迷うことはなかった。戒律に従って行動するのに、何の矛盾もなかった。

肩にかけた荷の中の銀の重さをアンドレは感じた。流人たちは、血のにおいのする銀を受けとるのだと、彼は思った。

「おれは、おまえを無垢なままにおきたいのだ」市之助は、前方に目をむけ、足を早めながら、「おまえが、おれや千々石さまのような傷を負い、堕ちてゆくのを見たくない。いや、おれは、堕ちたのではない。棄教したことは、おれにとっては自負であって傷ではない。しかし、おまえにとっては、どんなわずかな疑いも……」

「黙ってくれ」アンドレは断ち切るように言った。

この宣教師が、無垢な聖《きよ》らかさとはほど遠い、ただ、世間知らずのひ弱な若い男にすぎないということを、市之助は旅の間にわかってきたし、アンドレ自身が、いやでもそういう自分に直面させられて面をそむけたい気持でいることも察しがつかいないではなかった。

宣教師としての完璧なありようと現実の自分の落差を、事あるごとに感じてきたのだろう。

僧院を出たこの男は、穴から這い出したとたんに、甲殻を剝ぎとられた蟹のようなものだ。しかも、周囲の事象はことごとく鏡となって、そのみじめなざまを彼の目に灼きつけさせるのだ。

マカオに渡ってからのおれが、そうだった。

――だがとにかくこの男は、自分の柄にあわない役どころを、何とかやりおおせようとしているのだ……。

「おれは」と市之助は、つづけた。「パードレがたに与えられたものは拒否する。だが、何か……聖性といったものに、奇妙に心を惹かれる」ほとんど走るようにいそぎながら喋るので、市之助の声は、ときどき、とぎれた。「醜い欲望とか、残虐さとか、そういう人間につきものの悪にみあうだけの、いや、それを越える、聖性が人間に内在する、それが証しされたら……」

「黙って歩いてくれ」アンドレは、苦しそうに言った。

はだらに雪の残る、荒涼とした湿原が続いていた。茅《ちがや》は末枯《すが》れて風にざわめき、散在する大小の沼に薄氷《うすらひ》がはって、その下に、水死人の髪のように、水草がはりついていた。柏と丈の低い松でおおわれた丘陵が連なるむこうに、岩木山がひときわ抜きん出て、方角の目印になった。

道らしいものはなかった。常に岩木山を左に見るように心がけながら、湿原を進んだ。ときどき、柏の林に行手をさえぎられた。

この広漠とした荒地のどこに、一握りの集落を見出すことができるのかと、市之助は心もとなくなった。

鰺ヶ沢からわずか三里ということだったが、二人は一日中、湿原を行きつ戻りつ、歩きまわった。

雲が垂れこめてきた。ここでまた吹雪になったら、今度は野垂れ死にだ。

あせる二人を嘲笑うように、空の暗さは、怖ろしい速さで密度を増した。

湿原の只中で、風に吹きさらされて夜を過すことはできない。柏の林のなかに、二人はわけ入った。紅葉の時期にはさぞ美しいことだろうが、いま、葉は落ちつくし、幹にからまった蔦漆《つたうるし》も、痩せ細った蔓が、醜くしがみついているだけで、葉は、かさかさした残骸となって、根元に散っていた。

頭の上で、野鳥が鋭い声をたてた。あちらこちらで、ぎえーっと鳴きかわし、時に耳を聾するほどにけたたましく、また、とだえた。

鳴き声がやむと、風が樹々の間を吹きぬける音が耳についた。

二人は、枯枝を集めた。火がなくては、一刻も過せない。枯枝といっても、雪の降ったあとで湿っていたし、量が少なくて生木を混えなくてはならなかったので、焚火は、ひどくいぶった。

煙が目にしみ、市之助は、大村の洞窟で役人にいぶり出されたことを思い出した。遠いできごとのようにも思われ、ついこの間のことのような気もした。堺から津軽までの旅も、自分とアンドレと、全く同じ道をいっしょに歩いたにも拘わらず、二人の旅は、決して同一ではない。世の中というのは、人間の数だけ、重層的に存在するのか。

市之助は、すべてを、自分を中心に捉えようとしていた。世界は、彼の認識によって規定され、形づくられている。アンドレにはアンドレの認識する世界がある。奇妙なことだと彼は思った。すると、普遍的な客観的な外界というものは、ありえないのか。そんな現実離れした思いが浮かぶのは、荒涼とした湿原の只中に、二人きりで佇んでいるという、日常から切り離された状況のせいかもしれなかった。

焔に顔や手は火照っても、背は、凍てつく夜気に抱きつかれるように冷たかった。

アンドレは懐から鞭をとり出し、ディシプリーヌをはじめた。市之助は、とめなかった。何か、もの淋しいような気分で、肩を乱打する鞭の音を聞いた。

この分では、明日もまた、湿原をさまよい歩かなくてはならない。

陽が落ちた。濃い闇があたりを塗りこめ、焔のまわりだけが、狂おしい紅さをみせていた。

翌日、アンドレは起きてこなかった。躰が熱を持ち、小きざみに喘いでいた。累積された疲労が、急激に肉体を打ちのめしていた。

市之助は、アンドレを置いて、一人で流人村を探さなくてはならなかった。

集められるかぎりの枯枝を焚火の傍に積み、戻ってくるまで火を絶やすなと言った。

不安が、彼の足を重くした。置き去られることに、アンドレが何の怯えも感じていないようにみえるのが、妙に苛立たしかった。

アンドレは、疲労の果ての安らぎの中にいた。熱は彼の意識をあいまいにさせ、彼は、久しぶりに、半透明の繭の中にいるような気分に浸りこんだ。

私は、逃げこんでいる。アンドレは、霧のかかったような意識のすみで、わずかに思った。――行かなくてはならないのに。

市之助が、行ってくれる。

そのとき、アンドレは、市之助が彼自身の肉体であるような、奇妙な錯覚にとらえられた。市之助の強靭な肉体が、彼の分身であった。

市之助は、たえず後ろにひきもどそうとする力にさからいながら、踏むたびに水気のにじみ出す草原を進んだ。

空は、重く垂れていた。目を上げると、常に岩木山が見えるのが、わずかに心強かった。

彼は、歩き続けた。彼をとりまく空も湿原も、何の変化もみせなかった。ともすれば、意識を、この灰色の広がりの中に吸いとられそうな気がした。

湿原にも、果てはあるのだ。たかが、土と草の連なりではないか。彼は、心の中に、小さなけちくさい草原を描いた。巨人となって、大またに踏破する。ほんの十歩。はしまで行きつき、中心点を戻ってくる。それから方角を少し変えて……。

埒《らち》もないことを考えながら、いつのまにか、沼地の魔力に吸いこまれるように、思考力がぼんやりしてくる。

やがて、湿地の一部の草が禿げたように刈りとられた一画が、目の前にあった。

一枚一枚がごく小さい、ぶかっこうな田であった。手前の十数枚が稗《ひえ》田で、残りは稲田らしい。雪をかぶり、畔はくずれていた。

百姓が作ったとは思われぬ、いかにも不細工な田だった。

安堵の思いに、全身の力が抜けてゆくような気がした。都からの流人が、馴れぬ手で切りひらいた田に違いない。

雑木林におおわれた低い山を背に、雪囲いの柴垣をもうけた小屋がいくつか、目にはいった。これも、雪に埋もれ、白い塚のようだった。

その方に歩いて行きながら、旅が終わったと、市之助は思った。

十二、三戸かたまった集落よりだいぶ手前に、一戸だけ、離れて建った掘立小屋があった。
小さいが、かなり頑丈に作られていた。市之助は、入口の戸を叩き、声をかけた。返事はなかった。飢え死にした骸がころがっている情景が、ちらっと浮かんで消えた。

中をのぞくと、床がはってなくて、土の上に半分ほど敷いた荒薦に、女が横になっていた。土間の隅には石を積んで竈《かまど》が築いてあり薪が燃えていたが、屋根に煙出しがないので、小屋の中じゅう、煤けて黒ずんでいた。

小屋の中には異様な臭気がこもり、薪の煙がひどく目にしみた。その臭気は、かまどの薪から出ているものらしく、よくみると、薪のほかに、黒っぽい土のかたまりのようなものがくべてあった。それが、いぶりながら悪臭を発しているのだった。

女は、ゆっくりと市之助の方に目をむけた。中高の、品のいい顔立ちだが、痴呆のように、目に光がなかった。唇が白くひび割れ、顔全体がむくんでいた。

小屋の中に、キリシタンであることをあらわすような聖器や聖像は何一つなかった。――安堵の気持が強かっただけに、落胆も大きかった。

「ここは、流人の村ではないのか」

女は横になったまま、おずおずと手を出した。食物を乞うていた。

「都から流されてきた人々が、このあたりにおらぬか」

女は身ぶりで、なおも執拗に食を乞うた。

市之助は、包みから糒《ほしいい》をとりわけた。湯を沸かしてふやかさなくてはならないが、女は待ちきれないように躰をにじり寄せてきた。

市之助は、ためらってから、糒を自分の口に含んだ。女は、あっけにとられたように、市之助をみつめた。含んだ糒を嚙みくだいて手のひらにうつし、女の口もとにさしだした。

もし、女がこのように痴呆めいていなければ、唾液のまじったものを与えたりはしなかっただろう。餓死寸前でもないかぎり。市之助は、いくぶん、女を餓えた猫を見るような目で見ていた。

女は、市之助の顔と手のくぼみの中のものを見くらべ、急に、手に食いつきそうな勢いで口をつけ、すすりこんだ。両手は、市之助の糒をのせた手首を、爪がくいこむほどに握りこんでいた。

久々に、肌近く見る女の躰であった。何かけものめいたおののきが背を走った。

「ここは、キリシタン流人の村ではないのか」

重ねてたずねた。女はあいまいにうなずき、市之助の手にひらをきれいに甜めつくして、まだ物足りなそうな目をむけた。市之助は、あいた方の手で、女の細い腕を軽く撫でた。女は、目を細めた。その顔はのどを撫でられた猫を思わせた。市之助は立とうとしたが、女は握りこんだ手を離さなかった。

背後で荒ら荒らしい男の声がし、同時に、市之助は、強い力でつきとばされた。

三十がらみの農夫らしい男であった。鼻梁が高く眼窩がくぼみ、背はあまり高くないが、たくましい躰をしていた。

男は市之助を罵った。その言葉が、まるで異国の言葉を聞くように、市之助には理解できなかった。堺からわずか一月歩くだけの距離が、同じ国の中で、言葉を全く違うものにしていた。

「キリシタンの村をたずねて、どうなされます」

はっきりした口をきいたのは、痴呆か啞かと市之助が思った女であった。

市之助は、ぞっとした。女が急にまともな口をきいたのがうすきみ悪かった。

市之助は女を見た。女は、しどけないかっこうで寝そべっていた。

「どなたをおたずねやら。キリシタン村は、ついい、そこでございます」

それだけ言うと、女は寝返りをうち、背をむけた。

十数戸の小屋がかたまっている方に、市之助は足を早めた。流人村でなくてもかまわない。道中食糧の残りとひきかえにでも、アンドレの救出を頼むつもりであった。

一軒の小屋のまえで案内を乞うと、「誰だ」と男の声で返事があり、入口に垂らした蓆がかかげられた。痩せこけた男の顔がのぞいた。薄暗い小屋の奥の正面に、市之助は、木彫りの聖像らしいものを認めた。市之助は目をこらした。たしかに、それは、聖像だった。

「イエズス会の使いの者です」思わず、声がはずんだ。

「何！」男は一瞬声をのみ、「何と言われた」

「イエズス会の使いの者です」

「イエズス会の！」

お入りくだされ、と、男はあわただしく市之助を招じ入れた。

「まことに、イエズス会の？」

ここも、土間に蓆を敷いただけで、さっきの小屋と同じような臭気がこもっていた。

小屋の中には、ほかに痩せさらばえた女が二人いて、火のそばにかがみこんでいた。二人は板の上で、細い木の根のようなものをたたきつぶしていた。垢で黒ずんだ顔の、目ばかりぎらぎらと険しい。

「まことにイエズス会からの御使者であられますか」男の声は、疑ってはいなかった。あまりに大きな喜びを、どう言いあらわしていいのかわからないように、「ようお越しくだされた、ようお越しくだされた」同じ言葉をくり返した。

「イエズス会の！　では、救いの銀をお届けくださいましたのか」女たちが、すがり寄った。

「ありがたいことでございます。ああ、天主さま、千度も万度も、御礼申し上げます」

「当方の使者と同行されたのではないのですか」男が訊いた。「飢饉の実情を、岡部という者に、書面にてもたせてやりました。京、大坂、長崎、いずれの信徒がたも、苦難の中におられるときに、救いを求めるのは心苦しくはありましたが、春、越後からの米を買う銀が無うては、みすみす、餓えて死ぬばかり。いや、主の思い召しとあれば、召されることはいといませぬが」

「御使者は」、市之助は、男の言葉をさえぎった。

「私どもより先に、堺を発たれたはずです。とうに着いておられるころと思いましたが」

「それはおかしい。岡部の身に何事かあったのだろうか」

気がかりなように、骨ばった手を頬にあて、それから、申しおくれました、と男は居ずまいを正した。

「私は、トマス茂庭嘉門と申し、もと宇喜多家にて、馬廻役をつとめておりました。このたびは、私どものために、はるばる御苦労なことでございました。」丁重に頭をさげた。

「正式の使者は、私ではないのです」市之助は言った。

「イエズス会のパードレが、銀をはこんできたのですが、この沢地で道に迷い、疲労のため、動けないでいるのです。私はそのパードレの友人なので、同行して来たのです。内藤市之助と申します」

「おお、パードレさまが！　パードレさまがわざわざこの僻地までお越しくだされたのですか。何というありがたいことだ、もったいないことだ。パードレさまが、このようなところまで」

茂庭嘉門の顔がゆがんだ。皺が深くなった。

「ありがたいことです。私共は、食にも餓えているが、魂《アニマ》はもっと餓えておりました。告解を聴いてくださる方もおらず」と言いかけて、急に気づいたように、茂庭は、あたふたと立ち上がった。

「パードレさまは、いずこにおられます。もったいない。早速お迎えにまいらなくては」

「あの……銀は……銀は、そのパードレさまがお持ちなのでしょうか……」

女たちが、必死なおももちでくいさがった。

「はしたない」茂庭は小声でたしなめ、「妻とその妹です」とひきあわせた。

「パードレさまは歩行は御無理なのですか、背負ってお連れするとなると、一人、二人、若いものを同行させなくては」

「あの、銀を……」女たちは、おずおずと、しかし執拗に「銀が見とうございます。見るだけでよろしいので。心が安らぎます」

市之助は、たずさえてきた銀の包みを茂庭に渡した。女たちがとびつくように手を出し、包みから銀がこぼれ落ちた。きらめきこぼれた小粒や丁銀の上に、二人の女は躰を伏せ、両手でかき集め、はては口に含んだ。

茂庭と市之助が外に出ると、女たちもついてきた。二人の女は、あちらこちらの小屋に、「パードレさまがおいでくださいます。銀を持ってきてくださいました。春には越後米を求めることができます。銀が届きました」と触れ歩いた。

小屋から、男や女が出てきた。乞食にひとしいみなりだった。寒さをしのぐため、あるだけの衣を重ね着し、それがみな、すりきれ、ほつれ、ちぎれたり裂けたりしており、更に、からむしの繊維を織った、ごわごわした胴衣を上からまとっている。垢に汚れやせ衰えた顔は、どれも同じようにみえた。

「パードレさまはどちらに」

「本当に、銀が届いたのか」

「パードレさま、パードレさま、口々に叫びながら走り寄ってきて、市之助をとり囲んだ。

「パードレさま、お待ち申しておりました。お導きくださいませ」

五十年輩の男が人々の間から進み出、小葉田外記と名のった。村の束ねをしているらしく、躰つきにも態度にも貫禄があり、人々から一目おかれていた。

茂庭は市之助をひきあわせ、パードレは途中にとどまっていることを告げた。

小柴田は一瞬、自失したように立ちつくした。

「パードレさまが……。主は我々をお見捨てにならなかった」

小葉田の頬がふるえた。

それから、急にてきぱきと謝意をのべ、市之助に同行してパードレを迎えに行くよう、若い男を指名した。粕谷源次郎という、市之助とほぼ同年輩の青年であった。


――火を絶やすなと、くれぐれもいいおいてきたのだから、大丈夫だろう。大丈夫にちがいない。

市之助は、ともすると浮かび上がる不安を振り払った。

粕谷は無口だった。食が乏しくやつれているせいもあろうが、頬骨の高い顔に、暗い翳があった。

「パードレさまが……」粕谷は、市之助を追い越しそうに、長い脚をいそがせながら、つぶやいた。その目尻が濡れているのを、市之助は見た。

見られたと気づいたのか、粕谷は、せわしなくまたたき、「風が冷たい」と、弁解するように言って、「岡部とは、まったく会われなかったのですか」唐突にたずねた。

「会いませんでした。我々より、だいぶ前に堺を発たれたということだったが」

「そうですか……」

それきり、しばらく、粕谷は黙りこんだ。それからまた、突然、「あなたはキリシタンではないのか」と訊いた。

「違います」

「奇妙な方だな、キリシタンでないのに、はるばる……」

次の言葉を口にするまでに、だいぶ間があった。なぜ？　と粕谷は訊いた。「なぜ、ここまで、危険をおかして……？」

一口には言いつくせない、と、市之助は言った。

柏の林にわけ入り、幹や梢にまつわりつくように立ちのぼる煙を見たとき、市之助は思わず走り寄った。

アンドレはひっそり横になっていた。眠っているように見えた。

粕谷の表情を、失望のようなものが掠めた。

――若すぎる。頼りない……。

そんな思いが粕谷の心に浮かんだのを、市之助はかぎとった。

雪がちらつきはじめた。


雪はとめどなく降りしきった。小葉田外記の小屋の中は、身動きもできぬほど、人々が押しかけ、入りきらぬ者は立ち去りかねて、蓑の上に雪が積もるのもかまわず、小屋のまわりに佇んでいた。

パードレが若すぎるということで心もとない印象を受けたものは、粕谷のほかにもいたようだが、歓びの渦が、その不満を圧倒した。

アンドレは熱のため青ざめ手がふるえていたが、荷物の中に入れてきた僧服に着かえ、ミサを行なった。

市之助は、彼とアンドレをへだてる壁を感じた。壁は、信徒たちで構成されていた、アンドレは、偶像に祀り上げられた。まるで龕《ずし》に嵌めこまれた木彫りの聖像のようだと、市之助は思った。

小屋の板壁の破れめから、灯火がちらちら動くのが見えた。入りきれぬ信徒たちが、手燭をかざし、小屋の中の人人と声をあわせ、ミゼレレを唱えているのだった。

ふいに、外の声が乱れた。冷気と雪が、小屋の中に吹きこんだ。

人々の表情が凍りついた。視線が、戸口の一点に集中した。男が立っていた。市之助が女の小屋で出会った農夫であった。

茂庭嘉門をはじめ、主だった者が二、三人、信徒たちをかきわけ、戸口に行った。

「あの若け男ア、何だ」

農夫の言葉を、市之助は、今度は聞きとれた。農夫は、僧服のアンドレを指さしていた。

小葉田が、ゆっくり立ち上がった。

農夫の頑丈な背のかげから、女の顔がのぞいていた。

「あの二人は?」

声をひそめ、市之助は隣りの粕谷にたずねた。粕谷の表情は、苦渋にみちていた。


「いつものおつとめをしているだけだ」小葉田は、おちついた声で男に応えた。「何もあやしいことはしておらぬ。他に教えをひろめようとせぬかぎり、我々が信仰をつづけることは、藩でも認めておられる。お主も知っていよう」

「あれは、久助《きゅうすけ》という男です」粕谷が市之助にささやきかえした。「我々に新田を開墾させるため、藩が命じて、あの男に農事の指導にあたらせているのです。我々は鍬の握り方一つ知りませんから」

「役人ですか」

「いや、近在の百姓で。根っからの百姓なのですが、当人は、我々に役人風を吹かすことをおぼえたようだ」

「あの女子《おなご》は?」

粕谷の表情は、ますます苦げになった。

「久助という男の女房ですか」

「いや……」

「その、おがすな着物さ着た男ア何だ？」久助は、言いつのった。「見だごとのねえやつだ」

「久助は、粗野な男ですが、なかなか賢いのです」粕谷が言うとおり、久助は、簡単に言いくるめられはしなかった。

「パードレさま」女がアンドレを指さした。女のしぐさには、何か心をそそられるなまめかしさがあった。

「バテレンか？　バテレンさ、ひきいれていただか」

人々の間に殺気めいた緊張感が走った。アンドレを守るように、数人がその前に立った。

「久助」小葉田は、動じる色もなく、久助をなだめにかかった。「いかにも、この方は、イエズス会のバテレンさまだ。バテレンさまはな、我々のために、米を購《あがな》う銀をはこんできてくだされた。どうじゃ。ありがたかろう。キリシタンになるものにはな、このように天主さまのお助けがある。天主さまに忠誠を誓うものを、決して、見捨てはなさらない。この国の、他の人々を見るがいい。口に入る一粒の米もなく、餓えに倒れてゆく。我々の間からは、まだ、一人の死人もでない」

「おらが、裏山でわらびの根だの山芋だのとれるとこさみつけて、教えてやったからだべ」

「それが、天主さまのありがたい思し召しなのだ。おまえという男を通じて、天主さまが我々をお助けくださった。こんどは、パードレさまを、はるばる西の国からおつかわしになった。三月、せっかく越後米がとどいても、それを購う銀を持ったものが、この国に、どれほどおろうの。久助。おまえはキリシタンではないが、我々のために、ようつくしてくれる。それゆえ、天主さまは、この銀をおまえにもわけ与えてやれと言われる。だが、おまえが奉行所にこのことを訴えでたら、どうなる。おまえは、バテレンがしのび入るのを見落したということで、おとがめを受ける。

銀は、藩の役人のふところに入ってしまう。おまえは、褒美《ほうび》を受けるどころか、我々といっしょに入牢、いや、それどころか鉱山《やま》送りになろうやもしれぬ。藩では、鉱山で使う人足を欲しがっておるでの。少しでも落度のある者は鉱山《やま》送りだ。おまえもよう存じておろう。鉱山は怖ろしいそうじゃの。一度入ったら、生きては出られぬというの」

子供をさとすように、小葉田は、利にからめたり、おどしたり、たくみに久助を懐柔していった。

「おらが黙っとれば、妙《たえ》さまにも、銭《じえ》んこさ、けるな。仲間はずれにはすねえな」

「妙は、おまえが女房にした女だ。もちろん、妙にも銀は与えられる」

低いざわめきが、人々の間に流れた。

女の信徒たちが、いとわしげに妙と呼ばれた女から目をそらしたり、さげすむような怖れるような視線をむけたりしているのに、市之助は気がついた。

ふむ、と久助は鼻を鳴らし、妙の肩にそっと手をふれ、帰ろうという身ぶりをした。妙はその場に坐りこみ、アンドレにむかって、ていねいに頭をさげ両手をあわせた。

アンドレはそれまで高熱と疲労に気が遠くなりそうなのをこらえ、どうにか型どおりにミサをすすめていたが、次第に意識がうすれた。ミサの最中に、男と女が入りこんできてひき起こした騒ぎも、薄い幕をへだてて見るようだった。

妙は、アンドレの方ににじり寄ろうとした。女たちの中から、鋭い声がとんだ。「おさがり。久助の小屋にお行き。汚れた女が、パードレさまに近づくのではない」

「白痴《こけ》」と罵るものもいた。

久助が、声のした方を殺気だった目でにらんだ。

粕谷の頬がひきつれるのを市之助は見た。

険悪になった雰囲気を変えようと、小葉田が、いそいで銀を一つまみ、久助に渡した。久助は、もの珍しげに、小粒を眺めた。

「これが、銀け……。これで、米コ、どんくれえ、もれえるだべか」

「おまえと妙が十分に腹をくちくすることができるほどだ」

「小葉田さま！」女の一人がとがめるような声を上げた。「キリシタンのための銀でございますよ。私たち、困難にめげず信仰を守りとおしている者のために、天主さまがお恵みくだされた銀でございますよ。それを、あのようなけもの……」

「八重《やえ》！」と、茂庭嘉門がさえぎった。

小葉田に抗議したのは、茂庭に妻だと、市之助がひきあわされた女であった。

八重は腹立たしさをこらえかねるように唇を噛んだ。そそけた銀髪が光り、表情をいっそう険しくしていた。人々は、久助と妙を嫌悪しさげすみながら、藩の威力を背にした久助をはばかっているようであった。

「久助、おまえは、やがて、天の罰を受けますよ」八重は叫んだ。「天主さま、おまえのすることを、何もかも、見とおしておいでになるのですからね。天主さまは、私たちのために、パードレさまをおよこしになったのですよ。パードレさまは、私たちと天主さまの間を仲だちしてくださるお方。これからは、パードレさまが、おまえの汚れた行ないをすべて、天主さまにお知らせになるのですからね。天主さまに、かくしごとはできなくなりますよ」

久助は、いくぶんうすきみ悪そうに、八重とアンドレを見くらべ、少しずつあとじさりした。ふいに、妙の手首を握りしめてひっぱりながら、小屋を出て行こうとした。妙は、「パードレさま」と、身をよじって、アンドレに近づこうとした。

「パードレさま」意を決したように、粕谷が、「妙どのを……」言いかけて、ためらった。人々の目が粕谷に注がれた。

「妙どのは……。妙どのを……」粕谷は言いよどみ、それから、一気に、「妙どのをお救いくださるよう、天主さまにおとりなしください」

アンドレは、この場をおさめなくてはならない立場にいることを感じていた。だが、彼は、姿勢をくずさず坐っているだけでせいいっぱいだった。思考力はほとんど停止していた。女が助けを求めているのだ……と、彼は感じた。体力の限界がきていた。彼は前にのめり、蓆につっ伏した。人々は騒然となり、アンドレのまわりにかけ寄った。

「それ、ごらんなさい」八重の勝ち誇った声がひびいた。

「汚れた女や男がいるから、パードレさまがこのように苦しまれるのですよ」

「アンドレは病んでいるのです」市之助は声を上げた。

「しばらく休ませてやってください」誰も、彼の声に耳を貸すものはいなかった。小葉田と八重が指図して、ミサの道具をとりかたづけ、アンドレをゆっくり横にならせると、人々を外に追いたてた。

皆は、みたされない表情で、それぞれの小屋に散って行った。

久助は、妙を吹きつける風から守るようにして、遠ざかって行く。その後を、粕谷が走って追おうとし、思いとどまった。

「私の小屋で」と、粕谷は目を伏せて市之助に言った。

「休まれますか？」

市之助は、その誘いにのった。アンドレの容態は気になったが、看とるものは大勢いた。彼が手を貸す必要はなさそうだった。アンドレはまるで、信徒たちの大切な聖具のようだった。

風が吹きつけるたびに、丸木の柱はきしんだ音をたてた。そのうち、雪の重みにおしつぶされるのではないかと危ぶまれるほどの、粗末な作りであった。

粕谷の小屋にも、異臭はたちこめていた。市之助は、うっかり煙を深く吸いこみ、咳きこんだ。

「こいつがいぶるのですよ」粕谷は、かまどの中の黒っぽい土のかたまりをけった。

「サルケと、土地の者は呼んでいます。湿地の底に、このサルケの層がありましてね、このあたりでは、切り出して薪がわりに使うのです。臭いし、目が痛くなるしで、かなわんのだが、薪より手に入りやすいし、火力も強いので、みな、これを使っています」

「あの、妙という女子《おなご》は……?」

市之助はたずねた。

「少し、頭《つむり》が弱いのでしょうか」

「岡部という者の妹なのです」粕谷は、薦の上にあぐらをかいた。市之助もそれにならった。土にじかに敷いた薦は、じっとり湿っていた。

「岡部どのというのは、堺に使者にたたれた方ですね。まだこちらに戻ってこない……」

「途中で、キリシタンであることが露見し、捉えられたのだろうと思います」粕谷の顔色は暗かった。

「では、妙どのも流人の……」

「私は、岡部と親しくしていました……」

訪う声がし、入口の薦がかかげられた。八重の妹が中をのぞきこみ、「パードレさまとあなたからいただいた道中の食糧の残りを、分けさせていただきました」と、木の椀を粕谷に渡した。粕谷は、かまどのわきの椀に、ほんの一にぎりほどの糒をうつしかえ、空になった器をかえした。

「アンドレは、どうしてますか」

「パードレさまは、休んでおられます。大丈夫です。すぐ、お元気になられます。私ども皆祈っておりますもの。天主さまがおききいれくださらないはずはございません」

気負った声で女は言い、立ち去った。

「粥を炊きましょう。あなたも空腹でしょう」

粕谷は、妙の話題をさけたがっていた。

かまどに水をはった土鍋をのせ、粕谷は火をかきたてた。サルケの煙が、いっそう目にしみた。

「備前岡山にいたころは、雪がこのように怖ろしいものとは思わなかった。子供のころ、淡々《あわあわ》した雪が羽毛のように舞い、地に落ちて土に溶けてしまうのが惜しくてたまらなかった憶えがあります」

「私も有馬で生まれ育ったので、このような雪ははじめてです。銀を届けたらすぐ堺に戻るつもりだったのだが、これでは、むりなようですね」

「もう、春になって峠の雪が溶けるまで、どこにも行けはしませんよ。あなたも、私たちといっしょに籠城ですよ、ここで」

「かなわんな……」

湯がたぎりはじめると、粕谷は、木鉢に入ったものを鍋にあけた。

「藁の団子ですよ」粕谷はにこりともせず言った。

「藁？」

「きざんだ藁を、かたくりの根からとった粉に混ぜたやつです」

「馬に？」

「馬？　とんでもない。我々の貴重な食糧です。お気の毒だが、あなたにもこれを食べていただくほかはない」そう言いながら、粕谷は、椀の中の糒を鍋に入れた。

「今夜は、糒入りだから、すばらしいご馳走になります」

「藁を食べるのですか」

「木の根、草の根、何でも食べます。何しろ、津軽の領内には、今、一粒の米もない。藩ではこれほど凄まじい飢饉になるとは予想せず、昨年年貢として納入された米を、ただちに江戸、大坂に売り出し、出来秋までぎりぎりもちこたえるだけの米しか残しておかなかった」

　我々が開墾せよと与えられた土地は、ごらんのとおり、手のつけようのない荒野です、と、粕谷は鍋のなかを木杓子でかきまわしながら、「日照りがつづけばひび割れ、少し雨が降ると、腰のあたりまで沈みこむ湿地になる、ひどい土質です。それでも、やっと苗代づくりをして田植えをむかえたこの春、大風雨に襲われて、苗は根こそぎ流されてしまいました。そのあと、冷たい偏東風《やませ》が吹き荒れ、辛うじて残った苗もすっかり痛めつけられました。それでも、どうにか花をつけ穂をつけた株もあったのですが、今度は、初秋というのに大霜が下りる異常な寒さです」

　銀を届けていただいたおかげで、と粕谷は鍋の中みを椀に盛りわけ、市之助の前においた。どす黒い団子が二つ三つ浮いていた。刻んだ藁の入った団子だと思うと、食欲が失せた。

「春まで何とかもちこたええれば、米が買えます。越後米が届く」そう言いながら、粕谷の表情は沈んでいた。

　市之助は、団子を口に入れた。食わねば餓える。土を嚙むような味であった。これでも、貴重な食糧だった。市之助は、いま、おれは粕谷の食糧を減らしているのだなと思った。

「パードレさまが、一言、妙に声をかけていてくださったら……」粕谷は、こらえかねたようにつぶやいた。そのあと、黙りこんだ。

　重苦しい沈黙をまぎらすように、粕谷は、木の根を板の台の上におき、石で叩きつぶしはじめた。

「それも食べるのですか」市之助は訊いた。まさかと思い、半ば冗談のつもりだったが、粕谷はまじめにうなずいた。

狭い小屋の奥正面の壁には、手描きの聖画が一枚はりつけてあった。

かまどのわきに、奇妙なものがころがっているのに、市之助は気づいた。干しかためた手首のようなものだった。

市之助の視線が注がれている先に、粕谷も目をむけた。何も言わなかった。

「何ですか、あれは」

「何もかもが珍しいようですね、あなたには」粕谷は、皮肉めいた薄い笑いを口辺に浮かべた。「あれは、猿の手首です。干したやつです」

「きみ悪いものですね。猿を仕とめた記念ですか」

「鍬のかわりに、土を掘りかえすのに使っています」粕谷は言った。「農具が十分にゆきわたらないので。久助にもらったのです。このあたりの百姓は、ときどき使うそうです」

「あの男から？　あの男はあなたがたに非常に敵意を持っているようではありませんか。あなた方のほうでも」

「いや、最初のうちは……。久助が妙をみごもらせ、それ以来……」

粕谷は、口をつぐんだ。

第五章

いつ果てるともしれぬ、長い冬がつづいた。

雪は小屋を半ば埋めるほどに積もり、小屋と小屋を結ぶために雪をかきのけた道は、深い掘割りのようであった。

小葉田外記の小屋にアンドレが臥《ふ》せっているあいだ、信徒たちは、入れかわりたちかわり小屋を訪い、彼の周囲をとりまいて坐り、祈りを唱和した。

早く健やかになってほしいという熱意に溢れた祈りの声が、昼となく夜となく流れ、ついには小葉田の妻が、これではパードレさまがお休みになれぬからと、皆をたしなめて帰らせるほどであった。

どれほど激しく、パードレの来訪が求められていたことかと、アンドレはひそかに胸を熱くした。

求められているのは、私という一人の人間ではなく、告解を聴き、ミサを行なう権限を持った天主の代理人、彼らの流刑の苦しみに栄光を与える証人としてのパードレなのだ。

自分が非力なことを、彼は知っていた。だが、これほどに、必要とされているという思いは、彼を力づけた。彼が床を離れると、人々の表情は明るくなった。

彼は、積極的に信徒たちの小屋を訪れてまわり、話を聴いた。彼は年若く、経験も乏しく、人々の語る愚痴や悩みに、適確な言葉を与えることはできなかった。しかし、パードレさまに話をきいてもらった、それだけで、人々はある程度みち足りるのだった。

定期的に、彼は集会を開き、教義書の回読を行なった。

単調だが、規律正しい日がつづいていた。

しかし、貯蔵した食糧が乏しくなるにつれ、目にみえない狂おしさ、苛立ちが、ひそかに、人々をおかしはじめた。

いや、その兆候は、以前から顕われていたのだが、パードレの来訪と銀が届いた安堵感によって、一時、平穏な上塗りで糊塗《こと》されていたものが、もとの状態に戻りはじめたにすぎなかった。

雪晴れの日、アンドレは、市之助がいる粕谷の小屋を訪うた。

市之助は石臼をひき、そのかたわらで粕谷がケラ（背負い子）を編んでいた。

「何をすりつぶしているのだ」とアンドレはたずねた。

「松の皮だ」

「松の皮？」

「表皮の下の甘皮を灰汁で煮て刻んだやつだ。こうしてすりつぶすと、けっこう食える」市之助は、ごりごりと上の臼をまわしながら、「パードレさまは、このようなものは食わないでいいのだな。小葉田どのがせいいっぱいもてなしているのだろう」

市之助は冗談めかして軽く言ったが、アンドレは胸にこたえた。彼は特別扱いされていた。流人たちの貴重な食糧の中から、上質なものだけが彼に供されているのはたしかだった。それが心苦しく、皆と同じものをと小葉田の妻にたのんだのだが、松の皮が出されたことはなかった。

「春が待ち遠しいな」市之助は、ぐいと臼をまわした。

「緑が恋しい。はじめてだ、樹々の緑を恋しいと思ったことなど」

「この地に流されたのは、一昨年でした」粕谷が重い口を開いた。「雪に閉じこめられる冬をはじめて知った。春になって、青草を見出したときの感動といったら、ありませんでした。草というのは、こんなにも青く、やわらかく、いとおしいものかと思いました」粕谷のしごいた木の皮が、鞭のように、鋭く鳴った。粕谷の頬が、わずかに紅潮した。激してくるものをこらえているようだった。

「たしかに、草は青くて、やわらかい……」粕谷は、荒い手つきで、木の皮をひきしめた。「だが、長い幽囚の冬に対して、それはあまりにささやかな喜びだ。草が青い、やわらかい、ただそれだけの喜びを知るために、この長い冬が……」

誰もが、この雪に閉ざされた暮らしに耐えきれなくなってきているのか……。粕谷は、ふだんは無口なのが、いったん口を開いたとなると、とめどなく激情に溺れてゆくようだった。

「土を耕し、生きるために必要な食うものをつくる。おれたちの労力は、肉体の維持に必要な食物を作る、そのことにのみ費される。耕す、作る、食う、食ってしまえば、なくなる。食うことによって維持できた命を何に使う。また、耕し、作る。食うために」

虚しいではないですか。粕谷は、傷がうずくのをこらえるような声を洩らした。

「この先、何十年、同じことをくり返すのだ。たとえ、米が豊作であろうと……」

粕谷は、いきなり拳で床をなぐりつけ、あとの言葉を嚙み殺した。

粕谷が、妙のことで鬱屈しているのに、市之助は気づいていた。

口を閉ざそうとしていながら、ふと、水が器からあふれこぼれるように、粕谷は妙のことを口にしてしまうので、市之助は近ごろでは、あの痴呆めいた、それでいて妙になまめかしい女について、いくらかの知識を持っていた。

粕谷は、妙に強い好意を持っていたらしい。妻にとさえ思っていたが、仲間が困窮の中にあるとき、そのようなことは言いだせずにいた。妙は久助の種をみごもり、追放された。

おそらく、そのためでしょう、妙は狂ってしまった。粕谷は苦痛をこらえるように言った。いや、その前から狂っていたのかもしれぬ。だから、あのような男に手ごめにされても、憎むでもなく、夫婦《めおと》のように……。

妙がみごもったとわかったとき、女たちが、どれほど妙をいたぶったことか。だが、私は、妙をかばってやることができなかった……。

粕谷の言葉を聞きながら、市之助は、妙は、自分を白痴《こけ》に墜さなくては、この辛い状態をしのべなかったのではないかと思った。久助の肉に惹かれる自分を押さえようがなく……。

「閉ざされた暮らしだと言われるが、なぜ、あなたがたは、近在の人たちに教えをひろめようとしないのですか」アンドレは言い、粕谷は、え？と目を上げた。

「御存じないのですか。布教どころか、この地域の外に出ることさえ、私たちは厳しく禁じられています。まるで、かったい病みのように、領民から隔離されているのです。キリシタンがこの地に流刑になったということさえ、領民には知らされていない。城中の家士ですら、ごく一部の者しか、私たちの存在は知らない。それほど、藩は、我々が領民と接することを忌避しているのです。敦賀から船でこの地に着いたときも、夜更け、人目をしのんで上陸させられました。さびれた砂浜でした」

そのときのことを思い返すように、粕谷は目を閉じた。

「私たちは、生きながら、この地に葬られたのです」

「しかし」と市之助は口をはさんだ。「流人村の中で信仰をつづけることが黙認されている、それだけでも、有馬や大村にくらべたら、寛大きわまりない措置だ。ほかの土地では、キリシタンは根絶やしだ」

「信仰を許しておいた方が、おれたちが黙々と働き、藩にとっても都合がいいからだ」

「ほかの土地では根絶やしにされるキリシタンが、ここでは信仰を許されている。それこそ、摂理ではありませんか」アンドレはつづけた。「この地を中心に、キリシタンは、再び芽ぶき、根をひろげ、大樹に生い育ってゆく」

「修羅の中に、ひきずりこむのか、おだやかに暮らしているのを」市之助は言った。だが、彼の言葉には力がなかった。アンドレが職務に忠実な宣教師であるかぎり、犠牲者が出ようと、宣教を続けていこうとするだろう。

「布教をということは、私も実は考えました」と粕谷が言った。「しかし、小葉田どのはじめ、多くの方々に強くいましめられたのです。ひそかに布教していることが、露見したら、流人村そのものが壊滅するかもしれない。たとえ細細とでも、ここにキリシタン村を存続させてゆくべきだという意見の方が強かったのです」

「天主は、平安のうちにはおわさぬ」アンドレが言い、市之助が口を開きかけると、「あなたには、関わりのないことだ」粕谷がぴしゃりと叩くように言った。「あなたは、春になれば、ここを出て行く人だ。我々は、この地で生き続けねばならぬ」

そうだ、おれは、通り過ぎて行く者なのだ。アンドレは、ここにとどまり、布教を続ける決心をしている。彼はいわば、一つの生きる根を持ったのだ。おれは、何も、見出せない。おれが確実に、何かをしているという実感が持てたのは、堺から津軽まで銀を運ぶ、あの旅の間だけだった。限りのある旅だった。

「力づけられました」粕谷はアンドレに微笑をむけた。

「やりましょう。この地にキリシタンの根をひろげる仕事を」

だが、その微笑は、力強い明るいものではなかった。粕谷の方が、絶望的な状況をよく識っていた。

おれはもう、ここには用の無い人間だなと、市之助は思った。熱心に話しこんでいるアンドレと粕谷をおいて、市之助は小屋を出た。

ふと、妙に会いたくなった。痴呆めいた表情のかげに、どれほど深い哀しみがかくされていることか。一方、抱きすくめ、荒々しく犯してやりたいという欲望が掠めた。流人村にはほかに何人か女はいたが、妙のように肉の甘さを思わせるものはいなかった。寒気と冷気に追われて、市之助の足は久助の小屋にむかった。

　中をのぞいた。久助と妙はからみあっていた。美しい激しいいとなみであった。そう、市之助の目には映じた。彼は、小屋を離れた。


　風は冷たいが、わずかずつ、雪が消えはじめた。だが、そのころには、食いつないできた食糧もほとんど底をついた。

　食糧は、最初のうちはよく管理され、公平に分配されていた。稗、粟などの穀物のほか、採取した野草や自生の山芋、栃《とち》や椎《しい》の実まで、一ヵ所に集められ、人数に応じてわけられた。しかし、今は、わけるものもなかった。めいめいが、わずかに残った手持ちの食糧を何とか食いのばしているのだった。

　野面には鴉が舞っていた。年とった女が厠に行こうと小屋を出たところを、鴉の群れに襲われた。死肉の味をおぼえた鴉は、まだ生きている人間の目玉さえつつき出そうとするのだった。鴉どもは、痩せ衰えた人間たちよりはるかにしたたかであった。

　体力のないものから、衰弱して死んでいった。埋葬しようと息を切らしながら土を掘る人々の頭上で、待ちきれぬように強い羽音をたて嗄れ声をあげて、鴉は舞っていた。

　寒さと空腹感には、馴れるということができない。眠っている夢の中にさえ、それはひそみ入った。裸で雪に埋もれている夢を見、食物を探しまわっている夢を見た。目がさめると、いっそうひどい寒気と空腹が躰を苛んだ。

　そんなとき、久助と抱きあっていた妙が心に浮かぶことがあった。久助と妙は、ほとんど姿をみせなかった。彼らは流人たちからさらに流刑にされたように孤立していた。

　妙は、しあわせなのではないか。何もかも、知性さえ、投げ捨ててしまって……。

おれは、もうじき、ここを出て行くのだ、と、市之助は思った。これまでいつもそうだったように、おれはまた、通り過ぎて行くのだ。

彼は、他の者たちと共通の苦しみの中にはいなかった。粕谷が彼に刺のある言葉を時折吐くのも、それを感じているからだった。

たえまない空腹は、思考力を鈍くさせ、苛立たしさばかりつのらせる。

定期的に行なわれていたミサにも、出席者は少なくなった。小葉田は集会をいっそうひんぱんに開き、人々の気持をひきしめようとしたが、衰弱した躰に精神の緊張は苦痛を増すばかりであった。

時折、争いが起こった。食糧を盗った、盗られたといういさかいがほとんどだった。ふだんは礼節のかげにかくれている本能がむき出しになった。そのときだけ、死んだような村が殺気だった。

そういうとき、市之助は、重苦しい淋しさのようなものを感じた。無意識のうちに、彼は、この村に何か人間の善いものの結晶を見たがっていたのかもしれない。そのなかで、アンドレが辛抱強い微笑を失なわないのが、市之助には意外だった。

二度ほど、久助がつかまった。食糧を奪いに小屋に押し入ったのである。久助は悪鬼のように暴れ男たちに傷を負わせたが、結局、袋叩きにあった。

険悪な空気がいくらかやわらげられたのは、そろそろ交易船の往来がはじまるころだと人々が気づいたからである。

まもなく、米が届く。購う銀はある。

村の者は、交替で鰺ヶ沢に足をはこぶことにした。越後からの船の到着をみはるためである。船の到着の知らせが、村まで届くとは思えない。彼らは、自分で見張りをたてなくてはならなかった。

　市之助も、粕谷といっしょに見張り番に立った。途中、雪の溶けた野づらに、餓死者の骸を見た。眼球がなかった。鴉につつき出されたのである。春の芽ぶきがいろどりを添えながら、野はいっそう荒涼としていた。

　まもなく、船が来る。雪が消えはじめたではないか。今日こそは、今日こそは、と、見張りの者は交替で、ぬかるんだ湿原をぬけて鰺ヶ沢まで様子を見に行き、失望に打ちのめされて帰ってくる。

　まだじゃ。

　本当に船は来るのだろうか。

　途中で難船したのでは。

　いや、我々が知らないうちに、とっくに船は着いて、もう、米は分配されてしまったのではあるまいか。

　不安は、急速にふくれあがる。

　難船したのではないかという危惧が、船は沈んでしまったという現実性のある流言にかわるのに、長い時間はかからなかった。

　誰、と確かな名はわからないのに、鰺ヶ沢でそう聞いてきた者がいるという言葉が、いっそう噂に真実みを添えた。

　またたく間に、噂を信じられた。

　絶望。そんな言葉で言いあらわせるものではなかった。裏山にのぼり、雪をかきのけ、わずかに芽を出しはじめた野草を掘り起こす人々の目は血走っていた。

　死者を埋めた土は、深夜掘り荒らされた。野狐のたぐいが死肉を食い荒らしに来るのである。野獣は勘が鋭く、罠には決してかからなかった。夜半、ざわざわと怪しげな気配に人々がのぞくと、食いちぎった肉をくわえ、ぎらついた目をむけ、一瞬のうちに走り去った。

　ある夜ふけ、人々は、野獣の徘徊する気配を感じた。ひそめた足音が、小屋のまわりをうろつきまわった。

その翌日、肉を調理するにおいがただよい流れたのである。久助の小屋からだった。誰が言いだしたともなかった。だが、みごとに統率のとれた一隊のように、男たちの手は、鎌に、鍬に、のびた。

ただならぬ気配に、外に出た小葉田、茂庭らは、刃物を手に、血相変えて久助の小屋に押しかけようとする人々を見た。押し止めようとする二人に、

「彼奴が仕留めた獲物を、我々にも公平に分配させるだけです」男たちはくってかかった。

「刃物を捨てよ。血を流してはならぬ」

「けもの同然なやつではありませんか。ただ脅すだけだ。天主さまも、決して咎めはなさらぬ」

もみあいがつづく傍を、アンドレはすりぬけ、肉のにおいが流れる小屋にむかって走った。久助と妙に告げ、一時、どこかに難をさけさせなくてはと思ったのである。

久助は膂力《りょりょく》にすぐれてはいるが、これだけ大勢の殺気だった男たちを相手にしては、勝ちめはあるまい。

アンドレは、久助の小屋を訪れたことはなかった。そのことは、たえず、彼の心にかかっていた。彼も、妙の話は市之助や粕谷の口から少しずつ聞いていた。彼がここにたどりついた日、ミサを行なっている最中に姿を見せた女であることも知ってはいたが、そのときは高熱と疲労でほとんど意識が薄れかかっていたので、女の顔も姿も印象に残らなかった。

市之助から妙の話をきき、彼は、会わねばならぬと思った。しかし、懼《おそ》れが、彼の足をひきとめていた。

僧院での教育は、彼に、無垢で清浄な女に対する渇仰と、女の肉に対する禁忌を刻みこんでい

た。
　聖母像に象徴されるほとんど実体を持たぬもの
に敬虔な思いを抱きながら、女の肉体は怖ろし
かった。
　その懼れを市之助にもみすかされまいとつとめ
てはいたが、甘やかで、しかも不潔な肉そのもの
のように思われる妙という女に面とむかいあう勇
気がなかった。久助の小屋は、彼の女に対する並
はずれた臆病さを嘲笑っているようだった。
　近隣に布教をつとめるなら、まず、久助の小屋
からはじめなくてはならない。そう思いながら、
彼は一日のばしにのばしていた。
　今は、ためらってはいられなかった。一つだけ
離れて建った小屋に馳けつけた。
　小屋のまわりは、獣の足跡が数多く乱れ、毛が
散っていた。血のしたたりもみられ、何か血まみ
れのものをひきずったようなどす黒い痕も雪に
残っていた。
「男たちが襲ってくる。早く逃げろ」と、せきこ
みながら蓆をあげ足を踏み入れたアンドレは、立
ちすくんだ。
　血まみれの躰が一つころがっていた。かたわら
に、久助がいた。野獣に劣らぬぎらぎらした目を
アンドレにむけた。
　骸は、女のものであった。顔といわず手足とい
わず、引き裂かれ、肉がえぐられていた。裂けた
腹から内臓がはみ出し、それも、ずたずたにちぎ
られ、根もとに肉塊のついた髪の塊りが散乱して
いた。
「死んだでア。食うものが無《ね》ぐで」
　久助は、ぼそぼそした声で言い、視線を落ちつ
かなくそらせた。
　アンドレは、声が出なかった。
「したれば、昨夜、狐どもがかぎつけて、わア
追っただども……」
　茫然と立ちすくんだアンドレの耳を、けたたま

しい叫び声がうった。小屋の外で、それは聞こえた。

米だ！　米だ！　船が着いたぞ！

久助が、はっと耳をそばだてた。

「米が着いた！　着いた！　着いた！」

声は大きくなり、小屋の前を走り抜けた、鰺ヶ沢に出むいていた見張りが馳け戻って来たのである。

「米だとオ」久助は、一瞬、跳躍したようにみえた。銀の包みらしいものをつかむと、そのまま、小屋をとび出して言った。

外で喚声が湧き起こった。

「着いたぞ！　米がきたぞ！」

「船が着いたとよオ。銀を持って早う行け」

越後米だぞ。早う行け。

洗いざらし買いしめろ。

米だ！　米だ！　という声が大きくなった。村中の者が鰺ヶ沢をめざして走って行く。


アンドレは、躰が動かなかった。声もなく、無惨な骸をみつめていた。

顔は半面乱れた髪でおおわれ、露出している部分はほとんど肉がなく、眼窩は黒い穴となり、鼻梁を失ない、歯が長く露出していた。なまなましい肉の小片と血が、歯にからまるようにこびりついていた。

ふいに、怖ろしいことに気づいた。

けものの死骸が、骨すらも、どこにも見あたらなかった。竈にかかった鍋からは、湯気がたちのぼっていた。

それでは、このにおいは……。

そう思ったとき、アンドレは、全身から力が抜け、くだくたと坐りこんだ。

躰の血が冷えてゆく思いがした。

しばらくの間、アンドレの意識は闇の中にあった。

野狐か山犬か、久助が仕留めた獲物の骨は、どこかに埋めたのだ。

餓死した女の骸に襲いかかった野獣を、久助は……。

だが、女の骸をそのままにしておいて、どうして、野獣の骸を先に葬う。

そう反問する内心の声を、床に突っ伏したまま、アンドレは、聴くまいとした。

躰をたえまなく悪感が走った。この小屋の中のものすべてが、——床の上も、空気さえもが、触れれば躰を腐らせる毒のように、怖ろしく、いとわしかった。

灼けた鉄板からはね逃《の》くように、アンドレは外にまろび出た。

恐怖は、腐肉のように彼の躰にまといついていた。

それは、命を奪う行為より、はるかにおぞましく不気味であった。

信じられない。……彼はつぶやき、それから、狂ったように、あたりの雪を素手でかきわけはじめた。けものの骨が埋められていないかと探さずにはいられなかったのである。

けものの骸さえみつかれば……

雪をかきながら、彼は、躰を雪にこすりつけた。こびりつき、まといついたものを剝ぎとろうとするように。


鰺ヶ沢にむかって三里の道のりを、人々は走った。元結が切れ、さんばら髪が風になびいた。

湿地の草は足を捉え、泥の中につんのめり、起き上がって走る。狂ったように両手を振りまわし、米じゃ！　米じゃ！　米が着いたとよ！　息が切れ、目がくらみ、転び、泥まみれになり、米じゃ！　米じゃ！　という叫びが湿原にひろがる。

米が着いたとよお。わめけばいっそう息が切れるのに、わめかずにはいられない。

米じゃあ。わっと泣き出す女がいる。泣きながら笑い、笑いながら叫び、なおも走る。

沖に帆を下ろした船に、小舟がいっせいに漕ぎ寄る。米俵が次々に運びうつされる。

波が盛り上がり、どっとくずれる。米俵を山と積みこみ、舟べりすれすれに沈みこんだ小舟は、なだれ落ちてくる波をかぶる。そのたびに、岸に群がった人々の間から、悲鳴があがる。

米が沈む！

報らせをつたえ聞いて、弘前城下からも、その近在の村村からも、浜を埋めつくすほどに、人々が集まってきている。

手を握ったり、足を踏み鳴らしたり、口々にわめいたり、泣き出す者、踊りはじめる者、発狂したように、自分の着物の袖を食い破り、ころげまわる者。

役人が制止し、群集を追い散らそうとする。米の分配は、二、三日先になる。すぐ、この場で配るわけではない。邪魔になるゆえ、早々に立ち去れ。

その中で、突然、粕谷が説教をはじめたのであった。

狂れたのか、と、市之助は愕然とし、粕谷の袖をひこうとした。

布教しようと計画はしていた。しかし、それはあくまで、できるだけ内密に行なうことで、このように公然とやるのは、正気の沙汰ではなかった。

粕谷は、廃船の上によじのぼり、群集からひときわ高く立って、肉体の餓えを魂の上に立たせるな、餓えを魂の主人とするな、と叫びはじめた。

誰の耳にも届きはしない。

流人たちは顔色を変えた。彼の突飛な行動は、流人村を壊滅させる怖れがあった。

市之助は、しかし、粕谷を責めることができなかった。粕谷自身、無謀と承知し、徒労とわかった上でやっている。彼は、閉ざされた無為に耐えきれなくなったのだ。たしかに、多数の人々を前に語れる機会は、めったにあるものではなかった。キリシタンという言葉さえ知らぬ群集に、キリシタンの名の印象づける効果はあった。

一方では役人が、米は今すぐには渡さぬと、どなっていた。

浜に群れた人々は、廃船の上に突っ立った粕谷には無関心だった。彼らの目は、米俵を満載して漕ぎ寄せる小舟に惹きつけられていたし、昂奮のあまり、狂ったような行動をとる者が、あちこちにいた。粕谷も、その一人になされた。

粕谷は、全精力をこめて、語りつづけた。彼は、かつての予言者たちがそうしたように、世の終焉は近いと説き、神の怒りと呪いを叫び、魔に憑かれたような力で、人々をひきずりこもうとしていた。

声は風に吹き払われ、人々に伝わるのは、言葉の内容ではなく、いやおうなしに相手をとりこもうとする粕谷の気迫、それだけだった。網となって、その気迫が、人々の上におおいかぶさった。

米は、今すぐには手に入らない。そのことが次第に納得され、気落ちした人々の心の空隙を、粕谷の激しい声が撃った。

廃船の近くにいる人々の中に、粕谷の方に目をむける者がでてきた。躰のむきをかえた。緩慢に、廃船をとり巻く輪ができはじめた。

自棄的な行為だった。そのあとに続くものが何であるか、粕谷が見とおしていないはずはなかった。粕谷の行動は、むしろ、神への不信の逆説的なあらわれではないか。信頼して安らかに身を委ねるかわりに、破滅の深淵に自らとび入ろうとしたのではないか。彼が殉じたのは、神ではなく、自分自身に内在するものに対してではなかったのか。——兄のように……と、市之助はそのとき思った。

あとに残る流人たちに、どのような影響があるか、おそらく重い処罰を受ける、そのことを、彼も考え、迷ったのだろうが、最後に、彼は、それらのすべてを振り捨ててしまった。おそらく、そういうことは、彼にとって重大なことではなくなっていたのだ、
廃船をとり囲む人垣が、次第に厚くなった。

海に陽が沈みかかっていた。海の面に金色の波紋が散り、廃船は逆光の中に黒々と浮き出していた。

ふいに、群集が混乱しはじめた。廃船の上に立って不穏な言葉を吐き散らしている男に、役人が気づき、人々を追いたて、馳け寄ってきたのである。

粕谷は逃げようとはしなかった。

彼は、燃焼しつくした。役人に手縄をかけられている粕谷は、燃えがらだった。

血の気のひいた放心した表情で、粕谷は、後ろ手にいましめられ、ひきたてられて行く。ぞろぞろと野次馬がついて来るのを、役人が追い払った。

人々が村に戻ったとき、まず目についたのは、焼け落ちた久助の小屋であった。黒い残骸は、まだ煙をあげ、余燼《よじん》がくすぶっていた。

少し離れたところに、アンドレは、蒼白な、表情で立っていた。

「どうしたのですか、これは」

人々の問いに、アンドレは無言であった。

群れの中に、久助がいた。疑わしげな、不安そうな、それでいてどこか安堵したような久助の視線を、アンドレは感じた。

皆は、アンドレを深く問いつめはしなかった。

彼らの関心は、手にすることのできなかった米のことで占められていた。粕谷の逮捕でさえ、それ

によって、米が入手できなくなるのではないかという懸念の方が、重要な意味をもっていた。

女や老いた者は、立っているのも辛く、その場にかがみこみ息を切らせていた。

それでも、米の俵を目にしたのだ。米は、確実にあるのだから。

今日手に入らなくても、明日は。あるいは、明後日は。

その希望が、彼らを力づけていた。

落ちつかなくきょときょとしていた久助が、誰に問われたわけでもないのに、妙が衰弱死し、その骸を、野狐や山犬がかぎつけて荒らしに来たと、まわりの誰かれに釈明した。

人々は納得し、女たちは、やはり、汚れたいやしい女は天主さまがお許しにならぬのだなどとうなずきあったが、それだけでは、小屋が焼け落ちた説明にはならなかった。

村に残っていたのはアンドレ一人だったのに、誰も、彼が放火したなどと思う者はいないようだった。

何かのはずみで、竈《かまど》の火が壁に燃えうつったのだ。おおかた、皆の留守に、また獣が入りこんで荒らしたせいだろう。多少不自然でも、アンドレが火を放ったと考えるよりは、その方がはるかに彼らには合理的に思えた。

市之助だけが、どうして久助の小屋は燃えたのだ、と、アンドレに強く訊いた。

アンドレは答えなかった。市之助がはじめて見る、殺気だったようなアンドレの表情だった。

そそげた頬に、市之助を一歩も立ち入らせないものがあった。

市之助は、強いて追及しようとするのをやめたが、少し離れたところで、しじゅう、アンドレのまわりをうろついている久助に不審な思いを持った。

久助を問いつめようかとも思ったが、もう少し様子をみようと思い直した。アンドレの沈黙が、彼の介入を拒んでいるのを感じたからである。

小屋を失った久助は、粗末な掘立小屋を一人で建て直した。アンドレは、暗い目でそれを見ていた。


数日後、弘前城下で、米は売り出された。銀さえあれば、買いとりはかってであった。

米を買う銀を持っているのは、ほとんど、上級の士分の者や町方の富裕な商人にかぎられていた。せっかく米が届いても、領民の大部分は、それを買いとる銀がなかった。彼らは、五月に、藩が幕府から借り入れた施米用の米が届くまで、更に飢餓の中で手をつかねて待つほかはなかったのである。

逮捕された粕谷に関しては、まだ、何の処分も、流人村になされていなかった。

米の配分の方が急を要し、流人の糾明は延ばされているのかもしれなかった。

大八車をひいて、流人たちの中でまだ体力に余裕のある者が十数人、城下にでかけた。

九百表、千俵ととり沙汰された越後米は、正確には、二百俵にすぎなかった。

それでも、幔幕を張った前に積み上げられた俵は、人々の心を浮き立たせるに十分だった。

長勝寺の前の空地に、米を購う行列が続いていた。それを遠巻きに取り巻いているのは、銀を持たぬ近在の百姓たちだった。痩せ衰えた農夫たちの、怨みと羨望の目が注がれる中で、役人の前に、銀がざらざらとこぼれ、俵がかつぎ出される。かき集めたわずかばかりの銀で、一升、二升と、たちまち食いつくしてしまうであろう少量の米を、計り買いする者もいる。

垢じみた、みすぼらしい風態の男たちが、丁銀をざらっとあけたときは、周囲の者が、いっせいにどよめいた。

みなりのみずぼらしさと、鈍い光をはなつ、重量感にあふれた丁銀の堆積とが、あまりにもそぐわなかったからである。

役人は、顔を見あわせた。

「どこの村の百姓だ」

「鬼沢村の者でございます」

役人たちは、小首をかしげただけだった。キリシタン流人の存在は、藩内でも、上層部の者や、ごく一部の係の役人のほかは知らされていない。米の分配にあたった下級役人は、藩内にキリシタン流人がいることを知らなかった。

奇妙な顔をしたものの、さしあたって、銀を出した者に米を渡さぬわけにはいかなかった。行列は長く、役人たちは気がせいていた。名前を問いただしただけで、深く詮索しようとはせず、帳面に、銀の高と渡す石数を書き記した。

男たちは、歓声を上げ、大八車に米俵を積みこんだ。

意気揚々と、群集の間を、車をひいて通り過ぎる。

「見られよ！」感きわまった流人の一人が周囲の人々に叫びかけた。「我らには、かくのごとく、天主の御加護がある。天主の御慈悲は、広大無辺じゃ」

あーめん天主《でうす》、と口走る者があり、他の者が、いっせいに、それに和した。

車をひいたり押したり、一団となって、村にいそぐ。

周囲に群らがっている農夫たちは、道に落ちこぼれた幾粒かの米を、かがみこんで拾い集めようとする。

「俵の上に、切支丹の旗を高々とたてて歩きたいような気分だ」流人の一人が言った。その言葉は、幸い、仕事に忙殺されている役人の耳には届かなかったようだ。

車を囲んで歩く一段の後ろから、磁力に吸いよせられるように、何人かの百姓が、あてもなくついてくる。

しっ、と、手を振って追い払う。石を投げて追おうとする者の手を、さすがに、ほかの者がとめた。

「ついて来られては困るではないか。この米を狙っておるのだ。一粒たりとも、むだにはできん米だ」制止された者は、尖った声を出した。

小屋の一つに米俵は積み上げられ、さしあたって、一人に椀一杯ずつの米が分配された。女たちは、めいめいの小屋に米を持ち帰り、さっそく、炊く準備にかかる。残った人々は、米俵を詰めこんだ小屋の前を離れがたかった。昂奮したおももちで、些細なことに笑い、肩を叩きあい、浮き浮きしていた。

パードレさま、パードレさま、と、人々はアンドレを呼びたてた。彼が一同の気持を代弁して、天主に感謝の禱《いの》りを捧げることを望んだ。

アンドレは、暗い、沈んだ表情だった。まるで、難破船から辛うじて岸に這い上がった者のように青ざめていた。彼は立ち、低い声で禱った。

闇にいよと思し召すとも、御名尊まれたまえ。光にあれと思し召すとも、御名尊まれたまえ。われを喜ばせたまわんとおぼしめすとも、尊まれたまえ。われを苦しめんとおぼしめすとも、尊まれたまえ……。善きをも悪しきをも、甘きをも苦きをも、喜こばしきをも、悲しきをも、へだてなく受け奉る。

人々の群れから少し離れ、

——生きるということは、奪うことだ……。

市之助は、その思いを嚙みしめていた。

銀をはこぶ途中で見た餓死者、波にさらわれて海中に墜ちた子供。いっせいによみがえってくる。

せっかく米が届いても、それを購うことのできない大勢の人々。

一人が生きるためには、一人が餓える。生きのびた者に、何を言う資格があるのだろう。

米を与えられたことに感謝するのは、他の者から奪ってくださったのを感謝するということか……。

そのような思いを越えて、米が食えるという喜びは、まるで暴力のように市之助を圧倒する。米が食えるのだ。その本能の昂りが、市之助の心をつきあげる。

飯の炊けるにおいが、和やかに流れ出した。人々は顔を輝かせ、各々の小屋に走り散った。

市之助は、小葉田の小屋で、アンドレと共に、濃い粥の入った椀を手にした。むさぼるようにのどに流しこんだ。その時は、何もかも忘れた。誰もが、みちたりた笑顔を浮かべ、「五月にまた、施米があるというではないか。さすれば、この米は少し取りわけて種モミに用いてもよいの」「この秋こそはゆたかな実りが」などと、語りあう。


そのころ、流人村の周囲は、鎌や鍬、竹槍などを持った男たち——少数の女も混えて——にとりかこまれていた。

頭だった者が、合図した。襲撃者は、いっせいに、もろい板戸をうち破り、垂れ薦をひきむしり、小屋の壁を突きくずし、襲いかかった。

粥の入った鍋がひっくりかえり、灰神楽があがった。襲撃者たちは、村の者を叩きのめす一方、米俵の納めてある小屋を探しまわった。手向かう女の頭に鎌が打ちこまれ、男の胸を竹槍が突き刺した。

不意をうたれた人々は、一瞬、気をのまれ茫然としたが、たちまち、反撃に出た。彼らは、流刑のさい、刀は捨てさせられたが、もとを正せば、武士であった。しかも、数々の実践の場を経てきている。体勢をたてなおすのは機敏だった。敵の武器を奪いとり、攻撃に出る。奪いとった鎌の、竹槍の、狙いは正確だった。

「米を！　米俵をまもれ。奪いとられるな！」

声に応じて、男たちが、米俵をおさめた小屋に走る。それは襲撃者に米のありかを教える結果にもなった。襲撃者は、いっせいに米小屋に押し寄せる。

かまどの薪の火が、蓆に燃えついた。そこここの小屋で、炎が燃え上がった。

火の粉が舞い、炎は、小屋から小屋に走る。

「米が焼ける！　焼けてしまう！」

あわてて水をかけようとする肩口に、鍬の刃先が叩きこまれる。骨の砕ける音。悲鳴。吼え叫ぶ声。

女同士が髪をひっつかみ、ねじり上げ、嚙みつき、相手の口に泥を押しこみ、着物ははだけ、乳房も腿もむき出しにして、絡みあったまま、ころげまわる。火が、ざんばらに乱れた髪に燃えうつる。ひーっ、と悲鳴をあげる女の頭髪は異様な臭いをただよわせ、炎の塊りとなる。

男たちが、米俵をかつぎ上げる。その背を、鎌が切り裂く。血が噴き上がり、縄が切れて散乱した米を真紅に濡らし、争い闘う人々の上に、しぶきとなって降りかかる。

脆弱な小屋は、壁が破れ、柱が折れ、燃えるサルケの上に倒れかかり、火がうつる。手のつけようのない、激しい火勢となる。炎は、小屋を一舐めにする。

人々は、米俵を炎から救い出そうと、やっきになる。ようやく炎の届かぬ所にはこび出した米俵を奪いあって、刃が嚙みあう。罵声。雑言。血だまりが、炎を浴びて、ぬめぬめと光る。

その乱闘のさなか、市之助の目に、男の一人が石臼を両腕で持ち上げ、叩きつけようとするのがうつった。

男の狙っているのがアンドレだと気づいた瞬間、市之助は、横から男にとびかかっていた。不意をつかれた男は大きくよろめき、横ざまに転げた。重い臼は、男の頭に落ち、顔面をつぶした。踏みつぶされた虫のように手足を痙攣させ、男は動かなくなった。

小屋の燃えくずれる炎が、倒れた男を照らした。久助であった。

市之助は、アンドレの腕をつかむと、混乱の中を走り出した。

騒擾《そうじょう》の声が遠くなるまで走った。裏山の斜面を、しゃにむによじのぼった。

一息ついて振り返ると、村を包む炎が闇に美しく燃え上がっていた。

「久助は……久助は、どうしておまえを狙った」

息を切らせながら、市之助は切りつけるように問うた。

アンドレは、凍ったような目で市之助を見た。

「何があったのだ。おまえが久助の小屋を焼いたのか。そのために、あの男から恨まれたのか」

アンドレは無言であった。全身が鋼の板と化したように、市之助の質問をはね返していた。

夜が明ける前に、襲撃者の群れは逃げ去っていた。小屋は半数近く焼け落ち、柱や藁屋根が、まだ燃えつづけていた。

血まみれになった怪我人が呻き、その間に死者がひっそり横たわっていた。骸の中には、襲ってきた百姓のものも混っていた。

地に、黒く焦げた米が散っていた。米俵は、思いのほか沢山、手つかずで残っていた。

女たちは号泣し、呪いの言葉を吐いた。

怪我人の手当てをしようにも、薬も布もないので、着物の裾を裂いて傷口を縛り、焼け残った小屋に運び入れた。死者の埋葬はあとにのばされた。

「今夜もまた、襲撃は行なわれるものと覚悟しておらねばならぬ」片腕に布を巻いた小葉田が「油断のないように。交替で物見をたてよ」

「百姓風情に」と、男たちが残忍な色を目に漂わせた。

　襲撃者があらわれる前に村に姿を見せたのは、騎馬に乗った役人の一隊であった。昨夜の騒ぎを知ってかけつけたのではない。役人がやってきたのは、粕谷の件について吟味するためであった。

　流人たちは、百姓の暴行を口々に訴えた。

「したが、その米を購う銀を、おまえたちはどのようにして手に入れたのだ」

　詰りの強い言葉で役人は詰問し、流人たちは口をつぐんだ。

　すべての私財は没収され、ほとんど着のみ着のままの状態で送られてきたのである。多額の銀を所持しているはずはなかった。

　彼らに関するかぎり、集団内で信仰を続けることは黙認されていた。しかし、日本の国内にキリシタンの存在はゆるされていないのである。まして、パードレは日本の中に一人もいないたてまえであった。

　西国にひそむ信徒の仲間から送られた銀であることも、パードレがそれを運んできたことも、役人に告げるわけにはいかなかった。

　集団の頭梁である小葉田と、その補佐役の茂庭が吟味のため奉行所にひきたてられようとしたとき、アンドレが、「銀は私が運んだ」と名のり出た。

　そのとたんである。市之助は、まるで強い力で背を突きとばされでもしたように、「私もだ」声を上げていた。

　私もだ、と言ってしまってから、市之助は、あっと唇を嚙んだ。

　いったん口をついた言葉は、消しようがない。その言葉は、はっきり役人の耳にも届いた。

　なぜ、おれは……。

　鎖のせいだ、おれを結びつけている……。

　断ち切り、断ち切り、いく度断ち切ったつもりでも、幼ないときおれをつないでいた鎖は、執拗にからみついてくる。

アンドレにも、市之助の言葉は聞こえたにちがいない。しかし、アンドレの表情は動かなかった。彼はまるで、自分の心の中しかみつめていないようだった。

市之助はそのときになって、はじめて、おれは久助を殺したのだ……と、思った。石臼が頭蓋を叩きつぶした音が、不気味な感触となってよみがえった。マカオでポルトガル水夫を刺したときの、あの昂揚感はなかった。罪の怯えもない。無感覚に人間を殺せる自分に、市之助は懼れを持った。

破滅につながることが明白であるにもかかわらず、ふと魅入られたように、私もだ、と名のり出てしまった意識の底に、アンドレ一人に責めを負わせて隠れてはいられないという、ひどく純な部分があったことは確かだとしても、彼はそれを認めたがらなかった。


パードレさま、パードレさま、と、曳かれて行くアンドレに声を上げる人々に、市之助は、共に曳かれながら、強い憎しみと哀しみをおぼえた。

パードレが藩内に潜入しているということは、藩にとって、思いがけない衝撃であった。知らせを受けた藩主信牧は、即刻、重臣を集め対策を講じさせた。

信牧の正室満天《まて》姫は、家康の養女である。家康が信牧と縁戚関係を結んだのは、奥羽の伊達、佐竹、南部など、いつ幕府に叛旗《はんき》をひるがえすかわからぬ有力な外様大名に対する押さえとする意図があった。この連繋を家康にすすめたのは、信牧の師である天海僧正であった。また、奥羽の新興勢力である津軽家には、新規召し抱えにより、豊臣の旧臣は入りこんでいる。幕府としては、津軽から監視の目を離すわけにはいかない。幕臣服部長門康成を目付役として津軽家に送りこんだほか、満天姫降嫁に際して、本多某ら幕府直参の臣を十数人、輿入れに従わせた。当時はまだ、正室を江戸に置く参勤交替制が確立していなかったから、満天姫は、そのあと、弘前城内で半生を送る。本多たちは、そのまま信牧に随身はしたが、譜代の家臣と違い、いわば、津軽の内情を幕府に伝える情報係であった。

津軽の政情は、幕府に筒抜けなのである。伴天連が藩内にひそみ、しかも、布教を行なっているという知らせは、信牧はじめ、譜代の重臣を青ざめさせた。

キリシタン流人を受け入れたのは、幕命によるものである。荒蕪地開墾の労働力としては重宝だが、危険な爆発物を抱えこんでいる状態でもあった。彼らが、村内におとなしく逼塞《ひっそく》していればよいが、布教の手を外にのばし、津軽領民を蚕食しはじめるようなことがあれば、幕府の咎めが怖ろしい。その危懼は常にあった。しかし、飢饉の対策に心を奪われ、また、これまで流人村は平穏であったので、つい、監視の目がおろそかになっていた。その虚をつかれ、伴天連の潜入と活動を許してしまった。

幕府に知られては、重大な落度となる。咎めを受ける前に、万全の処置を講じなくてはならなかった。

流人をことごとく火刑にする、と極論を述べる者もいた。

それは、あまりに無慈悲で、幕府への聞こえもよろしくない。ことごとく処刑してすむものなら、流刑の前に、幕府の手で処刑されるはずだ。幕府によって流刑された者を、当方の一存でことごとく火焙りにするというのは、何か、あてつけがましいようではないか。

七十人の人間を火焙りにするというのは、なかなか、と、首を振る者が多い。七十人という多数のキリシタンをいっきょに処刑すれば、その顚末は、江戸にも伝わり、彼らの活潑《かっぱつ》な活動を許したということで咎めを受けよう。あまり、ことを荒だてぬ方がよい。また、領民の間に、殿が無慈悲だと世評がたっては困る。それでなくても、百姓どもの逃散があい次いでいるときである。

だが、「その伴天連は、厳しく糾明せねばなりませぬな」という意見には、反対する者はなかった。

伴天連と、過日、鰺ヶ沢で御法を無視してキリシタンの邪法をひろめようとした若い男、以後のみせしめのためにも、この二人は、極刑に処さねばならぬ。

粕谷源次郎は、死とむかいあう長い時を、一人、独牢で過していた。

逮捕の直後は、心も昂ぶり、殉教を覚悟していた。

しかし、長い無為の時が、その決意を蝕《むしば》んでゆく。

彼を視る者があれば、粕谷が牢内で、怯え、懊悩し、覚悟を新たに平静になったのも束の間、再び生への渇望に捉えられ、必死にもがくさまが見てとれたことだろう。

藩は、捉えたキリシタンたちの処分に緻密な計算をたてた。十分に、他の者に対する見懲《みこ》らしの役にたてねばならなかった。

重臣のうちには、江戸や京で、キリシタン処刑のさまを目撃したことのある者が何人かいた。

評定の席で、その者たちは語った。

キリシタンは、殉教をこの上ない名誉と心得ている。そのため、従容として、邪教の神を讃美しながら死に就くので、無縁の者まで感動し、これが契機で入信する者があらわれる始末、また、かくれた信徒たちも、ひそかに力づけられる。

粕谷を、殉教者の範とせぬよう、藩では心をつかった。刑の決定までに、時を与え、粕谷を焦慮のうちに置き、ようやく殉教の決意が再度固まり、澄んだ心境に到達しかけたとき、助命、釈放を申し渡した。粕谷の平静さは、一気にくずれた。生の歓喜に彼は溺れた。牢からひき出され、助命の手続きを踏みに行くものと信じこんでいる粕谷を、刑場に連れこんだ。

西の郭の裏を流れる、樋ノ口川の土手であった。竹矢来で囲んだ刑場のまわりに、見物人が群れていた。

突然、斬首の刑を言いわたされ、粕谷は、ぶざまにうろたえ、怒り、果ては、見苦しく吼え叫びながら首討たれた。

アンドレが衆目の前で処刑されなかったのは、伴天連である以上、覚悟固く、容易なことでは、くずれたさまを人目にさらすことはあるまいと思われたからである。

みせしめの刑が、人々のはげましとなっては、逆効果であった。

それよりも、死にまさる痛苦を長年月にわたって与え、精神を萎えさせ、しかも、藩に不足している労働力を補う、一石二鳥の策が考え出された。

津軽藩は、荒地の開拓と米の収穫高をあげることに力を注いでいたが、それ以上に、重要視されていたのが、鉱山の開発であった。

爪先上りの険しい杣道を、炬《たいまつ》の列は進んで行った。山葡萄の蔓の皮を剝ぎ、長さ四尺、一握りほどの太さに束ねた炬である。

弱い炎に雨が降りそそぐ。激しくはないが、じんわりと包みこむような、うっとうしい雨だった。

三十人ほどの列に、灯火を持つのは、前後を固めた数人の手子頭《てこがしら》だけだから、足もとは暗く、ともすれば、滑りそうになる。一歩踏みはずせば、とうとうと水音をたてる深い沢の底に転落する。

前の者のおぼろげな姿を頼りに、一列になって、わらじ履きの足を踏みしめて進む。わらじは冷たい水をたっぷり吸いこみ、泥のように重い。時折、風に揺すられた橅《ぶな》に枝が、ざっと雨を降りこぼす。

一言も、口をきく者はいなかった。私語をかわせば、手子頭にどなりつけられるが、それでなくても、無駄話をするような気持の余裕はなかった。滑らぬよう、足を踏みはずさぬよう、全身の注意力を集中し、緊張しつづけていなくてはならない。

昼であれば、葉洩れ日のまだらな影が、イワウチワの濃い緑をきわだたせ、渓流にうつる山ウルシやヌルデの新芽の淡い翠が水の色に柔みを添えるさまが目を娯しませもするのだが、陽が落ちたいまは、すべてが、薄墨色の濃淡に塗りつぶされていた。

「ちゃっちゃど行け！」殿《しんが》りの男が太い声をあげた。前後を固める手子頭の一人である。

『手子』は、『穿子《ほりこ》』とも呼ばれる。鉱石の運搬夫である。坑道穿鑿や採鉱に従事する坑夫は、『大工』と呼ばれる。これは、専門の技術を持ったものが当たるので、市之助たちのような素人は、単純労働である手子として働かされる。

いま、津軽藩直営の桧平銀山に送られる一行は、すべて、受刑者であった。

飢饉のさなか、治安は乱れ、押し込み、強盗、殺傷などの罪により捕縛された者は数多く、屍肉を食したことが発覚し、刑を受けた者も何人か混っていた。

武士もいた。藩は、少ない城米を食いのばすため、家臣の禄米を半減し、さらに、下級武士の解雇を行なった。何の咎もないのに、突然糧米を絶たれ俄浪人とされたそれらの下級武士の中には、強盗に変ずる者が多々あらわれた。

「ちゃっちゃど歩け」

再び、手子頭がどなった。

本来なら、日没前に、鉱山《やま》の手子小屋にたどりつくはずであった。

遅れたのは、途中、脱走をはかった者がいたためである。

城下から紙沢まで二里。更に六里の厚面沢中役所《なかやくしょ》まで、藩の役人が護送した。そこで、手子頭にひき渡された。そのひきつぎのどさくさに乗じ、手子の一人が脱走しようとした。それにつられ、他の者も逃げ出そうとして、暴動が起きかけた。すぐにとり鎮められたが、そのために出発が遅れ、小屋まであとわずかというあたりで、日が落ちたのであった。

鉱山の穿子《ほりこ》は、ふつう、大工や吹工同様、前借で山師にやとわれる。前借金の利子は月二割の高利なので、なかなか返済はできない。飼殺しにされるのも同様だが、一応、年季が明ければ自由になるたてまえである。しかし、市之助たちのように藩の罪人として送りこまれる者には、その自由すらなかった。終身刑である。

道はいよいよ狭くなった。橅や拓植が密集し、足もとには熊笹や根曲竹が根をはり、やがて、断岩にゆきあたる。

藩が鉱山の開発に手を染めてから、日が浅い。鉱山《やま》への道の整備までゆきとどいてはいなかった。距離にしては城下から九里ほどだが、深い渓谷の奥である。

先頭の炬が見えなくなる。崖を下りはじめたのである。木の根にすがり、地に尻をつき、用心しながら、それでも、はずみがついて、滑るように下りる。

泥土にまみれ、下りついたところが、大小の岩塊の横たわる急流のふちで、流れに足を踏み入れ、岩から岩にとび移りながら、上流にむかう。

滝があらわれる。そのわきの崖を、垂れさがった藤蔓、岩の突起や裂け目を手がかり足がかりに、よじのぼる。明かりがとどかないので、ほとんど盲の手さぐり同然であった。

市之助は、腹をたて、罵り、その憤りを梃子《てこ》に、進んだ。

輝かしい目的にむかっての苦闘ではなかった。彼を閉じこめる牢獄への道であった。

彼は、突然、激しい徒労感に襲われた。

——おれは、いったい、何をしているのだ。おれにはもっと、別なやり方だってあったはずだ。

何度か、おれは、岐路に立って選択してきた。その選択が、ことごとく、誤っていた。おれは、断ち切り、振り捨てたつもりで、結局、あの呪わしい絆から逃れることができないのか。反抗し、無視し、乗り越えようとすることで、おれは、そいつにがんじがらめに結びつけられてきたのか。

なぜ、おれは、自由になりきれないのだ。なぜ、いつまでも、こだわりつづけてきたのだ。

おれは、今井弥兵衛に頼んで、あの男の下で働くこともできたのだ。そうすれば、今ごろは、ひょっとしたら、弥兵衛の持ち船に乗りこんで、海へ……。

海。彼は、久しぶりに、南のエメラルド色の海を思い浮かべた。闇の中に、その碧の色は鮮やかだった。汐の香は、勇壮で、さわやかさにみちていた。

記憶の中によみがえるとき、その腐臭を伴う一面は置き去られた。

背後で、悲鳴があがった。誰かが、転落した。

「アンドレ!」

藤蔓に手をからませ、躰を固定させて、彼は振り返り、叫んだ。闇の中に、あとから続く者の顔形は、さだかではなかった。

「ここだ」

声がかえってきた。

彼は、安堵して、先に進んだ。

悔んだら、おれは、これまでのおれを、すべて否定することになるのだ。

おれは、闇の中を手さぐりするようなやり方ではあったけれど、ただ流されてここまで来たわけではないのだ。この闇の中で、おれは……。

彼は、前につんのめった。崖をのぼりつめたのに気づかず、なお、這いのぼる姿勢をとったためであった。泥土に手をつき、ささえきれずに、顔まで泥に埋まった。彼は罵った。あとからのぼりついた者が、彼の躰につまずき、罵声をあげた。

「へっぴゃあ、きばれ」

手子頭が、炬を振りまわしてどなった。

第六章

大工が、槌を振るって鏨《たがね》を打ちこむたびに、石の粉塵《ふんじん》が舞い上がる。坑内にうごめく大工や穿子、水替え人足たちの、頭に肩に、粉塵は降りかかる。

煤けた岩壁に、ぽつんぽつんと小さい灯皿が吊され、魚油にひたした灯芯が、弱々しい黄ばんだ光の輪を作っている。充満した油煙は、悪臭をただよわせる。

暗い中で、水をかい出す音がする。

堅杭のところどころに足場をもうけ、たえまなく湧き出してくる地下水を、水替人足が汲み上げている。汲み上げた水は、請舟《うけぶね》に捨てる。その水を、更に上の請舟へと、順ぐりに汲み上げていって、最後に、水廊下（排水口）に捨てる。

たがねの音が、あちらこちらで、陰気にひびく。三番の敷には、五十人からの坑夫が入りこんでいるのだが、暗鬱な闇にのみこまれ、大勢の人間の立ち働く熱気は感じられない。

棚（足場）から棚に、丸太に刻み目をつけた下駄梯子がかけ渡してある。

弱い灯が、ふらふらと人魂のように、下駄梯子に沿って上下する。

穿子が口にくわえた吊《つ》り灯《とも》しのあかりである。

五貫目はある砕石の入った叺《かます》を背に、両手で細い下駄梯子を握りしめた穿子たちは、灯盞の柄を口にくわえ、そのかすかな灯りを頼りに坑道を上り下りする。

市之助も、その中にいた。

呼吸するたびに、粉塵を吸いこみ、胸に刺されるような痛みをおぼえる。吊り灯しの油煙が目にしみる。

棚にたどりついたとき、そこで槌を振るっていた大工が、おう、と声をかけ、鏨を渡してよこした。先端がすりへって、使いものにならなくなったやつである。

市之助は、腰に下げた袋に、渡された鏨を入れた。すでに、十数本、研磨に出さなくてはならない鏨が、袋の中に入っている。ずっしり重く、足にからまる。

坑内は、しんと冷え、それでいて、湿気のためか、汗がじわじわにじむ蒸し暑さをおぼえる。

地下百尺の竪杭の底である。細い下駄梯子の刻みめはすり減り、まるで、すりこ木のようだ。ふと気を許せば、足がすべり、奈落の底に墜落する。

棚から棚へ、更に上の棚へ。叺の重みに、うしろにひき戻されそうになる。歯をくいしばり、上りつづける。途中の棚に、休み番の大工が、精も根もつきはてたように、寝ころがって目を閉じている。陽の目を見ることが少ないから、肌は蒼く、瞼が黒ずんでいる。休憩だからといって、一々、下駄梯子をつたって外に出るのがおっくうなのだろう。その傍で、他の大工が鏨を打ちこみ、石の粉が寝ている男の顔に降りかかる。

坑道は、縦横に、迷路のようにひろがっている。狸掘りと呼ばれる試掘のあとが、方々に残っている。

歯の間に柄をくわえこんだ吊り灯しの灯が、ゆらめいて、ふっと消えかけた。気が遠くなるように、息苦しい。

——気絶《けた》えか！

市之助は、ぞっとした。坑内の酸素が極度に不足して、呼吸困難な状態になるのが、気絶えである。ぐずぐずしていれば、窒息死する。

下駄梯子をつかむ手に、力を入れた。脂汗が流れた。吊り灯しの悪臭が、吐き気をもよおす。

ようやく、窯ノ口に通じる横杭に出る。止め木で支えた釜の口から、外によろめき出る。新鮮な空気が肺に流れこむ。

抗口の前で仕事をしている鍛冶屋に、市之助は、袋の中の鏨を渡した。

すでに、夏だった。鉱山に送られて、五ヵ月経っていた。

鍛冶屋は、二尺五寸四方ほどの木製の箱を修理していた。箱というよりは、檻であった。頑丈な樫の桟を打ちつけたもので、その桟に、鍛冶屋は釘を打ち直していた。

山役人が二人、穿子の運び上げた叺の目方を計り、口を閉じて封印し、その数を記帳している。鉱石は、ここから選鉱場に運ばれてゆくのである。

単調な労働のくり返しだった。朝、手子頭に率いられて敷に入り、大工が掘り砕く砕石を鉱石とガラにわける。ガラは廃坑を埋めるのに用いる。鉱石を叺につめて運び上げる。再び敷に下りる。丸一日、ぶっとおしで働いて、翌日は休みとなっていた。

市之助たちが送られた桧平銀山を含む尾太一帯の鉱区は、まだ、藩による開発がはじまったばかりで、佐渡のような大規模な鉱山町ではなかった。

人里離れた深山の奥である。それでも、開発のすすめられているところは、樹林が切りひらかれ、外方役所、台所（飯場）、釜屋、金名子小屋、蔵、鍛冶小屋、床屋（灰吹）と、大小の小屋が立ち並び、物売りが出入りし、色をひさぐ女たちも、いつとなく流れ集まり、敷から上がった坑夫たちは、日当を手にすると、女たちのところに駆けつける。

油煙の煤や石の粉塵を絶えず吸いこんでいる坑夫たちは、ほとんど例外なく珪肺《よろけ》におかされ、三年、五年のうちに、どす黒い煤まみれの痰を吐いて死んでゆく。

短命を知っているから、彼らの気風は荒らく、日銭は、酒と女に使い果たす。

だが、罪人として送りこまれた者たちには、女を買いに柵外に出る自由も与えられていなかった。

彼らの小屋は、外から隔離され、鉱区の柵の内に、更に、柵を設けて囲われていた。

金でやとわれた大工や穿子たちは、とにかく、賃金を手にすることができ、苛酷な労働の見返りに、酒と女があった。罪人小屋の者たちは、骨がきしむほどに疲れた体を敷からひき上げると、小屋の中に打ち倒れて、ごろごろしているだけだった。

その男たちに、アンドレは教義を説こうとしていた。鉱山に着いた日から、彼がはじめていることであった。

男たちは、うすきみ悪そうな顔でアンドレを見た。

彼らは、アンドレの言葉を異国の言葉を聞くようにほとんど理解しなかったし、彼ら同士で語りあっている言葉は、市之助にもアンドレにも、ほとんど意味がとれなかった。

「無駄だ」と、市之助は嗤おうとしたが、アンドレの冷ややかさが、彼の嗤いをさえぎった。アンドレの変化を、市之助は、どう受けとめていいのかわからなかった。アンドレは、たしかに変質していた。柔らかさ甘さが失せ、鋼の鱗が全身をおおっているようだった。表情は心の動きをあらわさず、彼の声は、彼の内奥とは無関係に発せられているようであった。

彼は、市之助を寄せつけなかった。

おれが久助を殺した、それを許さないのか。しかし、アンドレの変化は、その以前からはじまっていた。

あの、久助の小屋が焼けたときから……。

小屋の隅で、男たちは、自慰にふけり、たがいに相手の股間を愛撫する。女を禁じられ、無聊のうちに、彼らは、自分のたちの間で肉の悦びを作り出すほかはなかった。

感情をあらわにしないアンドレの目に、激しい嫌悪の色が走るのは、そういうときであった。

男の一人が、薄ら笑いを浮かべてアンドレの手を握り、股間にひき寄せたとき、アンドレは、鋭い声をあげてその手を振り払った。

「鉱山に、キリシタンが何人か入りこんでいるという噂をきいた」

市之助は、アンドレに告げた。

アンドレの唇が、こころもち蒼ざめたように市之助は思った。

「噂だから、はっきりしたことはわからんが、駿府か相模か、あのあたりから難を逃れてきたらしい」

この地獄の方が、彼らには、外よりましに思えるのだろうか。

苛酷な労働が、市之助の闘争心を鈍磨させていた。

どうあがいても、おれは、あの鎖を断ち切ることはできない。諦観めいたものが、彼の心をおおっていた。

手子の一人が見張りの者に重傷を負わせ脱走をはかるという事件が起きたのは、その数日後であった。

坑夫たちも山狩りにかり出されたが、市之助たちは、その間、坑内での作業を続けさせられていた。

脱走者は、ほどなく捕まった。疲れた体をひきずって敷から上がってきた市之助が目撃したのは、釜ノ口の傍におかれた二尺五寸四方の木の檻に押しこめられた野獣であった。

獣、と一瞬見まちがえたそれが、逃亡を企てた手子の惨めな姿だと気づいた。

肩の間に首をめりこませ、背を曲げ、額と膝がくっつくような不自然な姿勢で、その男は小さい檻にぎっちり嵌めこまれ、そのまま身動き一つできないでいるのだった。蓬髪《ほうはつ》に血がこびりつき、手足も顔も蒼黒く腫れ上がっていた。

市之助の胸に、奇妙な感動がひたひたと寄せた。

彼はそのとき、ふいに、瞼の裏に海を見た。

夜更け、彼は小屋をぬけ出し、檻に近づいた。

檻の錠を金梃子でこじ開けた。男はもがいたが、嵌りこんだ躰は檻からぬけなかった。市之助は手を貸し、男をひきずり出した。

長時間折り曲げられ押さえつけられていた手足に血がかよいはじめ、その痛みに男は唸るような声を出し、うずくまっていた。

それから、たたんだ紙がほぐれるように、ゆっくり、手をのばし、足をのばした。唸りながら、泳ぐように躰を動かした。

市之助は小屋に走り戻った。走りながら振りむくと、男は四つん這いに近いかっこうで、よろめき進んで行くところであった。

　小屋に戻り、垢まみれで臭気を放つ男たちの間に躰を割りこませ、横たわった。

　睡りに入ってゆく直前の、夢ともうつつともつかぬあわいの中で、彼は奇妙な感覚に捉えられていた。ふいに小屋の中の人間がすべて消え失せ、荒野の真中に、彼が独り存在しているような感覚だった。

　眸に、小屋の中は映っていた。脳裏にある姿かもしれなかった。男たちは、背を丸め、ゆるんだ表情で男根を愛撫していた。それらは影のようににじみ、彼の感覚にがっしりと感じられるのは、広漠とした曠野《こうや》だった。

　そこに、彼は、ただ一人でいるのだった。外界は、すべて、彼の中にとりこめられ、彼の中に存在した。彼自身が一つの世界であり、宇宙であった。彼は、自分の躰がひろがって行くのを感じた。躰ではなかった。肉体は消滅し、肉を持たぬ彼が、どこまでもひろがってゆくのだった。風が、彼の中で吹き、波が、くずれ落ちる音をあげた。彼は、巨大な帆船であり、雲であり、なだれ落ちる波の壁であった。

　輝く太陽であり、無数の星であり、無数の人間だった。

　奇妙に恍惚とした昂揚感の中に、漠然とした慴《おそ》れがひそんでいた。確固とした自分の存在が失なわれてゆくような頼りなさがあった。

　そのさなかで、ふいに板戸がひきあけられ、彼は、まどろみから現実にひき戻された。彼を押し包み圧倒した奇妙な感覚は、目覚めると同時に消え、その残滓も、役人の荒荒しい声に吹きとんだ。

　顔が腫れ上がり、右の瞼が固まった血糊でふさがり、鼻梁がつぶれ、高手小手に縛り上げられた男が、役人に縄尻をとられていた。

「どの男だ。おまえを檻から出したのは」

　男は、わずかに首を動かし、市之助を目で示した。

死にまさる肉体の苦痛というものを、市之助は、はじめて味わった。

檻の前にひきすえられたときから、彼は、恐怖した。

野に放たれたものは、捉えられ、裏切った。裏切りと呼ぶことはできない。黙契《もっけい》さえなかった。

男を解き放った行為に悔いはなかった。しかし、檻は、彼を恐怖させた。

檻は、彼の全身を納めるべく、あまりに小さかった。

檻の戸が開けられ、彼は、必死に逆らった。両脚を踏ん張り、躰をのけぞらせた。

押しこめられ、はみ出す手足を、骨が折れようとかまわぬと、役人たちは、むりやり、押しこんだ。せめて、少しでも楽な姿勢になろうと、彼は、もがいた。

肋骨の間に肘の骨がくいこみ、鼻梁が膝に押しつぶされた。吐き気がした。

たわんだ背骨は、ひびが入ったように痛んだ。呼吸がつまった。

錠が閉ざされた。

苦痛は、時の経過と共に、耐えがたさを加えた。爪を抜く拷問にあった友永パウロの怯えが、このときはじめて、十分に理解できた。

彼は、呻き、吠えた。思考は停止し、ただ、この痛苦から逃れるすべはないかと、それだけしか念頭に浮かばなかった。

殺せ、と彼は叫び、それは言葉にはならず、けものの咆哮じみたうなりとなった。

肉の痛みは、心の痛みをはるかに凌駕した。ある程度までなら——たとえば、笞打たれることなら、耐えられた。あるいは、その痛みは、笞打つ者と打たれる者の連繋によって、いくらかしのぎ易くされているのかもしれなかった。

　彼は今、全く孤《ひと》りで、この無惨な苦しみに耐えなくてはならなかった。

　心の孤独など、甘いものだ。骨が肉を突き破るようなこの苦痛にくらべれば。下半身が濡れても、それを厭わしく思う余裕すらない。

　彼は、失神することを願った。しかし、意識がもうろうとなり、他の知覚はすべて麻痺しても、激痛だけは、容赦なく、彼を責め苛んだ。

　甘美な快感に変わり得る痛みではなかった。執拗に、激しさの度を増しつづけた。

　彼は、ただ、吼え、叫び、呻いた。

　夜が更け、闇が濃くなり、風が簫々《しょうしょう》と鳴り、星が冴え、ふたたび空が白みはじめ、そのいっさいを、彼は知らなかった。四肢は、炎に灼かれるように火照った。灼熱した鉄片が、肉に、骨に、突き刺さるようであった。闇の中で、彼は、ただ吼え、その力も尽きた。鼻孔から流れ出した血が、のどに溢れた。

　それは、いっさいの代償を持たぬ苦痛であった。

　改宗を強いられるキリシタンであれば、苦痛を捧げる対象があった。

　彼の苦痛は、ただ、虚無の中にあった。

　空の叺《かます》を背に、狭い棚に下り立ったアンドレの腕を、男の手がつかんだ。腐った魚のような息が、頬にかかった。

　二番の切羽で穿子の手が足りないと大工が呼んでいる、助《す》けに来てくれとその男は言い、アンドレの腕をつかんだまま、細い坑道に入っていった。

　槌音がとだえ、灯蓋もないあたりまでくると、男は、いきなりアンドレの背後にまわり、抱きこんだ。

　人気《ひとけ》のない捨間歩《すてまぶ》であった。吊り灯しがアンドレの口から落ち、灯が消えた。

抗うアンドレを、易々と男は組み敷き、粗い毛の生えた臑が、腿の間に割りこんできた。アンドレは、必死に男をはね返そうとした。

これまで、理性で押さえてきた、周囲の人間に対する嫌悪が、このとき、純粋に結晶した。

彼は、自分をはっきりと視た。冷えた心と、憎しみ、蔑《さげ》すみ。

もがいた手が、冷い固いものに触れた。手は、それを摑んだ。心が制止する前に、彼の手は、摑んだものを、男に叩きつけていた。

男は地に倒れた。市之助に頭を割られ倒れた久助の躰が、男に重なった。

あれは……私だった。久助を叩きつぶしたのは。

石臼を叩きつけたのは市之助の手だったが、私の心は、彼をいっしょに、久助を打ち殺していた。

今、もう一度、同じことが起こった……。


彼は、骸に一瞥を残し、呆けたような足で朽ちかけた下駄梯子を上った。坑道は暗いが、上の方は仄明るく、釜ノ口があることを示していた。

釜ノ口からよろめき出たとき、闇になずんだ眸に、地から天に連なる、一筋の青い光が映った。

煙《けぶ》るようにりんかくは朧《おぼ》ろで、きらめき、めまぐるしくゆらめいている、半透明の柱であった。

樹々が枝をさしかわし、薄闇を抱きかかえた捨間歩の釜ノ口に、そこだけ白く光が射していた。

光は、彼の目を打った。

やがて、明るさに馴れるにしたがい、それが、無数の蝶の群れだとわかった。

おびただしい蝶の群れは、碧い鱗粉《りんぷん》を葉洩れ日に散らし、渦を巻いて乱舞していた。そうして、ほぼ柱状をなして連なる群れから離れて舞い出るものはないのだった。

羽搏くたびに、碧い粉はきらびやかに散り、石の粉塵を浴びてまだらに白いアンドレの髪にも振りかかり、きらめいた。

幻影のような柱が蝶の群れとわかっても、なお、それは、ひそかに妖しい光景であった。

その一部を残して、周囲は木の下闇に溶けこんでいた。

アンドレは思い出した。死者が埋められた地に、ときとして蝶の柱がたつということを聞いたおぼえがある。

それを耳にしたのは、稚いときだった。マカオに連れ去られる以前、日本にいたころではなかったろうか。

母だったろうか、それを語ってきかせたのは。

おそらく、ここに、掘り倒れの大工の骸が、捨てるように埋められているのだろう。

舞いたつ蝶の柱に目を奪われたまま、彼は、長い亡失のときを過した。

やがて、彼は、坑道に戻った。男の骸のわきをすり抜け、手の甲を岩壁に打ちつけながら歩いた。甲の皮膚が破れ、血が流れた。ほとんど、自分が何をしているかわからないもののように、彼は歩きながら、手を壁に打ちつけつづけた。肉がえぐれた。

廃坑をぬけ、人声のする方に近づいた。壁の灯盞の灯が、薄ぼんやりと見えてきた。槌音が、あちらこちらで響いた。

吊り灯しが下駄梯子を上下するのが見えた。

行きあった男が足をとめ、吊り灯しを彼の顔に近づけた。

「パードレさま?」男は、小声で訊いた。

「おまえさまがパードレさまだと言うた者がおる。まことでございましょうか」

立ちどまったアンドレに、男はすがりつくように、

「この鉱山《やま》にパードレさまがおられるということを、誰かれの口から聞きました。お探し申しておりました。今、ほかの者が、ほれ、あちらから来

たのが伴天連じゃと、指さして申しました。まことにパードレさまであられましょうか」

津軽では、と男はかきくどいた。「キリシタン御禁制がゆるやかと聞き、また、鉱山《やま》の中では手不足のため、罪人であろうと、キリシタンであろうと大目に見られるということを聞きまして、穿子にやとわれ、鉱山にかくれ住むキリシタンが増えてまいりました。私もその一人でございます。しかし、鉱山にはパードレさまはおいでになりませぬ。秘蹟をお授けいただくことができませぬゆえ、たいそう心細い思いをいたしておりました。まことパードレさまであられますなら、何とぞ、告解をお聴きくださきませ。パードレさまがおいでになるとあれば、私ども、どれほど心安らかなことか知れませぬ。珪肺《よろけ》で短い命でございましょうとも、終油にあずかり、浄らかな心で召されることができます。パードレさま」男の声は、涙につまった。

「まことに、このようなところにまで、パードレさまをおつかわしくださるとは」

白い骨がのぞくほどに肉をえぐられた自分の手を、アンドレは見た。恩寵は彼を素通りし、天から受領者に伝わってゆく。彼は、虚無であった。虚しい者として、ありつづけなくてはならなかった。

虚無は、彼の上におおいかぶさり、彼は、確かな腕で、それを抱きとめた。

男は嬉々として先に立ち、あとに続くアンドレの歩みは、これまでになく、昏く、頸《つよ》かった。

丸一昼夜放置された後、市之助は、檻から出された。彼は、身動き一つできなかった。四肢の痛みは、束縛を解かれて、いっそう激しく、骨と肉が引き裂かれるようだった。彼は、肢を、腕を、動かし、それが動く余地があるのに驚いた。そうだ。解き放たれたのだ。痛みの中で思った。

ここは、檻の中ではないのだ。拷問は終わっている。あとは、時を待てばいいのだ。時が、この痛みをやわらげてくれる。

灼熱の鉄鎖が、ゆるやかに、ほぐれてゆく。静かな疲労感が、まるみを帯びてきた痛みの中にしのび入る。

ようやく、網膜にうつるものを知覚するゆとりができてくる。

小屋の中には、彼一人だった。皆、敷に入っているらしい。

痛みがうすらぐにつれて、かわって、激しくみちてくる力を、彼は感じた。

彼は、自分の心が確実に変貌したのを、何か、あり得ないものを眺める思いで、みつめた。

兄の骸も、ロマノの影も、干涸《ひから》び、はがれ落ちた。

何かを、抹殺してしまった。のびやかな解放感の中で、彼は、身震いした。

断ち切っても断ち切っても彼をひき戻す鎖は、消滅していた。

鎖など、はじめから、ありはしなかったのか。おれが作り上げた幻影か。

しかし、あの迷いが、おれの根ともいえるものだったのではないか。いまの、この軽やかな明るさは、根を切り捨てた結果、即ち、おれの敗北ではないのか。

やがて、敷から男たちがひきあげてきた。その中に、アンドレはいなかった。

アンドレが戻ってきたのは、かなり遅くなってからだった。

その表情は、市之助を驚かせた。戦場からひきあげてきた者のような凄惨な雰囲気を身辺に漂わせていた。

「おれは鉱山《やま》を抜けるぞ」

市之助は、ささやいた。

「おまえも、来い」

アンドレは、市之助がそこにいないように、無言で小屋に入った。

「おれは鉱山《やま》を抜ける。おまえも……」

市之助は、言葉を切った。

まるで、見も知らぬ他人同士のように、市之助とアンドレは、遠く離れたところにいた。

「どのようにしても、必ず、抜けてみせる」

アンドレの目は、闇を見ていた。アンドレの心は昏い力にみち、そうして、小屋の外、たたみ重なる樹林に目をむけた市之助の前には、白い、広漠とした道が続いていた。明るく、虚しく、死に続く道であった。市之助は、小屋を出た。道の幻影は消え、威圧するように、樹林におおわれた山々が、たちはだかっていた。脱出の経路を、彼は考えはじめた。彼の背後には、彼の骸があった。

渡し舟　他5篇

PART 2

渡し舟

「下駄ァかくして
袖ひっ捕《つ》らめェて……」
美声だ。
夏の雨らしくもない、夕霧が煙るような糠雨《ぬかあめ》で、淡い墨のしみのようににじむのは、河岸の柳か。

＊

「橋ァ流れちまったんだっけな、じいさん」

櫓をあやつり、ゆるやかな川を漕ぎ渡る船頭に話しかけたが、相手は、ひとりごととでも思ったのか、言葉をかえさなかった。

愛想のねえやつだ。


渡りきった橋詰は、筵《むしろ》掛けの小屋がならび、色褪せた幟《のぼり》にかっと西日が照りつける。

木戸口の前を通りかかったら、積み樽に、小さい赤い酸漿《ほおずき》提灯が、花魁《おいらん》の簪《かんざし》みたいに十何本、挿して飾ってあった。

大道物売りが、競って売り声をあげるが、通行の人足《ひとあし》は、ない。

短冊を下げた青傘を四斗樽の上にひろげ、

「あんけらこんけら、ハアやっさいもっさい、そっちでせい」

摺鉦《すりがね》をたたきながら唄うのは、あんけら糖売り。浅葱《あさぎ》頭巾に伊達染めの単衣《ひとえ》。

張り合うように、お駒飴売りが、

「お駒が飴買うてくれた、嬉しが森か鈴が森、薄《すすき》の中にあらわれて、お礼を言うて、にっこりと」笑う姿が、アレアレアレ、と、これは野郎が紅白粉、黄八丈の縞木綿に華やかな袖無し羽織、五、六寸ものばした髷《まげ》の先を蜻蛉《かげろう》の形に結んだ異装も人目に立つためで、流し目、媚《こび》も売る。

「可愛いけりやこそ神田から通う、憎くて神田から通わりょか、お万が飴じゃに、一《ひと》っちょうが四文じゃ」と、両掛けの張抜籠を担ったお万飴売りは、鹿子の帯びの前結び、臙脂《えんじ》染めの前垂、黒塗笠。唄も装いも可憐だが、四十がらみ、大兵肥満の大男だ。

「手車じゃ、手車じゃ、お花の手車、一文、一文。下ってしまいますと、上がりまする、アリャ、下りきったら上がりましたでござい」

「とんとん、唐辛子《とんがらし》、ひりりと辛いは山椒《さんしょう》の粉《こ》、すわすわ辛いは胡椒の粉、芥子《けし》の粉、胡麻の粉、陳皮《ちんぴ》の粉。奴豆腐《やっこどうふ》に唐辛子《とがらし》は、これもいろどる留め男、まめな奴《やっこ》がかえり花、かならずご贔屓、万々年」

競って客をひく唄声は騒々しいのに、彼には、何だかもの淋しく聞こえる。客なんざ、だれも通りゃあしないのだ。

〈大女力持、身の丈七尺五寸〉と大書きした幟のかたわらには、長さ一尺近い巨大な駒下駄がつるされ、看板がわり。見世物小屋だ。

「口上高うはござりますれど、ごめんこうむり申し上げまする。百二十貫目の釣鐘を、かるがると持ち上げまする力持ち……」と、客引きが呼び立てる。

しかし、彼の目を惹いたのは、積み樽に挿された酸漿提灯なのだった。なぜか、むしょうに欲しくなった。ぼうっと灯った儚い灯が、なんだか、女のぼぼみてえに、ふうわりとあったかくなって、なつかしくって、

——へ、子供の玩具じゃねえか、

と思うのに、手がかってに動いて、一本引き抜

こうとした。

「こう、こう、何ィしやァがる」

木戸番がけんつくを食らわせた。

「大事の積み物に手ェかけるやつがあっていいものか」

「へ、ご大層に言いやがる。たかが……」

「塵っぱ一つだって、黙って持っていきゃあ盗人だ。いけ図々《ふさふさ》しい」

「何イ」腕まくりしてすごんだが、足がひょろり。

むかっ腹がたたないわけではない。

やたら、淋しい気分になったのを、振りはらおうと、口ばかりは威勢よく、

「惣体《そうてえ》、依怙地《えこじ》悪《わり》いやつだ。てめえがつけた纏頭《はな》でもあるめえに」

悪《あく》たもくたを並べたてたが、語尾から力が抜ける。

「失せやがれ。さもねェと、うぬ、いけ口をひっ裂《つぁ》くぞ。どんつくめ」と、相手は、かさにかかる。

「どんつくたァ聞き捨てならねえ。吾妻ッ子だぞ、見損《みそく》なやァがったか、馬鹿面《ばあンつらン》」負けてなるかと、こっちは口から出放題。「口広いようだが、競《きお》いの生粋、意気路《たてひき》の親玉、悪態《あくてん》の元祖、閻魔大王第六天から上前《かすり》をとる天狗の侠《きゃん》さまだァ。目鼻がなけりゃあ山葵《わさび》おろしの痘痕《じゃんこ》野郎、反《そ》っ歯《ぱ》ひゃろの吝嗇爪《ちいちいづめ》が、頭《ず》が高いわやい」

まくしたてながら、しんと淋しく、ままにならない気落ちをもてあます。

――なんで、こう、淋《さみ》しいのか……。日暮れ時分だからっていやァ、毎日、お天道さまは西に沈まァな。賽《さい》の目大明神に見はなされるのも、今日にかぎったこっちゃあねェのに……。

淋しい理由がわかるような気がしたけれど、みとめたくない。

「安酒に悪く食らい酔いやがって」

「呑んだから酔うなァ、当棒《あたぼう》でグイきまりだ。酔ったから呑むわな。酔って呑まねえ、呑んで酔

わねえじゃあ、合点しねえ。ほんのこったが、俺ァ、しだらなく酔っても、けちりんも無法《よこ》ァ言わねえの」

「精霊が磔《はっつけ》になったような面《つら》で、べらぼうにごたァつきやがる」

「うぬがような大べらぼうに、べらぼう呼ばわりされちゃあ、了見ならねえ」

「了見ならねえは、俺がせりふだわ」

周囲に人が集まってきた。

どれも、大道芸人や見世物小屋の連中だ。

何が、何だと、わいわいがやがや。

＊

夏の雨らしくもない、夕霧が煙るような糠雨で、淡い墨のようににじむのは、土手の柳か。

泥まみれの裾を尻っぱしょり、ざんばら髪に淡い雨がしみとおる。素人相手の賭場ですって、その後、やけ酒をひっかけたから、足もとが頼りない。こけちゃあ立ち上がり、

「下駄ァかくして」と、都々逸《どどいつ》がでたのだ。

「袖ひっ捕らめェて、主ァ帰るか、この雨に」ふらふらと、歩く。

薄ら闇に、淡く、赤く、なつかしく、酸漿提灯が……。

道端に、竹に藁苞《わらづと》を巻いたやつに、酸漿提灯ばかりではない、灯籠やら提灯やらを突き刺して、売っているのは、しょったれた親爺だ。小田原提灯だの、達磨だの、都鳥、屋形船、形はさまざまだが、どれも手のひらに入りそうな小さい灯籠で、役にはたたない、子供の玩具。

「ほい、もらうぜ」と赤いのを一本抜いたものの、素っ寒貧のからっけつだ。

よほど情けない顔になったのか、親爺が、「いいわ、持っていきねえ」と、ぼそりと言った。

「てめえは、死に盛りにしちゃあ、人愛想《ひとあいそ》がよい

の」

と、気をよくしたが、彼が抜いたのは、たまたま、糊がはがれ、破れかけて売り物にならないやつだったのだ。

そうとは気がつかず、後ろ腰にさし、薄く煙る雨の中を、また、ふらふらと。ふらふらと。

「ちょ、しみったれてやがる。降るなら、豪的に、土砂降りできやがれ」

天をあおいでわめいたとたん、よろめいて、鼻緒が切れた。

とっとっと前のめりになる袖を、

「長さん」

だれかが、つかまえた。

夜鷹にしちゃあ、声が幼い。

女の子だ。

「お土産《みやげ》だね。おかたじけ」

細い手が、ついと、後ろ腰から酸漿提灯を抜き取る。

十二か、三か。いや、この腰の案配、もうちっと年上か。多く踏んでも十五にはなるまい。髪がしっとり糠雨をふくんで青ずんだ艶を帯びる。

おめえ、どこの子だ。

そう口にしかけて、言葉を飲み込んだ。突き放すのがかわいそうな気がしたのだ。

人違いしているんじゃねえのか、と言うかわりに、

「破れちまったな」

つい、すまなそうな声になった。

酸漿提灯の赤い紙は、ぐっしょり濡れて破れ、べらりと垂れ下がっていた。

女の子は、一瞬、がっかりしたふうなのを、すばやくけなげな笑顔でかくし、

「欲しかったんだ、これ」

「また、買ってやらあな」

「よいのさ、むりをしねえでも。懐ァおけらのくせに」大人びて言い、

「おお、酒くさいよ」手で鼻の前をあおいだ。

「こまっちゃくれたお茶っぴいだ」

そう言えば……このあまっちょ、おれの名を呼んだな。長さん……。

知り合いだっけか……。

見たことがあるような……。

――あいつに似てら。

お蝶《ちょう》に……と、思い当たった。

お蝶の……娘……ということはない。

妹か。

あのとき、お蝶は二十を二つ三つ過ぎていた。

おれは、十五。

あれから、十二年……と、心のなかで数えた。

古傷の痕《あと》は、いまも、冬場になると引っつれて、そのたびに思い出しそうになるのを、おさえこんできた。

夏は、忘れていられる。傷痕が痛まないからだろう。


いや、似てなんざ、いねえや。

――気の迷いだ、と、思い直す。

お蝶に溺れこんだのも、若気の迷い……、いや、しみ真実、いい女だった……。

江戸に行きゃあ、土一升に金一升、塵塚を掘っても、金の成る木の実生《みしょう》はあるものだ、江戸に住めば、昨日の飴売りが今日は地主の花を咲かせる、などと、甘い話につい誘われて、在所を出奔したのが、年で言えば、このあまっちょと同じくらい、十を幾つも出てはいないころだった。

樽拾いや荷車の後押しで、餓鬼一人、どうにかその日を食いつなぎ、何が、金の成る木だ、地主の花だ。それでも、在郷《ぜえご》で、羽ばたき立ちたい足を泥田に埋め、腰を曲げて草引きをしているよりは、何か華やぎもあるのだった。

いつのまにか、かっぱらいを生業《なりわい》とする子供たちの仲間に入っていた。田圃を這いずりまわって育ったわりには、手先は器用なのだ。

お蝶を知ったのは、深川八幡の祭りの日だ。祭りの人出は、掏摸《すり》、かっぱらいの稼ぎ時。雑踏の中を涼やかに行く女に、目を奪われた。

中の低い大島田、前髪を揃えて切って簪でおさえ、お納戸縮緬の褄をとった裾に、ちらりとのぞく蹴出《けだ》しの緋色が、鮮烈だった。

彼の目をとらえたその姿は、参詣人の群れにまぎれ、彼の視野から消えた。一瞬の幻のような気がした。

しかし、間をおかず、彼はもう一度、その女にめぐり会うことになる。あまり、好ましい状況でのめぐりあいではなかった。

鳥居の傍にうずくまって線香売る婆さんの、笊《ざる》から小銭をくすねようとした腕を、ぐいとつかまれたのだ。しなやかな手だった。ふりむくと、女神とも思ったその女なので、彼は逃げる気も失せた。

「てめえ、それでも、男か」

と、女の語気は荒っぽかった。

「巾着切《きんちゃっき》りの風上にもおけねえ。狙うなら、武士《りゃんこ》かさもなけりゃあ大店《おおだな》の自惚旦那《うぬぼう》の印籠にでも目ェつけやがれ。しがねえ二文三文の商《あきね》ェで孫の口ィ養っている婆さまのお宝ァ奪《ば》いやがるか」

女の啖呵に、彼はうっとりと聞き入った。

「小僧盗みも、番屋に突き出しゃあ、お牢《ろう》入り、入墨で叩き放しだ。三度かさなり、四度となりゃあ、死罪だぞェ。見逃してやるから、失せな」

と、立ち去る女の後を、彼は離れられなくなった。

「てめえ、どこまで、ついてくる」

う……と口ごもると、

「惚れたか」

微笑んで、白玉の冷《ひや》っこいのを奢ってくれた。自前稼ぎの深川芸者、名はお蝶、と、そのとき、女の口から聞いた。

「双蝶々《ふたつちょうちょう》だァ」

彼が思わず口走ると、

「何がよ」

「おれが名ァ長吉《ちょうきち》だもの。蝶と長とで、双蝶々」

「存《ぞん》のほか、粋《すい》を言うよ、貧的《ひってん》の河童小僧が。それじゃあ、わっちが濡髪で、おまえが放れ駒か」

浄瑠璃芝居は、関取濡髪長五郎とかけだしの放れ駒長吉のからみ。長と長を蝶々ときかせ、外題《げだい》が『双蝶々曲輪日記《ふたつちょうちょうくるわにっき》』。もちろん、彼は、大名題の出るような小屋に足を踏み入れたことはないけれど、江戸の町なか、うろうろしていれば、芝居はおのずと身につく。七つ八つの餓鬼でさえ
〝おいらァ仁木弾正でせり出しのところするから〟〝そんなら、おいらァ、団十郎が男之助で、縁の下からでるとこだァ〟〝そんなら、おいらァ、鼠《ねずみ》はいや、いや。這い出して扇で頭をはられるばかりじゃあ、威勢がねえもの〟と、遊びといえば芝居ごっこだ。

お蝶が気に入ってくれたのは、たまたま口をついた当意即妙の応答ではなく、真実、慕う気持ちをいじらしく感じとってくれたのだろう。

「おまえ、どやは、何処だえ」

さだまった塒《ねぐら》なぞ、ありはしない。土手っぷちで、筵《むしろ》一枚を夜着のかわり。雨が降れば、八幡様の縁の下。

そんなことを言うのもみじめったらしいと、口ごもると、

「手に職をつけねえな。どこぞの親方に、わっちが口をきいてやろうじゃねえか。それまでァ、わっちの家においてやろう。猫と二人暮らしだ」

子供あつかいされているとわかる。一人前の男なら、外聞もある、女ひとりの家には入《い》れまい。

長屋ではあるけれど、お蝶の住まいは、こざっぱりとしていた。紅絹《もみ》袋を帯に、日風呂、洗い髪で帰ってくると、女髪結が立ち寄って、日髪だ。井戸の水汲みやら、洗い物やら、彼が手を貸す雑用はいくらでもあった。

自前稼ぎだから、座敷がかかると、箱屋がむかえにきて、三味線箱をかつがせ、出かけてゆく。廊芸者とちがって、岡場所だ、色も売る。

「姐さん、情人《いろ》はいるのかい」

彼が、せいぜい大人ぶって言うと、はンと、笑い捨てた。

ときたま、ひどく酔って帰ってくることがあり、そんなとき世話をするのが、こうも嬉しいものかと、彼は、はじめて知った。素面《しらふ》のときは、年上らしく意見をしたりするくせに、酔うと愛らしくくずれるのだった。

こういう暮らしがいつまでもつづくといいと思ったが、ほんの半月ほどで、その後、お蝶は、最初の言葉どおり、知り合いの彫師に彼を引き合わせ、弟子入りさせた。

住み込みで給金ももらえず、版木を彫るどころか、鑿《のみ》にもさわらせてもらえず、雑巾がけやら溝《どぶ》掃除に追われる新弟子修行は、辛くはあったけれど、先行きの目処《めど》がついて、心強い思いもした。

目に一丁字もなかった長吉が、筆耕の版下を読み下せるようになったのは、充分に色気づいたためだ。

彫師のもとにとどけられる版下、洒落本、読本、浮世絵、と、さまざまで、秘画、春本も数多い。

〈アレサ、もうもう、たまらないよ、それ、それ、きつく、きつく〉〈モウ、やってもいいか、どうも、こうやってすると、格別いいか、コキコキ、おかしな音がするから〉〈すいこむとやら、気をやるとやら、わけさえ知らぬへのこなれど〉〈男と肥後ずいきの巻ようは、根《もと》から巻いて頭まで止めが一番いい、しっかり結わねえと抜けがらァ置いてくると、悪《わり》イぜ〉

濃密な書き入れにそそられ、まして、若い男を抱き込んだ芸者が、

〈こんなに可愛い、味なものはない、可愛いっ

て、可愛いって。舐めようか、食い千切ろうか、どうしたらよかろう。まことに、まことに、うれしいよう〉

〈いや、また、これほど味のよいものは、世にまたとない。四十八襞《ひだ》か。こうもしまりよくこしらえてあるとは〉

と男が応じるのを読めば、お蝶の四十八襞にひたひたとしめつけられる感覚を想像してしまうのだけれど、猛る力をなだめたくても、夜鷹を買う銭さえ新弟子の身にはままならないのだった。

摺師のもとに版木をとどければ、摺りそこないの錦絵が無造作に捨てられてあり、そのなかには、ほんのわずか色がずれているばかりに売り物にならない見事な媾合《こうごう》の絵もあって、彼は、こっそりくすねずにはいられなかった。

暇をぬすんで、時折、お蝶のもとをたずねたが、お蝶は彼を子供のようにしかあつかってはくれないのだった。

ようやく使い古しの版木に鉋《かんな》をかけるぐらいの仕事は許されるようになったころ、陽が落ちてから、お蝶の長屋をのぞいた。

まだ座敷から帰っちゃあいめェと思ったのだが、赤茶けた畳に、お蝶は酔いつぶれて仰向けになり、眠っていた。彼があがりこんでも、お蝶は目をさまさない。おずおずと、裾をわけ開いた。腕のいい彫師が一すじい一すじ彫りわけたようなほとの毛が、ほんのりと赤い光をうけていた。

柱と壁の継ぎ目に斜めに突き刺した酸漿提灯の、蛍火より儚い火影《ほかげ》が、ほとの上に落ちているのだった。

長吉は、唇をあて、赤い哀しい光を吸い取った。お蝶は、なかば眠った腕を、彼のうなじにまわした。それから、目をさまし、彼に応えた。

それからというもの、間なしに逢わずにはいられなくなった。

お蝶は彼に溺れてはおらず、彼がねだるから応えてくれるだけだとわかっているので、あまりしつっこくしたら嫌われるだろうという恐れが、わずかに彼を制御した。

仕事をおろそかにしちゃあいけないよ、と素面のときは意見するお蝶だが、深い酔いの中にあるときは、彼を抱きしめた。そうして、彼の知らない男の名を、うわずった声で呼んだりした。

お蝶が妻や子供のいる男に首ったけになっているらしいことは、次第に長吉にもわかってきた。身代わりに抱かれているのだと知っても、長吉は、腹は立たないのだった。お蝶が惚れた男の代わりになれる、それだけでも、長吉には嬉しいのだった。お蝶を、彼は、半ば崇めてさえいた。

いっしょに死んでおくれでないか。泥酔したお蝶に言われたとき、長吉は、ほとんど恍惚とした。死ぬ理由を問いただしもしなかった。間夫とのあいだがうまくいかず、お蝶は生きるはりを失ったのだろう。選ばれたのが、嬉しかった。長吉がようやく持たせてもらえるようになって、肌身につけていた鑿をお蝶がとり、お蝶が台所からとってきた出刃を長吉がかまえた。長吉の出刃は、あやまたず、お蝶の胸を刺しつらぬいたけれど、彼の首筋をめがけたお蝶の手の鑿は、はずれて、鎖骨のあたりからななめに走っただけだった。

相対死《あいたいじに》は御法度で、やりそこなって片方ばかり生き延びたら、下手人《げしにん》として処刑される。周囲のものが、彼の年弱なのを哀れみ、お蝶がひとりで自害したようにとりつくろった。親方も、彼の彫りの腕のよさを見込んでいたから、むざむざ打首になるのを惜しんだのだった。

親方の目に狂いはなく、彫りの腕はあがった。女だけ死なせて生き残った痛恨を忘れるために、長吉が、彫りに打ち込んだからでもある。

使い古し、削りつくして、薪にしかならない版木を拾っては、見よう見まねの毛彫、頭彫。だれも、手を取って教えてはくれず、骨法は親方や兄弟子たちのやりようを見て盗むほかはない。

しかし、酒の酔いの味まで、盗みおぼえてしまった。それ以来、彼は、呑まずにはいられなくなった。

仕事柄、男と女のせつない媾合の図だの淫声を露骨に書きいれた春本だのは、終始、身近にあり、一鑿一鑿に気を張りつめているときはいいのだけれど、ふっと気がゆるむと、辛さにいたたまれず、仕事をほうりだして、茶碗酒になる。

〈たとえ、殺されても、おめえ一人、地獄へはやらねえ。いっそ、殺されて、地獄へ行って、こうして二人、朝晩……〉などという書入れにも、おのれが責め立てられるようで、

——いっそ、打首になっていたら……。

やがて、博奕《ばくち》にものめりこんだ。

女郎買いもおぼえたのだけれど、酔っているときでなくては、抱けなかった。

アレサ、素敵と、のぼせてきたよ。安女郎が抱きついて嬉しがらせを、酔いくずれているときなら、お蝶の声のように聞くことができた。姐さん、もうちっと辛抱して、いっしょにやってくんな、と、酔いは彼をお蝶との逢瀬に誘う。酔いの中のお蝶は、よその男の名を呼んだりはせず、長吉、どうにも、いいよ、ええ、なぜこんなによかろうの。気をやるまいと思っても、こつぼにあてられると、つい、やってしまうわ。長吉は、お蝶を抱く手に力をこめ、ああ、もう、物が言われなくなってきた、姐さん、いいか、おれァもういくよ。もろともに昇天しても、酔いが醒めれば、相手の顔もおぼえていない。お蝶の面差《おもざ》しばかりが、脳裏に残った。

素面のときなら、きびしい親方でも惚れ惚れするような毛彫もやってのけ、乱れほつれる蜘蛛の糸のような細い髪の毛、そうして、ほとの毛を、狂いなく鮮やかに彫りわける。しかし、深酔いし

て、仕事にならない日は、時とともに多くなった。

どんな辛い思い出も、日が経ちゃあ遠くなる。お蝶のことァ忘れた。あんとき、おれァ、真実死ぬつもりだったのだから、死にっぱぐれたァ、おれの不実のせいじゃあない。

そう開き直っているつもりなのだけれど、酒の量ばかりはとめどなく増え、泥酔中に喧嘩したか、溝にでも落ちたか、醒めるとおぼえのない傷だの痣《あざ》だのがあったりするのは、始終のことだ。


「おまえ」

と、女の子の声に、我に返った。

「まさか、お忘れじゃァあるめえの」

ぐっしょり濡れた酸漿提灯の赤い紙は、ひごの先で、もはや紙屑同然だ。

「何を?」

「しらばけに、とぼけねえでくんねェ」

「何か、約束したっけか」

彼が言うと、女の子の顔が、半泣きになった。すぐに、あきらめたような薄い笑顔で、

「やはり、男といっちゃあ、残酷《ざんき》なものだ。嘘の皮たァ思っていたさ」

「ちっと待ちねえ。聞き捨てならねえぜ。嘘にも八にも、てめえに会うのァ」

はじめて、と言いかけて、語尾をのみこんだ。

はじめて……じゃあ、ねえなァ……。

「いいのさ」と、女の子はあきらめたふうに言う。

「おめえ、名は……」

彼が問うと、女の子の顔は、はっきりゆがんだ。

酔いが消した記憶の、わずかな断片が、よみがえった。おれが長で、おめえがお半。賽子《さいころ》みてえだ。そう言って笑った、自分の笑い声。

「お半……だったな」

以前、どこで、遇《あ》ったんだったか。

このあたりだった……と、靄《もや》のあいまに少しずつ見え隠れする川面のように、記憶の断片が見え

てくる。

お半は、菰《こも》を持って立っていたような気がする。

そうだ、袖をひいたのだ。

お蝶に似ている、と、そのときも、即座に思ったのではなかったか。

だから、袖をひかれるままに、ついていった。苫舟《とまぶね》に、お半は彼を誘い入れたのだった……。

苫舟のなかに挿してあった酸漿提灯の赤い儚い灯の色が、くっきりと浮かんだ。

抱く気になったのは、その灯の色のせいだったった……。

浪銭八枚の舟饅頭。

銭さえもらえばだれにでも開く裾を、お半は、無造作に彼にも開いたのだった。

秘所《つび》はまだ、白い陶器のようで、淡く煙った翳りとしかみえない細い毛を、酸漿提灯の火影が、ほんのり赤く染めていた。


そのとき、何を約束したのだったか……。

「雨があがったな」

思い出せない間の悪さを、そんな言葉でごまかした。手のひらを上にむけて、空をあおぐ。

雨はやんでも、空の色は、濁った川の色と変わらない。お天道さまァどのあたりにあるのか。

期待と不安のまじった目を、お半は彼にあずける。

名前さえうろおぼえなのか、と、落胆したようだ。

酔っているとき、何を言ったか何をしたか、素面のときは、すっ空っぽに忘れている。今は、酔っている。だから、酔っていた時のことは、思い出せるはずだ。

裾の前を、お半は、わけた。

こうすれば思い出してくれるだろう、と、願うふうに。

——赤い火影を、吸った……。

くちびるに、お蝶の色を吸った感触が重なって、

〝お蝶……〟

うつつなく名を呼ぶと、

〝わっちゃア、お半だによ〟

幼い舟饅頭は言い、そのときだった、彼が、

〝おれが長で、おめえがお半、賽子みてえだ〟そう言って笑ったのは。

〝おめえは、ちょうかえ〟

〝長吉というよ〟

〝ほんに、丁半、そろいました、だの〟

お半は無邪気によろこび、その笑顔が愛らしくて、

〝五行干支の相性よりも、丁と半との相性は、誓いも二世の三世相〟と、彼がうれしがらせの軽口をたたいたのも、酒のせいだったろう。

〝ほんにの〟

と、お半も身をよじり、

〝おまえなら、添いたいよゥ〟

よみがえってくる記憶をたどり、あ、と彼は声を上げた。

――女房にすると約束したんだっけか……。

だが、彼には、すでに女房はいた。いつまでも独り身じゃあいけねえと、親方の仲立ちで、迎えたのだった。

「あの、約束をおぼえていておくれだったら……」

お半は目を伏せる。

「すまねえ。おれには……」

「いいんだよ」と、お半は無理に笑顔を作り、「それじゃあ、せめて、見ていておくれなね」

ちょっと手を振って、いきなり、川に身を投げようとした。

うろたえて抱きとめ、

「早まるんじゃやねえ」

「早まっちゃアいねえわ。覚悟のことが。ただ、

おまえがいっしょに死んでくれねえから、ひとりで死ぬだけだ」

記憶が鮮明になった。

お半は、からだの悦びをはじめて知ったと言い、

〝ああ、極楽だよォ。こんな嬉しい気分のうちに、真実死んでしまいたいよォ。おまえが吸ってくれたぼぼを、もう、これっきり、ほかの男に弄《くじ》られたくァねえよォ〟

〝死ぬときァ、いっしょに死んでやらァ〟

彼は、そう、口走ったのだった。

「おまえといっしょに死にたくって、毎日、待っていたわな」

そう誘うのが、お蝶であるような錯覚をもった。

いとしくて、抱きしめて、土手の土を蹴り、川に……そのとたん、いけねえ、はっと気づき、お半だけは、岸に投げ上げた……つもりだったが……。

「お半、その舟に乗るんじゃねえ。帰《けえ》んな、帰んな。おめえは帰りなよォ」

大川ならぬ三途の川。向こう岸で、渡し舟に乗ろうとしているお半に、彼は、せいいっぱい大声を投げた。

「来るんじゃあねえよォ。こっちに来るなァおれっちだけでいい。おめえは乗るなよォ」

色褪せた幟にかっと西日が照りつける。

だれひとり通行人はいない橋詰に並ぶ掛け小屋。生前の生業《なりわい》そのままに、声をからして唄う物売りたち。

酸漿提灯を飾った積み樽の、庭小屋の中で、ひょっとしたら、お蝶がおれを待っていやしめえか。

「その舟に、乗るんじゃねえ。聞こえたな、お半」

お半が小さくうなずくのが見え、長吉は、微笑した。

風の猫

1

何をしたのか、浅吉《あさきち》には、とっさには、わからなかった。

徳次《とくじ》の片手は猫の首をおさえつけ、もう一方の手がそのからだをなでまわしたように見えた。

暗くもあった。大川は川面と土手のくぎりも見えないほどで、提灯の明りだけが頼りだ。

明りの輪の中に、土手の草むらがざわめき、光を照り返して、青く光ったのが、猫の眼だ、と浅吉が気づいたときには、徳次はもうかがみこんでいたのだ。鈍重な見かけからは思いもよらない機敏な身のこなしだった。

提灯を持っているのは、浅吉ばかりだ。

何をしているのかと、明りをつきつけると、徳次はぬうと立ち上がり、歩き出した。猫の姿は、弱い光の中にはすでにいなかった。徳次が立ち上がるのとほとんど同時に水の音を浅吉は聞いている。

「猫、投げ込んだのか」

ろれつのまわらぬほど酔った声を出すのを、浅吉は、つい、忘れてたずねた。

徳次は、懐手で、なにか曖昧な声をもらしただけだった。

「てめえ、そんなに猫が嫌えか」

こんどは、意識して、酔っぱらった巻き舌でからんだ。

「いきなり川にぶん投げは、ひどかろうじゃねえか。この薄情もの」

足元をひょろりと、よろめかせる。

「六ツだ」徳次は話をそらせた。

浅草寺の鐘の音が、暗い空にひろがる。

「とっくに日ァ暮れてらァ。坊主め、鐘ェうち忘れやがったな。けしからねえ。なに、芥子が辛けりゃ、山椒や唐辛子ァ、佐渡に金掘りだァ？　浅草奥山の芥子之助ァ生きた泥鰌《どじょう》と泥水のんで、泥と清水を吹きわけるぞ。てめえ、できるか。できねえだろう。ざまあみやがれ」

またもひょろりところびかけるのを、

「おまえ、すてきに酔ったの。まあ、歩《あゆ》ばっし」

徳次は、懐から抜いた手でささえて、辛抱強くうながす。

「酔ったが悪いか」

「これ、寝てしまっては弱る。起きておくれ」

「痛ェ。腕がぬける。そう邪険にひっぱるな。こう、てめえも、ひっくらけえってみねえ。いい心持ちだぜ」

土手の草むらにごろりとあおむいて寝ころがったかたわらに、徳次はさからわず腰をおろそうとするので、浅吉は内心困った。こんなところに腰を据える気はない。

徳次の腕にすがって、かけごえをかけて立ち上がり、

「さ、行くぜ」

千鳥足で歩き出し、

「猫じゃ、猫じゃとおしゃますが」

と、鼻唄になる。

「猫が下駄はいて、提灯ともさせ、うちかけ姿でくるものか。こう、おめえ、さっきの猫ァ、化けてでるぜ。なにも悪さをしたでもねえものを、ふんづかめえて、水雑炊たァ酷《むげ》えこと。偽りなしは、見世物の、丹羽の国の猫娘、たった木戸銭八

文とは、にゃんと安いでござりましょ。鼠が食いたい、にゃあ、にゃあ、にゃあ。あれ、猫股《ねこまた》だ」

草むらを指さしてからかった。

猫股は、年老いて尾が二つにわかれた猫の化け物だ。

ぎょっとするかと思ったが、徳次は、素早い眼を四方に投げながら、手を懐にいれた。

「なにもいねえじゃねえか」

と、からだから力を抜く。

その手をつかめば、掌に、するどい小さな三角刃をかくし持っているのではないか。そう、浅吉は思いあたった。

瞬時に見せた、徳次の殺気めいた気配に、ようやく、浅吉は、このところの彼のなりわいが見当がついたのだ。

しかし、問いたいのは、ほかのことだ。

浅吉が知っている徳次は、口が重くておとなしいが、ひどく強情でもある。弁解ということをいっさいしないたちで、親方に怒られれば、だまって頭をさげていた。それをいいことに、てめえのしくじりを徳次におしつけ、しらをきりとおすやつもいた。

浅吉はそれががまんできなくて、ずいぶん徳次の肩をもち、何も言わない徳次に代わって弁護してやったのだった。

だが、こんどのことは……。

2

彫師駒次郎《こまじろう》。通称彫駒の内弟子になったとき、浅吉は七つだった。

口減らしのために、江戸に売られたのだ。

口入れ屋にたのまれた人買いが、村々をまわって、子供を集め、江戸に連れてゆく。

涎《よだれ》くりやら洟《はな》たらしやら、まだこっちが手がかかるような餓鬼が、女の子は子守、男は力仕事の下働きに、かき集められる。

浅吉は川越の在所の生まれである。売られたとき、本庄高崎あたりから道々集められた子供がすでに、六、七人いた。

それから、さらに、前もって手配してあったのだろう、寄り道しては、買い集めてゆく。

子供が十人ちかくいっしょにいれば、親分みたいに取り仕切るもの、その一の子分というふうに追従するもの、わけもなくいじめられるもの、と、なんとなく役割がきまってくる。

江戸までの道中、親を恋しがって泣くものやら、とっくみあいの喧嘩になるものやら、そんななかで、浅吉は、なりは小さいくせに利かん気が強く、喧嘩早くて機転がきき、頭分とはいかないまでも、けっこう仲間からたてられ、人気があった。

浅吉は、先行きのめどが、はっきりしていた。

在所の菩提寺の住職が、なぐさみに木仏を彫るのを、見ようみまねに、木切れを彫り、幼いのに手先が器用だと住職にいわれていた。だから、人買いに売られたとき、江戸に行ったら、仏師に弟子入りしようと思った。好きなところに奉公できると、甘く考えていた。抹香《まっこう》くさいことが好きなわけではない。子供の知恵では、他に鑿《のみ》をつかう仕事があるのを思いつかなかっただけだ。

鑿をあつかえると知って、人買いは「それなら、おまえの奉公先はきまった」とうなずいた。

江戸にはいると、あちらこちらの口入れ屋にわたされ、口入れ屋から奉公先に連れていかれる。

江戸は西も東もわからず、すたすたと先をゆく口入れ屋におくれまいと、浅吉はせっせと足をはこんだ。犬の喧嘩にみとれているうちに、相手を見失ってしまった。なに、いよいよとなれば、さっきの桂庵（口入れ屋）の住まいにもどればいい、と度胸をきめたが、その長屋への道もうろおぼえだ。さすがに心細くなったとき、若い娘が通りかかった。

「迷子かい」声をかけてくれた。

三つ四つの餓鬼じゃああるまいし、迷子あつかいはこけんにかかわると思ったり、歯切れのいい娘の口調に、在所の訛《なまり》をきかれるのが気恥ずかしかったり、で、日ごろの闊達《かったつ》さに似ず、口ごもった。

なりが小さいから、ほんの幼児と相手は思いちがいしたのかもしれない。

「迷子札は?」

聞かれて、首をふった。

「家はどこなんだい」

「川越」と言って、ちょっと赤くなった。田舎者とわらわれるかと思ったが、

「奉公かい」相手はあっさり言って、

「桂庵さんとはぐれたのかい」

どうしたらいいんだろうねえ、と、いっしょになって案じてくれた。

暑い日盛りで、影が道に焼きついていた。したたる汗を袖でぬぐうと、折り畳んだ手拭いで、額をおさえてくれた。

左の小指が、折れ釘のように曲がっているのが目についた。

「これかい。小さいとき、犬に嚙まれて、骨が曲がってしまった」

と、娘はくったくなく教え、

「おかげで、三味線ひくのに、苦労だよ。お師匠さんに叱られてばかり」

笑顔をみせた。

そのとき、桂庵がもどってきて、

「馬鹿野郎」どなりつけ、襟がみをつかんでひっぱった。彼の手に、朝顔を染めぬいた手拭いが残った。

連れていかれたのは、彫師の仕事場だが、彼が思ったような仏師ではなく、錦絵の彫師であった。

鏨を使えるのだから、すぐにも仕事をまかせてもらえると思ったのに、やらされる仕事は、雑巾掛けやら水汲みやら使い走りやら、雑用ばかりだった。

ふつう、十三、四で弟子入りして、十年の年季をつとめあげてようやく一人前になるという。浅吉は、ひとりとびぬけて幼かった。

だれも手を取って教えてはくれない。兄弟子や親方の仕事ぶりを、見よう見まねで、ひとりで会得していくほかはない。

兄弟子たちは、めいめい、刃物を入れる五段重ねの小引出しをもっている。その中には、幅三分から一分までの三本の彫り小刀と、さまざまな大きさのあいすき、鏨《のみ》、罫引《けびき》などが、整然とおさめられている。砥石《といし》も、各々自分のものを持っていて、他人には使わせない。

新弟子たちが、屑《くず》の素板に、一とか二とか三とか、画数の少ない文字を、彫って、刃物の扱いようの稽古をしているのを目にした。後に親しくなった徳次は、そのなかの一人だった。不器用で、しくじっては指に切り傷を作りながら、黙々と稽古していた。

この稽古彫は、版下なしのぶっつけである。小刀で輪郭を切りこみ、丸鏨とあいすきで、地をさらう。

あんなのァ、おれならお茶の子だ、と、拭き掃除のあいまに、屑板を拾って、兄弟子の目につくように、これみよがしに彫った。小刀は、寺の住職が餞別にとくれた、幅三分のやつをもっている。一や二では物足りない、感心させてやろうと、五の字の輪郭を切り回しはじめたら、「この野郎」兄弟子に小刀をとりあげられ、ぶんなぐられた。

「だれにことわって刃物をつかっている。彫りの稽古は十年早えわ。だれの小刀だ」

「おれので」

むっとして言い返した。

「てめえ、自前の小刀をもっているのか。ごたいそうな餓鬼だ」

そう声をかけたのは、与市《よいち》という、頭彫をまかされている、一番弟子であった。

錦絵の彫りは、分業である。髪の毛や顔を彫る頭彫は、もっとも熟練を要する。

与市は、刃先に目をとめ、語尾をのみこんだ。

「だれに研いでもらった」

「おれが研いでます」

与市は、小刀を彼の手にもどした。そうして、

「おれがよしというまで、これは使うな」と言った。

「おめえは、まだ餓鬼だ。指の力が弱い。むりに彫ると、手におかしな癖がつく」

めずらしくまっとうな兄弟子だった。諄々《じゅんじゅん》と理をといてくれる兄弟子はめったにいない。

彫るなと言われると、逆に彫りたくなる。暇をぬすんで、屑板に小刀をあてた。

彫りたくても彫れなくなったのは、刃先を欠いてしまったからだ。まだ彼は親方から刃物をつかう許しは出ていないし、兄弟子の道具は、借りるどころかさわることもできない。夜中にこっそり、砥石で研いでいたら、与市にみつかり、このときは、鼻血がでるほどなぐられた。砥石をかってに使ったことをとがめられたのである。

二年間、雑用のみにこきつかわれ、ようやく、稽古彫をゆるされた。

そのころ、徳次は、五行大字の義太夫本を彫る段階に進んでいた。筆耕彫《ひっこうぼり》ともいわれる字彫は、錦絵の彫師とは別の職掌で、御家人が内職にするのが多いが、義太夫本は、彫りの稽古にもってこいなので、稽古と仕事半々に、彫り習う。

浅吉はじきに徳次に追いつき、追い越した。

才気走って手先も器用な浅吉は、鈍重な徳次と一番うまがあった。

職人の間では、一日でも早く弟子入りした方が兄弟子で、万事、序列がさだまっている。

天分は、たいがいの兄弟子より自分がまさる、と浅吉は自負するのだが、うかつにそれを表に出したらひどい目にあうから、いまにみていろと、黙っていた。

徳次は、浅吉の才をすなおにみとめ、兄弟子風を吹かさず、一目おき、ひがむふうもない。

そのおかげで、浅吉は、徳次に、ささやかな優越感を持つことさえできた。

義太夫本で腕をみがいた後、いよいよ、色板の彫りをまかせられる。

板屋から買いつける版木は、尺三寸、幅九寸、厚み一寸、鏡のようになめらかに鉋《かんな》をかけてある。

薄い美濃紙に描かれた版下絵を、裏返しに貼り、透けてみえる描線をたどって、筋彫りする。

黒板と呼ばれ、もっとも、精緻細密な技術を要する。板も最良のものをもちいる。

摺師が墨摺したものに、絵師が色ざしし、それにしたがって、色数だけの色板を彫る。一色でひろい部分を摺る地潰しなどは、彫りも簡単だから、義太夫本の次の段階の仕事になる。

色板のなかでも、紅板だけは、よほど腕をみとめられないと、まかせてもらえない。紅は高価なので、重要な部分に、効果的にもちいられる。

そのほかに、割物の稽古もはげまねばならなかった。

卍、紗綾形《さやがた》、麻の葉、亀甲、立涌《たてわく》といったきまり模様を、曲尺や定規をあててわりだし、彫るのである。こういう模様は版下絵には描きこんでなく、指定があるだけで、彫師の裁量にまかせられている。

連日、仕事場に坐り、背を丸めて板を彫る。固い胼胝《たこ》が、手にもりあがり、足には座り胼胝ができた。

博奕と酒でふところはいつもおけらだった。

頭彫をはじめて任せられたとき、浅吉は二十になっていた。

そうして、同じときに、徳次もまた、頭彫をゆるされた。

口は重くても伎倆《うで》は浅吉とかわらないのだった。

徳次の腕の確かさに、浅吉は、とうに気がついていた。

3

「おめえなぁ、せっかくこうして、会ったんだ。連れていけよ、おまえのご本丸によ」

酔ったまぎれのようにして、せっついた。

いつまで川風に吹かれていても、埒《らち》があかない。

「それとも、なにか、隠し女でもいるのか。おれに会わせられねえ女が、待っているのか」

「そんなことアねえ。独りだ」

まともに、徳次は答えた。

「ついそこだと、おめえ、言ったじゃねえか。川っぷちア、冷えら」

「おめえ、朝帰りじゃあ、おれんさんが泣くだろう」

徳次は、からかったつもりなのだろう、そう言って、ふふと小さく笑った。

「泣くタマか」

浅吉は肩をそびやかし、大声で笑った。そらぞらしい笑いだと思いながら。

「いい女も、世帯をもって何年もたつと、どうってこともねえの」

「そうか」

ぼそっと応じる。

〝寄っていきな〟

なんとか、徳次にそう言わせたい。

裏長屋だろうが、住まいをのぞけば、黒白がはっきりするんじゃなかろうか、と思う。

――問いつめなくたって、いいんだ。ただ、知りたいだけだ。

知って、どうする、と、自問する。

どうも、しねえや。心の中の声が答える。

吾妻橋の橋詰で、徳次に偶然出会わなければ、それですんだことだ。

いや、会いたいと思っていた。

どうしても、一度は……。

思いついたことを、確かめるのは、怖い気がするが。

「おれんさん、達者かい」

とってつけたように、徳次は言った。

「その節ァ、おめえに、ずいぶん世話ァかけたっけな」

「おれァ、なにも」

徳次は口ごもった。

「おめえのおかげで、おれァ、親方から追ん出されずに、首イつながったの。恩に着てるぜ」

「おれァ、何もしていねえ」

4

版下絵の描線は、太い。

顔のりんかくにせよ、鼻筋にせよ、瞼にせよ、糸ほどに細く彫るのは、彫師の腕である。

墨の線、内側を生かすか、外をもちいるか、またはその中央をとるか。

すべて、彫師の裁量による。

まず、一刀を切り込んだら、一気に、刃を進めねばならない。途中で手をとめたら、微妙な線に狂いが生じる。

なじんだ絵師の描く顔なら、版下がなくても、素板にいきなり彫って遜色ないものができるほどに、浅吉は腕をあげた。

徳次もまた、浅吉のできることは、同様にこなした。

みかけも、気質も、正反対なのに、彫りの腕だけは、拮抗《きっこう》していた。

あいつより、半歩でも先んじようと、浅吉は精魂こめ、工夫をこらすのだが、気がつくと、徳次もまた同じ細工ができるようになっている。

浅吉を追い越そうという負けん気は、徳次は持たないようで、肩をならべればそれでよしとしているふうにみえた。

とりわけむずかしいのは、髪の毛である。

生えぎわの毛筋は、版下には描かれていない。彫師が、一すじ一すじ、見当をつけて割り出すのである。じかに彫りわけるのだから、わずかでも手元が狂えば、それまでの苦心が水の泡になる。

長い髪は通し毛といって、これも途中で手を休めることなく、一気に通し彫りせねばならず、水に濡れた毛、幽霊のおどろな髪、振り乱し逆立った髪など、それぞれ、特性を彫り分ける腕を要求される。

一番弟子の与市はすでに一本立ちして親方のもとを離れ、親方駒次郎は、眼が弱って細かい仕事はできない年になり、『彫駒』で一番の彫師と言えば、浅吉と徳次、と、版元からも絵師からも信頼されるようになっていた。

5

「蠟燭がもちそうもねえ。ちびた蠟燭ゥよこしやがって」

土手の葦簾《よしず》張りの店で浅吉が呑んでいるとき、外を徳次が通りかかり、声をかけたのだった。奇遇をよろこびあい、二人で呑んでいるうちに暗くなって、店のものに無理をいい、提灯を借りた。これが化け物みたいな破れ提灯で、その上、蠟燭が二分も残っていないというしろものだったのだ。

「おめえんとこに行けば屑蠟ぐれえあるだろう」

「つい先だって、屑蠟買いにだしちまった」

「なんだなあ。これじゃあ、夜道ァ歩けねえぜ」

おめえなァ、と、浅吉は悪酔いしたふりでからんだ。

「おれを寄せつけたくねえわけでもあるのか」

「そんなことァ……」

「おれのほうじゃあなあ、おめえに、頭があがらねえと、このとおり、拝んでいるんだぜ」

両手をあわせてみせ、

「おまえが気づかいしてくれなかったら、おれァ、とうに彫駒を追い出されている」

「そんなことァねえよ。おれァ何もしていない。浅やんの腕だ。なにがあったって、親方が手放すものか」

娘婿に、と駒次郎が、浅吉に切り出したのだった。五年前のことだ。

彫駒は、娘ばかり四人の子持ちで、後をつぐ男がいない。上の三人はそれぞれ、よそに嫁いだ。末のおくみというのが残っていて、これが浅吉に惚れた。

浅吉より三つ年下のねんねだ。

しもぶくれのお多福で、まあ、愛らしくはあるが、浅吉にはすでに女がいた。

酌婦で、色稼ぎもしている女だったが、女の折れ釘のような小指が、浅吉を甘い気分に誘ったのだった。

おれんの方では、川越くんだりから江戸に奉公にきて道に迷った男の子のことなど、まるでおぼえてはいなかったけれど、浅吉には新鮮な思い出だった。朝顔の手拭いは、あれ以来一度もつかわず、行李《こうり》の底にしまってある。ふだんはしまい忘れているのだが、衣替えの時期に行李《こうり》の底をさらったりすると、ふと目につき、捨てる気にはなれなくて、いつまでも、追憶の種を残していたのだった。

広いお江戸でめぐり逢うなんて、よほど縁が深いのだねえ、とおれんもしんみりした。

迷子をなぐさめてくれたときは、ずいぶん年上に見えたのだが、彼と二つしか違わないのだった。

これで浅吉が醜男なら、そのまま縁が切れたのだろうが、男前だ。

そのうち世帯を持とうなどと話しているとき、親方から婿入りの話を持ち出された。

6

「とうとう、燃え尽きちまった」

真の闇だ。

「そのうち、月が……」

「馬鹿、晦日《みそか》だ。女郎の誠と玉子の四角、あれば晦日に……。土手っぷちで震えながら朝のお天道さまを待ちの図か」

闇の中だと、かえって話がしやすいような気がした。

「当代一の浮世絵師は、おめえ、だれだと思う」

う、と、徳次の返事は口の中だ。

「歌麿《うたまろ》の美人大首絵の版下が、はじめて彫駒にもちこまれたときァ、おれっちァ、ぞくぞくしたっけな」

徳次のあいづちはなかった。

浅吉と徳次が、一本立ちした与市にかわって頭彫を任されるようになった頃だ。九年も前になるか。

「持ち込んだのァ蔦重《つたじゅう》だった」

地本問屋『耕書堂』の主人蔦屋重三郎《つたやじゅうざぶろう》は、新しい若い才能を見出し育てる目利きの版元で、それまでにも、戯作者や絵師を数多く世に出している。

歌麿は、一時重三郎のもとに居候していたこともあるが、やがて狂歌絵本の挿絵に細密な虫の花の絵を描いて、人気絵師となった。しかし、美人画では清長《きよなが》などにおくれをとっていたのだが、この大首絵は、清長を越えるみごとな出来ばえだった。

彫師も摺師も、歌麿の版下絵に惚れ込み、力を入れた。

浅吉と徳次の彫は、歌麿にも版元にも気に入られ、歌麿の彫は二人に名指しで注文が来るようになった。

ほめられれば、いっそう気合も入る。

織細華奢な女を描く歌麿の人気は、日に日に高まり、いまでは、ならぶもののないほどだ。

その人気の幾分かは、おれの彫にあると、浅吉は自負する。髪の生えぎわの毛割りなど、神技とたたえるものもいて、鬢浅《びんあさ》とあだ名で呼ばれもするようになったのは、歌麿の版下を生かしたいと工夫をかさねた結果だ。歌麿の人気を高める役をはたしたが、歌麿によって彼自身が腕を磨かされたとも言える。

徳次も、同じ技倆を持つのに、浅吉の名の方が人の口にのぼるのは、徳次の、持って生まれた鈍重な印象のせいかもしれなかった。

「先月だったか、歌麿先生が、おれっちのところに、わざわざ、きたのだよ」

「うう」

ぶっきらぼうに、徳次は相槌をうつ。

「先生が描いたおぼえのない錦絵が、でまわっているのだと」

「ああ」

「歌麿の落款《らっかん》入りで」

「う」

「先生が持ってきたそいつを、おれア、見た」

「……」

「彫は、歌麿だったよ、たしかに」

「ああ」

「ただ、摺は悪かった」

「……」

「おれも、おまえも、歌麿なら、素板で、彫れる」

版下絵がなくても、そっくりに彫ることができる。絵師ではないから、描くことはできない。しかし、手が歌麿の彫をおぼえこんでいる。小刀をもてば、版木に歌麿の美人を彫りあらわすことができる。歌麿の美人画の功績の半ばは、鬢浅とまでいわれる浅吉の腕だ。そうして、徳次の。

「彫れた」

と、徳次は、浅吉の言葉をなおした。

「だが、おれァ、いまは……」

暗闇の中で、徳次の手が浅吉の手をさぐり、触れた。そうして、手首をにぎりこんだ。

指の先に、徳次の手が触れた。

一筋、てらてらした感触がある。

「わざわざ、触らせなくても、知ってらあな。おめえの手に傷があるのァ」

浅吉は手をひきはがそうとしたが、握りしめた徳次の手の力は強かった。

「痛えな。しびれる」

そう言うと、力がゆるんだ。

「おめえは」浅吉は言った。

「もっと痛かったろうな。指を傷つけたときァ」

徳次は、右の親指と人差指のあいだを鑿で切り裂いたのだ。手の甲にまで刃は滑り、甲の骨をえぐった。左利きではないのだから、普通なら怪我をする箇所ではなかった。

なにげなく左手に持ったまま歩いていて、ころんだ。はずみで、鑿を持った手の上にからだがかぶさり、全身の重みで右手をえぐる結果になってしまった。そう、徳次は言った。

傷口が癒えるまでに、幾月もかかった。

なおっても、右の指は動きが不自由で、彫師としては、使いものにならない。

おれのところにこい、と浅吉はすすめたが、徳次は、少し笑顔をみせて、去ったのだった。

「おめえがいなくなったから、親方は、おれを手放すことができなくなった。おれが、婿入りをことわって、おれんと世帯を持っても、親方ァなにも言えねえ」

「よかったな」

「おれァいいが、おめえはよくねえや」

浅吉は、闇を手さぐりした。酔ったふりを忘れ、まじめな声になった。

「おれァ、毛割りの名人、鬢浅と呼ばれるが、本来なら、おめえが、鬢徳と呼ばれていいんだった。髪の生えぎわだけ、黄楊《つげ》を埋め木する工夫は、おめえがした」

版木は硬質な桜材をもちいる。しかし、歌麿の髪の精密な彫にはまだ不足とみて、徳次は、その部分に黄楊の小口板を象嵌《ぞうがん》して彫ることを考えたのである。これによって、複雑微妙精巧きわまりない毛筋が彫れるようになった。

世間は、彫職の名など知らない。賞賛は歌麿に与えられる。内輪にくわしいものは、浅吉を褒める。名の売れたものに、賞賛は収斂《しゅうれん》されてゆく。

徳次の手をさぐりあて、浅吉は、自分の方からもう一度、徳次の腕をにぎった。そうして、もう一方の手で、傷痕に触れた。

「わざっとやったな、おめえ。おめえが仕事ができなくなれば、彫駒の頭彫はおれ一人。おれが、おれんと親方の板挟みと知って」

笑い声をたて、徳次は手をひきぬこうとした。浅吉の方がはなさなかった。

「痛えな。しびれる」

浅吉と同じ言葉を、徳次は口にした。そうして、また、笑った。

「おれでなけりゃあ、おめえしかいねえ。歌麿を彫れるのは」

「おれァ、右手がきかないよ」

「さっき、猫の皮を左手で剝《は》いだな。だから、おめえは怖い。左を、達者なときの右と同じように使いこなすようになったな」

五年で、左を鍛えぬいたのだ。怖いやつだ。

「おめえの住処《すみか》には、黄楊を埋め込んだ版木があるだろう、証拠をつきつけて、白状させようと、おれァ思ったのだが……、おめえは贋絵で稼ごうとしたんじゃあねえ、と、話しているうちに気がついた。歌麿の贋絵で、おめえは、おれに呼びかけていたんだな。一度、見せたかったんだな、おれに。世間をだますほどのできばえを」

「おれんさん、三味線をひいたっけな」徳次は、はぐらかした。

「小指がああいうふうだから、うまくァねえが」

「大事にしな」徳次の声は風にちぎれた。

土手の葦《よし》が風にざわめく音を、浅吉は聴いた。

泥小袖

「やめておくれ」

小雪《こゆき》は、思わず男のそばに走り寄って、とめた。

川底のへどろに足をとられて、ころびかけた小雪をおさえたのは、お葉《よう》の泥まみれの手だ。

「おまえじゃないか、やれと言ったのは」

男はむっとして言い返した。

あの女を突き飛ばしておやり。小雪はたしかに、男にそう言った……。

いさかいに目を向けるものは、ほとんどいない。

冬の最中である。上の方で塞《せ》き止めてあるとはいえ、裾をからげた太股のあたりまで水にひたっての川浚《かわざら》いは、全身が凍りつくほどだ。

大勢の男たちが、ひしめきあって、川底の泥をすくい、土手に投げ上げる。うず高く積るへどろの山を、女や子供、老人たちが畚《もっこ》に入れてかつぎはこぶ。

貧しいものの救済のためという名目で、長崎奉行所のお達示で市中をつらぬく大川の川浚いがおこなわれたのは、この天保十三年、霜月の十七日からであった。

小雪は、丸山の芸子である。ふだんは、三味線より重いものは持ったことがない。

——浅さまのためだもの。

小雪が川に入って泥を浚ったからといって、浅五郎が釈放になることなど、金輪際《こんりんざい》、ない。

そのくらい、小雪もわきまえている。

祈り……に似ていた。

お百度まいり。水垢離《みずごり》。我が身を痛めつけて願えば、神仏に祈りがとどくのではないか。

そうかといって、小刀で我が身を切りさいなむのも、焼き鏝《ごて》をあてるのも、三尺差《さし》で肌をうちたたくのも、あまりにむなしい。

川浚いは、貧しい人たちへの、御上の慈悲の思し召しだという。

――烈風に肌を裂かれ、体の芯まで凍りながら、泥まみれになってへどろを浚ったら、浅様の苦痛を少しは共有できる……。

＊

四年前のやはり霜月、小雪は浅五郎《あさごろう》とはじめて会った。丸山の千歳屋という茶屋によばれたときであった。

前の座敷がのびて、小雪は、ひとりおくれた。姉さん芸子が二人先にきて、座をとりもっていた。

「おそくなりまして」と三指《みつゆび》をつく小雪に、

「売れっ子は、いそがしいねえ」姉さん芸子の声には刺《とげ》があった。

客は、町年寄で砲術家《ほうじゅつか》でもある高島秋帆《たかしましゅうはん》の子息の浅五郎と、秋帆の弟子たち、と前もって教えられていた。
二十五、六から三十ぐらいの年格好の男が数人いるなかで、ひとりだけ年弱な少年がいた。それが浅五郎だった。十六の小雪と同い年ぐらいに見えたが、二つ年上と、後になって知った。
浅五郎にたいする年長の弟子たちの態度は、慇懃《いんぎん》無礼というふうに、小雪には感じられた。あなどられ、からかわれ、肴《さかな》にされているのを、浅五郎はわかっているようだった。

あまり飲めない浅五郎に、弟子たちは、酔ったいきおいもあってか、無理強いに酒をすすめていた。

「わたしに助《す》けさせてくださいな」

浅五郎がもてあましている大盃を横から取り、小雪は、指をそらせて、口もとにかたむけた。ふちまであふれている酒を、息継ぎもせず呑み干した。

「はい、ご返盃」

盃は、藩士のひとりに返し、なみなみと注いでやる。

みごとな呑みっぷりだと、男たちはよろこび、しらけかかった座が浮き立ったところで、小雪は浅五郎を手水場に連れていった。こらえきれず、廊下で浅五郎は嘔吐《おうと》し、吐物を小雪は袂で受けた。袂にたまった汚物は、凍てついた廊下に立った。小雪の手に、浅五郎のからだの温かみをつたえた。

袂をそっと折り曲げて、汚物を浅五郎の目からかくし、

「ずいぶん、いばった人たちですね」

小雪は、うっぷんをもらした。

吐いてすっきりしたのか、くちびるに少し赤みがもどった浅五郎は、

「あの人たちは、お侍だからしかたない」と大人びた苦笑をみせた。

佐賀、薩摩など、大藩から、高島秋帆に砲術を学ぶべく送り込まれた藩士だという。

浅五郎の父高島秋帆をはじめ町年寄は、長崎では随一の名門なのだけれど、身分をいえば、町人である。

「よその土地の人にはわからないんですね。長崎では、町人のほうが、なまじなお武家より偉いのだってことが」

小雪は、足摺りせんばかりにくやしがり、

「若旦那様も、もっと、いばってください」

袂から汚物がこぼれそうになったので、あわてて手水場にかけこんだ。始末をしてでてくると、浅五郎は外で待っていて、小雪の手に柄杓で水をかけた。

後日、高島家から、新しい小袖が、小雪にあてとどけられた。京の呉服屋の名が、畳紙にはしるされてあった。縫いやら絞りやら、みるからに手の込んだ高価なものである。

目をみはる小雪に、水をさすように、

「おまえ、せっかくだが、その着物は、お座敷に着てはでられないよ」

姉さん芸者たちが、まず、口にしたのはその言葉だった。

「芸子は、遊女のような贅沢なものは、着てはならないのだよ」

「御上の掟だからね」

言葉のはしに、そねみがあからさまににじんだ。

高島家の裕福なことは、長崎では知らぬものはない。

天領長崎の行政は、特殊なかたちをとっている。奉行は江戸からくだるが、その下で、地方の有力町人からえらばれたものが七、八人、町年寄として市政の自治をおこなう。

脇荷の交易をゆるされた町年寄は、たいそうな財力を持つ。高島家は、代々町年寄をつとめる名家であった。

廓の背後にそびえる雷公丘の丘上に、高さ一丈五尺にあまる石垣をめぐらした豪壮な高島屋敷は、まるで、城のようだ。

「お座敷は、桜の間といって、襖から壁、天井、どこもかしこも、金泥の地に桜が描かれて、目も眩《まばゆ》いほどだというよ」

おかみは、高島家の栄華を、そう語った。

「二階のお座敷の天井には、ギヤマンの大きな器をつりさげて、その中に蘭鋳《らんちゅう》を泳がせているそうだよ」

いいご贔屓さんがついた。だいじにおしよ、と、おかみは命じた。

しかし、浅五郎はそれきり、丸山にこなくなった。

「お父っつァまに禁《と》められたというよ」

姉さん芸子たちが、口々に、

「悪い女にひっかかってはと、大事をとったんだよ、高島様は」

他藩の藩士たちを廓の中でみかけることもなくなった。

「佐賀や、薩摩のお殿様からあずかったお弟子さんがたを、野放しにはできないのだろうが、高島様だって、人の遊びをかれこれ言えた義理ではないのだけれどね」

と、古顔の芸子が、

「丸山は、高島屋敷の庭みたいなものだもの。いまの旦那にしたたって、若いころから遊びほうだい。この節は、御上の仕事がいそがしくて、あまり顔を出してはくださらないけれど」

「ご本妻とお妾を、一つ家に住ませていなさるのだから」と、これも古顔のが忍び笑いして、「息子にも弟子にも、しめしがつかないねえ」

「妾のお香さんというのは、もとの素性をいえば、丸山の芸子だったのよ」

姉さん芸子の言葉は、小雪を少し力づけた。

――そんなさばけたお家柄なら、浅さまは、かならず、また、遊びにきてくれなさる。

年が明けて正月、長崎の年中行事の一つになっているキリシタンあらための絵踏みがおこなわれた。

四日から町々ではじまり、丸山は、最後の八日におこなわれる。

町の司《つかさ》である乙名を頭に、大組親とよばれる副役三人、筆者すなわち書記役、日行事とよばれる使者、それに踏み絵を所持する番人二人と、しめて八人の地役人が一組となって、家々をおとずれる。

丸山遊女の絵踏みは、華麗なことで名が高い。

　丸山町、寄合町、二つあわせた一万坪ちかい丸山は、江戸で言えば吉原、京なら島原に匹敵する遊女町である。唐、オランダとの交易で裕福な客が多いから、丸山遊女の豪華さは、三都にまさる。

この日のために贔屓客にねだってととのえた、贅をこらした絵踏み衣裳をつけて、遊女たちはそれぞれの抱えの店にいならぶ。

褄《つま》をとって、素足でそっと踏むさまがなまめかしいと、ふだんは廓とは縁のないようなものまで、見物におしかける。

踏み絵を持った役人の一行は、本石灰町、今籠町、東中町……と七つの町をまわる。丸山は最後なので、遊女の絵踏みがはじまるころは、店々の掛け行灯に灯がともり、火明かりに、衣裳の金襴がまばゆく映えた。

芸子屋も絵踏みはせねばならない。芸子は、色ではない、芸を売るのだからと、華美なよそおいは御上に禁じられているのだけれど、遊女にはおよばぬまでも、芸子とて、せいいっぱい着飾って、のぞむ。

小雪は、浅五郎から贈られた小袖に、はじめて手をとおした。

「おやめよ。そんな派手なものを着たら、お役人に目をつけられるよ」

いやがらせをまじえて、姉さん芸子たちは言ったが、小雪は強情をはりとおした。

地役人の一行が到着した。

役人に名を呼ばれ、立ち上がった小雪の目に、見物の人垣のなかの浅五郎がうつった。

視線がはっきりからみあった。小雪は、晴れの舞台にたつような心地で立ち上がり、褄をとり、踏み絵の銅板の上に素足をのせた。

ぶじに儀式が終わり役人がひきあげると、町の人々はほっとして、盛大な祝宴をひらく。

丸山も、例外ではなかった。赤飯を炊き、煮しめやなますの膳で祝う。

恵比須や大黒の面をかぶり、鳥帽子をつけた万歳が、厄はらいの舞を戸毎に舞い歩き、踊り子が組をつくって、踊りまわる。

さあ、終わったと、芸子たちも、三味線をかかえて、おもてに踊り出る。

見物も踊りにまじる。小雪は浅五郎のまわりを踊りまわった。

人ごみにまぎれて、ふたりは、廓を出、梅園神社の境内に入った。

闇がふたりをつつんだ。

小雪は、このときまで、男のからだを知らなかった。

七月の盂蘭盆会《うらぼんえ》の夜、長崎の町は、盆灯籠に明るむ。

「提灯や、バイバイバイ、石投げたもんな、手の腐る」

小さい紙灯を手に手に、人々が歌いながら、道を練り歩く。

丸山の石畳の道も、子供までまじった行列が、「バイバイバイ」と歌いながら通っていく。

「バイバイバイ」部屋の中から、小雪は声をあわせた。

この夜は、どの芸子も、お茶をひいていた。盂蘭盆会のせいではない。いつの盂蘭盆会でも、芸子がだれも呼ばれないなどということはなかった。この夜にかぎって、奉行所から外に出るなとお達示があったのだ。

芸子屋がお咎《とが》めをうけるらしいという噂は、小雪もきいていた。

色を売るのは遊女。芸子は唄や三味線、踊りの芸を売る。表向きはそうなっているが、裏では芸子も色を売る。

隠し売女《ばいた》にまぎらわしいことを芸子にゆるして

は、遊女屋の渡世がなりたたない、芸子屋を厳重にとりしまってほしい、と遊女屋がこぞって奉行所に訴えたという。

「芸子に客をとられるのが悔しかったら、遊女も手管をみがけばいい」

「お高くすましているから、芸子に大事な客をとられる」

芸子たちは息巻くが、掟を言いたてられれば、芸子屋に分はなかった。

盗賊方役人が、配下をひきつれ丸山に出向いてきた。

風俗をみだすとして召し捕られたのは、おもに、芸子屋揚屋の主であったが、芸子も数人、ひっくくられた。

後ろ手に縄をかけられ、石畳の道をひきまわされるそのなかに、小雪もいた。売色をしている姉さん芸子は数多いのに、なぜ、まだ色を売ったことのない自分が捕えられたのか、小雪は最初、合点がいかなかった。浅五郎と袖をかわしたのは、売色ではない。ふたりのほかは、だれも知らぬことだ。門までの近道をとおらず、あちらこちらとひきまわされるうちに、ひっくくるのは、だれでもよかったのだ、手近のを何人か、みせしめのために縛り上げたのだ、と気がついた。今後、芸子が色を売れば、こういう目にあうと、丸山じゅうの芸子に知らせているのだ。

桜町の牢まで、市中を縄付きの姿で歩かされた。

練塀をめぐらした牢の敷地は、七、八百坪はある。堀で二分して、一方に三棟の獄舎、もう一方に吟味所や牢番長屋などをおく。正面の門をはいって右手に、さらに練塀でかこまれた一郭があり、その中に拷問所がもうけられている。

三棟の獄舎は、それぞれ、三つないし四つの房にわけられ、房と房のあいだに、番所がおかれる。

暦の上では秋になる七月だが、獄舎の中は蒸し暑かった。

女牢といっても、なんのこころくばりもない。男牢とかわりない仕組で、手水をつかう女の羞恥は無視されていた。

汗にまみれた肌を、ようしゃなく蚊が責めた。

捕縛された芸子たちは、「みせしめにされた」と嘆いた。行状は縄をのがれた芸子と、何のちがいもなかったのだ。

「この先、どうなるのだろうね」

「まさか、拷問されはしないよね」

「お役人のいうことに、なんでもはいはいと、おとなしく返事をしていたら、早くご放免になるかもしれない」

「でも、どんなことをいわれるかわからないのに。うかつにはいと言ったら、ひどいことになる……」

蚊をたたきつぶしながら、

——丸山に売られる前のことを思ったら、なんだって、がまんできる。

小雪は、そう思った。幼いときは、いつもひもじかった。丸山にきて、最初のうちは下女同然にこきつかわれたし、三味線や踊りの稽古はきびしく、痣《あざ》がたえぬほど打たれたが、冬のさなかも荒磯で波にさらわれそうになりながら海藻を拾わされた幼時より、はるかに楽だ。

小雪は目を閉じる。現《うつつ》の情景を消した瞼の裏に、浅五郎と抱きあったとろけるような時が、よみがえる。

あの一時のために、これまでのすべての生があったし、これから先どのような苦痛も、また、あの一時を得た代償と思えばしのべる。

あのとき、わたしは、色を売ったのではなかった。

芸子屋の主に、小雪は、破瓜をかくしとおした。あの後、浅五郎とは逢っていない。

取調べもなく牢内にほうっておかれ、女たちの不安はつのった。

三日目に、小雪だけ吟味所にひきだされた。そして、釈放された。

ほかの芸子も数日後に丸山にもどってきたが、きびしい刑を申しわたされていた。入牢したものも、捕縛されなかったものも、一様に、芸子は二十日のあいだ、手鎖所預けの刑に処せられたのである。小雪だけは、その沙汰もなかった。

小雪には、かえって辛いことになった。

二十日の刑を終えて、預かり先から店にもどってきた芸子たちの手首は、みな、手鎖の痕を残し、赤く爛《ただ》れ、膿《うみ》をもったものもいた。

みなが共通して味わった苦痛を、小雪だけが知らない。

朋輩が小雪を見る目は、裏切り者、と責めていた。

面とむかってののしってくれれば、申し開きのしようもあるのだけれど、陰湿な仲間はずれは、甘んじて耐えるほかなかった。

「小雪さんに、御無礼があってはならないよ」

姉さん株は、そう言って、ほかのものをたしなめる。

「たいした娘なんだから。芸子のくせに、その娘だけは、御上のお咎めがなかったほどなんだから」

「うかつに口もきけないね」

と朋輩があいづちをうつ。

役人をたらしこんで、小雪は無罪をかちとったのだ、と、だれいうともなく、悪意のこもった噂がひろがった。

小雪は、確信する。浅五郎が父秋帆にたのみ、陰から奉行所に手をまわしてもらったのだ。

表立って礼にいけることではない。公になれば、高島家が迷惑する。浅五郎も逢いにはこなかった。

獄舎にあったときは、あの一時があっただけで幸せなのだ、そう思っていた。しかし、次第に、苛立ちがつのってきた。

なぜ、逢いにきてくれないのだろう。あの一時は、もしかしたら、浅五郎には重荷になっていたのだろうか。牢から早く出し、手鎖の刑もまぬがれるようにした。それで、あの時のことはもう、忘れろというのだろうか。そんな疑いを持つ自分が情けなくなる。

ありがたく思わなくてはいけない。浅五郎と、何の約束をしたわけでもないのだから、逢いにきてくれないからといって、恨み言をいうことはゆるされない。

それとも……と、思い直す。わたしのためにとりはからってくれたのは、浅五郎ではなく、ほかの別の人なのだろうか。

ほかに、思いあたる相手はいなかった。

その年の秋、小雪は客をとらされることになった。好きでもない男に肌を売る前に、浅五郎にもう一度逢いたい。逢ってたしかめたい。牢からわたしを救いだしてくれたのは、おまえさまですね、と。

そのこと一つさえ、はっきりしたら、姉さんたちからどんなにいたぶられても、皮肉を言われても、平気になれる。

雷公岡の道をのぼりかけたとき、行列が後ろから追い上げてきた。

嫁入りの行列であった。花嫁は鈴をつけた馬に乗っていた。

土埃《つちぼこり》を浴びて、小雪は道のはしによけた。その脇を行列はとおりぬけた。

定紋入の長持がつづいた。

行列の後を、野次馬の群れが行く。

「どこのお嫁入り？」

「高島様のところだ」

「お代官様から、お輿入れなさる」

小雪は、驚きはしなかった。

この坂道の先には、高島屋敷しかありはしない。行列を見たときから、問うまでもなく、心のうちではわかっていた。

代官は、長崎の地役人のうちでは、もっとも格式が高い。ほかの地役人はみな町人なのに、代官だけは、士分で、しかも、お目見格《めみえかく》。天草の天領も支配している。

小雪は、道ばたの枯れ草の上に腰を下ろした。目の下に、遊女屋の瓦屋根がかさなりあっていた。

天保十二年、御改革というものがはじまった。小雪のような下々のものには、なにやらよくわからないのだけれど、贅沢をしてはならない、という趣旨だけは、ひしひしとつたわった。その前から、奢侈《しゃし》禁止はやかましくなっていたのだが、どうせ三日法度《はっと》だろうと、丸山ではたかをくくっていたのだ。芸子の売色禁止にしても、いったんはひかえたけれど、じきにもとどおりになり、前よりいっそう盛んになってきていた。

しかし、こんどの御法度はきびしかった。長崎衣裳とうたわれる丸山遊女の綺羅《きら》をつくした衣裳も玳瑁《たいまい》の簪も禁止された。売色の罪名で、九人の芸子が縄付きでひきまわされた。また、みせしめだ、と小雪は思った。

高島秋帆は、この年、江戸にのぼった。数十人の弟子をひきつれ、下僕に大砲を二門ひかせるという、たいそうな行列であった。浅五郎もそのなかにくわわっていた。秋帆は桃色の筒袖に筒袴、銀月の紋をつけた奇妙にとがった笠をかぶり、浅五郎は紺の筒袖、筒袴。

「御前で砲術演習をするときの衣裳を、長崎のものにも披露してくださるのだ」

江戸で、ご老中様がたに、西洋砲術をごらんにいれるのだと、晴れがましいことだ、と町の人々が誇らしげに語り合うのを、小雪はきいた。

そのとき、浅五郎の妻の名と顔を知った。

道のきわに幔幕《まんまく》をはり、奉行所の役人たちと秋帆の身内が、見送っていた。

小柄なおとなしそうな若い女を、あれが、若旦那のおかみさまのお葉さまと、まわりのものが、指差していた。

眉の剃り痕の青いその顔を、小雪はみつめた。

翌天保十三年、高島秋帆は、突然、捕縛された、桜町の牢に投じられた。

幕府に謀反《むほん》をたくらんでいるというのが、罪状であった。

高島屋敷は、邸内に巨大な武器庫をもち、火器鉄砲をたくわえている。

鉄砲の鋳造所と角場（射撃練習場）を自前で持ち、大砲の製造にも成功している。

財力の多くを、高島秋帆は、武器の購入にあてていた。

秋帆の父、高島四郎兵衛は、出島の砲台の責任者に任じられ、荻野流砲術をまなんだ。秋帆は、父の手ほどきを受けたのち、出島のオランダ商館長スチュルレルに、西洋砲術をまなび、高島流砲術師範を名乗った。

臼砲、榴弾砲《りゅうだんほう》、ゲベール銃など、さまざまな火器鉄砲をオランダ船を通じて購入している。佐賀、薩摩など、九州の大藩のもとめに応じ、それらの武器を転売し、これも莫大な利益をあげていた。

それらのことが、すべて、謀叛の証とされた。

父の投獄と同時に、浅五郎は、町年寄薬師寺右衛門方にあずけられた。

外出の自由はなくても、牢にくらべたら、よほど楽であっていいはずなのに、薬師寺は、高島父子に肩入れしていると御上に目をつけられるのを極度におそれたらしい。

浅五郎が押し込められているのは、厩《うまや》だと、小雪は出入りの者からきいた。前面に太い格子を立て、構えは牢にひとしく作り直した。烈風が吹きさらすのに、暖もあたえないという。

長崎奉行は、二人いて、毎年交代で、ひとりは江戸におり、もうひとりが長崎にくだる。

この九月に、くだってきた新任の奉行伊沢美作守政義は、江戸の南町奉行鳥居甲斐守耀蔵の親戚であり、その鳥居こそ、高島秋帆を摘発し、投獄させた張本人と、小雪のようなものの耳にさえ、入ってくる。

鳥居甲斐守は、儒家の出で、旗本鳥居家の養子になり、目付から、去年、江戸町奉行に出世した。本丸老中首座の水野越前守忠邦に重用され権威をふるっている。

謀叛など、こじつけだ。高島様は、ただ、西洋砲術をひろめようと熱心だっただけなのに、鳥居様が隠密《おんみつ》をつかって、あることないこと調べあげ、むりやり罪におとしたのだ。事情を知る人々は、そう語ったが、役人の耳に入ったら謀叛の一味とされるから、声はきこえないほど低かった。

高島秋帆とその連累者が捕縛されたのは、十月二日である。それから、一月と少したって、川浚いがはじまった。

袋町の猪吉郎、材木町の喜平次、東築町の文次郎など、十一人の質屋が連名で、貧しい人々が冬を越せますように、と御上に二千四百二十貫文を寄付した。その使い途として、川浚いはおこなわれた。

男は一日、銭百四十八文、女は百文、子供は四十八文のお手当てを与えるから、困窮の者は乙名をつうじ、酒屋町に詰める役人にとどけるように、と、お達示があった。

つまり、奉行所主権の慈善事業である。

高島秋帆の逮捕が長崎の者に与えた衝撃は大きかった。

御上のやりように疑念をもつものもいる。鳥居甲斐守の悪評もつたわってくる。

新奉行の慈悲深さを町の人々にしめすための行事と、見抜く者もいた。

しかし、協力すれば御上のおぼえがめでたくなる。町の商人たちが、われもわれもと、寄付を申し出た。

寄金者の名は、立札にしるして、示される。今魚町から酒屋町にかけての川端筋に、立札はびっしり立ち並び、こうなると、だれしもあおられて、無理をしてでも、名を連ねずにはいられなくなる。

今魚町橋の上に張った幔幕のうちにひかえる長崎奉行所の与力同心衆のもとに、寄付をとどける者は絶えず、その度に、名前と金額をしるした木札をかついで、立札の列の端に下人が走る。

奉行所の慈善の対象になる貧しいものばかりではない、町々からさしだされた人夫たちが、町ごとに揃いの仕事着で、大勢くりだした。

これは、賃金は町で持つ。役所への協力を誇示するものである。

そのほかにも、個人で、力仕事に無料奉仕する男たちも、日ごとにふえた。一種、流行めいて、力をかさないものは、うしろめたいような雰囲気さえ生じてきた。小さい町だから、協力的なのはだれか、非協力はだれか、役人にもすぐにわかってしまう。

――女の身で氷のような川水にひたっているのは、わたしばかりだ。そう思う小雪の目に、お葉が泥水に腿《もも》まで浸って、泥を掬《すく》い投げている姿がうつったのだ。

わたしだけ。浅様のために苦痛を甘んじるのは、わたしひとり。

ひそかな誇りであったのに、浅五郎の妻が、同じことをしている。そう思ったとたんに、胸をつきあげる怒りに、目がくらんだようになって、「あの女を突き飛ばしておくれ」我知らず、叫んでいたのであった。

「姉さんの頼みなら」と、隣で泥を浚っていた男がにやりとした。廓に出入りする顔見知りの屑拾いであった。

「それにしても、姉さん、たいした衣装で、泥浚いだな。もったいない」

浅五郎からおくられた晴小袖を、小雪はまとっていた。裾をからげ襷で袖をたくしあげても、小袖は泥水に浸したようになっている。

心を形にあらわすのに、これにまさるてだてを、小雪は思いつかなかった。

男は、お葉に近づこうとして、ちょっと物音に気を取られた。

鳴物にぎやかに、丸山芸子衆が土手にくりだしてきたのだ。

主たちが、芸子を川浚いに出したいと、係の同心衆に申し出たことは、知っていたが、小雪はひとり、かってな行動をとった。

土手に並んだ三十六人の芸子は、三味線をかきならし、働くものたちに、あおりたてるように、かけ声をかける。だれも、泥の中に入りはしないのだが、人々は景気づけられ、泥を浚う手がはずむ。

――ちがうんだ……。

苦行のはずの川浚いが、お祭り騒ぎに変貌しつつある。

そのとき、小雪の頼みを思い出した男が、お葉に近づき、猿臂《えんぴ》をのばした。

*

「やめておくれ」

小雪は、思わず男のそばに走り寄って、とめた。

川底のへどろに足をとられて、ころびかけた小雪をささえたのは、お葉の泥まみれの手だ。

「おまえじゃないか、やれと言ったのは」

男はむっとして言い返した。

その声を聞き流し、小雪は、お葉をみつめた。骨を嚙む冷たさに、お葉はくちびるの色をなくし、こきざみにふるえていた。

小雪は、泥を吸った晴着の片袖をちぎった。お葉は、小さく微笑して、自分の着物の片袖をちぎった。袖を、かわしあった。お葉から手渡された袖に、襦袢《じゅばん》がむき出しになった腕をとおし、襷にからげて、落ちないようにした。お葉もそれにならった。

にぎにぎしい祭り騒ぎのなかで、小雪とお葉だけが、ひとりの男のために、祈っていた。

お葉の持った箕《み》は、編み目が破れかけていた。小雪は自分の箕のはしをお葉に持たせ、ふたりでいっしょに、泥をすくい、土手にほうり上げた。

もう一度、小さい微笑をかわしあった。

土場浄瑠璃《どばじょうるり》の

老いぬれば土場浄瑠璃の茶など汲み
――柳多留《やなぎだる》――

川風の裾がかすかにとどくが、首筋を流れ落ちる汗はとまらない。

木戸口につづく土間に据えた竈《かまど》の火を、由次郎《よしじろう》はのろのろと団扇《うちわ》であおぐ。茶釜の湯はまだしずまっている。人肌ほどにもなっていないだろう。だら七《しち》の浄瑠璃が一切り終わった。露天の土間は閑散としている。

冬場なら、暖をもとめて大火鉢のまわりに客が集まってくるのだが、厳しい残暑だ、木戸の外には、白玉売りが冷水をみたした桶をすえている。熱い茶を飲まなくてはおさまらないのは、だら七ぐらいのものだ。冷やっこいものを飲むと、いっときはいいが、後がよけい暑くなる。熱い茶を、一切り終えたらすぐに飲めるように用意しておけとだら七は言うのだが、茶釜から湯気がたっていたりしたら客がはいってこないと言うのを口実に、種火をちょんぼり残して、あとは灰をかけておいた。

舞台衣装の裃《かみしも》を脱ぎ捨てただら七が、

「まだか」

ばさばさと紙が鳴るほどに扇子をつかいながら催促するのを聞き流し、由次郎は鎖骨に溜まった汗を手拭いに吸い取らせる。だら七が贔屓《ひいき》にくばった手拭いのあまりで、一反を寸法にあわせて切っていった残りだから、寸足らずだ。鳴渡《なると》太夫と名入りで、粋な結び文の紋を染め出している。付け文などもらうよしもない、だら七は、しょったれた爺だが。

年は由次郎のほうが三つ下で、

――みてくれなら、十も下に見えらあな。

と、内心、自負している。

大柄で恰幅のよかった七蔵《しちぞう》だが、五十をすぎたら、肉が落ちた。若ければ、やせても引き締まるのだが、爺の面の皮はぴんと張る力がないから、萎《しな》びた金玉みたいにだらしなくなってしまった。

そもそもは、しだらないといったのだが、だいぶ前から、通人どもがきざに洒落《しゃれ》て、だらしないと言いはじめ、昨今は、しだらないと言うものは少なくなった。煙管《きせる》を、せるき、などと、通人どもは、やたら言葉をひっくりかえしたがる。

だらしないのは、たるんで口の両はしに垂れ下がった頰の皺ばかりではない、七蔵は、みなりもだらしなかった。なりふりかまわないのではなく、いちはやく流行をとりいれて、本多髷《まげ》はもう古い、油でこってり固めるのも野暮と、水髪を、はけ先を散らした銀杏に結い、路考茶の縮緬《ちりめん》の袖口から紅をちらちらと、きざなりもするのだが、じきに水髪は乱れほうだい、衿元もだらしなく着くずれて、気がつかないやつだ。

だら七とあだ名をつけたのは、由次郎で、七蔵は知らない。

女にもだらしなかった。あっちからも七さん、こっちからも七さん、頭巾なしでは道を歩くこともできない、などとぼやいてみせたが、すぐに目尻をさげてくどいては、ふられているだけだった。

見物席に屋根もない、野天小屋でうつ浄瑠璃興行を、土場浄瑠璃、語る太夫も土場太夫と、人様から蔑称で呼ばれはするけれど、瘦せても枯れても太夫様、茶汲みなんざ、人の数にも入らねえと、そっくりかえって「いつになったら、沸くのだ。茶が入るころァ、長え日も暮れてねぐらに帰る鴉カアカアだ。湯ひとつ沸かせねえのか、役立たずの穀つぶし爺」

贔屓の前では這いつくばって、わずかの包金をおしいただいて、おべっかたらたらだったたくせに。

「楽屋にいるから、茶がはいったら呼んでくれ」

東両国の橋詰。安芝居やら楊弓店《ようきゅう》やら、見世物、寄席に並び茶屋。どれも、陽に曝《さら》されて、白茶けてゆらいでいる。

曲独楽《きょくごま》だの手妻だの、大道芸人も多いのだから、筵《むしろ》がけにしろ周囲をかこって、舞台は一段高く板敷、布幕で仕切った後ろが楽屋と、一応小屋らしくととのえ、木戸銭をとる土場浄瑠璃は、ましなほうだ。

「おや、熱いのがいただけるのかえ。嬉しいねえ」

頭の上から、さわやかに女の声が降った。

爪紅《つまべに》をさしたような素足がまず目に入り、白地に薄墨を颯《さつ》と刷いた明石の襟元がゆるやかに、緋《ひ》縮緬《ちりめん》がほんのり透けて、帯も手をかけたらとけそうに低くゆるい。締め上げたらどこまでも細くなって、両の指の輪がとどきそう。水髪のいたこ髷、化粧は薄く、くちびるの紅だけが、ちかごろ流行《はや》りで、青く光る笹紅。

「すみません。まだ煮たってなくて」

しきりに、団扇をばたつかせる。こころ細い種火は、あおぎたてるとかえって消えちまいそうだ。

「どこでも、冷やっこいのばっかりでねえ。飲んだいっときはいいけれど、じきに汗になって、よけい喉《のど》がかわく。夏は、熱いお茶がなによりだ」

だら七と同じことを言う。

こんなお人がいるのなら、早くから沸かしておけばよかった。

「それにしても、珍しいね。夏場もお茶をきらさないとは。いいこころがけだよ、おまえ」

それはわたしが言いつけたので、などとだら七がしゃしゃり出るかと思ったが、なりをひそめている。美じるしの前には、皺くちゃ面をだせめえ。ざまみやがれ。

女は框《かまち》に腰をおろし、蓮葉《はすは》に足を組んだ。明石の裾が割れて、由次郎の鼻先に、ほの紅い足の指が、いまにもとどきそうだ。

「沸くまで待とうよ」後ろ腰にさした団扇をぬいて、衿元に風をおくる。

上目づかいに見上げると、女の白いのどくびは、ひとしずくの汗もにじませていない。

「子供浄瑠璃がたいそう評判だというから、さてみたのだけれど、まだはじまらないのかえ」

「さっき、一切り終えて、いま、合間でね。なに、客が集まれば、またやりますよ」

子供の太夫はいないのだが、せっかくの話し相手を逃したくないので、由次郎はそう言った。

「せつないだろうねえ、子供のは」

「泣きますよ、ご見物衆は。ご新造さんは、よほど浄瑠璃がお好きで。このくそ暑いのに、よく」

「小さい女の子がねえ、やると聞いたから。子供の太夫さんは、楽屋かえ」

女は小屋の中に目をさまよわせる。

「へ、まだ、きていないので」

「まだなのか、そうかい」

少し気落ちしたように言った。

「じきに、まいりましょうよ。ちっと、お待ちなさいまし。湯も、ほどなく沸きます。そうしたら、うまい茶を淹《い》れますから。茶っ葉だって、新しいのを、ほれ。でがらしじゃあございません」

「そうかねえ、まだこないのかねえ」

女は簪《かんざし》の脚で髷の根を掻いた。じれったさをまぎらすように、

「いい根付を、おまえ、もっているじゃないか」

「お恥ずかしい」

「ちょいとお見せな。いい細工だね。こう言っ

ちゃあ何だが、土場浄瑠璃の茶汲みには」

「似合わねえ。へ、もっともで」

「爺さん……と呼ぶのは気の毒だね」

「これで、十も若ければ、兄さんと呼びなと言うところだが、そうまで厚皮《あつかわ》じゃあございませんので」

「昔は、女を泣かせたんだろうね」

女は手のひらに根付をころがし、彼の手にもどした。

首にまいた手拭いで、由次郎は吹き出す汗をぬぐう。

「結び文。粋じゃないか」と、女はめざとい。

「どこのだれからお貰いだ。鳴渡太夫。なるると、読むかい。これが、子供浄瑠璃の太夫さんの名かい」

「いえ、爺で」

「聞いたことのあるような名だ」

「上方で、昔、由緒のある名だったようですが、とっくに消えてまさァ。あいつァかってに名乗っているので」

「あいつ？　かりそめにも、太夫と呼ばれるお人を、あいつ呼ばわりかい」

「わたしだって、以前は、阿波太夫」

つい、口からこぼれた。

「おや、おまえも、浄瑠璃語り？」

「素人の旦那芸でございましたよ。なに、鳴渡太夫にしたって、素人がくいつめて、芸が身を助ける土場太夫」

それも、いまじゃあ、死人だ。死人のくせに、いばりやがる。

「おまえさん、旦那と呼ばれるご身分だったのかい。どうりで、土場の茶汲みとは思えない、こう、品がいいもの」

とうにすたれた岡本文弥の泣き筋の流れをくむ愁い節は、おれのほうが、どんなにか得手だった、と由次郎は思いかえす。

ともに、素人の旦那芸ではあったが、

——おれの人気は高かった。

以前は、堀留町で足袋屋をいとなんでいた。表店だった。

親が達者なころに、音曲、踊りと遊芸ひととおり身につけさせられた。

習い事は、商売の役にもたつ。ならいおぼえれば人前で披露したくなり、同じような旦那衆、若旦那仲間で小屋を借り切り、知人縁者、日ごろ店に出入りの者、なじみの芸者から茶屋の主人たちまで見物にかき集めての催しに、

——一番人気は、わたしでしたよ。

と、心の中では、言葉まで旦那ふうになる。

由次郎は阿波太夫。だら七のやつは、鳴渡太夫。江戸では知られていないが上方では由緒のある名前を、かってに名乗っていた。

大阪の伊藤出羽掾座《でわのじょうざ》で岡本文弥が語った文弥節は上方で流行をきわめた。鳴渡太夫はその高弟のひとりで、阿波太夫の名は鳴渡太夫の別名だそうだ。

由次郎はそんなことは知らず、屋号が阿波屋だから、それにちなんで阿波太夫、と決めたら、扇屋の七蔵が、わたしは鳴門太夫を名乗ると言った。

阿波の鳴門。人の名乗りに相乗りしたな。七と一くくりになる名乗りはいやだと、由次郎は思い、それが顔色に出たのか、「将棋から、わたしは思いついたのだ。なにも、阿波屋さんに調子をあわせたわけではありませんよ」と、七蔵は言った。「とがなるのは、金だ、たいそう景気のいい名乗りでしょう」

取り巻きに阿波太夫・鳴渡太夫の由縁《ゆかり》を教えられて、七蔵は文字を鳴渡に変えた。

阿波太夫と鳴渡太夫は、同一人。だら七とわたしが一人の人などいやなことだ、と由次郎は思ったが、口にしたら角が立つ。

まわりは、七蔵と由次郎が仲がいいと思っていた。

——わたしがいつも、一足さがって、相手をたてるから、うまくいっているようにみえるのだ。

若いころの七蔵は、由次郎の目にはずいぶん大きく見えた。由次郎は小柄だから、ならんで立つと、七蔵の肩ぐらいまでしかない。巌《いわお》のような頑丈な骨組みに、ふっくら肉布団を着せたというふうで、由次郎はいつも気《け》おされた。

廓遊びをはじめたのは、年上の七蔵のほうが、当然ながら一足早かった。十代のころは、三つの年の差は大きい。由次郎は十五で前髪をすっぺがしたが、そのとき、七蔵は十八、由次郎からみればいっぱしの大人。諸事、先輩面をされてもいたしかたなかった。

前髪落としたからには、おまえも一人前。吉原の作法ぐらい、こころえておかなくては、お顧客《とくい》さまに馬鹿にされる。わたしが教えてあげようから、ついておいで。七蔵の誘いに由次郎の父親は、渋い顔をするどころか、女道楽は、若いうちにし飽《あ》きるがいい、固いいっぽうで年をとり、四十もすぎて足踏みはずすと手に負えぬ、さあさあ、初陣、と送り出した。

月代《さかやき》の剃りあとが涼しくて、なんだか気恥ずかしい思いをしている由次郎に、

「わたしにまかせておおき。わたしの伝授で、おまえを助六のように作りかえてあげようから」七蔵は浮かれ、まず立ち寄ったのが伊豆屋という船宿で、

「わたしは毎日ここで乗る」

「毎日、廓がよいとは」

「豪気だろう。かみさん、猪牙《ちょき》を早いところたのみます」

「あいにく、船頭がみな出払いまして」

「そこにひとり、いるじゃないか」

「これは、たったいま、帰りましたもので、だい

ぶ腹がへったと申し、これから茶漬を食べるところでございます」

「それなら、まあ、一服待ちましょう」

待つうちに、また船が着いて、どこやらの大旦那らしいのと芸者が三、四人おりたった。

「や、あれは、相模屋の小春だ、きく次とみね吉もいる」

七蔵はしきりに挨拶をうけようとするのだが、だれひとり七蔵を見知ったものはおらず、土手を素通りしていった。

ようやく船頭の飯がおわり、大川を猪牙で漕ぎのぼって、土手の船宿の桟橋につけ、船宿で一休み、大門にむかうあいだも、自慢話がつづいた。

「ここが、それあの、衣紋坂。古風に衣紋をつくろって、行きましょう。ここからは、静かに行こう。太鼓持ちや芸者衆の目につくと、寄ってきてうるさい」などと言ったが、七蔵に目をくれる通行人はいなかった。取り巻きをひきつれたどこかの大旦那とすれちがい、なかのひとりが、「おや、若旦那」と由次郎のほうに声をかけた。由次郎の父親が贔屓にしている出入りの太鼓持ちであった。七蔵はちょっと機嫌が悪くなった。

大門をくぐって、

「茶屋はどれにしよう。知ったところが多いから目移りする。小田原屋。ここがよい、ここがよい。ささ、あがりましょう」

と、七蔵はものなれたふうでずっとはいり。おかみに、「しばらくだな」と言えば、

「はて、お見忘れ申しました。どなたさまでございましたね」

けげんそうに問われた。

「わたしの親父が、茶屋は巴屋にしろと言っていたが」由次郎がささやくと、

「それ、その巴屋、巴屋。あそこは、わたしが常々、贔屓にしている。あまり毎度のことで飽きたから、古馴染みにかえたのだが、ここはどうも

愛想が悪い。巴屋に行きましょう」

巴屋でたいそうな歓待を受けたのは、後でわかったことだが、由次郎の父親が使いをやって、息子が行くから万事たのみますと、金包みをとどけておいたのだった。

花魁《おいらん》との首尾も上々だったが、七蔵のほうは相方が名代をよこし、朝まで独り寝のわびしさだった。

「はじめての首尾がよけりゃあ、足しげく、通わずにはいられなくなるねえ。あげくのはてに、勘当かい」

他人にはどうでもよいような昔の話を、相手が身を入れてきいてくれるのが、由次郎は嬉しい。

「いえ、いえ、いま申しましたように、わたしの親父はよほどさばけておりましたから、勘当のなんのという筋ではございません。ほどほどに、女と遊ぶだけにしておりましたからよかったものを、つい、手なぐさみに誘われ」

「これかえ」

女は骰子《さいころ》をふる手つきをして、そのしぐさが板についていた。

「おや、姐さん」

「まさか、女だてらに。見よう見まねさ。ひところ、悪い因縁のあった相手が賭場の壺振り。茶釜がいい音をたてているよ」

「へい、沸きました。熱いのをお入れしましょう」

いいあんばいに、だら七はまだしなび面《づら》をつきださない。

賭場に誘いこんだのも、七蔵だった。廓遊びでは大きい顔ができないと、次の悪所に、由次郎をつれこんだのだった。

「あれ、あの子は。掏摸《すり》だね」

女がふいに指さした。

小屋の近くでやっている大道芸に人だかりがしている。

「ここもとご覧にいれまするは、天竺唐土本朝と、三国伝来九尾の狐、その来歴に手練の曲独楽を、とりしくみましたる大仕掛け」

口上に気をとられている見物のあいだに、子供がまじっている。

「ああ、あれは、チビ竹という、年は幼いがこのあたりでは名うての掏摸ですが、姐さん、よく見抜きなさったね」

「元結が黒の一本結びだもの」

掏摸は、抜き取る現場を見咎められなければ、捕縛はされない。

腕前を誇る掏摸仲間が、黒元結連という組をつくった。わざわざ、おれたちは掏摸と、元結の色と結び方で示している。もっとも、地元のもののふところを狙ったりはしない。鴨にするのは、黒元結のいわれも知らないよそものばかりだ。

「姐さん、この界隈の……もしや、御用の筋……」

「わっちが下っぴきなどつとめるとお思いか。わっちの色だった壺振りの知り合いに、黒元結がいたのだよ」

わっちが殺しちまったけれど、と、つづけた。ちょうど川風が吹きすぎて、声をさらった。

「どっちを殺しなさったね。色か、黒元結か」

「どっちだっけか。忘れたよ。忘れないのは、そのとき巻き添えで死なせた子供でね」

「子供衆《し》まで、死なせなさった」

「壺振りとのあいだにできた子で、そりゃあ利発で愛らしかった」

「姐さんのお子なら、利発で愛らしいにきまっている」

「近所のおっ師匠《しょ》さんが、この子は筋がいいと、浄瑠璃を仕込んだのだよ。ほんにいい声だった。声のいいのが仇で、銭につまった色野郎が、売りとばそうとしやがった。黒元結が買うと言うのだよ。なに、そいつは、女衒《ぜげん》とのあいだにはいって、ほまちを稼ごうという肚《はら》さね。子供をあいだに、いくらで売るの買うの、安いの高いのと、ごたくさしているところに、わたしが出先から帰ってきたものさ。かっとなるのも、道理だろう」

「ああ、道理だ」

「『てめえ、血も涙もないのか。それでも人の親か。父親か。てめえがいかさま賽を客人にみやぶられ、金で話をつけて、その金も、持合せなざあ、ありゃあしねえ、烏金《からすがね》を借りてその場はすませたが、利に利がつもって、どうにも首がまわらねえ。まわらなけりゃあ、てめえが首をくくればいい。年端もいかねえ我が子を、安女郎にするつもりか』『いや、女郎じゃねえ。子供浄瑠璃アこの節はやりだ。いずれは、娘も浄瑠璃の太夫で名をあげて』なんぞと、いいわけの百万遍。こっちゃあ聞く耳もたねえわな。すったもんだで、あいにく、手近に出刃が。あいつとわたしと、どっちが先に握ったんだか」

逆手にかまえ、ふりまわすしぐさ。

「あ、それァ危ねえ、姐さん」

「あいだに入って、黒元結が、とめようと。はずみで」

ぐさりと、突き刺す。

「おまえ、気がついたら、娘まで……」

「湯ゥ、煮たってるじゃあねえか」

間のびした声で、七蔵が胸元を団扇であおぎながら、寄ってきた。

「おや、美じるしのご入来」

「このお人は?」

「これが当座の土場太夫」

「おまえ、人様の前で、土場太夫なんぞと」

手でおさえ、

「鳴渡太夫でございます。ご贔屓に。おまえ、沸いたら声をかけてくれなくてはいけない。さっきから、待ちくたぶれていたものを」

葉を替える手間ははぶいて、でがらしを注いだが、七蔵は気がつかず、

「甘露、甘露。おまえさまも、夏場も熱いお茶の口で」

「はい、ご造作になっていますよ。太夫さん、おまえが、つとめなさるのか」

「はい。さようで。おまえさまが聴いてくださるのなら、鳴渡太夫、一世一代、ご所望のだしものを、あいつとめましょう」

「子供浄瑠璃は、前座かい」

「子供浄瑠璃？」

「わっちの娘が、ひょんなことで、死人《おろく》になってしまってねえ」

と、女は経緯は略した。

「東両国の橋詰に、死人の出る土場浄瑠璃があると噂に聞きました。もしやして、娘がでているのではないかと。ここでは、子供浄瑠璃が評判だと言うし」

「死人のいる小屋は、たしかにここですが」

七蔵はうなずいて、湯呑をふうと吹き、口にはこび、

「アチチ、そいつがしつっこくて、死んでもわたしのそばを離れようとしない」

と、由次郎をさした。

「おや、このお人は死人なのかい」

なにを言いやがる。死人はてめえじゃねえか。

由次郎が抗議しようとするのにかぶせて、

「まあ、姐さん、聞いておくんなはい」

と、だら七のやつ、あつかましく、

「こいつは、わたしの幼なじみで、阿波屋という足袋屋の息子。わたしは、日本橋ではちょっとは名の売れた扇屋でした。商いの骨法を伝授し、お顧客《とくい》にひきあわせてやり、廓の女買いから丁半博奕まで、いっさいがっさい、わたしが手ほどき」

「とんだお師匠さんだ」と女は苦笑まじりの間の手。

「父親に死なれて、阿波屋は左前。実を言えば、わたしの店も少々勝手が苦しくなり、なんとか一

気に大金をもうけねばと、空米に手をだしました」

　空売り空買いの米相場である。

「一、二度あたったのをいいことに、わたしがいい加減で手をおひきというのに、ずるずると深入り。あなた、素人が、そうそう大儲けできるものじゃありません」

　てめえじゃねえか、ずるずる深入りは。おれまでひきずりこみやがって。

「店も人手にわたり、いたしかたなく、ならいおぼえた浄瑠璃で、人様からお銭《あし》をいただく身になりました。ところが、この野郎、亭主持ちの女に手をだして、たたきのめされ、咽《のど》をつぶして声がおかしくなっちまった」

「それで、舞台にはあがれず、お茶汲みか」

「おまけに、死んじまったので」

　女がうなずいたので、

「姐さん、与太話をまともにとっちゃいけません」

　由次郎はいそいで手をふった。

「女出入りで咽をつぶされたのは本当《ほん》のこったが、わたしは生きていますさあね。しかたないから、土場の茶汲み。それも、見てのとおり、本当のことでございます。しかし、死んだのはこの野郎ですよ。それも、正月の餅を咽につめて、なんともぶざまな死にようだ。だいたいこいつは食い意地がはっていて、おまえは歯が悪いのだから、正月ではあるけれど、餅だけはおやめ、とわたしが忠言するのに、言うことをきかない。餅だってね、暮に、こんな長屋では銭のあるやつはいないだろうと、ひきずり餅が通り過ぎようとするのをわたしが呼び止めて、二人きりの男所帯、それも、どうせ相方は歯抜けで喰えません。わたしひとりの心ばかりの元旦餅、ほんの少しですまないが、搗《つ》いておくれと駄賃をやって、わたしのぶんだけ、搗いてもらったのだよ。それを、横取りして」

「こういうしみったれたやつだ。わたしが歯抜けかどうか、姐さんに見てもらおうじゃないか」

「むさ苦しい大口をあけるな、姐さんのまえで」

「つもってもみねえな。歯抜けで浄瑠璃が語れるか」

「葬礼《そうれん》の銭もないから、おれが投げ込み寺の寺男にたのんで、なんとか土饅頭だけは作ってやったじゃないか。それなのに、しつっこく、おれにまつわりついて小屋に出やがる。この暑いのに、茶ァわかせのなんの、湯がぬるいの茶っ葉が古いのと、ごたくをぬかしやがって」

「土場の太夫とお茶汲みさん、どっちが死人でも、わっちゃ、かまやあしないけれど、子供浄瑠璃はどうなったえ。じきにまいりましょうから、ちっと、お待ちと、この人が言ったのに」

「こいつは、そういう嘘をつく。姐さん、お気の毒なことをしましたねえ。こいつの言うことを真に受けなさったか」

「嘘なのかえ」

女は襟に顎を埋め、がっかりした風情だ。

「お次は衣紋流しとござい」

曲独楽の口上に、

「さあ、捕まえた」

と、どなる声がかさなった。

「チビ竹、見たぞ。観念して、ふところの印籠をだせ」「たったいま、このぽっと出の親父から、印籠を掏りとっただろう」「番所につきだすぞ」

子供はすばやく逃げ出し、みなが後を追って、見物の輪がくずれ散った。後に、七つ八つの娘と、その連れの中年女が残った。

中年女が、

「さあ、太夫、いそごうよ。楽屋入りがおくれるよ」

太夫と呼びはするけれど、命令口調だ。

「嬢や、小父さんの曲独楽は、おもしろかったかい」

独楽使いが猫撫で声をだした。

「ああ、おもしろかった」

「衣紋流しに扇止め、羽子板、風車、こんなみごとな曲独楽は、ほかではみられやしねえぜ」

「浅草の博多小蝶は、独楽から水を出すよ」

「それァ曲独楽じゃあねえ、水からくりだ。感心したなら、お鳥目《ちょうもく》をおいていきな。只見はいけねえ」

「小父さん、あたいの小屋においで。ついそこだ。ただで浄瑠璃をきかせてあげるから。それでおあいこだ」

「くえねえ餓鬼だ」

見物が散ってしまったので、独楽使いは道具をかたづけはじめた。

「これ、もらった」

娘は、握った手をひらいて連れに見せた。印籠がのっている。

「だれにもらった」

「いましがたの男の子が、あたいの手ににぎらせていったよ」

「ざまあみやがれ」遠くで、勝ちほこったような子供の声が聞こえた。「人を掏摸あつかいしやがって。なにも悪さをしたでもねえものを、ぶち打擲《ちょうちゃく》しましたと、番所につきだしてやるぞ」

「くそいめいめしい。仲間がいやがったな」

「うっちゃっておおき」

中年女は娘に命じた。

「かかりあいになると、やっかいだよ」

「あの子、あたいのご贔屓だね」

「捨てなってば」

「あたいには、地味だね」

「子供の持つものじゃないよ」

「おっ母さんなら似あうだろうね」

「さあ、行くんだよ」

「墓があったら、供えてやるんだけど、おっ母さん、墓もないものねえ」

「墓があったって、無駄だよ」

「いいことを思いついた。質にまげて、そのお銭で、おっ母さんの墓をたててやろう」

「ばか。掏摸の獲物を質にいれたら、足がついて、お役人にしょっぴかれるよ。悪いことをすると、おまえのおっ母さんみたいに、お牢にいれられて、ひどい目にあって、死んじまうんだよ」

連れは、印籠をとって、放り投げた。独楽使いがひょいと受けとめ、

「おう、あとで遊びにきな」目くばせした。

「だれが」と言葉は荒く、目は媚びるように笑って、連れは娘をうながし、裏口から楽屋に入る。

「白玉の冷やっこいのを、買っておくれよ。のどがかわいて、声がでやしない」

「あとで、今日のあがりをもらったら、買ってやるよ。いまは、お銭がない」

やがて、紅白粉をぬったくって、袢をつけた娘が舞台にあがり、土間にちらほら入った客が、ようように、ようと声をかける。

連れも舞台衣装で、三味線に撥《ばち》をあてた。

三人の死人には舞台の娘は見えず、絃の音も聞こえず、ほうっと溜め息をつく女に、

「まあ、姐さん、そう力を落とすこたアない。わたしは死人に好かれるたちだから、娘さんが死んでいなさるなら、いずれ来ますよ」

由次郎はなぐさめ、

「死人に好かれるなアおれだ」と、だら七が、「てめえにまつわりつかれて、おれァいかい迷惑。だが、姐さんの娘さんなら、迷惑どころか、大喜びでむかえまさア」

「ここで、待っておいでなさい」と、ふたり、声をあわせる。

「熱いのに、姐さん、替えましょう」由次郎は、へりに笹紅のうつった湯呑に手をのばした。


（了）

なに一《いっ》ときの片時雨《かたしぐれ》、笠蓑《かさみの》借りるまでもなしと、走り込んで軒下に佇《たたず》むと「お入んなさいましよ」嗄《しわが》れ声は頭の上から降って、「吹き降りだよ。裾《すそ》が濡れる」

汐のにおいの染《し》みついた苫屋《とまや》だが、藻塩《もしお》焼く蜑《あま》のそれならで、市川なにやら、中村なにやら、色褪《さ》めた幟《のぼり》が濡れそぼち、これでも芝居の常打ち小屋とおぼしい。

裾が濡れるどころではない、頭から高波をかぶって、波がひいたら、空が海になったような豪雨、たたきつける飛沫《しぶき》が地上より空に、その中を走ったのだ。からだごと絞ったら盥《たらい》一杯水が溜《た》まろう。

かたかたと心張り棒を外す音がして、木戸が開いた。昼だというのに小さい角行灯《かくあんどん》、足元を照らさねば闇だ。身の丈三尺とみえたのは腰がかがまっているからで、まとった襤褸《ぼろ》は荒布《あらめ》の含め煮、ぷんと磯くさく醤油くさい。

曲がりなりにも芝居小屋、ま些《ち》っと色気のある出迎えが似つかわしかろうに、婆だ。

「そこじゃあ、あんまり端近《はしぢか》だ。奥にお上がんなさいな」という嗄れ声は婆の口からではない、闇の中空から。三尺婆は角行灯を打ち振り、奥へ奥へと身振りで。

ぐしょ濡れの庭下駄、それも片方《かたかた》ばかりなのを脱ぐと、鼻緒の黒が指の股を染めていた。下駄の表には宿の焼印。片足は先《せん》より裸足《はだし》だ。

「こうなぎ屋さんにお泊りか」はじめて聞く三尺

婆の声は、畳んだ提灯《ちょうちん》のような顔にあわず艶《つや》がある。「いや、こうらい屋」と答えたこちらの言葉は聞き流し、隅につかねた雑巾《ぞうきん》をよこした。

目が慣れると、薄縁《うすべり》を敷いた土間の両端は形ばかりの桟敷《さじき》、二階は両桟敷に向桟敷、廊下ほどの幅だがコの字にめぐる。舞台は緞帳《どんちょう》が巻き上げられ、しかし浅葱幕《あさぎまく》が視野をさえぎる。

「上がっておいでな」

二階桟敷への大梯子《はしご》、天辺《てっぺん》に、女がいた。その後ろに櫺子《れんじ》窓、庇と格子に遮られ雨は降り込まず幽《かす》かに明るんで、女は黒い影であった。

＊

逗留《とうりゅう》の知らせは前もって電報を打っておいた筈《はず》なのに、どう行き違ったか、承っておりませんと番頭らしいのが困惑し、埒《らち》があかず、おかみが出てきて、話の具合から、どうやら間違えたのは己《おのれ》。

停車場で乗ったがたくりの円太郎馬車に『ほうらい屋』に行くには此《こ》れでいいのだね、はあと馭者《ぎょしゃ》は頷《うなず》いたから、程よいところで下ろしてくれと頼み、夜汽車の疲れが昼をまわった今頃になって出て、うつらうつら、はあ、ついそこだよと声をかけられ、鞄《かばん》を引っ摑《つか》んで下り、汐のにおいをかぎながら、教えられたとおりに辿《たど》り着いた此の宿は、『こうらい屋』だという。責められるべきは馭者の耳か、己の舌足らずか。乗合馬車はとうに去ったあの一台だけ、蓬萊屋さんまで、御拾《おひろい》では、一時《いっとき》はかかります、手前どもに見晴らしのよいお部屋がございますよとおかみは愛想よい。

約束の蓬萊屋に多代が着くのは明後日の夕刻。二時間かけて歩かずとも、一夜この宿で過ごして明日の円太郎馬車をつかまえればすむことだ。

書き物をするから静かな部屋を頼みます。はいはい、ようございますとも、なんとかの間にね、と仲居に言いつけた、なんとかを、聞きそびれた。書生っぽと侮《あなど》られて当たり前の若僧に、扱いは丁寧だ。

大梯子を先立って登る仲居は、藍と雀茶の縞木綿きりりと裾短《すそみじか》に、茜《あかね》の片襷《かただすき》で右の袂《たもと》をからげ、廊下に並んだ襖を膝をついて引き開けた。朱漆の枠が、惜しい、剝《は》げている。

十畳の座敷で左手に床の間と押し入れ、右手は四枚の襖で隣と仕切られ、これでは物音が筒抜けだと眉《まゆ》が曇るのを、空いていますから、こちらもお使いくださいなと心中見抜いたように言った。口調がくだけて馴《な》れ馴れしいのは、こちらが年弱《としよわ》とみてのことだろう、無礼とは思わず、いっそ気楽だ。

帳場もそう申していますから。いえ、お部屋代は余分にはいただきません。ごゆるりとご逗留なさってくださいましな。襷をはずし袂におさめて畳についた指は、水仕事の跡をとどめて節高く、三十をすぎたとおぼしい大年増だが、切れの長い眦《まなじり》が清《すず》やかで、ちょっと凄い。

「ほかに泊り客はいないのか」

「そういうわけじゃございませんけれど、此の並びは、よくせき混み合いでもしなければ、ほかのお客様はご案内しないようにいたしますよ」

「ああ、是非そう願いたい」

「書き物をなさると伺いましたもの」

腰板と桟がこれも朱漆の、がっしりした障子を開け放つ。硝子戸も開けて、「ごらんなさいましな」やや昏《くら》みを帯びはじめた空と海。手摺《てす》りに凭《もた》れて身を乗り出せば、右と左、ぐいと伸びた岬が入江を抱え、ひとすじ細い眉のような砂浜の、袖は巌をおおった松の深い緑と八重の葎《むぐら》にかくれる。その間に、花の色とも見えぬ浅葱、紅、ちらとのぞいた。

お書き物なら文机《ふづくえ》をはこばせましょう、御膳の前にお湯をお使いになりますか、風呂番にいそいで沸かさせましょうから、些《ち》っとお待ちになってくださいな。きびきびと小気味よい。

床の間の、朱墨で描いた虎の軸と鎮座する布袋《ほてい》を背に、脇息《きょうそく》に身をあずけ茶をすすっていると、一旦さがった仲居は文机を男衆に運ばせてきて、このあたりでよござんしょうかと窓際に据えさせ、押入れから出した座布団を置く。

文机の前に座を移し、ああ、結構だね、鞄を引き寄せ蓋《ふた》を開ける。薄い丸善の紙包みは多代《たよ》に贈る心づもりの舶来の詩集、店の棚で自分で選んだ。多代は読めはしないが、声にだし朗読してやれば、異国の言葉の美しい旋律は耳に残ろうし、端から倭言葉《やまとことば》に直してもやろう。これは鞄に残し、取り出した書物と罫《けい》を引いた半紙の束を出し机上に並べる手もとに目を向けた仲居は、「書生さんかと思いましたら、学者様なんですねえ」声音は敬意を含んだ。表紙は金の箔押《はくお》しの横文字、舶来の洋書だ。学者と呼ばれるには程遠い。書生が相応で、書物は借物だ。

「ご造作《ぞうさ》でございますが、ご記帳を」

硯箱《すずりばこ》ごと差し出された宿帳に名を記そうと、書物を少々押し退《の》けたら、はたりと落ちた。

仲居がひいと息を引いた。目は両開きになった頁に向けられている。つられて何げなく見やり、襟元がぞくりとした。これまで、まだ頁を開いたことがなかった。初めて目にする挿絵である。

猫好きが見たら苦々しかろう、まして猫嫌いには耐えがたく不快であろう、黒地に白い描線で女の顔とその頭の上に乗った猫が、何とも厭《いや》な顔つき。ともに眉間《みけん》を皺《しわ》だて、女は両の眼《まなこ》閉ざし、腐《ふ》乱《らん》のすすむ魚のごとく膨れ、猫は片方の眼ばかりを恨みがましく開く。

「よほど猫が嫌いとみえるね」

「いえ、あの、あんまり怖《こわ》ったらしい顔でございますもの」

一瞬ながら、女の怯《おび》えようは尋常ではない、と思ったのだが、なに、くすくすと忍び笑いを怺《こら》えているのだった。

みゃう、と女が猫の声を真似たのか、それとも、みいや、と猫の名を呼んだのか、あっと応える声を聞いたのは錯覚か。

黒い毬《まり》が窓から飛び込んできたと見た、それも錯覚で、「それね、おまえの仲間がここに」仲居は膝に眼を落とし話しかけるが、何もいはしない。荒れた指先を細かく動かす仕草は何なのか。

膝から何やら払いのけ、「お召し替えなさいますか」浴衣と博多帯をおさめた乱れ箱をすすめる。帯をとき、着流しのひとえを肩から落とす後ろにまわって、浴衣を着せかける。白地に藍で、丸に巫の一字を散らした柄だ。着いた早々から筆をとる気にもならず、外の陽が幾分陰った案配に、

「少し散策でもしようか。浜には下りられるのだろうか」

「はい、なぞえに道がついておりますよ」

「何かい、遠浅なんだろうね。潮干狩りだの、今なら水浴びも」

裸足で歩みいる足の裏に細波《さざなみ》が砂に描いた模様がこそばゆかったと、幼いころ何処《どこ》ぞの海辺で遊んだ記憶がよみがえる。

「いえ、お客様、間違っても、水にお入りになってはいけません。浅瀬つづきにみえましょう。ところが、海の底が始終変わるんでございます」

「海底《うなぞこ》に突然穴があく」

冗談に言ったのに、相手は「そうなんでございますよ」と大きく頷いた。

「根性の曲がった海だな」

「曲がったの段じゃございませんよ。悪性《あくしょう》ものといったらありゃしません。ついと踏み出す足の下に砂がないんですもの。その穴が始終動きます。昨日は大事なかったところに、今日は落とし穴で

ございましょう。前にのめって頭は水の中、周章《あわ》て狼狽《うろた》え、海水を呑《の》んだぐらいでは済みません、その上から重い水が押さえつけますもの。どうかすると、心の臓が止まります」

仲居の語調は、ふと、子供の悪戯《いたずら》を語るように笑みを含んだ。「この辺りの者は心得ておりますから、騙《だま》されることじゃあございませんが、それでも、小さいのは、親の言いつけも忘れてつい波に誘われます。悪性な海も、幼い子供なら見逃しますの。ちょいと足を掬《すく》って波に巻き込んで、それでも感心にすぐに返してよこします」

相手が一人前の大人となったら、容赦しませんと、仲居は言った。「いえね、あっちは遊んでいるつもりなんですが、人にはきつすぎる遊びなんでございましょう。淋しいんでしょうかしらねえ、海も」

＊

砂地を浅い川が割って入って、汐の満干《みちひ》と鬩《せめ》ぎあい、腐れた捨て草鞋《わらじ》だの弁当を包んだのであろう竹の皮だの何やら得体の知れぬ芥《あくた》もくたが、引きぎわに波が残した藻屑《もくず》とからみ、貝殻なんぞも鏤《ちりば》めて小汚い。宿の二階から見下ろしたときは目にはいらなかったのだが。

悪戯な悪性ものと仲居が呼んだ海は、昏みを増す空を映して海松藍《みるあい》に藍鼠《あいねず》、裂けた波頭がふと艶めかしく薄紅を含むのは、北海にのみ棲《す》むという人魚が膚《はだ》を傷めて流した血の色か。

どのような悪戯をするのか、不意に足元を掬われようと、前もって心構えがあれば、然迄《さまで》狼狽《うろた》えはすまい。こちらから、かまってやろう。いとけない浅い細波《さざなみ》ちろちろと、突き出した足指を舐《ねぶ》ろうと這い寄るのを、濡れる間際に颯《さ》と退《すさ》る。下駄の両脇に細い溝をつくって、さも口惜しげに引いて行く。こちらも三つ五つの幼子にかえり、此のようにして波と戯れたのは何時だったか、誰と遊んだのであったか、顔さえ朧《おぼろ》。何処の海であったろうか。

狐り子《ひとりご》の親無し、祖父母の手で育てられたが、士族を誇る祖父の躾《しつ》けは厳しく、何かといえば鉄拳がとんだし、祖母がまた癇性で、こちらは実家は株屋、平民だが、それゆえ、嫁ぎ先の家風におくれをとるまいとしてか、立ち居振る舞いことごとに口やかましく、三尺差《ざし》が容赦なく手の甲を打った。

それでもいじけることもなかったのは、亡父の妹である叔母が祖父母の目のないところでは野放図に甘く、夜は抱き寝添い寝。

父母は流行り病で失せたと、だれから聞いたか、不在が常態《つね》であってみれば、格別恋しくも思わず、不幸の嘆きなどさらさらなく、それなのに、なぜ、薄ら闇の夕明りに胸苦しくなるのだったか。

数えで六つになったとき、決然と、添い寝を拒んだ……ような気がする。年の近い弟妹のいる子なら、二つ三つで親離れだ。六つでは遅すぎる。何やら切っ掛けがあったのだが、思い出せない。

年長《た》けて、薄暮の寂寥《せきりょう》は消えた。陽が落ちるごとに淋しいの何のと気落ちしていたら、日々のたつきを賄《まかな》いかねる。

学士様になることを祖父は望んだが、学業成績思わしくなく官立の大学は無理、より金のかかる私学に通うようになったのは、祖母の実家の財力の賜物だったが、入学した年の秋に株屋が倒産し、祖父母ひきつづいて没した。叔母は身辺からとうに消えており、思い返すと、果たして叔母なるひとは、まことにいたのであろうかと、心もとない。

異国の詩に親しむようになり、詩人という道があるのを知ったが、米塩の資とはならぬ。大学のほうは学費滞納で退学となり、同郷の先輩で英米の小説の和訳を業としている、その下訳の仕事をもらうようになった。

引き籠《こ》もりがちなのも、人付き合いが悪いのも、人の道にはずれた不健全な有りようだそうで、貴様はぜんたい籠もりすぎると先輩は歯痒《はがゆ》がった。

そのうちに、如何《いかが》わしいものの和訳をその手のものばかり出す版元から注文されるようになり、祖父が知ったらお手討ちものだが、名は立たぬかわり、寝酒に困らぬほどのみいりはあって、とはいえ賭博も女買いも精出す気にもなれず、抱え持った虚《うつ》ろをうめるものはない……いや、あった。多代と知り合い……、それは一年前の夏。

そして、此の夏。旅先で仕事をするか、おおいによかろうと、先輩は豪快に笑った。

宿は決まっているのか。行き当たりばったり。そりゃあいかん。いいのを紹介しよう。電報を打て。返事を待つことはいらん。俺が一筆添状を書いてやる。しかし仕事はなるたけ早く仕上げてくれ。

行き当たりばったりと言ったのは、ささやかな嘘。多代と落ち合う約束は蓬莱屋。多代が旧知だという宿であった。

小さな嘘は、多代とのかかわりに誰も口をはさませたくない故であったが、先輩へのかすかな敵意がこころの底にありもした。

豪放磊落《らいらく》を看板にかかげた者を苦手とするのは、その無邪気なまでの押しつけがましさゆえで、伸しかかる強引さに悪意はないのだが、鬱陶《うっとう》しいこと夥《おびただ》しく、こちらはそれとなく身を引くばかり。

名も要らぬ。金も日々を賄うに足るだけでよし、さりとて、それでこころ満ち足りてもおらず、ひたすら侘《わび》しいと、いつからこのように引っ込み思案、世捨て人めいた心根になったのか、生来の気質であろうかと思い返せば、さばかりでもない。陽の光が嬉しくてはねまわった、子犬のような幼時はなかったか。

幼い日、海辺でともに遊んだのは、叔母であったろうか。久しく追憶に浸ることはなかった。祖父母や叔母の顔をことさらに思い浮かべることもなく過ごしてきた。思い出せるのも海の悪戯か。

懐手したとき書物が手に触れ、机の上に置いたつもりが、持ち出してきたのだった。思いに耽《ふけ》り油断したところを、風騒ぎ叢雲《むらくも》迷う空の千重《ちえ》を押し分けてそそり立った高波、どっと襲いかかった。

抱き込まれ、足踏み据えたつもりが引く波の力は思いのほか強く、よろけたはずみに下駄を片方攫《さら》われた。

滾《たぎ》り落つる滝つ瀬を浴びる心地で、波は引き去ったのに何故未だ水の中。豪雨であった。天地逆さに空が海となったような。

なに一ときの片時雨……。

*

「上がっておいでな」

二階桟敷への大梯子、天辺からの嗄れ声は、薄闇に目が慣れれば、化粧っけのない素顔を曝《さら》しながら、男とみるには艶に過ぎ、女なればあまりに勁《つよ》い、裸身の胸に晒《さらし》を巻き、肩に羽織った黒の羅《うすもの》、裾は長く梯子の段に垂れ、片膝立てたから緋の下帯、内腿《うちもも》、わずかにのぞき、髪は羽二重できりりと締めた、肩なよやかに、うら侘しい小芝居とはいえ立女形《たておやま》であろう、切れ長い眦が、ちょっと凄い……誰ぞに似た。宿の仲居、と思い当たったが、まさか。

たっぷり含んだ水が肌までとおった宿の浴衣

を三尺婆が後ろにまわって甲斐甲斐しく脱がせ、肩に着せかけたのは白地に藍の首抜きの浴衣。脂粉のにおいが濃いのは、舞台衣裳か。しみついた衿垢《えりあか》がじっとりと首筋にまつわる。手招きに梯子をのぼって向桟敷へ。

「ここにお坐りな」と隣を指す。「髪から雫《しずく》が垂《た》っているよ」

手拭いが、濡れた髪にふわっと乗った。「自分で拭くから」と身を引こうとするのをおかまいなしに、女形の指が髪を揉《も》みしだき、その指先が熱鉄とも氷塊とも感じられた。

高い桟敷から見下ろせば、下界は幽暗。土間にうずくまる三尺婆の頭がわずかに蠢《うごめ》く。「随分と濡れたね。お前、下帯も水漬《みづ》いて気色悪いだろうに」

雨車をまわす天界の手が狂いでもしたように、大雨が屋根を叩き喧《かしま》しい中を、烏鳴《からすな》きに似た女形の声が縫う。

「婆や」と下に向かって呼びかけ、「お前も気がきかない。晒《さらし》の新しいのがあるだろう、手つかずの。持っておいで」

いえ、それには、と辞退したが、婆がはこんできた晒一反、すらすらとのべて、裁《た》ち鋏《ばさみ》、ざっくりと六尺に断ち落とし、「恥ずかしいこともなかろうじゃないか、ここで着替えておしまいなね。せいせいするよ」

さしのべた手から流れ落ちる白い、いかにも肌触りのよさそうなのに誘われ、濡れたのをといて締めなおす。

「ああ、いいことね。おまえ、いい肌だねえ」床に片手をついて、斜めに見上げる。

「少し生っ白《ち》いのがねえ。男は銅色《あかがね》がいい。陽に曝《さら》して灼《や》いて、鋼《はがね》の束を縒《よ》りあわせたようなが、いいよ」

昔、同じ言葉を聞かなかったか。

男は陽に灼けなくては。子供だっても、青《あお》

瓢箪《ひょうたん》はよくないよ。波打ち際で遊んでおいで。

翳《かざ》した日傘の陰が顔に青く、……ちゃん、と叔母は女の子の名を呼んで――その名が何であったか忘れた――おまえはここにおいで、陽灼けはよくないもの、この可愛い顔が酔っぱらいの酸漿《ほおずき》みたようになって雲母を剝がすようにひらひら剝《む》けて、おおいやだ。抱きしめて、鼻の頭に唇を近づけ、舌の先が素早く舐めた。男の子は陽灼けせねばならぬと決めつけられて、肩を落として火傷《やけど》すまいと火の粉散らしたような白砂の上を片足ずつはねる、そのさまが可笑《おか》しいと、傘の陰から叔母君《ぎみ》は女の子と声をあわせて笑い給うた……のではなかったか。

「ほかの役者衆は遊びに出ているのかい、太夫」

あまりに閑《のどか》な様子に問うと、女形の手が、見えぬ花碑《はなふだ》はっしと床に叩きつける仕草、声は笑って、「空いた舞台でご開帳だよ」

その言葉に応じるように、桟敷幕がざわと揺れた。

「狂言は何を」

「日替わりさね。外題《げだい》はご見物衆のお望み次第」

京の町で、赤子を背負った多代と観た芝居は何だったか。酣《たけなわ》に白い陽の下を汗に濡れ、涼をもとめて踏み入った竹藪の青い翳が流れる中を通り抜けたら、寺の境内か、空き地に掛け小屋、その並びに立ち食いの屋台は、氷白玉。氷小豆。多代は胸の前で十字にからげた扱《しごき》をほどき、こちらは赤子を背から抱き取って縁台に寝かせた。空を燃やして熱湯沸き立つ釜の中に喘《あえ》ぐ心地の京の町で、月の光をさくさくと削った氷片の下に埋もれた白玉は、宝玉を喰《は》むようであった。

懐の書物が汗を含んで鬱陶しく、取り出したら多代が眼を丸くした。西洋の文字を読むなど魔法使いとでも言いたげな。

ひとつふたつ、詩を読み上げると、耳に快いとうっとりする。意味を告げれば、また感に堪えぬ面持ち。

そこへツンツレテンと絃《いと》の音、多代の目ががやき、赤子背負いなおし掛け小屋に連れ立って足が向いたのだが、何を観たのやら憶えがない。多代の汗のにおいばかりが追憶の中で鮮烈だ。

「書生さん、お前は何をお望みだえ。注文は何でも受けるよ。一座の役者はあの婆を勘定に入れてもたかだか七人、これが下座から裏方、表方、すべて兼ねます。だからといって、軽く見ないでおくれ。仮名手本忠臣蔵十一段、通しでやれと言われたら、大序の兜《かぶと》改めから松の間の喧嘩場、判官切腹、山崎街道の二つ玉、勘平腹切り、祇園一力の七段目、討ち入って引き上げるまでやってのけらあね。顔世《かおよ》、判官、おかるに勘平、戸無瀬、何役兼ねようとお手の物さ」

顔世、判官、と並べ上げるたびに、その俤《おもかげ》が女形の上に彷彿《た》つ。

様子を聞けば情けなや、金は女房を売った金、打ち留めたるは。

打ち留めたるは、と思わず二人侍《さむらい》のせりふが口をつく。

女形は羽織った羅《うすもの》を肩よりすらりと滑らせ、舅《しゅうと》どの、と刀を腹に突き立てる仕草。

束の間御恩は忘れぬ身が、色に耽《ふけ》ったばっかりに、と、打った頰《ほお》に、血の痕とみえたは、目の惑い。

「本水使って『夏祭』といこうか。団七とお辰、早変わりでつとめてみせるよ。それとも、夏芝居にお誂《あつら》えの怪談ものか」

エエ恨めしい絹川どの、と、声が変わって、

「邪険に死せし我が一念、妹が皮肉に分け入って、面体《めんてい》ばかりか足までも」

よろりと立ち上がり、「ハア、妬《ねた》ましきはあの女、やわかおめおめ連れ添おうか、ともに奈落へ」

地獄の底に引いて行く連理引きの手つきに、

我にもなくぞくりとする。

「『東海道四谷怪談』お岩様、髪梳《かみす》きか」

頭《つむり》の羽二重さと取ると、丈と等《ひと》せの黒髪背に流れた。俯《うつむ》いてばさと打ち振ったとき、櫺子窓の隙間を裂いて稲妻走り、霹靂神《はたたがみ》もの騒がしく、女形は起き直って平然たり。ほ、ほと笑って「坊や、強いねえ」

＊

胸の底の虚ろがしきりに強まり、虚ろの奥に触手がざわめき、生きているのが辛くてならず、さりとて自死する気概もなく、空漠とした暮らしであった。夕暮れ、下宿の一間の、寝息のこもる万年床に腹這いになって、先輩から下訳をまかされた洋書、版元から命じられた西洋の淫奔の文字を字引を頼りに読み進み、興がのれば和訳した言葉を紙に書き記しはするけれど、精励刻苦にはほど遠く、彷徨《さまよ》い出《いず》る妄想は亡霊に似てとらえがたい。

雨戸の隙間から漏れる暁光、餌《え》を漁《あさ》る雀の鳴き音に、灯を消して上掛けを引きずりあげ、すぐには寝つけず、陽が高くなって漸《よう》や《や》く眠りに恵まれ、目覚むれば夕暮れ。昼というものを知らない。醒めぎわに、ひとでなし、の一語がしばしば頭の隅にあり、夢の中で誰ぞに罵られ、目覚めてもなお夢の裳裾が尾をひいて、心を包み、離さないのか、どのような夢であったか、気鬱が生み出した言葉か、ひとでなしと罵られるに足る己ゆえ気鬱が生じもしたのか、定かではない。

外界はただ黙《もだ》し、外から切り離されて、どこともわからぬ薄闇に宙吊りになり、周囲の人は、残り滓《かす》やら死骸やら塵やらのなかで蠢く形のようで、夢のなかにいた人々こそ血肉を持つと思われ、ひとでなし、の言葉に真実味があり、過ぎた時は容《かたち》はなけれど重くかさなる濃い霧のようで、去年の梅雨時分。

下宿の主人が医者に行けと親切心からだろうがしつこく、雨に降り込められている間は外に出るのが億劫《おっくう》で一日延ばしにしていたが、珍しく涼やかに晴れ、蒸しもしない一日《ひとひ》、紹介された医者をたずねた。昼と夜を取っ違えた暮らしがいけないと、まず叱られ、

「ひとでなし、と言葉が気になるようになったのは、何時《いつ》から」

聞かれても、何時とは明言はできない。

「生まれたときから」

「真面目に答えたまえ」

「生きているのが申し訳ないような」

「誰に申し訳ないのかね」

「さて、誰にでしょう。神仏……」と言っても、神仏とやら、まことにあるものなら、よほど残酷冷酷無比なものに違いない。

「心当たりは」

「別に」

神経の弱りだと、医者は言った。根を詰めて仕事をしすぎたのだろう、のんびりと保養するのが一番だ。

仕事のしすぎは見立て違いで、根を詰めるほどの根性はもともと持ち合わせぬが、神経の弱りというのは腑《ふ》に落ちた。まことに、肉体の衰弱と同様に、神経が衰弱していた。

いかがわしい書物の和訳で得た金が少々懐にあるのを頼りに、梅雨が明けきったら旅立とうと、思い定めた。

夜汽車の蒸し暑い狭苦しい寝台は拷問台に等しく、一睡もできなかった。開け放した窓から吹きいる風が頼りだったが、駅で下りたらそよとの風もなく蒸釜の中。立昏《たちくら》みして駅の前にしばし佇《た》っていた。何のために、夏のさなか、地獄の釜に入りにきたのか。選ぶにことかいて、なぜ、京都か。思い返せばいつも、ことさらに、心地よい

場所を避けてきたような気がする。

着替え少々を入れた風呂敷包みに、懐にこのときも舶来の書を一冊。薄い詩集であった。宿は決めておらず、熱気の中に歩み出る決心もつかず、立ちすくんでいると、目の前に濡れた手巾《ハンカチ》が差し出された。気分が悪いのかい。十五か六か。西の訛《なま》りのない、そうかといって東京の山の手言葉でも下町風でもない、ぶっきらぼうながら山出しでもないという言葉つき。顔が青いよと、がさつではあるけれど案じる真情がこもった。こちらのほうが十は年上なのに、気遣われるのはだらしない。

そこで休んだらいいよ、と駅の待合の木の長椅子をさす。ありがとう、と言われるままに素直に腰掛けた。

粗末な縞木綿に前垂れ、煙草《たばこ》盆に結った髪は手絡《てがら》もない。背に赤ん坊をくくりつけていた。

傍らに立って去ろうとしない。手巾を返すのを待っているのだと、気がついたときは、悪心もおさまり冷や汗もひいていた。

宿はどこ。

まだ決めていない。

こちらの身形《みなり》を検分して、あまり高いところは困るね。安くていいのを教えてあげる。

新手《あらて》の客引きかと疑ったのは、こちらの意地が悪かった。ついそこの菓子屋に子守奉公していると、問わず語りに告げながら、背の赤子の尻をたえず軽く叩き、からだを揺らしてあやしている。いぶらずとも、赤子はぐたりと眠っていた。

子守は辛いだろう。

いんにゃ、こうやって外に出ていられるから、ほかの奉公より楽だよ。夕餉《ゆうげ》の支度をはじめるのに間に合うように帰ればいい。こっちだよ、と先に立つ。

駅は始終くるのかい。

頷いて、人の出入りを見ているのが面白い、と言ってから、線路のずっと向こうに郷里《くに》がある、と小さく一言。郷里は北の海辺。年季奉公に出された。

名を多代と知った。赤子も多代もともに湯上がりのように汗に濡れて湯気さえ立ちかねない。表通りを抜けて、歩くうちに涼しげな竹藪。荷物は少なし、急いで宿に入ることもない、多代と歩く時が無性に愉《たの》しくて、後から考えれば、宿に部屋をとり、多代もそこでゆっくり休ませればよかったのだ――いや、年弱とはいえ娘が男の部屋に入ったら、悪い噂もたとう、できぬことだった――、竹藪に歩み入ったのだった。胸の底の虚ろも、理由さだからぬ生の辛さも、自死への希求も、このとき、忘れていた。頭上に天蓋をつくる葉叢《はむら》は、そこここで、ささやきに似た葉音をかわし、ある群れは幽かに、ある群れはやや強く。そうして、三味線の音、屋台の氷白玉。観た芝居は何であったか。

＊

轟《ごう》と落雷の音を柝《き》の頭《かしら》、刃物のように澄んだ音が響いて、浅葱幕切って落とされたが、役者は気配もなく舞台は空。稲妻一閃《いっせん》、板に散る花牌数枚を照らしだす。後ろには海を描いた遠見幕。下手《しもて》の袖近くに、青に白い波頭を描いた波布を敷き、上手《かみて》の袖で柝《き》を打ったのは、三尺婆だ。

「さて、出番だよ。なに、稽古さ。衣裳も化粧もいりゃあしない。素《す》でいいよ。おいで」

女形は羅の肩をいれなおし、促して梯子を下りる。黒い裾が波のようにひろがるその後にしたがった。真新しい下帯がきりりと心地よい。湿った土間を抜け、舞台にのぼる。

袖では婆が小豆を入れた箱を動かし、寄せては返す波の音。

「幼いおまえが、浜で遊んでいたっけね。旧劇じゃあうまくいかない。新派悲劇でいこう。叔母さんが、幼い甥《おい》を夏の海辺に連れ出した。そうだったろう。この海じゃあない。尾根を越えて南がわ。お天道様がもっと強い。白砂の綺麗な」

浜辺に続く茄子畑、南瓜《かぼちゃ》畑。玉蜀黍《とうきび》の穂は赤茶けて垂れ、砂地に屋台をおいて、裸に剝いた黄色い粒のきれいに並んだのを醤油に漬けては網にのせ、炭は赤々と、己が皮膚を骨に貼ったような渋団扇《しぶうちわ》で老爺が香ばしい匂いを送る。傍らのバケツには玉蜀黍の皮やら毛唐の毛染めいた赤い穂やら、溢れ散らばる。

三本もらうよ、お爺さん。古新聞にくるんだのが、熱い、熱い。ついでのことに、葉っぱも穂もご無心よ。

——なぜ、三本。

叔母と子供と、誰がいた。

「猫さ」と、女形。

「猫は玉蜀黍は食わない」

「男、と言ったら思い出すか。叔母さんがね、些《ち》っとからだを悪くしたとお思いな。新派悲劇によくあるだろうが。空気のよいところで養生せよと医者の忠告。漁師の家を一夏借り切って、出養生さね。下女がひとり付添い、可愛い甥っ子も連れてね。叔母さんといったところでねえ、さて幾つだったか、二十になりもすまい、おまえの目には頼もしい大人でも、ほんの初《うぶ》な小娘だったよ」

堅い一方の士族の家柄。祖母は家風になじもうと、本来の好みは押し殺し、歌舞音曲芝居、一切御法度。

綺羅を飾った大芝居を観たのは、

「一度だけだったというよ」

何ぞの用で祖母が幼い叔母を伴い実家に行ったとき、家族揃って芝居見物。叔母は夢見心地であったそうな。それが知れて、祖母は夫からきつい叱責。あわや離縁ともなりかねぬところであった。

「保養先の海辺の、葦簾《よしず》の掛け小屋、土間は砂地に簀《す》の子を敷いた、鬢《まげ》といっちゃあ紙の張りぼて、衣裳ときたら旅の汚れが染み放題、なんとも哀れな一座だったが、役者にのぼせた。悪所に誘い込んだのは、付き添ってきた下女だった。笛太鼓、三絃、誘い入れる囃子《はやし》の音」

三人気を揃え、黙っていれば旦那様にも奥様にもわかりゃしません。坊っちゃま、よござんすね。おうちに帰っても、叔母様と芝居を見たなんて、金輪際、仰有《おっしゃ》ってはいけませんよ。奥様や旦那様に知れたら、坊っちゃまはおうちを追い出されます。そう口止めしたのは芝居を見終わってからで、それほどの悪事なら、見ずともよかったと悔やんでもせんない。芝居見物は、筋もわからぬ子供にも、面白くはあった。

「下女というのがとんだ不忠者さ。自分が遊びたい盛り。お嬢様が役者と逢い引きなら、その間に好いたらしい若い漁師と、下女は男馴れていらあね、火遊びだ」

女形の言葉が紡ぎだす追憶。僕が持つ、と叔母の手から受け取った新聞包みの焼き玉蜀黍、熱さに悲鳴を上げ、落とすまいと抱え込み、触れたところが何処も彼処も火傷しそうで半べそをかく。

赤く膨れた指先を、叔母は口に含んでしゃぶり、痛みを鎮めてくれた。

歩むほどに、玉蜀黍売りの老爺の姿は見えなくなり、細い幹が磯風に歪《ゆが》んだ松の根方、草いきれに包まれて、叔母は手巾《ハンカチ》を敷いて足をくずす。

子供は早速玉蜀黍を両手に持って横銜《ぐわ》え、ひと並び齧《かじ》り取ると歯にねばり、口の回りは醤油だらけ。

叔母様は召し上がらないの、と急《せ》かしたっけか。叔母なるひとは、香ばしい玉蜀黍を二つ膝の上の新聞紙にのせたまま、時折首を伸ばし、伸び上がり、待人きたらずのふう。

手持ち無沙汰を紛らすかして、叔母は玉蜀黍の葉と穂を器用に扱い、指がすらすらと撓《しな》って人形を作る。

僕も作る。ねえ、叔母様。教えて頂戴《ちょうだい》。

叔母の言うがままに、葉をひろげ、丸め、赤毛を垂らしてみても、人形とは似ても似つかぬ。よくできてよ、と叔母が讃えても、口先だけと察しは鋭く、幾度も根気よく作りなおしているうちに、叔母の方も飽きて焦《じ》れ、もう、やめにしよう、ほら、波の傍で遊んでおいで、暑苦しい、まつわりつかないでおくれ、と、振り払う。

男は陽に灼けてなくては。子供だっても、青瓢箪はよくないよ。波打ち際であそんでおいで。

素直にはいと頷いて、火の粉を散らしたような白砂の上を片足ずつはねて。

叔母は翳《かざ》した日傘の陰が顔に青く、……ちゃん、と知らぬ女の子の名を呼んだ。おいで。おまえはここにおいで。ちょちょと舌を鳴らして呼ぶ。陽灼けはよくないもの。この可愛い顔が酔っぱらいの酸漿みたいになって雲母を剝がすようにひらひら剝けて、おおいやだ。

引く波が砂に泡を残す渚に屈み、頭の後ろを高い陽に焙《あぶ》られながら、濡れて黒い砂に四本の指を差し入れ、先へと浅く掬《すく》うと、掌に乗った砂は幾重にも刻まれ、叔母様、お刺し身ができました、と振り向こうとしたとき、波布ずずと袖の方に引いたのが、押し寄せながら高く聳《そび》え、その裏は漆黒、頭上にかざし持った黒衣《くろご》たち、数えて五人、ばたばたとツケの音、がっぱと押しかぶせた。

＊

まずはこれぎりと、口上と共に緞帳がおり、固唾《かたず》をのんでいた多代が我に返って、笑顔を向けた。

多代にはひどく怖い場があったかして、縋《すが》りつくのを肩を抱き寄せ、そのままだった。芝居見物のあいだ膝に抱いていた赤子をそそくさと背負いなおすのに手を貸した。

こちらは旅人ゆえ、浮名もかまいはしないが、多代があらぬ誹《そし》りを受けては気の毒と、ようやくのときになって思ったが、知った顔は見物の中にひとりもいないと、多代はいっこう気にかけず、少し遅くなったと言いながら、さして案じもしない。宿は主家の近く、と肩を並べ、いつまで滞在するのかと訊《き》いたとき、淋しそうな目の色になった。

このまま東京に帰ろう。ふいに、そう思った。四日五日と逢瀬を重ねたら、抜き差しならぬことになりそうだ。

いま、ここで、不義のなんのと回りに騒ぎ立てられたら、いとおしい玻璃《はり》の器が微塵《みじん》に砕ける。

「年季はいつ明ける」

「来年の夏」

「明けたら、東京にこないか」

「東京」と鸚鵡《おうむ》返しに口にして、あっけにとられている。

「迎えにくる。来年の夏までに、所帯を持てるように稼ぎためて」

多代はしばし、あ、と口を開いたまま。

「あまりに急だと思うだろう。僕は確かに正気じゃないんだ。しかし、君と一緒にいて、生まれて初めて、胸の中が清々《すがすが》しくなった。幸せという言葉の意味を初めて知った。僕は勝手かい。勝手だ。わかっている。暴君だ。でも、大事にする。余所《よそ》の赤ん坊を背負わせたりはしない」

心の底から誓った。多代は素直にうなずいた。

「東京者は薄っぺらだ、と聞かされているだろう」

多代は首を振る。

「薄っぺらなんだ。薄情だ。冷淡なんだ。でも、ぼくは東京者ではあるけれど、正気じゃないから、君には誠実だ。まるでね、初めてのびのびと呼吸ができたような気分なんだ。僕の勝手だ。自分が心地よくいたいから、君を必要としているんだ。誠実の証《あかし》にね、いま、君の手を握ったりはしない。接吻もしない。どんなに抱きしめたいか、口を吸いたいか、それどころじゃない、もっとひどいこともしたい。今は控える。無理に控える。そのかわり、来年迎えにきたら、そのときは、抱くよ。君の骨が折れるくらい」

熱に浮かされたように喋《しゃべ》り、相手が気味悪がるかと気がついて口を噤《つぐ》もうとしたら、

「迎えにこなくていいよ」多代は言った。「年季が明けたら、郷里に帰るから、そっちにきておくれ」陽の光を受けた玻璃の笑顔。

夜汽車で帰京した。

くる幸せの予感に包まれ、雀とともに起き、日がな一日筆の穂先の乾く暇なく訳業に励み、安下宿を出て多代を迎え入れるに足る部屋に移る日を思えば眼の芯の痛みも耐えるに易い。陽が落ち、少々の寝酒で床に就く。

多代から代筆屋に書いてもらったという便りが幾度かきて、こちらからも送り、先輩には内緒だった。そうして、いよいよ、年季が明けます。蓬莱屋で待っていてください、と。

＊

黒衣の波に揉みに揉まれ、頭が出たから息を継ごうとすると再度《また》ひと波。噎《む》せかえって塩水を飲んで、鼻から頭に刃が突き通ったようで、叔母様が助けてくださると信じ、波幕はからだを絞り上げ、せりあがる高みに持ち上げられどうと落ちる。汀《みぎわ》に泡を残して波は沖に去る。

日傘くるりと、叔母は松が枝の下で、片手で玉

蜀黍の人形をあやつり、戯《じゃ》れついているのが、黒い猫。赤い穂に爪をかけ、引き裂く。翻り終わって芯ばかりの玉蜀黍が砂にあり、爪先で突くところがって、猫が追う。

ようやく起き上がり、ずぶ濡れ、砂まみれ、前のめりに膝をつき、砂に足をとられて進みがたい。

玉蜀黍の芯につられて走ってきた猫が、向きを変え、叔母の膝元に駆け戻る。胸に爪をたて肩によじのぼるのを叔母はとがめず、醤油で濡れた口の端を猫が舐めた。

砂を蹴って走り寄り、猫をひっさらい、眼窩《がんか》に指が食い入ったのは、故意かはずみか。波打ち際にとって返し、思いきり遠くへ放り投げた。

後から走ってきた叔母が、何するの、叫んで裾をからげるひまもなく、水に入る。折から、高波どっと寄せて、叔母を攫った。黒衣のあやつる波布、青と白、裏地の黒がねじれて、巻き込まれた叔母の姿は、引き波の水面に髪一筋なく、つっかけた赤い鼻緒の下駄の片方のみが浮いて、立ち尽くす目の前に、打ち寄せた波が、小さい死骸を置き去り、引いて行った。濡れた毛が骨身に張りつき握り拳のようになった黒い猫が、片目潰れて。

暴雨か五百重《いおえ》の高波か、窓の桟を破り滝のごとく、木戸を打ち倒し、土間に押し寄せ、舞台を洗い、板壁はきしんで内にふくらみ音を立てて割れ破れ、波布、黒衣、婆、ことごとく逆巻く水の渦に呑まれ、女形が沈み行くのを目の端に、多代の笑顔が哀しいと思って。

＊

板切れ、折れた柱、幟《のぼり》の切れ端、渚に打ち上げられ、浅瀬にただよい、朝の陽は燦《さん》たり。

人心地ついて立ち上がる目に、細波に揺れる黒髪の一束。

足元に漂うそれが、むくりと起きて、裾から胸へ、肩へと、爪をたてて飛び移った。

片目潰れた、ざらりとした舌が耳を舐め、ささやいた。

「叔母さんを殺したね」

清元　螢沢《ほたるざわ》

ほととぎす、鳴くや皐月《さつき》のあやめ草、あやめもわかぬ射干玉《ぬばたま》の、無明《むみょう》の闇の六道《ろくどう》や、あやめていかにと問うまでに。

こころ急《せ》かるる関川《せきがわ》の、瀬音を深みゆき悩む、折しも月や雲を裂き、ぬめる血潮の消えやらぬ、抜き身に映す我が面《おも》の、あな凄まじや、あさましや。

男「こはそもいずれの御社《みやしろ》か」

柱かたぶき、屋根朽ち果て、弥陀《みだ》尊像も失せたりける。

神もおわさぬ御手洗《みたらし》の、青鴨跖草《あおつきくさ》や主《ぬし》ならむ、生死長夜《しょうじちょうや》の夢もなく、もはや追手の影もなし。

川の流れに血刀を、洗えば水の深みより、砕けし月の影なれや、わきたつ光、さと散りぼうを、それと気づかず階《きざはし》に、腰うちおろし来し方も、果ても肌帯《はだおび》乱れ解け、されど奪いし金包みは、我が掌中にしかとあり。

男「はて、希有《けぶ》な。淡雪が」

夏というのに溶けもせで、乱れ衣《ごろも》に降りかかる。

女童「いいえ。雪ではござんせぬ」

年のころなら六つ七つ、振り分け髪の女童《めわらべ》が、社の奥より立ちあらわれ、

女童「ここは名におう」

螢沢

男「螢沢とな」

雪に見まがう螢とや。

男「年はもゆかぬ幼童《おさなわらべ》が、夜の河原にただひとり」

螢狩りとは怪しやな。

女童「あれ、血がにおう、血がにおう。おまえが刀の血の雫に、螢が寄ってくるわいな」

かざみの袖につつめども、かくれぬものは夏虫の、身よりあまれる思いとや、水に燃えたつ螢、螢、群れ螢。

女童「おお、それ、光る、光る」

螢こよ、螢こよ。焦《こ》がれ憧《あくが》れ、わたりこよ。

歌う女童《わらべ》のかわゆらし。

ほう、ほう、螢こよ。

薄《すすき》、露草《つゆくさ》、水藻草《みなもぐさ》、手折《たお》る挿頭《かざし》の姫小百合《ひめさゆり》、水の面《おもて》にさしのべて、ほう、ほう、螢こよ。

男「思えば俺も幼いころに、歌うたものだ」

女童「兄《あに》さんも、いっしょに歌うてくだされや」

童《わらべ》、女童《めわらべ》、よりそいて、声をあわせて螢こよ。水は甘葛《あまづら》、尼《あま》が紅《べに》。尼が紅さいた、父《とと》や母《かか》にいわしょ。

瀬戸の裏山ささ流れ。夏の笹むら、さ揺《ゆ》らぎに、小笹笹舟、魂《たま》のせて、秋の紅葉の下葉かげ、忘れ螢の二つ三つ。

積もる悪事の罪科《つみとが》も、睫毛《まつげ》にかかる淡雪の、寒さ悲しさいまさらに、溶けていとしや幼《おさな》どち。

女童「兄《あに》さんは、なぜに故郷《くに》を捨てさんした」

男「それはなあ。思い起こせば十年《ととせ》昔」

塵塚《ちりづか》掘ってもお江戸なら、金のなる木があるとやら、甘い話についだまされて、幼なじみが取りすがる、縹《はなだ》の帯の片結《かたむす》び、薄《うす》のちぎりの袖振り捨てて、親の手元をだりむくり、江戸に思いを帆掛け舟。

由縁《ゆかり》むらさき吉原女郎か、一品《ひとしな》下がって品川か。いっそ深川、浅瀬でわたろうか。

浮かれ曲輪《くるわ》のらんちきも、醒《さ》めて南柯《なんか》の夢

のあと。
女童「それから、なんとしなさんしたえ」
男「それから」
男「それから」
それからと、言いよどんだる折りも折り、社の奥より、
女「それから、お忘れかえ」
洗い髪、婀娜《あだ》な年増がすいと立つ。
男「はて、見知らぬ女子《おなご》」
女「見も知らぬとは胴欲な」
渡しも果てぬ夜《よ》の川の、夜《よる》のちぎりはありとこそ。つれなき恋は跡だにもなし。
女「忘れたとあれば、思い出させてしんぜましょう。この子や、あちらで遊んでいや」
女「かぞえていまより七年前《ななとせ》」
東両国橋詰垢離場《はしづめこりば》。ゆく秋のにわか雨、篠《しの》をたばねて降りしきる。
今宵お見えの方様《かたさま》のなかに、思うお人はあるなれど。
女「おまえ、この唄を聞いても思い出さぬかえ」
男「おお、どうやら、聞いたおぼえがあるような」
添うに添われぬ片恋と、
女「絃《いと》にあわせて、そと招いたが、このわたし」
夜半《よわ》のさむしろ掛け小屋に、むしろ掛けでも頼もしと、
女「夜鷹の小屋に、雨宿りをしなさんした」
男「そのようなことも、あったなあ」
女「おまえは、わたしを、こう抱いて」
崩れ花《くずればな》とて手折《たお》らでおこうか。手折りて濡るる縁《えにし》ぞと、枕をかさね袖かさね、絃《いと》の音締《ねじ》めの、しめつかためつ夜もすがら。
一夜流れの仇夢も、別れがたなの明け鳥、げにや情けは有明の、月ごし雨に鳴き濡るる。
女「行きなんすかえ、この雨に」
行くをやらじと引きとむる、面輪《おもわ》をとくとみ

つむれば、歌舞の菩薩の君ならで、姿かたちはあさましけれど、色香ほのめく吉祥天女。

男「さても、いとしい。しおらしい」

行かせともなや、行きともな。

女「わたしが一生つくすゆえ」

雨をかための盃に、心つくしの杉菜《すぎな》ゆえ、名のみ嫁菜《よめな》も、おお嬉し。

主《ぬし》のほかには、なんにもいらぬ。比翼《ひよく》とちぎる言の葉も、わたる鵲《かささぎ》、霜白く、衣《ころも》は薄く夜《よ》は寒く、火桶《ひおけ》かかえて灰かきすさび、日数《ひかず》かさねて二月《ふたつき》、三月《みつき》。

青陽《せいよう》あらたま年たちかえり、梅に桜と花咲き初《そ》めて、くすんで何としょう。

悪所《あくしょ》がよいは悪性者《あくしょうもの》のならい。銭がなければ、
男「つがもねえ」

更《ふ》けて忍びの夜歩きは、長脇差しを振りかたげ、ゆすり、押し借り、荒稼ぎ。

お天道様もおそろしい。悪事はやめてくだされと、
女「縋《すが》るわたしを、おまえはなあ」

男「おお、そうだ。思い出した」

縋るおまえを、突き放し、足蹴にかけ、
男「あのとき、おまえは」

女「あい、わたしは」

男「おまえは、あのとき、死んだ。死んだ」

女「あい、子をば宿した岩田帯。おまえに蹴られ、子は流れ」

男「死んだうぬれが、なぜ、あらわれた」

女「ここは名におう螢沢。三途《さんず》の川の渡しも近い。おまえを待っていたわいなあ」

ともに舟へといざなうを、そうはさせじと、振るう刃の袈裟《けさ》がけに、女の肩口ざっくと裂く。

溢れて散るは血潮にあらで、青く燃えたつ螢、螢、群れ螢。

飛花落蝶《ひからくちょう》のさながらに、一太刀切れば一群ら

舞いたち、喉《のんど》を抉《えぐ》ればまた一群ら。舞いつどう螢の群れや、数千万、右に左に舞いたがい、毬とかたまり、夜空にあがり、男にどっと襲いかかる。

青光りつつ、眼《まなこ》をふたぎ、喉《のんど》をふたぎ、血をすすり、さらには肉を食らいつくす。

女童「かかさま。もしや、あれが、ととさまか。螢まみれで、光る、光る」

三途の川をたゆたいゆく、死者にたむけの童歌《わらべうた》。

ほう、ほう、螢こよ。

水は甘葛《あまづら》、尼《あま》が紅《べに》。尼《あま》が紅《べに》さいた、父《とと》や母《かか》にいわしょ。父《とと》や母《かか》にいわしょ。ほう、ほう、螢こよ。

冰《ひょう》蝶《ちょう》 他2篇

PART 3

いかにも……、

亜米《アメ》三（アメリカ三番館）の茶焙《ほう》じ。甲斐性のある男がやる仕事ではありませぬ。

夏とはいっても午前三時、まだ星がさえているうちから起き出して、ガス灯のともる馬車道を小走りにいそぎ、居留地亜米《アメ》三の倉庫の前に延々と列を作って仕事の口を待つのは、女ばかり。たまに男がいると思えば、これが、洗いざらして性《しょう》のぬけた古雑巾のような爺です。

私は、五体すこやかな二十七。それが益体《やくたい》もない、女年寄りにまじってのお茶場通いですから、しっこしのない鈍《どん》なやつと、さげすまれるのも承知です。

はじめて人を斬ったのが、私、十二の年、長兄も次兄も、十二歳より父に伴われ刑場にまいり、家業につかされております。

一番数多く斬りましたのは、兄弟のなかでは、長兄でしょう。

長兄、十七歳で、米沢藩士雲井龍雄《くもいたつお》を斬りました。私は稚くはありましたが、同座して、家業見習いにつとめました。

明治三年庚午《こうご》、年の瀬でした。師走二十八日とおぼえております。

御一新このかた、公事方御定書によりさだめられありし惨刑は、いくぶん、ゆるやかに改められつつはありました。

磔刑《たっけい》、火刑は御一新早々に廃止になり、引廻し、晒、鋸引きも、二年七月に撤廃、入墨刑も同年廃止になりました。

さりながら、死罪、下手人、斬罪は、幕藩当時そのままに、行なわれておったのです。

御承知とは思いますが、いずれも、斬首の刑でありますう。ちがうところといえば、死罪、下手人は百姓町人に科せられ、士分に科せられる斬首が斬罪です。むくろが新刀ためし斬りに供せられるのは、死罪のみでした。

さて、この雲井龍雄というお人は、志高さ傑物であったと、後に私は知りました。

このとき二十七歳――思えば、今の私と同年だったわけでありますが――たいそう小兵、そうして、胆のすわったさまに、稚い私は感じいったのであります。

用意とどのうまで、その首打ち落とす役目の十七歳の長兄は、何か放心したように、空の一点に目をあげておりました。

そのとき用いましたのは、東多門兵衛尉《とうたもんひょうえのじょう》藤原正次《まさつぐ》、二尺一寸五分の業物《わざもの》です。

十二歳より家業にはげんでまいりました長兄は、このときまでに、すでに場数を多々ふみ、十分に馴れきっていたわけでありますが、蒼白でした。

――その後、私は、幾度も兄の仕事ぶりを見ておりますが、いつも、最初のひとりを斬るときは、唇の色まで白く、まるで怯えているようにみえ、それが二人め、三人めとなると、頬に血がさし、眼の色がうるんで、何か情にうかされた女子《おなご》の眼のようになることに、私は気づいたのでありました――。

雲井龍雄は士分ですから、目かくしは用いませぬ。

長兄は、検視の方々に一礼すると、つかつかと雲井の傍に進み、「国賊!」と一喝。一気に、打ち落としました。

私はその瞬間、ほんの瞬時ですが、立ちくらみ、暗黒のなかにただ一閃、走る白光のみを見ました。

　再び、目の前が明るくひらけたとき、非人が落ちた首を拾いあげ、炭をつぎ足すと、倉庫のなか全体が、一つの竃《かまど》になったような凄まじい熱気。

　女たちは、馴れたものです。手拭い一すじ姉さんかぶり、もう一すじを衿《えり》にかけ、茶の粉が胸に入るのをふせぎます。

　竃の上の大釜に、生茶の葉をざあっと入れ、かきまわすのは、素手です。

　長いことやっている女たちの手は、火傷《やけど》の上に火傷がかさなり、てらてらと厚くこわばっていました。

　この、気の遠くなるような熱さが、私には気にいった。

　竃の前に立つだけで、軀じゅうの水分が汗になり、流れるなんてなまやさしいものじゃない。

　鼻の孔がちりちり灼けてくる。呼吸も満足にできない。

　かきまわしているうしろから、『廻り役』が、紺青色の粉末を投げいれます。アバルといって、色出しと湿気防ぎの粉薬です。

　汗みずくの全身にも、この青い粉がふりかかる。私は下帯ひとつだ。まるで青鬼です。

　女たちの顔も青光りしている。

　そんななかで、女というのは陽気ですね。

　恋で身を焼くァ八百屋のお七
　天保で手を焼くお茶焙《あぶ》り

　ナント、ナント、といっせいに合の手が入る。

　賃金は、この頃は火釜一釜二十八銭ですが、はじめは天保銭で支払われた。それで、今でも天保とよびます。

朝は三時から弁当箱さげて
開けておくれよ門番さんや
今日の天保もらわなきゃ
鍋釜へっつい総休み
箸と茶碗のかくれんぼ
飯盛杓子が隠居して
お玉じゃくしが身を投げる

うたの音頭をとる威勢のいいのは、たいがい、きまっていました。

私は、自分が一本の棒なら、明治十四年七月二十四日を機に、ぽっきり二つに折れたと感じていた。

しかし、そうじゃなかった。

私が二つに折れたのは、長兄が人の首打ちとってしまったものは、つごうがどうしようが、もとどおりにはならない。明治十四年七月二十四日は、私がそれをはっきりと自覚させられた日、ということです。

先生、貴方も、御自分がぽっきり二つに折れたことを知っておられる人だ。

私は、そう思った。だから、きいていただく気になった。

貴方は、蘭法の医学をまなばれた。法に触れ、入牢。出獄されたときは、法の方が変わっておった。禁制は禁制でなくなった。しかし、貴方は、あらためて世に出直すほど、もう若くはない。

そこの合釜《あいがま》やァしっかりおしよ
白い団子を食わぬよに

即興でうたいながら、女が、私を見て笑っている。私の釜に『拝見さん』が白墨《はくぼく》で丸をつけていったからです。拝見さん、つまり監視役で、やりかたの悪い者の釜には印をつける。この白団子をつけられると、日当がさがります。

女ははりのある美しい声だが、顔はよくなかった。盤びろでひらったい。愛嬌のあるのがとりえで、このおかつという女は私に一目惚れしたようでした。

仕事についた初日は、私は諸事かってがわからず、まごつくばかりでしたが、おかつがこまごま世話をやいてくれました。

夜のしらじら暁《あ》けから四時間、働きづめに働いて、ようやく休めの号令がかかります。朝飯です。女たちの大半は弁当持参だが、私は何も持ってきていなかった。おかつが、倉庫の一隅に待機している弁当屋に連れていってくれました。切干、鉄火味噌、古漬に飯で一折《ひとおり》。パンも売っていました。

もとはお武家さんだろう、と、おかつは私に憧れるような目をむけました。

私を熱っぽい目で見るのは、おかつだけじゃなかった。何しろ、若い男の少ないところです。常用人夫は男だが、茶焙じは、申したように女と年寄りばかり。

朝飯がすむと、また、火焔地獄です。昼飯の休みは二時ごろになります。

水道場で顔を洗うと、ほっと息がつける。

女たちは、そこで持参の米を磨《と》ぎます。磨いだやつを行平鍋《ゆきひらなべ》にいれて午後じゅう火釜のそばにおいておけば、飯がたきあがり、帰るときまで暖い。家で晩飯の仕度に薪炭つかわずにすむという、要領のいい話でした。

午後の作業ともなれば、うたは次第に猥雑に、やけくそめいた笑いがそれをむかえます。

一日の仕事の終りめ、常用人夫が燃えさかる火を消してまわる。安堵とともに、何かさびしい眺めでありました。

日当を受けとり出口を出るとき、検査がある。茶をくすねて持ち出さないか、しらべられるのです。この検査がきびしい。縁台二つおいた間をひとりひとり通り、そのとき、風呂敷包みや弁当箱は開けられ、その上、からだじゅう、手でさぐられます。これは、気色が悪かった。さわられるということに、これは、辛抱しかねた。人にさげすまれようが、もちあげられようが、今さら心がさわぐこともない。だが、なでまわされる手の感触が不快でならなかった。

職にあぶれても、もともとです。別の仕事を探せばよい。食えりゃいいんだ。『拝見』の手をふり払おうとしたとき、ほかに騒ぎが起きた。茶をかくして持ち出そうとしたのが露見したのです。これが、まだほんの子供のような娘で、年に似あわぬ気のまわるやりかたをした。おおかた、誰ぞに知恵をつけられたのでしょう。自分で考えつくようなはしっこいたちではないと思います。持参の大薬罐に焙じ茶をつめたその上に、濡れた茶殻をかぶせておいた。蓋をとってのぞかれても、出しがらなら文句はいわれない。よし、と言われて気がゆるんで、小走りになった拍子に、つまづいた。薬罐がころがり、茶がらといっしょに新しい焙じ茶が地に溢れこぼれた。

稚い娘っ子だからといって、『拝見』の男ども、責め折檻には容赦がありません。むしろ、おもしろがって、いっそういたぶっている。

で、私は、とめに入った。

男どもは人数が多い。呼び集めれば、何十人かになるでしょう。どっちみち、袋叩きになるにしても、めいっぱいあばれてやろうか、それとも、娘っ子のかわりに、おとなしくなぐられてやるか。どっちでもよかった。たいしたかわりはない。だまって、なぐられておきました。

娘っ子、おみつといいますが、これが、すっかり私になつくようになってしまった。

もうひとり。なぐられている最中に、まわりで人垣をつくっている茶焙じの女たちのひとりと、私、目があった。

これが、いけなかったなあ。

決して、美しい女じゃありません。

いや、昔は美しかったんだろう。頤《おとがい》の細い、首の細い、目の切れ長な、と、造作のことを並べたてたてもしかたないんだが……首の細い……

肌の色が何ともいえぬ土気色。蒼黒いという方があたっている。

魅入られた。

美しい、と、私は思いました。

放免になると、おみつが、泣きじゃくりながら寄ってきた。

出口の前には、鮨屋、餅菓子屋、牛鍋屋、食い物の店が屋台を並べ、日当の銭を握った茶焙じの、財布の紐をゆるめさせようとしています。私は、おみつに大福を買ってやった。そのあいだも、蒼黒い美しい女から目を離せなかった。

翌日、その女は、私と合釜になった。隣りあうのを合釜というのです。笊《ざる》を持って生茶をとりに行くのに、一人一人行くよりは、かわりあって、合釜が二人ぶんはこぶ方が、はかがゆく。

おせんはやめな、と、おかつに言われました。妬《や》いて言ってるんじゃないよ、と言ってから、いえ、正直、妬けるよ、でも、だからって、いいかげんなことを言ってるわけじゃないよ、あの女は、死神なんだ。

死神のおせんか、あの顔色じゃ、そう二つ名がついても、むりはないな。

ほんとに、死神なんだよ。あの女、二度も、心中をしそこなってる。相手は死んで、てめえだけ生きのびているのさ。心中御法度の昔なら、非人溜におとされているところだよ。

毒を、と、おせんは話しました。毒を服《の》んだのだけれど、わたしだけ、生きかえった。

そりゃあ、苦しかった。はらわたが灼け、息がつまった。そんな思いをして、これで、死ねると思うと、生きかえってしまう。

死にたいか。

ああ、あんたといっしょにね。

私の抱きすくめる腕のなかで、おせんは言いました。

おせんは、ラシャメンだった。主人は英吉利《イギリス》人の医師でした。毒は、この医師からもらったものだという。本国に帰るとき、他の英人におせんをゆずり渡していった。これは商人でした。最初の心中事件は、この二度めの英人とです。おせんは、相手に強いられたと申し立てた。商人は、商いが思わしくなく、何やら気がおかしくなったらしい。

相手ばかり死に、おせんは、咎めは受けずにすんだものの、身ひとつで放り出された。

何人かの男と、ついたり離れたりしているうちに、馬丁といっしょになった。

男はおせんに打ちこみ、女の方でも、男にいれこんでいたようなのに、なぜ心中沙汰になったのか——

あたしが死神にとっつかれているんですよ。おせんは、細い頤《おとがい》を私の胸にうめて、投げやりに言いました。

あんたといっしょに死にたい、と、おせんに言われると、私も、ふうっとその気になりました。

もう、生きかえりたくはないよ。

それなら、ほかの手《て》段をつかおう、おれが刺してやってもいい、と私が言うと、女は、いやだと首を振ります。

あの薬が使いたい。今度こそ、死ねると思うよ。これまで、生きかえってしまったのは、あたしがしんそこ相手に惚れちゃいなかったからだろうよ。

もしかしたら、おせんは、また、ひとりよみがえるのかもしれない。それでもいいと、私は思うのです。とにかく、私が死ぬとき、女も、いったんは死ぬのです。そのあと女がどうなろうと、死んでしまった私にはわからない。

いっしょに死ぬんだ。それでいいじゃないですか。

私は、それでいいんだ。

おせんというのは、いい女ですよ。

＊

橋田彦四郎日録
茶焙師、吉《きち》こと山田吉武《よしたけ》、せん、服毒、相対死《あいたいじに》をはかるも、両人、蘇生せり。
山田吉武より話をききしとき、毒はシアンならんと、余、推察せり。
これは、内窒息を生ぜしむる毒物なり。ロダノオゼなる酵素により解毒するを得。
ロダノオゼは、体内の肝、腎に存在せるも、解毒には更に、チオ硝酸を要す。
故に、服毒前、チオ硫酸を投与せば、シアンの毒性は活動するあたわず。
せんなる女、あらかじめ、解毒剤をおのれのみ服用し、男を心中に誘いしならん。
余、思うに、せんは英人医師に、この悪しき哀しき遊びを教えこまれしものならずや。
余は、それとは知らさず、吉武に解毒剤を与え、先に服用するをすすめたり。
両人、よみがえりぬ。
されど、山田吉武、この後如何に生きるや。
余、不知《しらず》。

冰《ひょう》蝶《ちょう》

澤村田之助丈江。

降る雪をかぶって重く垂れた幟《のぼり》の文字は、たしかに、そう読みとれた。瞼《まぶた》に平手打ちをくったように、彼は立ちすくんだ。

見まわしたが、芝居小屋らしいものはない。

雪一色の空地の一隅が、高さ三尺ほどの台地となり、丸太を両端に数本立て、幟はその一つに縛りつけてある。幟の褪《あ》せた朱が、彼の目にうつる唯一の色彩であった。

すぐ傍に納屋らしいものが一つあるが、これは戯場《しばい》とは思われない。

このような片田舎にあり得べくもない田之助の幟……。無惨に濡れ、雪にたわみ……。

彼は、沈みかける足を苦労して持ち上げた。降り積んだやわらかい雪は、彼の足をくわえこみ、かんじきを履いていても、底無しの沼を行くようだ。

昨日、懐《ふところ》のあたたかい旅人が、里の男たちを数十人やとい、かんじきや縋《すが》りで行く手の道を踏み固めさせたというが、たえまなく降りつづく雪にたちまち埋もれ、道の跡もわからない。

西北は平野がひろがり、枝わかれした大小の川が流れる。越えてきた東南は、巻機山《まきばたやま》、苗場《なえば》山《やま》、八海山《はっかいさん》、牛《うし》が嶽《たけ》、駒《こま》が嶽、兎が嶽と、前の宿で名を教えられはしたがどれがどれやらわからぬ山々が、白い波濤《はとう》のようにつらなり、なかに浅草山というのがあるときいて、その名は薄刃のように胸を裂いた。

浅草、聖天町、吉原、猿若町……。

——やはり、恋しがっている。まだ、みれんがあるのか。江戸に。いや、東京《とうけい》に。

東京など少しも恋しくはないが、江戸は根生《ねお》いの地。

弥生《やよい》、江戸はすでに春。東京と名があらたまって十二年めになるが、東京とはどこのことよ、と彼は内心うそぶいたりする。強がってみたところで、何がどう変わるわけでもないのだが。

澤村田之助丈江。

幟の朱が眼を刺す。

忘れられねえわさと素直に認めかけ、意地をはって、胸を抉《えぐ》る辛さを放り捨てようとする。

認めたら、この雪のなかに膝を折り、泣きくずれてしまいそうだ。

澤村田之助……。

なぜ、こんなところに幟が。

佇《たたず》んでいると、笠《かさ》に肩に雪が重くなる。幟の朱は雪片のあわいに明滅する。

彼は、幟のかたわらを通りすぎた。

踏む春雪はやわらかいが、その底には、去年の秋の末から降り積んでは凍《い》てついた雪が、厚い鉄石のようだときいた。

三世澤村田之助。幼名由次郎。彼は、つぶやく。

左手から森が迫り、梢《こずえ》の雪は風に散乱した。

彼は右にそれた。森がかかえこむ闇のなかに足を踏み入れない自分に、少し驚いていた。

川のふちに出た。極寒のあいだは、この川は、氷に閉ざされ、その上に雪が積もって平地のようになるという。二月の末か三月のはじめ、陽気が少しゆるむと、自《おの》ずと裂け、大小幾千の氷塊、氷片が、藍色《あいいろ》の水にただよい、川下にはこばれ、北海に流れ去るのだそうだ。

いま、彼が見る川は、結氷はすでにない。岸に近い浅瀬に薄氷《うすらひ》がはりつめ、その下を藍色の水が流れる。

これも、前の宿できいた話だが、毎年、春の彼岸のころともなると、この川の水面、二、三尺上を、幾百万の白い蝶の群れが、翅《はね》をすりあわせ銀粉を散らし、川下から川上にむかって舞いのぼってゆくという。

幾里にもわたり、流れの上を霞《かすみ》の衣をなびかせたように、日の出から日の入りまでとびつづけ、陽が沈むとともに、蝶の群れも、花吹雪のように水に散り落ち――力尽きるのだろうか――川下にはこび去られる。一羽として、次の日の出を見るものはない。川は北の海に注ぎ入る。蝶も……。

徒労な溯行《そこう》、虚しい飛翔は何のためなのか。蝶の行動の理由を、土地の者もだれひとり知らなかった。一日かぎりの壮麗な乱舞。ただ死ぬための飛翔。一日かけて川上へ川上へととびつづけるのは、死後の葬列の距離をのばすためであるかのようだ。あるいは、北溟《ほくめい》にいったん流れ去った氷塊が、春、蝶となってよみがえり、生をたどりかえそうとでもいうのか。

舞い落ちる雪片は、力尽きて水に墜《お》ちてゆく蝶の群れを思わせる。

華麗で妖《あや》しい白蝶の群れを雪の上に重ね、――田之太夫のようだ……と、彼は思った。

一羽の蝶は儚《はかな》く淋しいが、それが数知れず寄り集まるとき、こよなく豪奢《ごうしゃ》な景色となる。しかも、淋しさは消えないのである。

淋しくて豪奢。そう、それが田之太夫だった。華奢《きゃしゃ》な愁《うれ》いのかったおもざし。薄幸そうな薄いくちびる。細いうなじ。清楚で、同時にきわめつきの淫蕩《いんとう》。幾十人の男が、女が、田之助にかねも心も奪いとられ、抜けがらとなって捨て去られたことか。自ら命を断った者もある。上野寛永寺の高僧は、田之助に魅入られ、寺を追われ、乞食のようになって入水《じゅすい》した。

田之助といっしょの舞台に出る役者は、災難だった。自分より芸が下手とみたら、徹底的にいびりぬいた。いっそ小気味よいほどに。左団次などは、満座のなかで棒鱈《ぼうだら》呼ばわりされ、身もすくみ、芸もすくんだ。

役が不足だ、だれそれがわたしより上の役をとるとは承知できぬ、あの人を下ろさぬのならわたしが下りますと、ごねとおし、奥役を往生させるのは始終のことだった。

足の怪我がもとで、骨肉が腐る脱疽《だっそ》という病いにかかり、慶応三年の秋、右脚を切り落とさねばならなくなったとき、世間の人《ひと》は、酷いめにあわされた女の怨み、男の怨み、罵《のの》しり倒された役者の怨みが業病の因《もと》と、とり沙汰しあったものだった。

しかし、いざ田之助が休演となると、客足が落ちるのをくいとめるために、劇場《こや》は桟敷代をさげねばならなくなったほどだ。

田之助の脚を切断したのは、アメリカ人の医師、ヘボン。横浜居留地のヘボン博士の診療所で、田之助につきそっていたことを、彼は思い出す。十二年経つが、あの日の記憶は彼の背に貼りついている。

田之助は二十三歳、彼は二十六歳だった。

昏睡《こんすい》から醒めた田之助は、いつ切るのかと掠《かす》れた声で訊いた。もう、すみました。まだ、足はついているじゃないか。そのとき、彼の心に、自分でも思いもよらぬ冷酷な風が吹きいった。彼は上掛けをはがし、田之助の背に手をあてて、上体を起こしてやった。

田之助の嘆声とも呻《うめ》きとも悲鳴ともつかぬ声。人間ののどから出た声とは思えなかった。田之助の手は、膝の下、何もない場所を、さぐり、叩き、無い脚を握りしめた。そのたまゆらに、田之助は、四歳の初舞台、十五歳の襲名の舞台、翌年十六の若さで立女形《おやま》となり芳沢あやめの再来と騒がれたこと、そうして二十三歳のこのときまでの華麗な日々と、これから先に続く無惨な生を、すべて視《み》たにちがいない。

吠《ほ》え叫ぶ、現実の声が彼の耳を打った。

狂人たちか、と彼は思った。素裸で川に入り、氷のような川水を浴びている数人の男がいたのである。

わう、あう、と吠え猛《たけ》らずにはいられないのだろう。彼のように蓑笠《みのかさ》つけていてさえ、立ち止まれば胴震いが軀《からだ》を走りのぼるのである。

雪が溶けこむ川水を手桶に汲《く》んで肩からかけ、両手を胸の前に組んで烈《はげ》しく振り、わう、わう、がう、と吠える。

雪の中で荒行か。御苦労なことだ。

彼が行きすぎようとしたとき、男たちはいっせいに川から土手に駆け上がってきた。肌を濡らした水がたちまち薄氷となってゆくようだ。彼の前を横切り、かたわらにある破《や》れ堂にとびこんだ。それまで彼は堂があることに気づかなかった。

乾いた布や着物がおいてある。足踏みしながら荒ら荒らしく髪や肌をぬぐい、粗末な布子をまとう。その上に蓑笠をつけるのはいい方で、蓆《むしろ》をまきつけ手拭いをかぶって雪と寒気を防ごうという者もいる。

――乞食か?

男たちは、かんじきをつけ、堂を出て、身を丸め、彼が今来た方向へ去ろうとする。

「やい、何とか言ったらどうだ」

一人が歯の根のあわぬ声で彼にくってかかった。唇は青紫になっている。

「伊達《だて》や酔狂で水浴《みずあ》みしているんじゃねえぜ。不審を持たねえのか。不審に思ったら、どういうわけでござんしょうと、一言たずねてみる気にゃあならねえのか。薄情者」

「江戸のお人かえ」

震え声ではあるが伝法な啖呵《たんか》に、彼はたずねた。

「そうともよ」

「なつかしいの。越後の北の片田舎で、江戸のお人に会おうとは思わなんだ」

「おめえも江戸か」

薄情者、と捨てぜりふで立ち去ろうとしていた男は、

「東京とは言わねえところが、お互《たげ》え、嬉しいやな」

気をゆるした顔になった。

「江戸のお人が、どうしてまあ、越後くんだりで水浴みかえ」

彼は男と肩を並べた。道を逆もどりすることになるが、どうせ、ぜひとも行かねばならぬ目的地は彼にはないのだった。

「よく訊《き》いておくれだ。おまえさん、ここまでくる途中、見かけなかったかい、澤村」

「田之助の幟！」

彼は、思わず言葉をかぶせた。

「そうよ」

「あの幟が何か……」

「おまえさんも江戸のお人なら、田之太夫の名前ぐらい」

「知らいでか」

男は嬉しそうな笑顔になったが、それと同時に、こちらの表情をさぐるような上目で、

「おまえさん、芝居は……好きかい」

彼は、浮かびかけた苦笑を消した。相手にかってなことを言わせてみようと思った。

「田之太夫の芝居は見たことがあるかい」

「いいや。かけちがって。だが、田之太夫は……」

「両手両足、脱疽で失なって、だるまさ。それでも豪気なもんだぜ。こうやって、舞台をりっぱにつとめていなさりやす。雪が止《や》み次第、興行

しますぜ。おまえさん、いそぐ旅でなかったら、見てやっておくんなさいよ」

「それじゃあ、おまえさんは田之太夫の一座の」

「市川三すじと言いやんす」

色の黒い、金壺眼《かなつぼまなこ》の男であった。

「市川三すじと言やあ、紀伊国屋の舞台には、必ず出ていた役者だっけね」

「おや、おまえさん、くわしいな」

「なに、話にきいただけさ。女形ときいたが」

「そうさ」

この、頬骨のはった金壺眼の小男が女になるところを、彼は想像してみた。猿がうどん粉をまぶしたようになることだろう。

「この雪で、興行もならず、足止めよ。たまりかねて、川で千垢離《せんごり》をとっていたのよ。早く雪が止みますようにと、願かけだわさ」

「そういうわけかい。だが、雪で興行ができぬというのは、客が入らないのかえ」

「いや、常打ちの小屋ならば、だるまの田之太夫がつとめるのだ、雪が降ろうと雨だろうと、客が呼べるにちげえねえのだが、ここはなんと、雪中演場《せっちゅうしばい》なのよ。幟を立てたところに、舞台があったろうじゃねえか」

「あれが、舞台……」

彼は声をのんだ。たしかに、一段小高くなってはいたが……。

「おれたちも、この村の勧進興行に買われてきたが、まさか、雪を積み固めた裸舞台とは、来てみるまでは思いも及ばなんだ。お江戸じゃあ、浅草、両国の掛け小屋までが、ごたいそうな常打ち小屋に生まれかわって櫓《やぐら》をあげた御時世だというのに、いくら雪深い越路といえ、雪舞台とはなあ」

「楽屋も花道もなしかえ」

「いや、あれはまだ作りかけなのだ。舞台も花道も、楽屋、桟敷、いっさい雪をつかねて形に造り、一夜おけば凍てついて鉄石のようになる。なまじな掛け小屋よりゃあ豪的だとさ。しかし、舞台も見物衆の土間も屋根がねえから、雪が晴れねえことには、どうともならねえ」

「見てみたいものだの」

「見て行かっせえ。隅田川原によそえて言えば、京大坂にまた一人あるやなしやの都鳥とうたわれた田之太夫、あいつとめまする狂言だ」

「富士になぞらう立女形、三国一と三めぐりの堤の花も及びなき姿の花の八重一重」

と、彼はつづけた。脱疽が悪化し、片脚の切断ではすまず、もう一方の脚と両の手も切り、引退を決意した田之助のお別れ興行で、櫓下や山谷堀の芸者衆が、花道に居並んで、田之助のために褒《ほ》め言葉をつらねたその割りぜりふは、七年経った今でも、すらすらと口に出る。

「よく知っていなさる」

と、男は疑わしげにくぼんだ眼窩《がんか》の奥から彼をすくい上げるように見た。

「なに、評判であったもの」

明治五年、市村座が村山座と改称しての、正月興行であった。もっとも、田之助は、それを最後に東京の舞台は退《の》いたが、座していては口が干上がる、やむを得ず、明治八年、九年は、大坂中《なか》の芝居、京都、名古屋と、不自由な軀で舞台をつとめたのである。

「ところで、わっちァさっきから少々耳ざわりなんだが」

彼は言った。

「田之太夫を、だるま、だるまと言いなさるが、太夫はたしかに、両の脚は膝下から切りなすった。だが、ヘボン先生がアメリカからとりよせなすったゴムの継ぎ足で、案配よくなったし、両の手も、肩口から断ち落としたわけじゃあねえ、右の手は手首から、左は小指一本を残して指を落とした、それだけと……聞いておりやす。

だるま呼ばわりは、酷かァねえのかえ」

噂というものは、とかく、尾ひれがつく。他人の不幸は大きいほど、無関係な者にはおもしろい。両腕両脚失なって、田之助はだるまになったと思いこんでいる世人は多いと、彼も知ってはいたけれど。

「だれに聞きなすった」

男は、少し気色ばんだ。

こいつら、飯の種がかかっているのだ。むげに暴《あば》きたてたら、こっちの命が危いかも、と、彼は用心する気になった。しかし、いったい、どんな奴が田之助を騙《かた》っているのだ。この雪のなかで、こいつら相手に命落とすは馬鹿ばかしいが、田之助の名を汚すやっと差しちがえなら、行きつくところは野垂れ死にと思いさだめた旅だ、一日一日がゆるやかな自害のようなものだ、死に花にもなろうかというものだ。

「いいえ、ほんの噂でね」

「小指一本残すなんざ、そんなけちくせえ、江戸っ子のようでもねえ。田之太夫、両腕両脚、ばっさりさ。それで、このたびつとめまする狂言名題は『日高川』。太夫は清姫を人形ぶりでつとめます。見てやっておくれよ」

話しこみながら歩くため、二人はおくれがちになる。他の者たちの姿は雪舞いのむこうに遠くなった。

「見せてもらいましょうよ」彼は言った。

「雪が止むまで、宿に逗留《とうりゅう》しましょう。田之太夫の清姫、似合いだろうねえ」

「そりゃあおまえ、言うこたァないわさ」

「太夫が清姫を人形ぶりでつとめなさるのかえ」

そう言ったとき、彼は、思わずせぐり上げそうになった。

紀伊国屋三世澤村田之助の、傍はなれぬ弟子だった市川三すじとは、あたしのことさ。

おれの名をかたるこの醜男に、啖呵をきってやりたい。

田之助が、忠臣蔵の顔世御前《かおよ》、大星力弥、腰元おかると、はなやかに立女形をつとめるとき、彼は、腰元蓬生《よもぎふ》、一力の仲居おきよ。『轡音《くつわのおと》縺《たづな》染分《のそめわけ》』で、田之助が重の井なら三すじは腰元さゆり。

仲居だの下女だの腰元だのといった役どころが多いが、居並んで、いらせられましょうと声を合わせるだけの稲荷町の下っ端ではなく、一々名前もあるほどの役にはついていた。

田之助の身のまわりの世話は、田之助が健やかだったころから、いつも、彼がまかされていた。疳癖《かんぺき》の強い我儘《わがまま》な若い師匠に、彼は心から仕えた。田之助はたしかに驕慢《きょうまん》であり、仕える者には冷酷とさえいえた。しかし、それこそが、田之助の花なのだと、彼は思わざるを得ない。驕《おご》りは、芸と美貌と人気の裏付けの上にある。驕りと人は呼ぶかもしれないが、自負なのだ、と三すじは思う。他人へのやさしい思いやりなど、田之助には、不似合いだ。野のすみれじゃあない。あの烈しい気性がなかったら、田之助は、ただなよなよと淋しいだけの、影の薄い役者になってしまうことだろう。

両手両脚を失ない上方《かみがた》に行ってからでさえ、田之助は、気概を失なわなかった。

宗十郎、家橘《かきつ》、九蔵、福助、荒五郎らと一座し、中の芝居で『明烏《あけがらす》』を出し、家橘の時次郎に田之助は浦里をつとめた。そのとき、禿《かむろ》みどりをつとめる宗十郎の伜《せがれ》が急病で休んだ。代りの子役に、田之助に命じられ三すじが稽古をつけたが、急なことなので、教えこむのに手間がかかり、幕間《まくあい》が延びた。宗十郎が、「何とのろいことだ。これじゃあ打ち出しが夜明けになっちまう」とぼやいたのが、田之助の耳に入った。

「おれがひっぱって延ばしているんじゃあねえ。てめえの伜の病気が因《もと》じゃあねえか。あいすみませぬと親父のてめえがあやまりにくるのが筋だろう。こう聞いちゃあ、おれァもう、できねえよ」

田之助が手を失なってから、顔をつくるのは三すじの役になっていた。腹を立てた田之助は、顔をつくらせず、舞台を下りる気がまえを見せた。荒五郎が間に入って話をおさめたが、以来田之助は、宗十郎に対し、聞こえよがしに大根呼ばわりし、舞台ではあてこすりのせりふを浴びせた。

少しも、容赦しないのだった。軀が不自由であろうと、卑屈になってはいない。江戸で花の立女形の田之助であったころ、そのままだった。

田之助の浦里だから、客が呼べる。その自負があった。舞台でいじめ抜かれる哀れな役ほど、田之助の魅力は冴える。遊女浦里が、情人をひきいれていたことが露見し、縛り上げられ、雪のなかで遣手《やりて》に割り竹で折檻《せっかん》される場面が見どころの明烏は、田之助にうってつけではあった。

しかし、つめかける客の心には、手足失《の》うした役者が、どないして舞台をつとめるのか、その好奇心が大きかったことは否めない。田之助は、みごとな舞台で、卑俗な好奇心に応えた。

次いで、十月の興行は、『国姓爺《こくせんや》』、田之助の錦祥女《きんしょうじょ》に家橘の和藤内《わとうない》。大切《おおぎり》に『日高川』を出した。安珍清姫を描いた義太夫の舞踊劇である。嫉妬に燃えて安珍のあとを追う清姫が、日高川を渡ろうとすると、安珍にたのまれている船頭は舟を出そうとしない。清姫は、上半身鬼女、腰から下は蛇体となって、川を泳ぎ渡る。安珍はこの場に登場せず、清姫と船頭が、人形ぶりで演じられるのが特徴である。

田之助の日高川は、軀の不自由を逆手にとった趣向といえた。生身の人間の自由な動きを殺し、木偶《でく》となるのである。九蔵、家橘、福助、鰕十郎《えびじゅうろう》らが人形つかいとなり、田之助の軀を宙にささえた。木製の手足をつけて人形にみせるという、思いきったことをした。いわば、けれんである。

人気は沸いた。だが、田之助は、三すじの前で、はじめて涙をみせた。足を切ったときでさえ、無い足をさぐって異様な声はあげたが、泣きはしなかった。その後、左脚、右手首、左の指と、次々に失ないながら、覚悟の上のこと、泣きごとは言わなかった。東京、村山座でのお別れ興行の『国姓爺姿写真鏡《こくせんやすがたのうつしえ》』に、芸者古今の役で出たときは、

「白波の泡にひとしき人の身は、夜半の嵐の仇桜、明日をも待たで散ることあれば、これがお顔の見納めか。思い廻せば廻すほど、お名残惜しう（と暇乞いの思い入れで見物を見まわし）ござりまする」と、我が身になぞらえた哀切なせりふで、見物を大泣きに泣かせたが、田之助自身は、涙にせりふがとぎれるようなことはなかった。あくまで、芸として、哀れなせりふをきかせたのであった。

人形ぶりをつとめるあいだも、家橘たちの前では、鼻っ柱の強さをくずさなかったのだが、初日、打ち出しのあと、門弟の鈨次郎《かんじろう》に背負われて借りている住まいに帰り、三すじと二人になったとき、

「澤村田之助は、上方の贅六野郎《ぜえろくやろう》の見世物か」

滂沱《ぼうだ》と涙を流した。三すじは黙ってひかえていた。同情や慰めは、田之助の矜持《きょうじ》を傷つけるばかりと承知していた。滾《たぎ》り溢れる涙を懐紙で拭った〝手〟は、三すじの手であった。

「どうなすったえ」

彼の芸名〝市川三すじ〟を騙る金壺眼の声に、我にかえった。

人形ぶり、の一言が、彼を辛い追憶に誘いこんだのだった。

「田之太夫は、どこに泊まっていなさるのだえ」

おだやかな声で訊いたが、腹の中では、――なにが田之太夫なものか、大騙りめ――毒づいていた。

「雪舞台の脇に小屋があったろうが」

――あの、納屋のような小屋に……。かりそめにも、澤村田之助を名乗る役者が、あんなみじめなところに。

「富士になぞらう立女形、三世澤村田之助さまに、目の法楽だ、ひきあわせてやっちゃあいただけやせんか」

「そうよな」

男は思案する顔になった。

「いいえ、まず、舞台を拝ませてもらってからにしましょうか」

彼は、言葉をひっこめた。どんな舞台をみせるつもりか。面の皮ァひんむくのは、そのあとでいいや。

「おや、道が行きどまりにでもなっていましたか」

前夜泊まった宿の女中は、濯《すす》ぎ桶に湯を汲みこんで、彼の足のかんじきをといた。

「花の太夫がこの片田舎で興行するそうじゃあねえか。いそぐ旅じゃあねえ、一目見てからと、引き返してきたものさ」

「紀伊国屋でしょう」

女中は蕩《とろ》けるような目になった。

「早く雪がやんでくれないかと、わたしらも待ちこがれていますのさ」

「ねえさん、この土地の人じゃあないようだね」

「わかりますか」

「一言ききゃあ、わからあな」

「嬉しいね。おまえさんもかい」

「亀戸《かめいど》の在だから、江戸といばっていいものやら」

四十に近い年にみえた。のど音は白粉《おしろい》焼けし、

兄ではなかった。ただ、おろおろと弟のきげんをうかがうばかりだ。田之助の人気も落ちてきていた。はじめのうちこそ見物に珍しがられたが、やがて見なれると、手足の不自由なぎこちなさが目ざわりになってくる。客の反応に敏感な田之助が、それを感じないわけがない。相手役がもうちっとましな役者なら……と、露骨に訥升にあてこする。度重なると訥升も腹にすえかねて、厄介者のくせにという意味のことを、聞こえよがしにつぶやき、それを耳にした田之助は、その場は薄笑いですませ、舞台できっかけをはずし、訥升を棒立ちにさせた。

田之助が少しずつ陰湿に変貌していることを、三すじは認めないわけにはいかなかった。田之助の相手役いびりは以前からだが、それは、見ていていっそ小気味いいやり方であったのだ。いびられる役者は、見物をもいらだたせるような、鈍な奴ばかりだった。田之助は、凛《りん》としていた。

その田之助が腐りはじめている。

菊五郎が京見物にのぼってきている、と男衆が告げたのは、そんなころだった。

傍若無人な田之助が、子供のころから、心を許しきった相性のいい相手が、菊五郎であった。菊五郎の方が一つ年上で、田之助は、兄さんと呼んでいた。田之助のお若に菊五郎の伊之助、お静礼三、小糸佐七など、二人の組んだ舞台は、呼吸がぴったりあって、いつも評判をとった。

逢いたい、すぐに連れていっておくれ。どこにいるのだえ。田之助は、釻次郎《かんじろう》に腕をのべた。田之助を背負って歩くのは、釻次郎の役であった。

訥升は、菊五郎を南の舞台にひっぱり出そうと考えた。東京の太夫元の承諾を得ずにすることだからむずかしいが、田之助と菊五郎が並んで舞台に立てば、人気が沸くのは目に見えていた。

菊五郎が逗留している四条小橋の宿に男衆を

使いにやり、京梅という宿に呼び出した。訥升が先に部屋で待っており、「おまえさんに一目逢って死にたいといっている女がいる。逢ってやっておくれ」冗談だろうと菊五郎は笑ったそうだ。鈌次郎に背負われて座敷に入る田之助に、三すじもつきそった。畳に抱き下ろされると、田之助は、「兄さん」と菊五郎に抱きすがり、いとしい男に逢った女のように、泣いた。

逢う前に、泣き落としにかけて菊五郎をこっちの芝居に出させてみせる、と田之助は言っていたのだが、それは、人前で泣かずにはいられなくなるにちがいない自分を予想し、前もってとりつくろったみえであり虚勢であった。三すじはそう察した。以前の田之助は、傲岸《ごうがん》ではあったが、決して虚勢ははらなかった。天衣無縫という言葉のとおり、心のままにのびのびとふるまっていたのだ。無理もない、と思っても、心がくずれてゆく田之助を見守るのが、三すじには辛かった。

晴れました。晴れましたよ、お客さん。

飯盛女のけたたましい声をきく前に、彼も、青く晴れあがった空を見上げていた。

飯のあと、彼は、雪舞台のある空地に行ってみた。村の男たちが総出で、雪を積み、舞台をととのえなおし、楽屋や花道や桟敷を作っている。昨日会った役者たちも混っていた。

「今日は芝居が見られるのかい」

「いいや、明日だ。一夜おかないと固く凍らねえ」

「明日も天気がつづくといいがな」

「晴れるともさ。水垢離までとったのだ」

舞台と花道は、高く積んで形づくった雪の上に板を敷き並べる。一夜のうちに凍てついて釘《くぎ》付けしたより頑強になるという。

盛りあげた雪の塚の中をくりぬいたところは、茶店になるのだそうだ。舞台の四隅には柱をたて、明日はここに幕を張る、と、男たちは問われぬ先から嬉しそうに語る。

濡れたままの幟の文字を、彼は眺め、

「田之太夫は？」

と、三すじの名を騙る男にたずねた。男は小屋をさした。

明りとりの小窓の板戸が少し開いていた。のぞき見る誘惑に、彼は勝てなかった。

細いすき間から、目に入る範囲はごくわずかだった。板敷きの床に、衣裳やらなにやらが散り、壁にもたれているらしい男ののばした足と、衣裳のほころびをつくろう手先が見えた。顔や上半身は、視野からはみだしている。足先きは汚れた布でくるんであった。

翌日も晴天であった。雪深い北越も春の気配なのだ。

空地の周囲は戸板でかこわれ、入口が一箇所だけ開いて、ここで勧進の木戸銭をとる。

土間は雪の上に蓆を敷き並べ、一段高い両側の桟敷は蓆の上に燃えたつ緋毛氈《ひもうせん》を敷き、うしろに彩色絵の屏風《びょうぶ》をたてる。彼が中に入ったときは、すでに肩を押しあうほどの大入りで、どこからこんなに大勢の人間が沸き出したのだろうと、雪の日の無人のさまと、彼は思いあわせた。囲いの外の樹には子供たちがよじのぼって見下ろしている。

雪洞では茶や甘酒を売り、雪の地面を掘りくぼめた穴に糠《ぬか》を散らし、ここに火を焚《た》いて湯を沸かしたり煮物の鍋をかけたりしている。見物は、弁当持参であった。

坐る場所を探している彼に、桟敷を占めている年寄りが、膝をくりあわせて、ようやく割りこめるほどの場所をあけてくれた。

舞台の袖から小屋にかけて幕をはりわたしてある。このかげが、役者の控え所になっているのだろう。澤村田之助の幟は、今日は乾いて、風に鳴っていた。

隣席の老人は、彼に竹筒入りの酒をすすめた。盃も竹の短い筒である。

そこの火で燗《かん》をつけたやつだから、軀があたたまるだろうと、老人は掘りくぼめた雪の穴のなかで燃える火を指さした。

幕は、引き幕である。小芝居は緞帳《どんちょう》しか許されないのだが、この野天芝居では、禁断の引き幕を、だれも咎《とが》めはしないのだろう。

幕の開く前に、村の者らしい口上言いが、寄進者の名前やら役者への贈り物やらを一々のべあげ、三番叟で幕が開いた。

その後に、日高川がつづき、下手から、人形つかいにささえられて、清姫が登場した。

三すじは、桟敷から軀をのり出した。

若い、愛らしい役者であった。まだ二十を幾つも越していないようにみえる。けんめいにつとめていることは、三すじにも見てとれる。好感のもてる初々《ういうい》しさであった。

「ずいぶん若いのですね」

三すじは、隣りの老人にささやいた。

「あれが、田之助ですか」

「なに」

老人は事もなげに首をふった。

「ありゃあ、偽者《にせもの》よ」

にこやかにうなずいて言う。

「偽者……。それを承知で」

「まことの田之助が、来るものかいの。偽者でもよかろうがの」

「おまえさまがたは、偽者と知った上で……」

「嘘でも、花のお江戸の名女形、澤村田之助と名乗られた方が、気分がよかろうがの」

「誰もか知って」

「知っとる者も知らん者もおるわの。昨年狂い死んだ田之助が、越路にあらわれるわけがなかろうが」

　三すじは、胸に釘を打たれたような小さい声をあげた。

「あの若い役者はな、旅まわりのあいだに吹雪で難儀して、凍傷で両足の指を失《の》うしたそうじゃ。並の者なら、役者はあきらめるわな。それを、考えたものじゃな。田之助と名乗って、田舎まわりをつづけておるそうな」

「おまえさまは、ようご存じで」

「わしがこの興行の世話役じゃ。わしの目はごまかせぬ。問うたら、素直に話しよった」

「田之太夫が狂い死んだことまで、よう知っていなさる」

「わしは、縮《ちぢみ》を商《あきの》うておるでの、江戸に行くこともある」

　田之助が、だれかれのみさかいなく兇暴なふるまいをするようになったのは、菊五郎と会って別れた後であった。菊五郎は田之助の肩を抱いたりしてなつかしがったが、すでに、勝者が敗者を見る目であった。南の芝居に出勤することは、おだやかな言葉でことわった。ききわけのない子供をなだめるような口調であった。

　その時を境に、田之助は、一気にくずれた。それまでもちこたえていられたのが、不思議なくらいではあった。

　狂って、楽になっただろう、と、三すじは思う。虚勢をかなぐり捨て、言いたいことを言い、わめき放題にわめき、ぶざまも見苦しさもおかまいなく、手首のない腕でなぐり、食いつき、悪態をつき、舞台に立つどころではなくなった。

　東京に帰り、浅草富士下の寓居にこもらされた。座敷牢に入れられたのである。閉じこめなくてはならぬほど、田之助の狂態は急激に進んだ。それまで辛うじて押さえこんでいた、運命への呪詛《じゅそ》が、一度に噴き上げたようであった。

　三すじは、つききりで世話をした。田之助は時おり鎮静することがあり、壁にもたれじっとうずくまっている田之助を見るのは、暴れられるより辛かった。

化粧をしてくれ、と田之助は言った。そのとき、三すじは直感したが、黙って白粉をといた。三十四歳の田之助は、皮膚も表情も荒みきっていたが、女の顔をつくると、凄艶になった。三すじは鳥肌がたった。もう行ってくれ、と田之助は言った。三すじは下がり、かげから見守った。田之助は、手首のない右腕と左手の小指と歯をつかって、腰紐を座敷牢の格子に結びつけようと苦心していた。

七月七日、七夕《たなばた》だった。

泪《なみだ》が溢れた視野のむこうで、若い初々しい清姫が、髪をさばき嫉妬に狂った鬼女の相をあらわす。

田之助の死以来、はじめて、やわらかい泪が流れると彼は思った。


歯をつかって腰紐を輪に結ぼうとする田之助は、唇を嚙み破って血を滲ませていた。彼は、乾いた眼でみつめていた。手を貸さず、止めもせず。彼は、おのれの無力をみつめていた。軀は床の上にあるのにもかかわらず田之助が目的をとげたのは、意志の力としか言いようがなかった。

「蝶が川の上をとぶそうですね」

三すじは老人に話しかけた。舞台に見入っている老人は、聞きそびれたようだ。ああ、と、何かわけのわからぬうなずきかたをした。

「川にはりつめた氷が……」

彼は言いかけて気をかえ、別のことを言った。

「人形ぶりは、人形のいい仕草をまねたんじゃあ人形らしくみえない。まずいところをまねると、おのずと人形らしくみえる。おかしな話だが、そうなんでさ」

田之助の工夫であった。

「おまえさん、よいことを知っていなさる。あの若い役者《こ》に教えてやるがいい」

「そうしましょう」

三すじは言った。

雪一色の舞台に、銀箔の鱗の裾《すそ》を長くひき、清姫は舞い上がった。

花道

一

長屋は闇に沈んでいた。陽が落ちると早々に、人々は床《とこ》に就《つ》く。夜なべして賃仕事に精を出しても、行灯《あんどん》の油の価《あたい》と差し引きしたら、手間賃はいくらも残らない。油の方が高くつく事さえある。寝てしまった方がましなのだ。

路地の入口で、彼は提灯《ちょうちん》をかかげ闇を透し見た。奥まった突き当たりにある彼の棲み家までは、弱い光は届かない。

朽ちかけた板葺屋根の上にまで蔓を伸ばした朝顔も、闇の色に溶け込んでいる。烏瓜《からすうり》や藪枯《やぶからし》なら、あつかましく生い茂っても不思議ではないけれど、朝顔は楚々とした風情が取り得だろうに。陽も射さぬ廂間《ひあわい》に播かれた種が、よくもまあ伸びたものだ、お化け朝顔だ、と、彼は呆れている。屋根を這《は》う朝顔がみずみずしく花をひらいたところを、ついに彼は見ないままに、夏が終ろうとしている。伸びた蔓も、じきに枯れるだろう。

彼が目をさますのは、いつも四つ（午前十時）に近い。陽は高く上り、花はとうに萎《しお》れ切っただらしない姿で首を垂れている。その萎れた花を見る暇さえなくて、顔だけは丹念に洗い、薄化粧して、浅草馬道の鳴子長屋から彼は猿若町の芝居小屋《こや》にいそぐ。

小屋の木戸は明け六つ（午前六時）に開き、

序開《じょびら》き狂言が始まるのだが、そんな時刻に見物に来る物好きな客はほとんどいない。舞台に立つのも、一番下っ端の役者ばかりだ。閉《は》ねるのは暮れ六つ。その後、贔屓《ひいき》客の相手などするから、長屋に帰り着くのは、五つ（午后八時）から五つ半（九時）、深更《しんこう》になる事もある。

朝顔の種を播いたのは、彼ではなかった。隣家の、十四になるおえいである。

そのおえいが、彼が提灯を大きく振って円を三度描くと、約束どおり外に出て来た。

小走りに走ってくる姿が提灯に照らし出される。

「お帰り」

あどけない笑顔を向けた。

「お父っつあんは？」

彼が訊くと、おえいは酒をあおる仕草をし、くすっと笑って、

「寝てる。芳弥さんもお酒くさい」

浴衣の袂で鼻先を煽《あお》いだ。

彼は、首に提げた布袋《ぬのぶくろ》の口を開き、蠟燭《ろうそく》を掴《つか》み出した。

「いいものを見せてくれるって、これのこと？」

いくぶん肩すかしをくったような声を、おえいは出した。鳴子長屋の住人に蠟燭は貴重なものではあるけれど、女の子が目を輝かして喜ぶ代物でもない。

どぶ板に沿って、ずらりと立てておくれ、と命じ、彼もかがみ込んで、蠟燭を地面に立て並べ始めた。

地面はぬかるんでいる。一刻ほど前夕立が通り過ぎた。丁度小屋が閉《は》ねる寸前で、明り取りの窓から雨が吹きこみ、見物は総立ちになったのだった。

「ずいぶん沢山《たくさん》な蠟燭だね。まっ新《さら》じゃないか。芳弥さん、蠟燭問屋の旦那でも、ご贔屓についているのかい」

ませた口調で、おえいは言う。

「わたしのご贔屓は、おえいちゃん一人さ」

「嘘。あたいは、ご贔屓さんじゃないよ。芳弥さんにお祝儀《はな》をあげられないもの。あたいは、芳弥さんのお弟子。一の弟子だよ」

「一の弟子だけで、二の弟子はいない。情けない師匠だな」

「芳弥さんのお弟子になりたい子は、大勢いるよ。でも、芳弥さんが、いやだといって教えないんじゃないか」

女形役者のはしくれである芳弥に、踊りを習いたがっている子が何人もいるのは、芳弥も知っているけれど、親はいずれも、束脩《そくしゅう》など払ってくれるはずもない、日傭取《ひようと》りや土方人足、屑拾い、足駄直し、鋳掛《いか》け屋といった、しがない人々だ。

役者の——ことに、下っ端の——暮らしは、すべて金《かね》で動く。芳弥にしたところで、一文の得にもならない相手に時間をさいてやるなど、まっぴらだ。おえいをのぞいては。

芳弥の母親は、芝居町の裏茶屋で働いていた。父親を芳弥は知らなかった。母親は、芳弥に父の名を教えようとしなかったのである。

芳弥は生来、色白で、愛らしい美貌に恵まれていた。名題《なだい》役者の落とし種ではないのかと周囲は取沙汰し、大和屋か、成駒屋か、と、名をあげて母親に問いただしたりした。

物心ついてから、芳弥もあれこれ夢想した。いずれそのうち、大名題《なだい》が、父親と名乗り出て、おれをひきとり、役者に育て上げてくれるんじゃなかろうか。

顔立ちがいいところから、役者にしろという声は、早くからあった。しかし、彼がまず行かされたのは、葭《よし》町の蔭間《かげま》茶屋であった。女形の修業に、色子づとめは欠かせないのだと言い含められた。

紅白粉で女のように粧《よそお》い、あでやかな振袖に身を包み、客の色の相手をさせられた。

幸い、彼は、色を売りながら、舞台子として芝居にも出る事ができた。

色売るばかりで舞台には立たせてもらえぬ者の方が多いのである。旅まわりをして色を稼ぐ飛子《とびこ》に落とされる者も数多い。華やかな舞台の裏には、惨《みじ》めな色稼ぎの者がひしめいているのだと、彼は思い知らされた。飛子の中には、三十を過ぎたごつい男も混っていたのである。髯の剃り痕の濃い三十、四十の男であろうと、飛子で稼ぐには、紅白粉を塗りたくり、恥ずかしげもなく大振袖を着け、しねしねと客にまつわりつき、媚と軀を売らねばならないのだ。

彼は十八の年に蔭間茶屋からは足を洗い、中通り《ちゅうどお》の待遇で舞台に専念できるようになった。色子のあいだは蔭間茶屋に住み込んでいたのだが、猿若町で以前のように母親と共に住むことになった。

もしかしたら、公には名乗れない、名題役者の父親が、蔭で彼の出世に力を添えてくれているのではあるまいか、と、性こりもなく、又、彼は甘い夢想を持ったりした。

役者の世界の身分の序列は、侵し難い厳しいものであった。

役者と一口に言うけれど、先ず、名題と名題下に分断される。名題下は更に、相中《あいちゅう》、中通り、お下《した》と位づけされる。お下は稲荷町とも呼ばれ、屑のように扱われる。名題になれるのは、名門役者の身内にほぼ限られる。名門の子に生まれなかった者は、どれほど才能があろうと美貌に恵まれようと、一生名題下で、楽屋も大部屋に放りこまれ、ろくな役はつかず、安い給金とひどい待遇に甘んじ通さねばならぬ仕組であった。そのかわり、名題役者の子は、これはまた昼も夜もないような厳しい芸事の修業に、幼いときから励まねばならないのではあったけれど。

いずれは、父の庇護で、名題役者に……。

そうなれば、忠臣蔵のおかるだの、二十四孝の八重垣姫だの、大きなお役をもらえる。人気も沸く。大部屋で鏡をのぞきながら、彼はひそかにそう思った。どんな役にも負けぬ自負を持たせてくれる美しい顔であった。

とりわけ、彼が扮してみたいのは、『助六』の、華麗な花魁《おいらん》、三浦屋揚巻《あげまき》であった。

立兵庫《たてひょうご》に結い上げた髪に、見事な櫛笄《くしこうがい》、金糸銀糸のぬいとりがまばゆい裲襠《しかけ》。若い衆やら新造、禿《かむろ》を前後にしたがえ、八文字を踏んで、花道を舞台へと歩を進める。

見物からは掛け声がとぶだろう。花道の両脇に並べられた蠟燭の火灯《ほあか》りは、ゆらめきながら金糸銀糸に照り映えるだろう。

そのとき、役者は、天下を掌握した気分になるだろう。

大部屋役者たちは、毎日楽屋入りするたびに、頭取から蠟燭を二本ずつ支給される。

楽屋は昼でも薄暗い。鏡台の両脇において灯をともし、化粧の明りにするのである。

しかし、蠟燭の灯りが必要なのは化粧をする間だけなのだから、用のない時は消しておき、ちびて役に立たなくなるまで使うようにすれば、初日にもらった二本が半月や二十日は持つ。手つかずの蠟燭が、毎日、二本ずつ手もとに残る事になる。

たいがいの役者は、それを金《かね》に変える。

芳弥も、そうしていた。

「芳弥さん」と、おえいが泥まみれの手をさしのべた。渡された分を全部並べ終えたのだ。彼は、また、七、八本摘みとって、おえいに手渡した。

母親といっしょに住むようになってほどなく、その母親が、いなくなった。五年前の事だ。

少し前から、大道具方の若い男にまつわりついていたが、二人で駆落ちした。おかげで、芳弥は大切にしていた夢をこわされた。

ひとりで十分暮らしていける年になっていたから、駆落ちされても、いい年をしてと呆れ、何か気恥ずかしいような気がするだけの事だし、まあ倖せにやっておくれとひそかに声援を送りもするのだが、消える前に母親は、彼に実の父親の名と居場所を教えたのである。

名題役者ではなかった。勘次といい、かつては大道具方だったのだそうだ。女房持ちと承知で、母親は勘次に惚れた。

いい男前だったよ、と母親は小さい吐息をついた。

舞台が開いている最中に、吊物がひっかかって下りて来ず、穴があきそうになった。勘次は梁《はり》にのぼってなおそうとしたが、足を踏みはずして、落ちた。肩と腰を痛め、身動きが不自由になり、大道具方の仕事はできず、小屋を退《の》いた。

勘次の一家は、馬道の鳴子長屋に住んでいた。

おかみさんがよくできた人でね、勘さんが身動きが不自由になっても、邪険なあしらいはせず、よく面倒をみていた。だから、わたしは身をひいた。

勘さんが大怪我をしたそのとき、わたしはおまえを妊《みご》もっていた。でも、勘さんには告げない事にした。わたしは、立居もままならない勘さんをしょいこむ気にはなれなかったのだもの。せめて、子供はね、わたし一人で……。勘さんの面倒をみているおかみさんに、それ以上辛い思いをさせる事はできない、とも思ったのだよ。

勘さんは、一文菓子を商って暮らしを立てているのだけれど、すっかり飲んだくれになっちまった。

そんな話をして間もなく、母親は若い男と姿をくらましたのだった。若い男は、やくざ相手の博奕で借金をこしらえ、浅草にはいられない状態になっていた。

二

彼は、鳴子長屋に行ってみた。

あれが勘次、と人に教えられなくても、彼には一目でわかった。

いい男前、と母親は言ったが、棟割長屋の一間きりの住まいに、つくねんと背を丸めた男は、むさくるしく無気力だった。

彼が踵《きびす》を返し、長屋の路地を出ていこうとしたとき、走り使いの帰りらしい八つか九つぐらいの女の子が、すれちがいざま、

「巴屋《ともえや》！」

と声をかけた。

「よく、わたしを役者と知っているね」

番付にもろくに名の乗らぬ、まして、一枚絵の刷りものなど描かれた事もない、大部屋役者である。

「一目でわかるよ。女形だろ。歩きようでわかるよ」

「見抜かれたか。しかし、屋号まで、よく」

「あれ、あてずっぽうが当たったかい」

女の子は首をすくめて無邪気に笑った。

「役者さんを、こんなに身近に見るの、はじめてだ。いいにおいだな。香を薫《た》きしめているのかしら」

人怯《お》じしない娘であった。重そうな徳利を提げている。

「お使いかい」

「お父っつあんの。飲ませない方がいいんだけどね」

あばえ、と女の子は駆け出そうとし、鼻緒が切れてつんのめった。徳利が割れ、ころんだ女の子の足は酒浸しになった。立とうとして女の子は顔

をしかめ、足首が痛いと言った。

彼は女の子を背負った。やわらかい感触だった。

「お父っつあんのように足が利かなくなったらいやだな」

女の子は言った。

「お父っつあんは、足が悪いのかい」

「手も、片一方利かない」

「一文菓子屋の勘次さんか、おまえのお父っつあんは」

「そうだよ」

「酒屋への道を教えておくれ」

酒屋で新しい徳利を買いなおし、

「おまえ、名は」

「おえい」

長屋へ引き返した。勘次の前に徳利を置き、おえいを背から下ろした。

勘次は何も言わなかったが、彼に向けた眼は、初対面の者を見るふうではなかった。

馬道と遠若町は、ごく近い。母親は、妊った事を勘次に告げなかったというが、噂は勘次の耳に入ったのかもしれない、それとなく、勘次はわたしを見知っていたのかもしれない。芳弥は、そんな気がした。

息子と名乗る気にはならなかった。芝居がかった親子御対面など、今さら、と思う。

しかし、おえいの傍を離れ難かった。勘次とおえいの住まいと、廂間をはさんで隣りあった住まいが空いていたので、彼はそこに移ってきた。

おえいは大喜びした。

勘次とおえいは、二人暮らしであった。

「おっ母さんは？」

「死んだよ、二年前」

おえいは言った。

それなら、母親は勘次と所帯を持つ事もできたのだ。他の男と駆落ちしなくとも、と彼は思ったが、母親の気持は、とうに、落魄《らくはく》した勘次から離れていたのかもしれない。

「ほかに、きょうだいはいないのかい」

「姉ちゃんが二人いるよ。一人は深川、もう一人は品川で、女郎をしている」

女郎になると、きれいな着物や簪《かんざし》を買ってもらえる。あたいも、もう少し大きくなったら女郎になりたい、とおえいは言った。

彼はそのとき〝女郎になったら、こういう事をやらされるのだぞ〟と、おえいの唇をむさぼりたくなり、自制した。おえいの丸みを帯びた唇は、愛らしく浄らかだった。

おえいが、芳弥さんに踊りを習えたらいいなといっているんだが。勘次が、遠慮がちにそう言った。長年大道具方として働いていた勘次には、やはり芝居者の血が流れているのだろう。絃《いと》の音に血が騒ぐのだろう。おえい以上に、勘次の方が、それを望んでいるようだった。

「芳弥さんが隣に来てから、お父っつあん、何だか少しいきがよくなったみたいだよ。気のせいかしら」

おえいはそんな事を言った。

息子だ父だと名乗りあって、べたべたした柵《しがらみ》にがんじがらめになるよりも、少し距離をおいた今のありようが、芳弥は気にいっていた。勘次の方も同じ気持なのか、一言もその事には触れず、他人行儀に芳弥さんと呼び、それでも、芳弥のささやかな心づかいを、気弱い笑顔で喜んだ。

おえいは、彼の目の前で、少しずつ、胸のふくらみがゆたかになり、軀の線がふっくらと変りつつあった。

暇々にさらってやると、踊りの手もあがった。

――そうさ。わたしの妹だもの。

やがては芸妓か。女郎よりは、芸で稼ぐ芸妓の方が、ましだろう。もっとも、芸妓にしたところで、いずれは色稼ぎ。何にしても、辛い思いを味わうのは、なるべく先の事におしよ。

おえいに、そんな事を明らさまには言えない。

彼自身は、舞台ではいっこうにうだつが上らなかった。どうせ、出世できない仕組になっているのだ。そう思うと、舞台はいっそう投げやりになる。

「芳弥さん、あと二本か三本でいいね」

「ほらよ」

「まるで、際限なしに蠟燭が湧き出てくるんだね、芳弥さんのその袋からは」

髪を若衆髷に結い、首抜きの浴衣を片肌脱ぎ、緋縮緬《ひじりめん》の長襦袢を見せ、裁着袴《たつつけばかま》、鉄棒《かなぼう》をしゃらん、しゃらんと鳴らして、手古舞《てこまい》が行く。その後に、踊屋台《おどりやたい》がつづく。

浅草三社祭名物の踊屋台に、おえいも、出た。

囃子方がにぎやかに打ち囃す。

祭りに先立って、町内の世話役から勘次に、おえいを踊屋台に出さないかと話があった。

衣裳を誂えたり、囃子方に祝儀を配ったり、踊屋台で踊りを披露するのは、おそろしく金がかかる。

勘次は一も二もなくことわったが、娘の晴れ姿を見たくてたまらないふうでもあった。

「一世一代。あたい、出るよ」

おえいは言った。

「費用《かかり》は、祭りが終わってから、あたいが女郎に身売りしたら、賄える。せっかく、芳弥さんに仕込まれた踊り、三社さまで披露したいもの」

その話をきき、

「わたしにお任せな。費用の心配など、おまえがするんじゃないよ。ほら、額に皺ができるよ」

芳弥は言ったのだった。

付木《つけぎ》の火を蠟燭にうつしてゆく。

妖しい炎のゆらめきは、青苔の生えた路地のどぶ板を、桧舞台の花道に変えた。

いつか、一度はこれをやろうと思いついて、蠟燭を溜めこんでいた。

「さあ、出《で》だよ。わたしは揚巻。おまえは禿。巴屋市川芳弥、一世一代の花魁道中だよ」

炎にふちどられた路地の花道を、芳弥は、ゆったりと八文字を踏んで歩みはじめた。

炎の向うに、闇が濃い。

歩み、歩んで、その果《はた》ては、飛子《とびこ》の旅だ。

何、大部屋にいたって、一生うだつは上らない身さ。

飛子に身売りした。

おえいには金の出所は話してない。

おえいが、芳弥を男として好きになりはじめている。消える汐時でもあった。

兄と打ち明けておえいの夢をさますより、おえいの心の中に、おえいの最初の男として、俤《おもかげ》を残し続けたい、と、妹に替って身を売った。

旅を稼げば、また、おもしろい事もあろうさ。

禿《かむろ》に見立てたおえいの肩にかるく手をおき、浴衣一枚に泥まみれのちびた下駄、髪は鬘下地《かつらしたじ》に女形のたしなみの紫帽子の花魁を、炎が燦爛《さんらん》と染め上げた。

後記

われは思ふ、末世の邪宗、切支丹でうすの魔法。
黒船《くろふね》の加比丹《かひたん》を、紅毛《こうまう》の不可思議國を、
色赤きびいどろを、匂鋭《にほひと》きあんじやべいいる、
南蠻《なんばん》の桟留縞《さんとめじま》を、はた、阿刺吉《あらき》、珍酡《ちんた》の酒を、

北原白秋の詩集『邪宗門』におさめられた一編「邪宗門秘曲」の一節です。子供の時、切支丹とか伴天連のイメージを、この詩から得ました。

目見《まみ》青きドミニカびとは陀羅尼《だらに》誦《ず》し夢にも語る、
禁制の宗門神を、あるはまた、血に染む聖磔《くるす》、

芥子粒を林檎のごとく見すといふ欺罔の器《けれんのうつは》、
波羅葦僧《はらいそ》の空をも覗《のぞ》く伸び縮む奇なる眼鏡を。

キリスト教と宣教師は〈切支丹〉〈伴天連〉として、幼い私にインプットされたのでした。なにやらエキゾティックで禍々しいイメージでした。
そうして、殉教もこの詩からまずイメージを与えられました。

いざさらばわれらに賜へ、幻惑の伴天連尊者、
百年《ももとせ》を刹那《せつな》に縮め、血の磔背《はりきせ》に死すとも
惜しからじ、願ふは極秘、かの奇《く》しき紅《くれなゐ》の夢、
善主麿《ぜんすまろ》、今日を祈りに身も霊《たま》も薫《くゆ》りこがるる。

小説現代新人賞をいただいてデビューし、月々雑誌に短編を寄せると共に、長編の書き下ろしも命じられました。乱歩賞に応募するために書いてあった『ライダーは闇に消えた』をお渡ししたのですが、引き続き新しい長編を書き下ろすように言われ、先に児童書として書いた『海と十字架』の主題をもっと掘り下げることにしました。

切支丹を素材とした物です。

『海と十字架』を書いたときすでに、日本におけるキリスト教受容が、ロマンティックでもエキゾティックでもない物であったことを、資料などによって知りましたが、大人の物を書くにあたり、さらに調べて、イエズス会の布教は悲惨以外の何ものでもなかったと、痛感しました。どのようであったかは、物語の中で語っています。

後年——一九八六年——、『ミッション』という映画を観ました。一八世紀半ば、南米のスペイン植民地でイエズス会の宣教師たちが先住民に布教を行った。その地がポルトガル領に編入され、布教村の住民は移動を、宣教師は退去を命じられる。宣教師は拒絶し、植民地当局の軍隊に攻め込まれる、というストーリーです。元奴隷商人で、宣教師によって改悛し入信した男が、軍隊相手に壮絶な戦いをするのですが、その戦闘中、宣教師は、布教村の女子供と一緒にひたすら祈るだけで、あげくのはてに、女も子供も蹂躙、虐殺された……と記憶しています。

二十七年も前に観たので、多少おぼえ違いがあるかも知れません。

カンヌ国際映画祭でパルム・ドールを受賞するなど、評価の高い作品ですが、キリスト教に興味はあるのに納得しきれない私は、イエズス会の強引な布教がなければ、先住民は虐殺されることはなかったのではないか、と、映画の出来不出来とは関係ない感想を持ってしまったのでした。

日本に渡来したイエズス会士たちが残した貴重な遺産は、日葡《にっぽ》辞書です。一六世紀末から一七世紀初頭の日本の口語をポルトガル語にした辞書で、これをさらに邦訳した物が、岩波書店から出ています。中世の日本の話し言葉を知るのに、狂言の詞と並んで、たいそう役に立ちます。

それを差し引いてもなお、布教と禁教による傷は酷いものでした。

幕府がなぜ、禁教令をださざるを得なかったか。周知のことと思いますが、作中にも書きました。

禁教令と鎖国によって、キリスト教はいったん、日本国内ではほぼ消滅しました。明治になって禁教令が解かれ、宣教師が来日したとき、隠れ切支丹と会ったところ、本来のキリスト教とはまったく異なるものに変貌しており当惑したという話はよく知られています。

隠れ切支丹の島を取材のために訪ねましたが、その祭祀は、民俗行事というおもむきでした。最も重要な儀式は秘儀で、他者は見ること叶いませんでしたが。

作中、天正少年使節の後年が、少し出てきます。四人の使節の中でただひとり後《のち》に背教した千々岩が、主人公に語る言葉は、作者自身が抱いた疑問と感想でもあります。

皆川博子

編者解説

日下三蔵

二〇一三年の三月十五日に日本ミステリー文学大賞の授賞式があり、四月三日付の「朝日新聞」に「幻想世界描き続ける83歳　皆川博子、初期作相次ぎ出版」と題する記事が掲載された。授賞式の模様が紹介されている他、単行本未収録作品を集めた烏有書林『シリーズ日本語の醍醐味４　ペガサスの挽歌』や、文庫未収録作品と単行本未収録作品のみで構成されたこの〈皆川博子コレクション〉にも言及されている。

本コレクションを手にとって下さる読者の皆さんには同意していただけると思うが、皆川博子の初期作品を読んでいると、これほどの作品がどうして文庫にもならず（あるいは本にもならず）埋もれているんだろうと不思議に思うことがよくある。

もちろん現在の円熟しきった作品と比べれば、構成や文体に初期作ゆえの生硬さは感じられるが、それを補ってあまりある物語の躍動感、テーマの深さ、迫力に満ちた文章力は疑いようもない。おそらく気軽に読み飛ばすエンターテインメント作品としてはテーマが重厚に過ぎ、文学作品としてはストーリーが面白過ぎる（！）ために、正当な評価がなされてこなかったのではないか。

近年になって、そうした初期作品が複数の版元から次々と刊行されるのは、むしろ読者の方が成熟してきた証といえるかもしれない。三十年前、四十年前には一部の理解者しか得られなかった皆川作品を、きらんと読んで楽しめる層が増えてきたのだ。ぶれることなく作品を書き続けてきた皆川博子に、ようやく時代の方が追いついたといってもいい。

〈皆川博子コレクション〉第二巻の本書には、一九七六年十月に講談社から書下しで刊行された時代長篇『夏至祭の果て』を収めた。ようやくこの作品を、再び読者の皆さんの手元に届けることができて、ホッとしている。というのも、二〇〇一年に白泉社で愛蔵版選集〈皆川博子作品精華〉の時代小説篇『伝奇』（02年1月）のセレクトを担当した際、『夏至祭の果て』を入れるかどうか最後まで迷った末に、分量の都合で泣く泣く落としたという経緯があるからだ。

初刊本の帯には「書下ろし長編問題作」として「絶対者を対岸に見つめ続け、遂に触れ合うことのできない若者と、確固たる信仰に純粋無垢に生きてきたもう一人の若者。キリシタン弾圧の時代に描く、悩み多き青春の物語」のコピーがある。

この作品は七六年下期の第七六回直木賞の候補に選ばれているが、その際の反応は、まさに「面白過ぎる文学作品」に対するものの典型であった。すなわち無視である。

この回の候補作は、西村寿行『滅びの笛』、有明夏夫「葵と芋」、三浦浩『さらば静かなる時』、宮尾登美子『陽暉楼』、三好京三『子育てごっこ』、皆川博子『夏至祭の果て』、広瀬仁紀『適塾の維新』の七篇で、受賞作は三好京三『子育てごっこ』であった。

選考委員は、石坂洋次郎、川口松太郎、源氏鶏太、今日出海、司馬遼太郎、柴田錬三郎、松本清張、水上勉、村上元三の九人。このうち川口松太郎、村上元三、源氏鶏太の三氏を除く六人までの委員が、選評で皆川作品に触れていない。言及のあった三氏にしても、好意的な評を述べているのは源氏鶏太委員だけなのである。

直木賞の選評で『夏至祭の果て』に触れた部分は、以下のとおり。

川口松太郎

皆川君の「夏至祭の果て」も、広瀬君の「適塾の維新」も共に作品として水準に達していない。いずれもあと一勉強。

村上元三

皆川博子氏の「夏至祭の果て」は、キリシタン物に有り勝ちな、泥沼に足を突っ込んで出られないようなじれったさがあるし、主人公の市之助を持て余している感じがする。

源氏鶏太

選考委員会に出席するとき、「適塾の維新」「夏至祭の果て」「陽暉楼」の三作のうちどれかが選ばれるだろうと思っていたのだが、私の予想は初めから見事にはずれてしまった。何《いず》れも丁寧に二回読んでいてそれなりの自信があったし、それだけにちょっとショックを受けたというのが本音である。（中略）

「夏至祭の果て」は、キリシタン弾圧の頃に、殉教者としてでなく、自らの意思で棄教し、そのために二重にも三重にも苦しみ、それに必死に堪えていく青年の行動が綿密に描いてあり、私の胸を打った。

この『夏至祭の果て』は、著者のデビュー作となった児童向けの長篇『海と十字架』（72年10月／偕成社／本コレクション5巻に収録予定）のテーマを発展させた作品である。読者の方には、ぜひ両者を読み比べていただきたいと思う。

「ジャーロ47号」（13年春号）の皆川博子特集に掲載されたインタビューには、「大人の物書き下ろしをすることになったとき、『海と十字架』の素材をもっと掘り下げて書こうと、平戸から隠れキリシタンの島に渡り、取材した結果が、『夏至祭の果て』に結実しました」との発言がある。

平戸は初期のトリッキーな構成のミステリ『花の旅　夜の旅』（79年12月／講談社）でも舞台の一つになっており、取材の成果が活かされていることがうかがえる。

第二部の六篇は、白泉社の愛蔵版〈皆川博子作品精華〉のうち筆者が編集した時代小説編『伝奇』（02年1月）に初めて収められた作品である。各篇の初出は以下のとおり。

渡し舟　「週刊新潮」93年10月7日号
風の猫　「週刊新潮」94年12月1日号

泥小袖　「小説歴史街道」95年12月号
土場浄瑠璃の「週刊新潮」95年11月2日号
黒猫　「小説新潮」99年8月号
清元　螢沢　国立劇場特別企画公演「新しい伝統芸能　——惡の美学——」
（二〇〇一年十月十二日、十三日上演）のための書下し上演台本

「週刊新潮」掲載の三篇は同誌の読切り時代小説コーナーのために書かれたもの。この連載企画は新潮社から『時代小説最前線』というアンソロジーにまとめられており、「渡し舟」は九四年三月の第一巻および新潮文庫の再編集版『時代小説最前線　人情の往来』（97年9月）に収められた。

清元「螢沢」は、国立劇場開場三十五周年記念として、二〇〇一年の十月十二日、十三日に、国立劇場小劇場で催された「新しい伝統芸能——惡の美学——」のために書き下ろされたもの。赤江瀑の新内「殺螢火怨《ころしぼたるかえんの》寝《ね》刃《たば》」、都筑道夫の落語「まだ死んでいる」、そして本作と、当代一流の三人の手になる書下し新作を、新内仲三郎、柳家喬太郎、清元美寿太夫といった斯界の第一人者が演じるというユニークな試みであった。公演パンフレットに寄せられた著者の言葉は、以下のとおり。

「邦楽に疎い素人が、身のほど知らず、だいそれた、と、吾とわが身の覚束《おぼつか》なく、ひとえに美寿太夫師、美治郎師、お師匠様方のお力添えを頼りとし、己が器量にまさる舞台となりま

すことを願っております」

これはいくらなんでも、謙遜が過ぎるというべきだろう。「悪の美学」というテーマにふさわしい緊張感あふれる一幕のドラマは、活字を追うだけでセリフの響きまで聞こえてきそうな迫力に満ちている。（この項、『伝奇』解題より抜粋・改稿）

第三部の三篇は、これまで著者の単行本に収められたことのない作品である。各篇の初出は以下のとおり。

棒　「オール讀物」81年12月号
冰蝶「小説新潮」85年9月号
花道「家の光」87年12月号

時代ものの短篇は九〇年代にかなりの数が短編集にまとまったので、未収録作品は少なかったが、いずれも出来が悪くて残されたとは思えぬ傑作ぞろいである。単に単行本化の際に取りこぼされただけであろう。

［著者紹介］
皆川博子
（みながわ・ひろこ）

1930年、京城生まれ。東京女子大学外国語科中退。72年、児童向け長篇『海と十字架』でデビュー。73年6月「アルカディアの夏」により第20回小説現代新人賞を受賞後は、ミステリー、幻想、時代小説など幅広いジャンルで活躍中。『壁——旅芝居殺人事件』で第38回日本推理作家協会協会賞（85年）、「恋紅」で第95回直木賞（86年）、「薔薇忌」で第3回柴田錬三郎賞（90年）、「死の泉」で第32回吉川英治文学賞（98年）、「開かせていただき光栄です」で第12回本格ミステリ大賞（2012年）、第16回日本ミステリー文学大賞を受賞（2013年）。異色の恐怖犯罪小説を集めた傑作集「悦楽園」（出版芸術社）や70年代の単行本未収録作を収録した「ペガサスの挽歌」（烏有書林）などの作品集も刊行されている。

［編者紹介］
日下三蔵
（くさか・さんぞう）

1968年、神奈川県生まれ。出版芸術社勤務を経て、SF・ミステリ評論家、フリー編集者として活動。架空の全集を作るというコンセプトのブックガイド『日本SF全集・総解説』（早川書房）の姉妹企画として、アンソロジー『日本SF全集』（出版芸術社）を編纂する。編著『天城一の密室犯罪学教程』（日本評論社）は第5回本格ミステリ大賞（評論・研究部門）を受賞。その他の著書に『ミステリ交差点』（本の雑誌社）、編著に《中村雅楽探偵全集》（創元推理文庫）など多数。

◉おことわり◉本書には、今日の人権意識に照らしてふさわしくないと思われる語句や表現が使用されております。しかし、作品が発表された時代背景とその作品的価値を考慮し、当時の表現のままで収録いたしました。その点をご理解いただけますよう、お願い申し上げます。（編集部）

Minagawa Hiroko COLLECTION

皆川博子コレクション
2 夏至祭《げしさい》の果て

2013年5月15日　初版発行

著　者　皆川博子
編　者　日下三蔵
発行者　原田　裕
発行所　株式会社 出版芸術社
〒112-0013 東京都文京区音羽1-17-14 YKビル
電　話　03-3947-6077
F A X　03-3947-6078
振　替　00170-4-546917
http://www.spng.jp

印刷所　近代美術株式会社
製本所　株式会社若林製本工場

落丁本・乱丁本は、送料小社負担にてお取替えいたします。

ISBN 978-4-88293-441-7 C0093